**支持单位**
成都市文学艺术界联合会

**出品单位**
四川师范大学文学院
成都市李劼人研究学会

# 四川新文学大系
## 戏剧编 ·第二卷·

总　　编　　王嘉陵　刘　敏
副 总 编　　张义奇　曾智中
本编主编　　王　菱

四川文艺出版社

图书在版编目（CIP）数据

四川新文学大系.戏剧编：共四卷/王嘉陵，刘敏总编；张义奇，曾智中副总编；王菱主编.— 成都：四川文艺出版社，2024.10.— ISBN 978-7-5411-6548-1

Ⅰ.I218.71

中国国家版本馆CIP数据核字第2024N7B913号

SICHUAN XINWENXUE DAXI·XIJUBIAN (DIERJUAN)
## 四川新文学大系·戏剧编（第二卷）
总编　王嘉陵　刘　敏　副总编　张义奇　曾智中
本编主编　王　菱

| | |
|---|---|
| 出 品 人 | 冯　静 |
| 策划组稿 | 张庆宁 |
| 书稿统筹 | 宋　玥　罗月婷 |
| 责任编辑 | 罗月婷 |
| 封面设计 | 魏晓舸 |
| 版式设计 | 史小燕 |
| 责任校对 | 段　敏　张雁飞 |
| 责任印制 | 桑　蓉　崔　娜 |

| | |
|---|---|
| 出版发行 | 四川文艺出版社（成都市锦江区三色路238号） |
| 网　　址 | www.scwys.com |
| 电　　话 | 028-86361802（发行部）　028-86361781（编辑部） |

| | | | |
|---|---|---|---|
| 邮购地址 | 成都市锦江区三色路238号四川文艺出版社邮购部　610023 | | |
| 排　　版 | 四川胜翔数码印务设计有限公司 | | |
| 印　　刷 | 成都东江印务有限公司 | | |
| 成品尺寸 | 148mm×210mm | 开　本 | 32开 |
| 印　　张 | 57.875 | 字　数 | 1520千 |
| 版　　次 | 2024年10月第一版 | 印　次 | 2024年10月第一次印刷 |
| 书　　号 | ISBN 978-7-5411-6548-1 | | |
| 定　　价 | 320.00元（共四卷） | | |

版权所有，违者必究。如有印装质量问题，请与出版社联系调换。联系电话：028-86361796。

# 编选凡例

一、本编所收以现代原创话剧为主,传统戏曲改编的戏剧、翻译剧及在其基础上改编的戏剧不录。

二、新文学时期的四川话剧剧本很多,搜集完全颇为困难,本编所收剧本均为在四川(含当时重庆)创作、出版或公演的,具有一定影响力的剧本。

三、本编的剧本以收录和存目两种方式呈现。同一剧本,有不同年代版本者,均录入最初的版本。个别无法找到原始版本的作品,以再版时间较早的版本为依据。

四、剧本的序列,依照发表的时间先后为序。

五、囿于选编容量控制,部分多幕剧采取了节选的方式。

六、为保持作品原貌,字词的旧用法不做更改。比如"的、地、得、底""哪里、那里""甚么、什么"之类,或因作家习惯等造成的不同写法,不影响理解的都依原稿版本,不按现行标准修改。

七、本编收入作品所遇资料字迹不清导致无法辨认者，以"□"示之。

八、所收作品，系当时时代产物，为存真计，均保留文献原貌；其中与今日语境有别者，读者当能明鉴。

# 目录

-第二卷-

## 多幕剧

吴祖光　凤凰城（四幕剧）（节选）　……………　004

章　泯　战　斗（五幕剧）（节选）　……………　050

老　舍　宋之的　国家至上（四幕剧）（节选）　…　090

顾一樵　岳　飞（四幕剧）　………………………　134

丁西林　等太太回来的时候（四幕剧）　……………　180

老　舍　面子问题（三幕剧）　……………………　229

阳翰笙　塞上风云（四幕剧）（节选）　……………　302

洪　深　黄白丹青（两幕剧）（节选）　……………　336

曹　禺　北京人（三幕剧）（节选）　………………　384

# 多幕剧

序論

# 吴祖光

|作者简介| 吴祖光（1917—2003），江苏常州人，又名吴召石、吴韶，著名学者、戏剧家、书法家、社会活动家。主要代表作有话剧《凤凰城》《正气歌》《风雪夜归人》《闯江湖》，评剧《花为媒》，京剧《三打陶三春》和导演的电影《梅兰芳的舞台艺术》《程砚秋的舞台艺术》，并有《吴祖光选集》六卷本行世。1949年后吴祖光任中央电影局、北京电影制片厂导演，牡丹江文工团编导，中国戏曲学校、中国戏曲研究院、北京京剧院编剧，文化部艺术局专业创作员，中国文联委员，中国戏剧家协会常务理事、副主席，友谊出版公司名誉董事长。1979年吴祖光调文化部艺术局从事专业创作。

# 凤凰城（四幕剧）

（节选）

## 第一幕

时 间：
九一八事变以后某年中秋节的前一天。

地 点：
北平西山里的私人别墅。

人 物：

苗可秀：二十七八岁的青年，英勇沉毅，精明干练的戎马书生，东北义勇军里的"智多星"。

张　生：二十二三岁左右，苗可秀的仆人，也是他主人的抗战同志，有点傻头傻脑的，可是他粗中有细，细中有粗，只有一句话："他实心眼儿"。

赵　同：二十四五岁的东北义勇军人，活泼朴实，魁梧的身躯，赭色的面庞，在在显出他的勇敢过人。

夏琬冰：二十三四岁，忧伤性的贤淑的少妇，苗可秀的妻子。

苗可英：二十岁的青年，天真，沉默，苗可秀的兄弟。

王卓然：东北某著名大学的校长；苗可秀，赵同都是他的门墙桃李，年纪六十几岁，银髯飘拂，精神矍铄。东北沦亡，隐居北平，专事鼓励他的门人作收复失土的工作，老成持重，胸有城府。

景：

别墅中的书房，布置不华丽，然而富有静的美，望去令人自然觉得爽适宜人，一两个堆满了书的书架，一个小书桌，一个衣橱，茶几，椅子，舒适的沙发，很匀称地摆在各处，书桌上摆着全套文具，一座小座钟，一架深绿色的台灯。茶几上摆着茶具，墙上挂着一张中国地图，右边有一个通内室的门。

正面是四扇方格子的门窗，浅绿色的窗帘挑起，可以看见外面的西山秋色；闲散的白云，深灰色的远山远树，隐约中可以看见总理衣冠冢所在的碧云寺。

是傍晚时候，西山峰顶透过来落日的血也似的光，一直穿进屋来，把窗格的影子映在墙壁上，满屋的光线都是柔和的，适度的。

幕启时，室内静静的，静到可以听见钟摆的"滴搭""滴搭"的声音，苗可秀伏在书桌上写文章，差不多入了神，仆人张生在清理着一个书架上紊乱的书籍，可是他时时回过头看看他的主人，像是有什么话可是又不敢说的样子。过了半分钟。

张　生：（下简称张）少爷！

　　　　（苗可秀一心写作，没有注意。）

张　：（不高兴，过一会儿又叫）少爷！

苗可秀：（下简称秀）（漫不经意地）什么事？

张　：这几天，我……（见苗仍继续写字，不加注意，更不快）少爷！您是怎么啦？

秀　：（放下笔，欠伸）啊……张生！什么事？说你的。

张　：少爷，这几天，我心里老不踏实，夜里睡不好，尽作梦，不知道是怎么回事！

**秀**：（笑）怎么，你真爱作梦，又梦见你那"小荷花"了吗？

**张**：（无可奈何）唉，您真是，那是前些日子的事，这几天又不对了。

**秀**：噢，怎么不对了？

**张**：您别取笑！这两天，我尽梦见咱们去年死难的弟兄。

**秀**：（肃然）呵！

**张**：（神经质地）他们都浑身是血（像看见似的后退），好些日本鬼子兵在旁边笑（用手指着），我看见张得胜，老李……他们说："张生！给我们报仇！给我们报仇！给我们报仇！"这几天我耳朵里老是这么嗡嗡嗡，嗡嗡嗡地……我一闭眼就看见他们，看见血，看见打烂了的死尸，一条腿，一个红的脑袋……（决断地）我受不了，唉！我简直是受不了。

**秀**：（低头不语）

**张**：我又想起去年这时候跟着您在关外干义勇军啦，白天躲在深山里，"瞅不冷子"跑出来跟日本鬼子打一仗，干了多少痛快事！那个田中大队长跪着磕头，求我们饶命，我们随便治他，不给他饭吃，饿得他"孙子似地"，就知道哭，那傻小子，大草包……唉！痛快，这一年过得可真痛快，我一辈子也忘不了。（得意地笑起来）

**秀**：（仍旧低着头）这一年真痛快……可是到了儿还不是因为经济不足才失败的？

**张**：（振振有词）那我们也干了一年不是？那一年虽说是成天儿在枪林弹雨里过日子，没得吃，没得睡，一天跑一百多里路，今天就不知道明天的死活，可是我觉着实在比现在舒服，老实说，在西山住了这半年，真把我逼死了，天天吃了睡，睡了吃，真闷死人，再过半个月，非把我挤跑了不可。（补充一句）再说，那一年的险日子过了，我们不是还活着？

秀：（沉重地）是的，我们还活着……

张：连一点伤都没有，您瞧！（揎拳撸袖）

秀：是的，我们还活着，活着就得"干"！（站起来）

张：对呀！少爷！我们还是出关去，还是您带着我，我伺候您。（关外犬吠声）

秀：对了，我们得出关去。

张：（恳切地）带着我去？

秀：（故意）为什么一定要带着你？

张：（失望）啊……（声音由低而高）

（门外犬吠益厉。）

秀：张生，出去看看，也许是少奶奶他们回来了。

（张生下。）

秀：（走到沙发前面，自言自语）要是琬冰回来，狗不能那么叫，到底是谁呢？奇怪！

张：（喊着跑进来兴奋如狂）他来啦，他来啦！

秀：谁？

张：赵……赵先生来啦！

秀：（惊喜）呵！赵同！

（赵同风尘满面，跳荡而进，手提小皮箱一只，随手放在地下。）

赵同：（下简称赵）呵！可秀！（高兴得说不出话）

秀：（热烈地拥抱，握手）小赵，我想不到你到得这么早，我以为你一定得一星期以后才会来的，你怎么这样快？你到底……

赵：（坐沙发上）等我休息一会儿，你知道我心多急，跑了多少路。

秀：张生！倒茶！

（张喜极，皇皇失措，倒茶，茶翻了一地。）

秀：小赵，快说！你们近来干得怎么样？

（张生倒茶时时发笑。）

赵：别忙，等我喝点茶再说。（喝茶，透一口长气，再喝一口）我下了火车，一歇都没歇，就跑来了……张生，（把茶杯交过去）再来一杯！

张：（接过来）是！再来一杯！

秀：（急迫地）小赵，你说，老刘他们都好吗？

（张生又递茶）

赵：大家都好，慢点（又喝茶，一口气喝完）张生！再来一杯！（再字特别拉长。）

张：是！（学赵音调）再来一杯！（接过杯子，再倒茶）

秀：你看你，有完没有？

赵：你别急呀！（接过来，慢慢呷一口）哈，（痛快地舒一口气）我半个月以前接到老刘带来的你的信，就对邓司令说了你想来的意思，老邓可高兴极了，说是"求之不得"，天天催着我代表他来请你，而且说他自己不能来，十分对不住。你看（起来开箱子）这是邓司令的亲笔信，你看了信就明白了，他还说（把信交给可秀）要是你真能去帮忙，那真是"刘备借赵云""如鱼得水"。（看看信）

张：（走近赵，低声）我们少爷真是要出关？

赵：可不是真的。

张：干义勇军？

赵：（点头）对了。

张：打日本鬼子？

赵：（又点头）哼！

张：（急）带我去？

赵：那当然带你去呀！

张：可是刚才少爷说不带我去。

赵：那就不去算了。

张：（更急）那不行，赵先生，您替我说说，我非去不可，不去我非死不可！我一死可就活不了啦！

赵：（不懂他的意思）什么？

张：不是！我说："我要是不去就活不了啦！"

赵：好小子！我准替你说。

张：（请安）那我这儿谢谢您了。

秀：（读信）……现已集合部队三万人……

赵：你往下看："大胜八次，小胜不计其数……"

秀：好！好！有劲！

赵：那可不是瞎话，真是有劲！

（秀看完信）

赵：你打算那天走？

秀：越快越好，是不是？

赵：当然是越快越好。

秀：那就明天一清早动身。

赵：（惊讶）明天一清早？这么快？（握手）可秀，我真佩服你。

张：（不耐烦）赵先生！（指自己，以目示意）

赵：你能带张生去吗？

秀：张生……我是打算带他去的。

张：（狂喜）真的？

秀：（笑）真的。

张：（反而不信）真是真的？

秀：骗你干吗？

（外面有女人声音叫门。）

秀：快开门去！

张：少奶奶跟三少爷回来了。

（张生下。）

赵：哦！是嫂子回来了？你们过得好？

秀：西山空气很好，看书，写文章都好；就是老惦着你们，心里不痛快。

赵：你决定明天走？你就舍得撇下嫂子？

秀：可说呢？那有什么法子？

赵：还是我这一条光棍儿来得干脆，也没人惦着我，我也不惦着别人。

（夏琬冰，苗可英上。）

赵：（站起）呵！嫂子！可英！

夏琬冰：（下简称冰）（她知道赵同来了之后，她的丈夫将要与她分别了，所以我们看得出她脸上的"伤别离"的情绪，她装着笑容）赵先生！您来啦！

苗可英：（下简称英）（同时）赵大哥，几时到的？

赵：火车四点半到北平，立刻就赶到这儿来啦，刚到了一会儿。

冰：那可受累了，晚饭吃过没有？

赵：哎哟！我连晚饭都忘了。

冰：（笑）可秀！你真糊涂，自个儿吃饱了，就不记着张罗别人。

秀：说说话，不觉就忘了！

冰：得啦！你们男人真不成。

秀：这本来就是你们女人的事。小赵！你自己为什么不说？

赵：我一进门，到现在那儿闲了，你尽问这个，问那个，连喝水都不许我，我那有功夫想到吃饭？（大家笑）

冰：（站在窗前向外喊）张生！

外面（张生用军队里点名的声音答应）有！

冰：打一脸盆水在三少爷屋里，给赵先生作饭。

外面（张生答）是！

赵：谢谢你，嫂子！

冰：这还客气？（坐下低声）可怜你们在外面吃也吃不好，睡也睡不好，赵先生，亏了你身体结实。差一点儿的人，真受不了。（目视可秀）

（赵会意亦看可秀。）

冰：小赵，洗脸去。（秀站起来领路，琬冰暗中拉他一把，秀又止住，对可英）弟弟，你陪赵大哥到你屋里洗脸吃饭，歇一歇。

英：赵大哥，走这边。（往外走）

赵：（起立）回头见。（同下）

冰：（走上前轻喊）可秀！

（可秀握住她的手。）

冰：可秀，你们要去了？……你们那一天走？

秀：你别难受……我们刚才决定的，明天一早就走。

冰：（一惊）明天？

秀：是明天，明天一早。

冰：多待一两天都不成吗？

秀：为你，我应当多待几天的，可是为了救我们的国家，我一天也不能多待。琬冰！你知道的……你看！小赵为了来找我，从关外赶到这儿，冒着大危险，连饭都忘了吃。（拿信）这是邓铁梅司令的亲笔信，（给冰，两人同坐在沙发上，冰看信）写得这么恳切，需要我这么急，无论如何，我决不能耽误，是不是？

冰：（放下信）这信我看不下去……你知道我心里多难过……

秀：你得想开一点……你不记得去年我在关外干了一年吗？到了儿还不是平平安安的回来，这回我们的兵更多，声势比上回更大，说起来只有比上回更成功，比上回更保险。

冰：不是这个，这个我全知道，可是，你忘了？……罗大夫说的，我们六个月后就要生产的孩子，那时候你应当在我身旁的，要是你离开了我，（战抖地）那我多害怕……

秀：那时候我也许能回来一趟，我总想法子回来一趟就是了。可是，这又有什么关系，罗大夫是我们的好朋友，他会尽力的招呼你的。（看钟）啊！七点多钟了。（叫）张生！张生！

（张生答应，走入。）

张：少爷。

秀：快到香山饭店十八号告诉王校长说有要紧事，请他老人家来一趟，要是有功夫的话。

张：要是不能来呢？

秀：要是不能来，我跟少奶奶，赵先生一块到他那儿去，赶快！

张：是！

（天色渐渐黑下来，好像云气重得很，窗外的一切，都看不清了。屋里更是昏昏地；屋里的主人，像是忘记了天黑，张生下，顺手在门旁捻亮了电灯。）

冰：请王校长干吗？

**秀**：王老师说过的,我几时走非告诉他不可,他听见赵同来了,一定高兴。我走了之后,也得托他老人家照应你们。

**冰**：王老师真是好人……

**秀**：(急然想起)喔!我忘了问你,你跟弟弟刚才进城到六叔那儿去,说了些什么?

**冰**：六叔,六婶,妹妹,妹夫都在家,他们还说明天要来这儿过中秋,来看西山的月亮呢。

**秀**：啊!明天是中秋。

**冰**：他们还说笑话,说你在关外苦子吃尽了,难得在家里赶上中秋节,真是"人月双圆"的好日子,他们明天要全家来庆贺我们,他们明天一早就来,带着酒菜……

**秀**：(自语)他们不知道我明天一早就走了……

**冰**：可是明天你一早就走了,他们见不着你,你想,他们会多么失望?(凄然地)"人月双圆"……月倒是圆了,可是人也就这么分离了……(低声哭泣)

**秀**：琬冰,你别哭,你不该这样,出关杀敌原来是一件顶快乐的事,可是你这么哭哭啼啼地弄得我真不高兴极了,你没有忘记我的父母,你的父母,我们的兄弟姊妹,我们老家的几千万同胞全在日本人的压迫底下,过着不是人过的日子,我是为他们去的,也是为自己去的,为着民族的解放去的,(紧握她的手)琬冰,你顶爱国,你明白,你应当高高兴兴地欢送我。

**冰**：我知道……

**秀**：中国打胜了之后,我们可以天天过节,我们今天先过一个八月节吧!虽然明天才是中秋,可是今天的月亮一定比明天的更圆,更亮,你来看。(拉着她走到窗前,向外望去)啊!(失望)全是云。

冰：漆黑的，连碧云寺的塔尖都看不见了……

秀：不会的，月亮一会儿就会出来的。

（张生上。）

张：我刚到前边派出所去打了个电话，王校长在家，说不必您去，他老人家立刻就来。

秀：你说了赵先生在这儿？

张：说啦。

秀：你说了我们明天走？

张：也说啦。

秀：快嘴。

（张伸舌头，下。）

秀：张生这家伙，实心眼儿，不错。

冰：有他跟着你，我放心的。

秀：荷花跟他倒真是一对儿。

冰：对了，刚才我到六叔家去，荷花还说明天要跟着她们太太来呢，我说："你是不是要来看张生？"她连耳根子都红了。

秀：傻小子也会谈恋爱，说张生傻，打起仗来，他还是真机伶，又能吃苦，又有长劲儿。（走过去同琬冰坐在一起，琬冰从花瓶里拿出一朵花嗅着，可秀抓住她的手。）

（赵同上，刚吃过饭，用牙签剔牙。）

赵：（顽皮地唱起来，两句原板）夫妻们离别好缠绵。

（秀无可奈何，走开。）

赵：（指着他们）你与他，他与你，难舍难分。

秀：你这是吃饱了撑的。

赵：不，讨厌死了，是不是？嫂子？

冰：倒不是讨厌，没有结过婚的，总是有孩子气的，说起来作嫂子的真对不住你，早答应了给你说一个好媳妇儿，可是到今儿个还没有办到。

赵：（就怕说这个，局促）……

冰：（紧接着）你说怎么办？

赵：（手足无措）怎么办？

秀：小赵，你真不成，凭你这点本事，你还不如张生呢。（对冰）小赵真是个奇怪的孩子，在战场上比什么人都会打仗，在朋友里比什么人都活泼，可是一谈起给他说媳妇儿就比什么人都会害臊……

冰：（手划脸羞他）小赵。

赵：得啦！得啦！你们何苦一个劲儿地打趣我这个光棍？

冰：说得怪可怜的，记着可不许再跟人家捣乱了。

（可英跑上。）

英：王老师来啦！

秀：好快！

英：我站在山上看见他走过来的。

赵：（从沙发上跳起来）好！摆队相迎！

（众人同下，张生上，清理屋中什物，极兴奋状。）

（外面传过来说话声，王老师上，众人后随。）

张：（肃立）王校长。

王老师：（下简称王）（点头）你们明天走，好极了。

秀：您请坐。

（众人就坐，张生倒茶。）

王：赵同，你真成了黑小子了，听说你们干得很好，我真高兴，可秀！你真是我的好学生，说走就走，（竖起大拇指）这才是我们东北的好汉子。

秀：是您的教训，老师！

吴祖光 / 015

王：（高兴地笑）好学生到底是好学生……（摸着胡子）可惜我老了，不然我也跟你们一块儿干。

秀：老师！我有点儿事拜托您。（站起来）

王：家事，国事，你尽管说，没有问题。

秀：老师，我下了决心了，这回我活着去，就没有打算活着回来。（王点头）我走了之后，家里只有琬冰跟可英两个人了，可英年纪轻，求您时常教训他，琬冰是个女人，吃不住惊吓，也求您照应……（琬冰走过来握住可秀的手，眼睛往旁边看，竭力忍泪）老师……琬冰在六个月后，大夫说的……她就要生产了……我们这第一个孩子不知道是男的还是女的，可是，不管他是男的女的，我替他起了个名字，叫"抗生"，就是说"以抵抗求生存"，我们的子孙不应当像我们似的被敌人欺负到这份儿，他应当有最高的志愿，最大的勇敢，抵抗敌人，打倒日本。（琬冰失声而泣）老师！我这一去，又是个无期的抗战，六个月后多半回不来……

冰：（哭）你刚才说的，六个月以后一定回来……你怎么说不回来？……王老师，您劝劝他……不能让他走！

王：（迟疑）……

秀：（厉声）琬冰！你怎么这么不懂事？

冰：你……

王：（劝解）可秀，别这样。琬冰也不许哭了。

（琬冰哭着跑过去坐下。）

秀：（接着说下去）可怜这孩子，一生下来就看不见他的父亲，更有谁教训他？

王：这你不必担心，这都有我。

秀：老师，我的父母自从"九一八"之后就没有消息了，只有您疼我，您就跟我父亲一样。我的孩子出世之后，求您把他当您自个儿的孙子一样看待，琬冰虽然粗鲁，可是还勤快，住在您家里给您洗洗衣裳，作作活，我想她还可以；这么一来，我的孩子有您教训，不至于流落成一个野孩子，琬冰也可以有个安身的地方。老师！您一定能答应我。要是我能成功回来，那是顶好，不然的话……那只有下辈子报您的恩了。（半跪下去）

赵：（从椅子上跳起来）哎哟！哎哟！说这么一大套丧气话。（要哭）我真受不了。

英：（走上前）哥哥，嫂子，你们别难受。

王：可秀，别这样。事实没有这么惨，你走之后，家里的事不用担心，交给我一定没错，琬冰进城来跟我的女儿住在块儿；可英仍旧上学，放假的时候也到我家来住。你们孩子出世之后，我当然拿他当亲孙子一样看待。你到了关外，凭着你的才学，你的机智，你一定会成功的。在学校里你是模范学生，在军队里，你当然是模范军人，你应当记着：从明天起，你就忘掉你的琬冰，你的老师，你的弟弟，你的没有出世的孩子。你在那时候就已经属于国家了，你心里只许有一样东西，就是收复失地，保卫国家！

秀：老师！我谢谢您！琬冰，弟弟，谢谢王老师。

冰，英：（同鞠躬）谢谢您！

王：这是我应该作的。

秀：您再指示我几句。

王：对你，我没有甚么可说的，现在我就是要你注意三件事。第一：民众的力量是最大的，无论在什么地方，什么时候，千万要把民众训练起来，跟你们的军队打成一片。第二：就是团结，凡是你们东北的抗日同志都要化除私心，

吴祖光 / 017

团结一致，不要被敌人分化。第三：就是胜不骄，败不馁，用无数的失败换取最后的胜利。从来古人成大事的，那一个不是"惨淡经营"得来的？

赵：（恳切地）您也嘱咐我几句。

王：你过来，（注视他）你样样都好，胆子大，心术正，身体结实，就是太浮躁，从今天起，要改得沉着点儿，听可秀的话，他的话没有错的。

赵：我向来听他的话的。

王：那我就没什么可说的了。

英：（走过来）哥哥！我明天跟您一块去。

秀：那不必，等你念完了这三年书，跟王老师学完了这三年再说。

王：是的，可英先待在这儿用几年功，到了时候我会叫你去的。可秀，到了关外替我问刘壮飞他们好。（站起）我要回去了，你们明天一早动身，我不能送你们了，（与苗赵握手）祝你们成功，一年后愿我们仍旧在这儿相见。琬冰，你别难过，你今天晚上，应该欢欢喜喜地让可秀痛快痛快。（琬冰点头）

秀：（忽然想起）老师！我明天也不能给您拜节了。

王，赵：呵！明天是中秋。

英：哥哥，我替你去。

王：（笑）呵！好！再见！再见！

（王下，大家送出去，片刻，琬冰上，开开衣橱，取出来未织就的毛线衣一件，坐在沙发上低头织起来，张生上。）

张：少奶奶，你一人在屋？

冰：他们送王先生出去了。

张：（搭讪）今天外边好黑，天上满是云，我看也许要下雨。

018 \ 四川新文学大系·戏剧编（第二卷）

冰：说得是呢，张生，你们明天一清早就得动身，你去把自个儿的行李收拾收拾，在三少爷屋里把那个行军床搭起来给赵先生睡，你也早点睡。

张：是，少奶奶。（想走又不走）这一去不知道什么时候回来？少奶奶！

冰：（心不在焉）嗯。

张：（没话找话）我一定用心招呼少爷，您放心，少奶奶！

冰：好的。（用手擦泪，又不愿给张生看见）

张：（吞吞吐吐）少奶奶……（见不应，走上前去）少奶奶……

冰：（抬头）啊！张生，你有什么事？

张：其实没有什么事，少奶奶……（抓头）

冰：你说呀！

张：少奶奶……不是。（咳嗽）

冰：（温柔地）张生，你有什么事尽管说好了。

张：我说，（下决心）您要是进城到六老爷那儿去，要是见着了……（用力挣出来）荷花，您告诉她，就说我走了。

冰：我一定告诉她。

张：您就说："我没有功夫见她一面，我怪难受的。"可是，您告诉她，就说叫她别难受……

冰：我会劝她的，我告诉她，你过些日子就回来看她。

张：（恍然）对！您真想得到，我就是这个意思，可是我就是想不出来怎么说，少奶奶。

冰：好，你去吧！

张：少奶奶……（很不好意思）真是（自言自语）怪害臊的，我豁出去了。（从里面衣袋里很费力地掏出一个纸包）这是我一张相片儿，劳您驾交给她得了，（递过去，冰接过，

吴祖光 / 019

张凑近，低声）这个您……您可千万别告诉少爷。

冰：你放心，我不说。

张：（如释重负）那我这儿谢谢您了（请安）我去收拾床去，先去睡了，水已经烧在灶上，你待会儿自个儿去拿吧。

冰：好，你去吧！

张：（慢慢走下）不知道怎么回事，心里怪难受的。

冰：（目送张下，以巾试泪）……可怜的张生……（伏案抽咽）

（苗兄弟，赵同上。）

秀：（呆立片刻）琬冰！

冰：（慌忙抬头掩饰）啊！你们回来了，你们送王老师到什么地方？（拿起衣服织）

英：送到前边山口，王老师说天太黑，一定不要我们送，我们就回来了。

秀：我看你歇歇吧，这时候还打衣服？

冰：已经好了，（收针）今天晚上赶出来，你明天一早好带了走，过一个月也许就要穿上了。

赵：到不了一个月，这才是"慈母手中线，游子身上衣"呢。

冰：又来啦。

赵：好，不敢啦！我是看你们一个个垂头丧气的，怪难受。

秀：大家别闹，小赵，坐下，弟弟，你听着。

赵：（坐下）这是干吗？

秀：小赵，你也听着，我跟弟弟说几句话。弟弟，我明天就走了。这一走我们不知道什么时候再见。我为什么要到关外去？我为什么不能不去？我为什么去得这么急？我相信你全知道。你别忘了（指地图）日本人已经抢了我们这么些地方。杀死我们数不清的人民，我们被他们害得到了没路可走啦，这应当怪我们自己。我们为什么不知道振作？现在我们应当立志,要把日本鬼子斩草除根地杀个干净,不然我们永远翻不了身。(指地图)这是日本强占了我们的土地,我们四万万同胞已经被日本人捆上了一根铁链子。那数不尽的不平等条约,就像一条条的毒蛇,缠住了我们,吃我们的血,吸我们的脑浆,弟弟,(回忆)"九一八"时候,我们逃到关内来。

英:(过来对着可秀)我们的爸爸妈妈到现在还没有下落。我们的大哥大嫂被日本兵杀死了。

秀:他们为什么死的?为了不屈服!为了抵抗!弟弟,从现在起。你每天把这件事在脑子里转几次,你想想那满街的鲜血,你想那沿路的死尸,那我们受压迫的同胞的惨叫!那你知道我为什么一定要去作义勇军,扔下了嫂子,扔下了你,去了一次,又要去第二次?

英:为了报仇!

秀:是的!为了报仇!报国仇!报家仇!报我们几代的磨不掉的仇恨。要用热血来洗尽我们的国耻,要用尽力量来杀尽我们的敌人。

英:哥哥,我永远记住。

秀:(拍他肩膀)这三年里,你好好念书,随时留神我的行踪。我一定想法子每月寄一封信给你们,三年之后,你可以等我的信,来同我一块干,这就是我们一生的职业,一直到杀尽了敌人。

英:我听你的话。

秀:好,没有别的话了,今天晚上天气阴沉沉地,说不定明天会下雨,你同赵大哥早点去睡,明天一早五点钟起来送我们进城。

赵:(走过来,拍可秀肩膀)赶八点钟的火车先到张家口。(看

吴祖光 / 021

了琬冰一眼,说一声"明天见",与英同下)

(琬冰走到里间,拿出一只皮箱来。)

冰:(向衣橱走去)可秀……(看着他)你先去睡吧,明天一清早还要赶路!

秀:(摇头)我睡不着……还是你先去睡吧,衣服我自己来收拾。

冰:(悠悠地)你怎么理得好?(打开衣橱,把衣服一件件地拿出来,放进皮箱去)还有一个多月,关外就该冷起来了……记着穿上这件毛衣……(自言自语)多穿衣服少招凉,一个男人在外头,总是不能叫人放心的……(拿着一双毛线袜)这两双袜子也是我打的,再过两个月也可以穿上了。(又从柜子里拿出一双雨鞋,用报纸包好,放进箱子去)(拿起一条马裤)这条马裤应当带了去的。可秀,这件背心要不要?

秀:琬冰,(温柔地)你真是孩子,你可不知道当义勇军是什么样的生活,你把什么东西都装在箱子里了,让我怎么拿呀?

冰:衣服总应当多带的。到了冷的时候,你就知道了。这就够少的了,你新作的皮袍子,马褂……都没有拿呀。

秀:(笑)你以为我要出关去当老爷吗?

冰:(看他一眼)我难受极了……你还开心……

秀:(走上前抓住她)冰……

(忽然外面传来一阵歌声。)

秀:听!那接壁儿的病人又在唱歌了,你听!

冰:嗯……(低头继续收拾箱子,收拾不下去了,不觉住了手)

外面歌声:黑龙江上,长白山头,江山如锦绣,

战鼓惊天,烽烟匝地,沦落我神州。

妻离子散，国破家危，辛苦君知否？
流亡四海，浪迹天涯，终岁劳奔走。
惨目伤心，凄凉难回首。
往事如烟，家山如梦，何处是归程？
一般新月，两样情怀，游子倍伤心。
夜色沉沉，林风飒飒，踽踽独自行；
大地寂寂，前路茫茫，纷纷泪满襟。
当时欢乐，而今无处寻。
（阴沉的天气渐渐开朗，一轮明月一点一点地亮起来，屋里的灯光暗下去。可秀和琬冰一先一后，随着歌声节奏，迎着月光走向窗子，并着肩看月亮。屋里的灯光全灭了，看见的只是深蓝色的天空，亮得像镜子的明月，和窗前两个偎依着的人影，幕徐徐落，歌声余音不绝。）

## 第二幕

时　间：
　　距第一幕三年后的初夏。
地　点：
　　辽宁省岫岩县境义勇军的一个地下室。
人　物：
　　何耀魁：二十五六岁，少年铁血军第三大队队长，年少翩翩，军中著名的美男子。
　　刘壮飞：少年铁血军第二大队队长，三十左右，与苗、赵等同学，体格魁梧而粗鲁可爱
　　邓铁梅：义勇军二十八路军军长，年在四十开外，胡须满面，是个饱尝风险，久历戎行的老将。

苗可秀：少年铁血军总司令。

张　生：苗可秀的卫兵。

牛德坤：三十多岁，不甘坐视祖国沦亡，率部反正的伪盖平县公安大队长。

日本参事官二人：贺门利人，藤井三郎。

日本指导官二人：友田，高桥。

刘晃丹：三十几岁，缩头缩脑，卑鄙得可怜的所谓"汉奸"。

赵同：少年铁血军参谋长，第一大队队长。

夏川菊子：妖冶动人，带点神秘性，二十几岁的美妇人，日本的女间谍。

苗可英：千里寻兄的新义勇军人。

女间谍乔装卫兵：甲，乙。

义勇军兵士：甲，乙。

**景：**

很简陋的地窖子，虽然是清晨，很好的天气；可是一眼望去完全是阴凄凄的，只有那与地面一样高的兼充枪孔的一列横排的木框窗子，射进来一道强度的光线。

四周曲折的墙壁，全是些大小不齐的砖石砌成，看得出来极重的潮湿；有一个门洞，接着十几层碎砖堆成的台阶，人须要低下头去才进得了门。

墙的另一边钉着一张地图，到最后我们才知道那地图后面隐着一个通地道的门。

墙上挂着几支步枪，皮带，盒子炮，旧军衣。屋里的家具，全是粗旧的木头搭成的：一张桌子，几条板凳，一张行军床，桌上放着粗糙的茶壶茶碗，一个马灯，一个望远镜，简单的文具纸张。

开幕时,无人,只从窗口望见外面来回走着的哨兵的下半部,远远传来几声集合号。

　　一个人匆匆地跑进屋来,穿着很整齐的军装,刮得很漂亮的脸,这是何耀魁,他四下张了一张。

何耀魁:(下简称何)嘿!没有人。(走到凳子上坐下,自己倒了一杯茶,一边对外面喊)来个人哪!

　　(卫兵甲上。)

何:总司令没在屋?

卫　甲:正在东边高地集合第一大队的弟兄们训话。

何:他知道邓军长已经来了吗?

卫　甲:总司令吩咐了,说邓军长来了之后,请您跟刘队长先陪着,他就来。

何:好,你们外面看着点,邓军长已经到了,就快到这儿来了。

卫　甲:是!(下)

　　(何喝干了那杯茶,走到窗前看看外边的天色,大个子刘壮飞从台阶上走下来,何回过身来。)

何:壮飞,你早。

刘壮飞:(下简称刘)早?我们一宿没睡觉,(走过来)喝!小何,好漂亮的小何,新刮的胡子,板儿挺的军装,你这么打扮是给谁看呀?

何:谁像你似的,成天儿弄得跟泥母猪一样,(挺一挺胸,傲然四顾)这才是新时代的军人。

刘:对,(拍何肩)怪不得娘儿们都爱你,小白脸嘿,小白脸到处占便宜。……

何:你这是穷开心。

刘：(忽然)别胡说八道啦！(低声)你瞧着，今天有大乐子，待一会我不把那几个日本鬼子抓住慢慢给剁烂了才算怪。
(用手作成剁肉的样子)

何：你们都预备好了？

刘：那还有错！老苗(竖大拇摇头称赞)真可以，昨天半夜里才从沈阳回来，不知他怎样骗住了那一群日本傻王八蛋，今天有五个大官，带着三百箱军火，跑到这儿来送死，你说邪门儿不邪门儿？你说，他们真就信了说我们要投降，老苗是本事人，刚才我看见他站在山坡子上对弟兄们训话；调兵遣将，叫这个埋伏在那儿，叫那个埋伏在这儿，真是活神仙下凡，我乐得直要哭，连困都忘了，啊……
(打一个大呵欠)

(外面大声，"敬礼"，"礼毕"，邓铁梅上。)

(何，刘立正行礼，邓答礼。)

刘：邓军长，您刚到。

邓铁梅：(下简称邓)来了一会儿，我在那边走了一圈儿，可秀呢？

何：他正在东边高地布置，一会儿就来。

邓：弄得差不多了吧？(走过去看地图)

刘：没有问题了，待一会儿他们从这边来，(指地图)我们打这边抄过去，两头一挤，一个也跑不了。

邓：好极了，我半夜里接着信，立刻就跑来了。(看表)两个钟头，骑着马跑了六十里。

何：您坐下歇歇。

邓：大家坐。(三人都坐下)

邓：我最近得到了一个报告……
(苗可秀出现在门口。)

秀：军长！

邓：（站起来）啊！可秀！辛苦！辛苦！

秀：（走近来，同邓握手）您辛苦，累您久等。

邓：那儿话？我刚来，都预备好了吗？

秀：全弄好了。

邓：我听说你昨天夜里从沈阳回来，立刻就跑来了，可秀，你真成。

秀：请坐！

邓：到沈阳怎么接头的？讲给我听听。

秀：报告军长，到沈阳之后，一直是那姓刘的陪着我，住的顶大的旅馆，叫好些娘儿们来一起吃饭，"酒""色""财"一样都不分丫（剩的意思），他们简直拿我当傻小子。第二天贺门参事官带着我见"执政"，"满洲国的执政"，那小子，我看着真可怜，瘦得都成了猴儿了，那老东西郑孝胥还跟我说了一大套什么"皇恩隆重"，"不世之荣"，说我是"识时务者为俊杰"……

邓：后来呢？

秀：后来，讲条件，开谈判，全是贺门他们十几个日本人，还有姓刘的一大群人，把我围在中间，半吓，半哄，卫队都上了刺刀，其实，这样子就吓得住我们吗？

刘：（握拳）这小子也配姓刘，我们姓刘的就算倒了霉了。

何：（推他一把）别打岔。

秀：条件是这么讲妥的，第一是给您二十万块钱，我也是二十万，赵同是十五万，二十八路军跟少年铁血军的每个队长，一人五万。第二，我们这两军他们改编作"禁卫军"，拿最高的饷，穿最漂亮的军装，用最新式的兵器。第三，他们今天先接济我们三百箱军火，让我们两军会齐，把李纯华，王全他们一鼓消灭，算是先立一个大功。每个人的

吴祖光 / 027

钱等事后再照发，自然哪，以后怎么样？还不是听他们的？

邓：他们好聪明的主意，好精明的算盘，可秀，让他们看看，咱们的"智多星"又显一次神通。

（张生上，他穿着很不合身的制服，看上去非常臃肿不灵，背着全套的行军用品，拿着枪肃立在门口。）

邓：今天他们多少人来？

秀：日本参事官，指导官一共四人，还有那个姓刘的，大概有五百到一千的军队护送军火。

何：是日本军队，还是东北军队？

秀：那他们倒没有说，

刘：要是东北的军队那又麻烦了，两边全是中国人，谁也不忍心打谁，不得已打了起来，谁心里也不好受。

邓：只要我们好好干，总有一天他们全跑过我们这边儿来的，一家人总是一家人哪。

秀：（走到窗前看看天色）时候差不多了。张生！

张：有！

秀：到外边看看去，看日本人来了没有，看他们有多少兵跟来，告诉赵参谋长准备！

张：是！（转身上台阶跑下）

何：（向刘）这就是苗总司令的伟大，这才是"富贵不能淫，威武不能屈"呀！

邓：对，有这样的精神，什么事干不成？可秀，（抱歉语气）想起来我真对不起你，上次还跟你闹意见，后来我老这么想：这三年里头我们打了多少胜仗，干了多少大事，在哨子河关夫子庙的二十五个义勇军首领宣誓团结，一致抗战。三百义勇军杀得日本兵六千人片甲不回，庄河一战大败"满洲国"李寿山。占领凤凰城。占领岫岩县。组织东北"绿林大同盟"……这些……那一件不是你的功劳……啊！我忘了，你最近不费一弹的收复盖平县，听说是公安大队反正……

秀：啊！我真糊涂，（向外面）喂！

（卫兵乙上。）

卫 乙：总司令。

秀：赶快请牛队长来，就说邓军长在这儿。

卫 乙：是！（下）

秀：就是盖平县公安大队牛德坤，他手下有两千军队，是赵同化装混进盖平城去活动反正，一下子就成功了。他立刻率领全部军队杀死了日本指挥官，欢迎我们进去。现在也到这儿来了，他早就说叫我给您引见引见，差点儿叫我给忘了。

邓：好赵同！这牛队长人怎么样？

秀：精明强干，您一见就知道了。（低声）军长！我们队里现在有间谍！

邓：怎么见得？

刘，何：（惊讶）间谍？

秀：在沈阳时候，姓刘的小子一死儿打听我的抗敌计划，我写这个计划除了我们几个人外，外人都不知道的；我本来回答他没有这事，可是他不信，一定追问内容，后来那几个也追问着，我就说："我们已经归顺了你们，还要抗敌计划干吗？"他们才算了，您想，他们对这件事都这么清楚，不是有了间谍那儿办得到？

邓：（点头）对的，的确有了间谍。

何：邓军长，你刚才说最近得了一个报告……

吴祖光 / 029

邓：不错，昨天夜里刘同先军长递来了一个密告，（从口袋里摸出一张纸）叫我转告你们各部队（念那密告）"日人近在'满洲国'组织女子'情报班'，招收二十岁以下美丽少女，教以装饰交际等。六个月毕业后，潜入关内及东北义勇军各部队，化装良家妇女或舞女、学生等以拆白或诱惑手段作侦探工作；刺探军情及其他一切机密，活动颇烈。本军中已有发现，请转知各友军严加注意为要。"

秀：这就不错了，在沈阳既然听到这话之后，一回来我就当了心，赵参谋长昨天夜里已经告诉我发现了奸细。刚才训完了话，又看见一个队兵形迹可疑，他借了解手，一个人鬼头鬼脑地离了队；赵同派人跟了去，已经逮住了，正在审问，我想一会儿一定有新消息。

刘：（用拳头打桌子）这帮鬼子真混蛋！

邓：所以我们得特别当心，（对秀）你比我顾虑周到得多，我用不着担心，可是，你的抗敌计划写得怎么样了？收好了没有？

秀：已经写完了，不过我现在觉得关于防备间谍那一节还得补充，等补充完了，再请您指教，我藏得很好，没人知道，您放心。

邓：那就是了。

（卫兵乙上。）

卫乙：报告牛队长到！

秀：请进来。

（牛德坤上，行礼，秀答礼。）

秀：牛队长，（指邓）这位是邓军长。

牛德坤：（下简称牛）久仰！邓军长！

邓：牛队长这么爱国，真叫我佩服，我不知道怎么说才好。

牛：那是您夸奖了，谁能反叛他的祖国？几年的亡国奴的生活，早就叫我们的血热得快炸出来了。我们东北的二十万军队，现在处在这种情形底下，都是没有法子；只要有一天，中国跟日本开了仗，我敢说，这二十万军队都要反正的，都要回到中国的阵线去，跟日本抗战到底！现在我们盖平县已经恢复自由，看见青天了，邓军长！我们好好儿干！

大家一同：是的！我们好好儿干！

（张生上。）

张：报告！日本兵四百人，"满洲国"兵四百人，带着三百箱军火，已经到了杨家沟休息，四个日本人，一个汉奸，参谋长已经带着他们来了。

秀：好！（对何）耀魁！快到杨家沟去看一看！

何：是！

牛：他们认识我，碰见了不方便，我也一块出去好了。

秀：好。

（牛与何各行礼下。）

秀：（稍停）请进来。

（贺门、藤井、友田、高桥、刘晃丹、赵同顺序而进，贺等低头鞠躬。）

（秀与众人握手。）

秀：这位就是邓铁梅军长！

贺门：（下简称贺）呵！邓军长！久仰！久仰！

秀：这位是贺门先生，友田先生，藤井先生，高桥先生。这位是刘先生！

刘晃丹：（下简称丹）（鞠躬）敝人刘晃丹。

刘：什么？溜黄蛋！

吴祖光 / 031

丹：（弯腰）不是！就是"摇头晃脑"的晃，"一点丹心"的丹，刘晃丹……（指自己）就是敝人。

刘：（目视他处自语）他妈的！你配姓刘？

邓：诸位请坐！

贺：（首先发言）邓先生，苗先生，敝国人素来很佩服，这次"光荣的归顺"尤其是"英雄的行为"，现在我们几个人特地来表示欢迎。

（丹，友，高，藤鼓掌附和）

藤井：（下简称藤）一切条件都在沈阳同苗先生讲好了，现在我们已经实行了第一条：三百箱最新式的武器已经运来了，请诸位检收。

秀：我们派这位赵参谋长去检收，你们那位一块去一下好么？

贺：那么高桥君去吧。

高桥：（站起来）好的，告便！

秀：回头见，辛苦！（对赵示意）

（高，赵同下。）

贺：现在就是希望贵方履行条件了，贵方的两万军队，配上我们这三百箱武器，真是所向无敌的铁军；把李纯华，王全这两军叛逆一鼓粉碎是不成问题的。

藤：（站起来）现在就是问贵方已经拟定了计划没有？怎么进行？什么时候开拔？

秀：计划我们早已决定了，开拔当然越快越好，一定不会辜负诸位先生的希望。我们打算明天就开始军事行动，五位先生今天只好委屈住在这儿，行军的时候，还要各位切实指教。

藤：我们当然指教。（坐下）

贺：我早说"识时务者为俊杰"，诸位真是伟大，中国军队早晚会被我们皇军完全消灭的。敌人在中国居住多年，对于中国情形完全明白：最近人民一致排日，这种举动实在是"大逆不道"，我们皇军一定要给他们一个彻底的惩罚！（拍桌子）

刘：（大声）好！

贺：（站起来）这位贵姓？

（刘手摸枪，冲过去，秀拦住。）

秀：这就是刘队长。

丹：（站起）啊！刘队长，您也姓刘，想不到在这儿遇见本家。

刘：我现在简直不想姓刘了。

丹：为什么？汉高祖，刘备，不也姓刘吗？

刘：他妈的！姓刘的没当汉奸的。

丹：怎么？你……你骂人？

刘：（大怒）骂你是好的，我还要宰了你这兔崽子！

秀：（连忙劝住）刘先生不要计较，这位刘队长脾气不好，请您包涵一点。

丹：（借此下台）那儿话？那儿话？这算不了什么。（忍气坐下）

贺：（不大高兴）这位先生缺乏礼貌，敝人表示遗憾。其实我们种种的努力，完全是为着东亚的和平，中日两大民族原来就是兄弟之邦；我们的目的就是共存共荣，所以……（奇怪的结论）诸位都应当多多替帝国出力才好。

秀：请问怎么叫共存共荣呢？

贺：这个很简单，诸位替帝国出力，将来得了大官……这不就是共存共荣吗？哈哈哈！

藤：是的，邓军长的二十万，苗总司令的二十万，赵参谋长的十五万，各位队长的五万，到了沈阳都少不了的。

贺：（补充前意）关于共存共荣，这位刘先生就是很好的榜样，刘先生对皇军真是忠心，立下的功劳不小了，所以他现在的地位，待遇都和我们一样，这也是共存共荣呀！

丹：（受宠若惊站起来）是，是，那儿的话？我没有什么，我没有什么，承各位长官抬举，我当然是要报答的……

（远处几声枪响。）

贺：（惊起）这是什么？

秀：没有什么，大概是弟兄们在打靶。

刘：在试验贵国的新兵器。

贺：（坐下来）那没有问题，这三百箱军火是敝国最新的出产，威力的伟大，是不能形容的。

丹：（附和）那个当然！当然！

（枪声更密。）

贺：怎么回事？

邓：大概是在练习野战吧？

丹：（附和）听声音很像是练习野战。

（形势紧张，贺等齐立起。）

贺：（厉声）苗总司令！这声音不对！

（苗等亦皆立起，贺等欲拔枪，刘已将枪取出。）

刘：（大声）不许动，你们这一群混蛋！

（门外卫兵均持枪上，镇压贺等。）

贺：（恨恨）好！你们失信。

邓：叫你们知道中国人的厉害！大官，我们不作，钱，我们不要……

藤：（哀求）那你们要什么？

刘：要你们的命，要你们整个儿日本军阀的命！给我们死去的同胞报仇！

（贺等战栗无人色。）

邓：我告诉你们，你们的八百军队已经全军覆没了，你们的三百箱军火我们只好收下了。

丹：（哀求）我是中国人哪！刘队长，咱们还是本家……

刘：你再说？我打死你！（举枪欲击）

秀：壮飞！拿纸笔，把他们的名字记下来。

（刘从桌上拿纸，铅笔。）

刘：溜黄蛋！你说，他叫什么？（指贺）

丹：贺门利人。

刘：贺门利人。（照写）

丹：藤井三郎，……友田。

刘：友田。（写完）你呢？

丹：我……我叫刘晃丹，您放了我吧，我永远不敢了（跑到可秀面前跪下哭）苗司令！您救救我……

秀：你自个儿不学好，当汉奸，我没法儿救你。

刘：没什么说的？（对卫兵）押出去！

（卫兵押众人下。）

（丹站起来惶然四顾，跑到邓前哀求。）

丹：邓军长……

（刘一把抓住丹肩头把他拖出门去。）

（四声枪响。）

秀：他们永远不会再联络我们了。

邓：从今以后，只有更惨烈的抗战。

秀：日本人要来报仇的，我敢说顶晚到后天，一定有一场大战。

邓：那是当然。

（外面枪声稀，渐息。）

邓：听！（指外面）枪声没有了。

秀：大概是完事了。

（张生上。）

张：报告！杨家沟的敌人已经完全解决了，赵参谋长，何队长，牛队长全来了。

（赵，何，牛同上行礼。）

邓：怎么样？

赵：今天押军火来的是四百日本兵，四百东满军，我们趁他们休息的时候，前后左右全给包围住了，我们就喊："中国人不打中国人。"那些东满军全同时反正了，把日本兵逼在一堆，他们一点儿也没想到；所以我们只用机关枪集中扫射，一少半打死了，一多半全跪下投降了，现在请总司令发落。

秀：日本人对这个不会干休的，明后天一定有一场血战，所以我们应当赶快开走，免得受无谓的牺牲。现在我们分两批开拔，目的地是盖平县。

牛：是的，盖平县暂时比较安全！

秀：牛队长，去告诉壮飞各自率领你们的二千部队一共四千人，带着这三百箱武器作第一批先走，第一队跟第三队，留在这儿结束一下，明天一早就开到盖平县来。请你赶快会同壮飞，立刻动身。

牛：是！（对邓，秀，赵，何行礼，下）

秀：俘虏有多少？

赵：二百九十一个。

秀：因为我们现在马上要动身，没有法子优待他们了，只有把他们结果了罢。何队长，请你去一趟。

（何行礼，下。）

秀：刚才抓住的那个人怎么样了？

赵：正要报告您，那个人叫王国才，抓住了之后，问他话他不说，后来是抽了他几鞭子，他才说了。他说他受了大家每月十五块钱的工钱，随时报告义勇军队行动的消息。

首领是好几个女人，有中国人，有日本人，她们时常化了装，连他自己都认不清。他说这机关在杨家坟的一个破庙里，我们立刻跑去包围了。

邓：逮住了多少人？

赵：没逮着人，可是在一个稻草堆里搜出一只化装箱子。

秀：以后呢？

赵：后来在杨家坟的那口水井旁边看见一个老婆子，看着可疑，过去问她，她说是走过这儿看热闹，问她住在那儿，她说是来探亲戚的，问她亲戚住那儿？她又说不出来。她把脸抹得挺黑，牙齿抹得挺黄，我越看越起疑心，就打了一盆水叫她洗脸，谁知道她来的大方，她说："这怕什么？我是奸细，我早就想会会你们苗总司令。"于是她居然大洗而特洗，敢情是个挺俊的小媳妇儿。她又在一个树窟窿里拿出一身衣裳换了，她说她非穿得整整齐齐地见您不可。（低声）我看这家伙有点儿来历。

秀：你还问她什么没有？

赵：（摇头），我不惯跟娘儿们谈话。（指外边）她就在外头。

秀：好，张生，带她进来。

（张生下。）

秀：这许是菊子……

邓：假如是她，倒是个意外的收获。

（张生押夏川菊子上，她穿着极摩登的男子猎装，妖艳异常；进了这中古式的地下室，大有满座生风之概。她的风骚，美丽，大方，给这久居沙漠中生活极其单调的小伙子们一个大的威力，一时大家想不出什么话。）

菊　子：（下简称菊）（清脆的声音）那位是少年铁血军的苗总司令？

秀：（点头）是我。

菊：（注视）就是您哪……（点头）这位是邓军长吧？（笑）我知道，一定是，您是出名的大胡子，一看这胡子？就猜着了。（笑声不止）

（邓极力保持庄严，忍不住，哈哈大笑，觉得有点忘形，立刻止住。）

菊：（走到赵同面前）您是赵参谋长？（赵站起来，向后退）顶能打仗，顶勇敢的赵参谋长，我就是被您逮住的，（诱惑地迫上前，赵退到门口）我早就认识您啦……

赵：（混身不自在，逐步后退，使劲一摆身子，跑了出去）瞧你这股子劲！

菊：（纵声大笑！）傻孩子！

（菊对秀挤眼睛。）

菊：（对秀）我是……

秀：（冷冷地）夏川菊子！

菊：（一惊）是的，我是菊子，您认得我？

秀：我不认得你，可是我知道你。

菊：知道我？（自负地）谁不知道我？

秀：日本人说你是东方的女杰，可是你现在是大中国义勇军的俘虏了，你应当检点一点儿。

邓：（站起来）对了，一个俘虏总得规矩一点，别这么毛手毛脚，乱蹦乱跳的。

菊：（满不在乎地）作了铁血军的俘虏不是很光荣的吗？

邓：叱！这样儿的娘儿们真少见。

菊：（跑上前去）这样儿的娘儿们怎么样？

邓：（失措）怎……么样？

菊：您说。

邓：（逼不出话来）……我知道你怎么样？

菊：您不知道。那么……您说。（对秀）

秀：有好些人捧你，说你是"男装的美女"，是"女英雄"，你是满洲人，中国的满洲人，可是你却跑到日本人那儿去当奴才，仗着你的不要脸，仗着你从日本人那儿学来的下流，专门作破坏祖国的工作，你自个儿美得不得了，可是我看你简直是个女妖怪，（指定她）你这双料儿的亡国奴！

菊：（态度改变，低头像是想什么）你骂我，这么凶地骂我，我听惯了捧我的话，这是第一次挨骂……（恢复原状，媚态）我挨了您的骂都觉得光荣的，苗总司令，您再骂我几句。

秀：你不值得我骂，你不配。

菊：噢，我连挨骂都不配了。苗总司令，您知道我在日本，在满洲国，在中国的社会上是多么高贵的身份吗？（得意地）那一位大人物不尊敬我？那一位大人物不追求我？我一句话可以教他们给我下跪：我说一，他们不敢说二；我往东，他们不敢往西，可是你当我看得起他们吗？这群傻瓜，我一个也瞧不起。

秀：可是你到了这儿，也没有一个人瞧得起你，连他都瞧不起你。（指张生）

（张对菊作鬼脸。）

菊：好，你们侮辱我吧。（坐下，很难过）

秀：不是侮辱你，是教训你。不过，你现在可以坐下，跟我们

吴祖光 / 039

谈谈你过去同现在的情形，（恭维她）一个女人能有这么大的胆子，我到底还是佩服你的，先说，你为什么当间谍？

菊：（坐下，耸肩）这没有什么，我过不惯平凡的生活，我喜欢冒险，所以我就作了间谍了。（拿一枝烟点了火抽起来，随手乱翻桌上的东西，站起来，自负地）我会化装，什么样的人都装得像，（得意地）我在南京装成女学生，鼓动风潮。"一·二八"的时候我能够从枪林弹雨里一直进到中国军队的后方。我曾经收买流氓，组织便衣队，扰乱后方的秩序。（越说越高兴，走到行军床边翻床，张生阻拦她）喜峰口打仗的时候，呵！好利害的二十九军，那时候日本的十四旅团已经被二十九军打得一败涂地了，可是后来二十九军到底是退了，为什么？还不是因为我化了装在二十九军的后方知道了二十九军的军事秘密。日本人几次胜仗都是靠了我，他们当然得奉承我，他们说我是"女英雄"呀！前几个月我在北京饭店跳舞场里，可笑你们那些地方长官，文学家，教育家，还跟在我后头，臭苍蝇似的，一轰一大群。（狂笑，把香烟头甩到张生身上）

秀：现在问你最近的活动情形。

菊：要是我不说呢？

秀：我们这儿没有人怜惜你，你要是聪明一点儿的话，你还是说了好。

菊：那你们就当心好了，我们的间谍已经满布在中国每一个地方！舞女，老妈子，铺子里的伙计，交际花……其实，只要中国人拿得定主意，不上圈套，那就一点儿危险都没有。可是中国人不行，中国人只知道自个儿的利益；怎么爱国，怎么团结，根本就没有这么回事。

邓：（厉声）你胡说！

菊：对了，现在好一点了，所以我们的工作不像先前那么容易了。

秀：这些话不用说，你们这回到这儿来了多少人，是为什么来的？

菊：不为什么，因为久闻苗总司令，邓军长的大名，特来拜见的，没有带别人，就是我一个人来的。

秀：就这么简单吗？（摇头）你不是一个人来的，你是为着我的抗敌计划而来的。你想来诱惑我，来偷我的计划书。可惜你还没有作成第一步工作，你就变成俘虏了。你是大前天晚上七点钟到的。你第一次化装成一个兵，在这间屋子左近走了好几次；后来又变成一个小媳妇，到今天又变成老太婆了。你以为你很聪明，谁知道我们早就跟上你了。跟你一块来的人是谁？在那儿？（厉声）你赶快说出来！

菊：（变色）好，苗总司令，我算输给你了，我这一辈子出生入死，什么苦都尝过了，一点儿苦刑总还受得了，（坚决地）你打死我，我也不能告诉你。

秀：打死你干吗？中国人不会像日本人欺负一个娘儿们的。我不但不杀死你，还得放了你，而且得告诉你：我的计划书，就在这间屋子里，你要是有本事，你尽管来偷好了。
（何耀魁上，一见菊子，大惊，菊子改做笑容招呼他。）

何：啊！你……

菊：老没见，您一向好，何先生？

邓：啊！你们是熟人？

何：（张口结舌）我……不认识她！

菊：何必呢，何先生。（对秀）在上海百乐门舞场，何先生追过我一大阵子呢。哈……（大笑）

秀：那更好了，在这儿遇见熟人，真是难得的。

菊：（走向何）你从阔少爷变成义勇军了，我真佩服你。

何：你，你到这儿干吗？你变成女间谍了？

菊：你不知道？我就是菊子。

何：啊！你是菊子！

菊：是的，你想不到的一个男孩子疯狂地追求女朋友的时候，不会注意到他追求的人是什么来历的。

邓：（站起来）对！谁知道你是橘子，苹果，鸭儿，梨还是大香蕉呢？（大笑）我要走了，我得在中午以前赶回去。

秀：（站起来），您带了多少人来？

邓：四十个人，足够了。张生，告诉他们给我预备马。

张：是。（下）

邓：好，再见。（往外走，何行礼）。

秀：（跟邓出去）何队长，你陪她谈谈。（下）

菊：（走近）小何，（何后退，菊跟上，何又后退，菊坐行军床上，眯着眼睛，招手，娇声）小何……（何复走过来，菊一把拉他坐在床上，自己却站起来，走远去，看着他，柔媚的声音）记得兆丰花园的晚上吗？（偏着头想）我永远也忘不了的，只恨我那个时候不自由，所以什么也没有答应你。（何又走过来，两人拥抱）现在，我可以跟你走，随便到什么地方去，（低声）假如你能够把那抗敌计划弄到手，你可以马上得到五十万块钱，我们俩可以安安稳稳地过一辈子……

（何推开了菊子，恐怖地向后退，发怔。）

菊：（诱惑）小何……

何：（发狂地又抱住了她，两人对视，有顷，猛然一把推开她）滚开，你这不要脸的东西！

（菊正要说话，可秀上。）

**秀**：怎么？菊子小姐别生气，喂！（外面卫兵二人上）把她放了，随她便，爱到什么地方就到什么地方去，别管她！

（菊子流目顾盼，下。卫兵下。）

**秀**：小何，你以后可得当心，女人不是好惹的。

**何**：您为什么放她？

**秀**：放了她没有关系，看她怎么来偷我的计划书。看我怎样把她们一网打尽。

（卫兵甲匆匆上。）

**卫　甲**：报告又逮着一个奸细。

**何**：怎么？又是一个？

**秀**：又是一个女的？

**卫　甲**：不是，一个男的。

**秀**：好，带来。（卫兵下）今天的事真多。

（卫甲带奸细上，这人满身泥土，穿着一身短衣服，低着头，看不清面孔。）

**秀**：在什么地方逮到的，问过话没有？

**卫　甲**：在前边山下头逮着的，因为他东张西望的，问他话，他不理，还挺横；这小子，真想打人。

**秀**：哦！你抬起头来，（奸细不理）你姓什么？来干什么的？

**卫　甲**：您瞧，他简直不理呢。

**何**：也许是个哑巴。

**卫　甲**：（恍然大悟）唉！准是个哑巴。

**秀**：不见得。你说话不说？不说可留心挨揍。我们对汉奸可是不客气的。

（那奸细忍不住笑，"噗嗤"一声笑了出来，接着很快地扑向可秀去，何大惊，拔出手枪，秀也猛向后退。）

奸　细：（大声）哥哥！

秀：（出其不意）啊！你是……

奸　细：（用手擦着脸上的泥）我是可英，哥哥。

（热烈地握手。）

秀：是你，你怎么跑来的？你为什么装成间谍？我真想不到。（对何）这是舍弟可英。这是何队长。

（何，英互见礼。）

英：我一个月以前从北平来的，是王老师答应我来的，我为了操练操练，所以一个人到处跑了一个多月。

秀：你怎么找到这儿的？

英：一路上打听你，打听少年铁血军，没有一个人不知道。今天一清早我就到了这儿，正赶上你们打仗；我不知道怎么找你好，后来他们盘问我，我就装糊涂，被他们押来了，我知道这样儿会见着你的，你一定吓了一大跳吧？哥哥。

秀：我真想不到，（对卫甲）快去请赵队长来，叫张生也来。

（卫甲下。）

何：（走上前）总司令，恭喜你们兄弟相逢，我们军队里又多了一支生力军了。

（幕落，稍停，幕开）

（已经是夜里，地下室是黑沉沉的，桌上的马灯放着光，远远时常有狗叫的声音，除此以外就是静静的黑夜，窗户外边可以看见满天的星斗，地上的草被微风吹得乱摆，有茎草一直伸近窗子来。）

（苗可秀、可英、赵同散坐在屋中各处。张生坐在台阶上擦枪。）

英：哥哥，我看你比以前结实多了。

秀：可不是，人就是个贱骨头！越是阔人，身体越不好，日子过得越舒服，越爱出毛病，你看，（指赵，张）这三年里，吃了多少辛苦，打了上千回的仗；我们谁也没有生过病，就是张生前些日子受了一次伤，伤在肩膀上，可是现在也好了。

英：嫂子在护士学校学看护，现在也是非常强健，哥哥！你还没看见你的少爷。抗生那孩子，长得又白又胖，王老师喜欢他极了，真把他当孙子看待。嫂子每礼拜只能回来一次，她在学校用功极了，已经考过两次第一，还得过好些奖品。

赵：你们这一家倒是不错，（顽皮地，顺嘴说出来）哥哥当义勇军总司令，弟弟辛辛苦苦跑出来当兵，嫂子学看护，还养活个孩子叫抗生。真是"一门忠义"，又搭上一个家将张生，勇敢善战，真了不得。

秀：王老师还好？

英：还是那么精神，他说他希望在最近看见东北的义勇军，能够组织成一个整个的集团，整个发动最勇敢的抗战。

秀：那没有问题，让他老人家等着瞧吧，统一战线，一致抗敌，这日子已经离我们不远了。我们的同志已经满布在辽宁、吉林、热河、兴安的每一个地方；朝鲜人、蒙古人都已经加入了我们的团体。我们军队的数目，已经有二十几万，在那没有边际的山野排列起来，比万里长城还要伟大；"把我们的血肉，筑成我们新的长城"，这新的长城已经造起来了；比铁还硬，比钢还韧。这就是世界被压迫民族的铁血集团，眼看着它怒吼起来，要粉碎一切侵略的强盗。

英：哥哥！你看我配不配作一个义勇军？

秀：由王老师训练了你三年，冲着你单身跑到这儿来的胆量，我想你也许行，你自己觉得？

英：（站得笔直）尽我的力量干！哥哥！

秀：对了，你就记住："日本帝国主义是我们的敌人，我们跟他势不两立。""有他就没你，有你就没他。"（歇一会儿）干义勇军可非得吃苦不行。

赵：可英，你就预备着吃苦吧！打起仗来，三两天不能休息，咱们就不休息；没有吃的，咱们就饿几天；受了伤，把衣裳撕下一块来裹上咱们接着干；冷天不许怕冷，热天，不许怕热；枪子儿打完了，咱们上刺刀；刺刀打折了，咱们用枪杆；枪打没了，咱们空着手冲上去；坦克车攻过来的时候，咱们身上挂满了炸弹，浇上煤油，撞上去。看见了日本兵，一点儿也别客气，见一个，打一个，见两个，打一对，全来了，咱们全打，只许往前，不许后退，这就是义勇军。

秀：是的，你说这苦吗？一点也不苦，打胜了是应该，打死了，是为着救国家，救民族死的，死了都痛快。

英：那帮子活着作亡国奴的人，我真不知道他们打的什么算盘？（忽然想起）东北的老百姓可真不错，我到了东北之后，跟老百姓谈起义勇军，没有不高兴的。

秀：可不是。冬天的时候，老百姓看见我们睡在外边，一定让我们睡到他们家里去；半夜里行军，他们给我们领路；我们因为天天跟日本兵打仗，老钻林子，跑山道，衣裳不经穿，一来就破了，于是那些乡下的大姑娘，小媳妇儿就跑来给我们补；我们吃饭的时候，就跑到他们家里去吃，大家像一家人一样；他们还总把好的肉、鸡子、鸭子留给我们吃。

赵：去年过旧历年的时候，有一家姓田的，作了一万多饺子，请我们去过年。

秀：他们还常来报告我们日本的军事消息。有一次一个老百姓叫王小田的，探听着了日本兵的消息来报告给我们，可是他非得经过日本兵的防线不可，他冒着危险跑到我们这边儿，半路上中了两次流弹，伤得很重，那时候还离我们这边半里路，他咬着牙，一步一步爬过来，报告完了消息后就死了。他临死的时候说："我的责任完了，你们努力干吧！"（沉痛的回忆）那回我们打了好大一个胜仗！

（远远一阵很急的狗叫。）

赵：（打了一个呵欠）几点钟了？

张：（拿出个表来，看了看）一点过了。

英：呵！张生倒阔气，你还有一个表。

张：一个？（用手伸到身上每一个口袋里去）多得是！（掏出四五个表来）这全是抢的日本人的！（大家笑）

……

（隐隐有飞机声。）

（大家一惊。）

赵：呵！真来了，（对英）你好运气，刚当兵就赶上热闹了。

（枪声，炮声，飞机声，掷弹声，喊杀声混成一片。）

张：这下子来劲，飞机也出动了。（拿起枪来）

秀：这是杨家沟那边的声音。

（卫兵乙入。）

卫乙：报告，日本六千多人攻打杨家沟，何队长已经率领弟兄们跟他们开了火，现在正往这边退过来。日本兵太多了，飞机、大炮全拿出来了，现在炮火集中南山。完结！

秀：好了。（卫乙下）

赵：我去指挥第一大队。

秀：好！赶快去把弟兄们分成四十个小队，在北山集合。（赵拔出盒子炮，跑了出去，可英跟出去，被可秀阻住）
（张生把枪瞄准窗外放了一枪。）

秀：张生，出去看看。（张下）

秀：弟弟，我出去一下，你在这屋里守着，不许离开。

英：我也要去。

秀：（厉声）这是命令！（下）
（可英在屋里走投无路，在窗口瞭望，外面枪声益激，飞机好像就在顶上盘旋。）
（间谍甲伪装卫兵上。）

间甲：报告，总司令受伤了。

英：（大惊）在什么地方？

间甲：就在外边。

英：好，你看好屋子！（跑出去）
（间谍乙伪装卫兵上，二人交头接耳，大肆活动，在屋中乱翻；忽然门外飞来一颗子弹，打倒一人，另一人欲还击，走到门前，又一子弹飞来亦被打倒。张生上。）

张：打你个王八蛋！你鬼，鬼不过我们总司令去。（过去翻动死尸，露出女人头发）喝！是娘儿们装的，（翻另一个）也是娘儿们，你们是为什么许的？有福不会享，跑出来干这个？"计划书"连我都不知道在那儿，你们就找得着了？
（枪声益近，可秀持枪上。）

秀：押进来。
（两卫兵押着已易军服的夏川菊子上。）
（可英随后跑上。）

秀：（指死尸，对可英说）你看看，你离开这儿一会儿工夫，就出了这事。（英看着两个死尸，茫然）（对菊子说）对不起你,菊子小姐,我们的弟兄一直没有离开你。(匆匆扒开台阶上一块砖,里面是一个洞,拿出一卷纸)这就是你想偷去的抗敌计划……(收到口袋里,倾耳听枪声益激)现在情形太紧急了,我没有法子保全你。(敏捷地向菊子一枪)

菊:啊!(大声惨叫,倒地)

秀:我们得赶快走!

(轰地一声,一道亮光从窗口闪过去。)

英:(跑到门口,向外看)不成!他们已经打过来了,我们出不去了。

秀:(对张生)把地图拉开。

(张生很敏捷地拉开地图,露出一个地道的门。)

秀:从这儿走!

(英张与两卫兵相继钻进去,秀最末一个,外面枪声已逼到门口,炮火硝烟已经进了屋,秀拿出一个手榴弹扔了出去,门外轰然一声,火光大起,浓烟满屋;夹着人的惨叫及墙壁坍塌声,秀亦钻进地道,幕闭。)

选自吴祖光著:《凤凰城(四幕剧)》,生活书店,1939年

# 章 泯

| 作者简介 |  该作者简介参见第一卷独幕剧《家破人亡》。

## 战 斗（五幕剧）
### （节选）

人 物：

李村长　村长妻　村长女　青年　刘长发　刘妻　小燕
刘打铁　何屠户　老农民　农民甲、乙、丙、丁、戊　参事官
日兵四人　伪兵二人　儿童多人　农民多人（男女都有，越多越好）　公务员

### 第一幕

景：

　　古庙门前

　　开幕时，小孩数人已在庙门前的石级上或立或坐，唱着"初一十五庙门儿开，牛头马面两边排；大鬼拿着生死簿，小

鬼拿着勾魂牌，嗳咳咳，咳……"

儿童一：别闹了，你们听！

儿童二：听什么？

儿童一：好像是李先生来了。这不是他在打口哨儿吗？

（远处真有口哨声。口哨声越来越近。）

儿童三：真是他。

儿童四：他今天来得这样晚！

儿童一：我们今天要他讲故事给我们听，还是教我们唱歌儿呢！

儿童四：唱歌儿！

儿童三：不，讲故事好玩儿。

儿童二：讲义勇军的故事。

儿童四：义勇军有什么好听的？还是唱歌儿好玩。

儿童三：义勇军打仗，打日本鬼子不好听？

儿童一：要他讲完故事，又教我们唱歌儿。

儿童二：好的——好的，两样都来。

儿童四：我要他先唱歌儿。

儿童三：先讲故事。

儿童四：为什么要先讲故事？

儿童三：为什么要先唱歌儿？

儿童四：为什么不该先唱歌儿？

儿童三：为什么不该先讲故事？

儿童四：不该——不该！

儿童一：得——得，你们闹什么！

儿童四：为什么要先讲故事？

儿童三：为什么要先唱歌儿呢？

儿童一：你们不要争，等李先生来自个儿说吧。

儿童二：咦，怎么还不见来呢？（向一边探望，其余的人也去探望）

儿童一：你们闹得好！给闹走了，好了——现在好了！

儿童四：这怎么能怨人，他自个儿不来。

（大家都怪没趣的。停一会儿，儿童四先开始哼起先前的那个小调儿来。其余的人也随随便便地先后跟着唱起来，唱到"……阎王老爷上边坐，猛然间阴风儿吹进个女鬼来。……"）

青　年：（突然跳上）不是女鬼，是我来了。

儿童四：怎么这会儿才来？快教我们唱歌儿！

儿童三：不，先讲个故事听！

儿童四：李先生，你先教唱歌儿——唱歌儿……（纠缠着对方）

儿童三：（也去纠缠着青年）先讲个故事——先讲个故事……

青　年：你们这样儿，我歌也不能教，故事也没法儿讲了。

儿童一：你们走开吧，等李先生自个儿说。

青　年：你们都坐下来。

（儿童们驯服地坐下。）

儿童三：讲个义勇军的故事给我们听。

青　年：（思考状）义勇军……

儿童一：李先生，你是不是也要去当义勇军？

青　年：你猜。

儿童一：我猜你会去当义勇军！

青　年：为什么？

儿童一：你不是常给我们讲义勇军打日本鬼，还要我们长大了，也应该当义勇军去。

儿童四：你不是还常到我家里去，给我爸爸哥哥他们谈义勇军的事情吗？

青　年：不要随便在外边儿瞎说，让汉奸知道了，可不是好玩儿的。

儿童四：他妈的，我最恨汉奸了！

儿童二：一个人为什么要当汉奸？

儿童四：管他这些个，我们唱歌罢。

青　年：唱什么呢？

儿童四：随便你。

青　年：就唱你们刚才唱得那个，好不好？

儿童一：不好，没有什么意思。

青　年：我们来加点意思进去。

儿童一：加什么意思？怎么加？

青　年：（忽然捉到了个新观念，很兴奋地）我们还可以表演出来呢！

儿童三：什么叫表演出来？

青　年：你们照我说的作好了，好玩儿极了，你们边唱歌边表演，来，一个坐在这当间儿，再一边儿站一个。这两旁再站几个。（安排好了）

儿童四：我呢？

青　年：你等一等，我唱，你们顶好跟着唱。（边唱边指点着）"初一十五庙门儿开，牛头马面两边排……"

儿童们：（两边的儿童们）不干——不干，——作牛头马面——不干……（欲走开）

青　年：这算什么，又不是真的作了牛头马面。站好，不要动，我唱下去了。

（唱）"初一十五庙门儿开，牛头马面两边排，汉奸拿着生死簿，走狗拿着勾魂牌……"

儿童们：（站在两边的两个）不干——不干，——我不作汉奸，——我不作走狗……

青　　年：这是玩儿，又不是真的要你们作汉奸，走狗。不要耽搁时候儿，来来来，我们大伙一齐唱。

全　　体：（唱）"初一十五庙门儿开，牛头马面两边排，汉奸拿着生死簿，走狗拿着勾魂牌。嗳咳咳，嗳咳咳，嗳咳，嗳咳，嗳咳，嗳咳，嗳咳，咳咳咳！"

儿童四：（指点着）牛头，马面，汉奸，走狗——哈哈哈……

儿童二：（本坐在当间，现在站起来）我是什么？

青　　年：别忙，就轮到你了。（唱）"日本鬼子当间儿坐……"（推儿童二去坐在当间）

儿童二：我不干——不干！（欲走）

青　　年：这有什么要紧。他们牛头，马面，汉奸都作了呢。

儿童四：是呀，不要耽搁了——坐好——坐好，唱下去！

青　　年：（对儿童四）可轮到你了。（边唱边推儿童四）"一个汉奸走上来，……"

儿童四：当汉奸，我不干！

儿童二：人家都干了，你为什么不干？来，来，别耽搁了！

青　　年：真是，这有什么要紧。（唱）"一个汉奸走上来，三跪九叩只顾拜……"

儿童二：拜呀！

青　　年：（唱）"日本老爷听明白……"

全　　体："嗳咳咳，嗳咳咳，嗳咳，嗳咳，嗳咳，咳咳，嗳咳咳，咳咳咳！"

儿童二：还有吗？

青　　年：还有，还有。（唱）"奴才今生真好运，王道乐土得安居，笑骂由人笑骂去，汉奸走狗我乐为……"

儿童二：（指儿童四）他爱唱歌，让他自己唱！

儿童们：好——好——好。

儿童四：唱就唱，有什么了不得的。（对青年）是怎么样唱的？

青　　年：（将那节词儿告诉了儿童四）……

儿童四：（唱）"奴才今生真好运，王道乐土得安居，笑骂由人笑骂去，汉奸走狗我乐为……"

全　　体："嗳咳咳，嗳咳咳，嗳咳，嗳咳，嗳咳，咳咳，嗳咳咳咳，咳咳咳！"

儿童一：还有吗？

儿童四：还有吗？你倒惬意！

（这时已陆续地来了一些农民在那儿看热闹。）

农民们：再来点儿——再来点儿……

儿童四：你们怎么不来，你们来好了！

儿童三：好了，该讲故事了。

儿童二：还是讲义勇军的故事。

男　　声：（从外面远处送来）小三儿——小三儿……

儿童二：（对儿童三）小三，你爸爸在找你。

儿童三：管他的，我要听故事，（转对青年）快讲！

青　　年：我来讲个汉奸的故事……

儿童二：不要汉奸的故事，还是讲义勇军的故事！

青　　年：好，我就来讲个义勇军的故事给你们听。这故事是真的，可不是我瞎编的。

儿童三：唔。

青　　年：有个地方……

儿童四：什么地方？

青　　年：你听下去就会知道的，有个人家……

儿童四：姓什么？

儿童三：（对儿童四）别说话，听着！

青　　年：在这一家里，爸爸和儿子闹架了。

儿童三：为什么？

儿童四：你干么说话？

儿童三：我……（无理可说，只好望了对方一眼，仍回头来等望着青年）……

青　年：你们可不要闹架。

儿童一：不要理他们，快讲下去！

青　年：你们说他们为什么闹架？

儿童四：不知道。

青　年：有趣儿极了！

儿童三：快讲——快讲！

青　年：有一天呀，有几个日本鬼子到他们村里来了……

儿童四：来干么？

儿童三：你听着好了。

青　年：来干么，你们想日本鬼子到我们中国人住的村子里来，还有什么好事儿。那老头子——就是那个爸爸，想去叫村里的人都来欢迎那几个日本鬼子……

儿童一：为什么要欢迎他们！

青　年：说得是呀。所以儿子就不让他爸爸去干这事儿。

儿童三：他们就这样闹起来了吗？

青　年：可不。儿子对爸爸说，不应该干这样丢脸的事情，爸爸说儿子不懂事，不应该反对，应该听爸爸的话。你们说欢迎日本鬼子应不应该？

儿童三：不应该！

青　年：作儿子的应不应该听爸爸这样的话？

儿童们：不应该——不应该——谁听这样的话……

青　年：对。那个老头子急了，气凶凶地对他的儿子说：（摹拟老人的声调）"我应该叫全村的人去欢迎！我是村长！"儿子也不怕，挺着胸膛对他爸爸说：（摹拟青年人坚决的声调）"你叫人去欢迎他们，我就叫人去打他们，我是义勇军！"

儿童们：好——好——好——哈哈哈……

农民甲：（找上来，对儿童三）你这小兔崽子在这儿呢！快给滚回去！成天不归家。在外边儿嘻嘻哈哈。什么义勇军——义勇军！送掉你的狗命，才知道厉害呢！

（农民甲追着儿童三下去了。）

青　年：这个人是谁？

农民乙：大家都叫他四眼狗。

青　年：我怎么不知道村里有这个人？

农民乙：你老没有回家来怎么知道。他是从别的地方搬来的。

青　年：他这个人怎么样？

农民丙：没有什么。

老农民：喂，李大少爷你总在外边儿见得多，听得广，请问你，外边儿的世界到底是怎么个样儿了？我们待在这个小村儿里，什么都不知道。

农民乙：听说我们中国同日本鬼子干起来了，真的吗？

青　年：这次真给日本鬼子干起来了！

农民丁：我们打得怎么样？

青　年：打得不错！这次我们全中国的人都团结起来决心给日本鬼子拼到底。

老农民：不知这会儿拼得怎么样了。

青　年：不管拼得怎么样，只要我们真起来拼，就有办法了。最没有办法的，是怕给日本鬼子拼，只是忍受——忍受！

农民乙：真是，我们忍受得够了。这几年，真是一年不如一年，吃尽了鬼子的苦，受尽了鬼子的气！

刘长发：我们这地方偏僻，地方小，还算好点儿，你们没看见别的地方，那才叫人……

老农民：听说有很多村子里的人都让鬼子给归并到一块儿去了，是真的吗？

青　年：怎么不是真的。

农民丙：这是什么道理呢？

青　年：这样并在一块儿，日本鬼子就容易管束我们，并且还使我们不能通义勇军。

农民乙：他妈的，鬼子们倒方便了，我们可倒霉了，自个儿种的田地也得丢下了！

青　年：可不。

农民丙：他妈的，真毒辣！

老农民：幸好我们这儿还没有。

刘长发：我看总有一天要轮到我们身上来的，日本鬼子能放松我们呀？

老农民：听说现在到处都在抽壮丁，是不是？

青　年：是的。

农民丁：抽去干么？

刘长发：干么！还不是当兵。

青　年：当兵打我们自家人。

农民丙：日本鬼子真他妈的聪明，让我们中国人自己打自己！

农民丁：他妈的，我去了。我就不打。逼急了，掉转身儿，就干掉那小鬼子！

农民丙：你吹什么牛！

农民丁：你瞧着好了。

老农民：听说还抽年轻的娘儿们呢。

青　年：是呀。

农民丁：找娘儿们去干么？

农民丙：你说干么？傻小子，这还用问！

刘长发：他妈的，这还成什么世界！

青　年：真是，照这样，我们还想活下去吗！眼看着自个儿的老婆，自个儿的女儿，或自个儿的姊妹给人拉去……

刘长发：这真没法儿再忍受了！

青　年：就是让鬼子拉去了自己的妻子、女儿、姊妹，也还保全不了自己的性命呢。我们还得拉去当兵，打自家人，白当炮灰！

老农民：还要我们丢掉自个儿的家产，跑去待在堡寨子里受小鬼的气！

农民丙：他妈的，照这样下去，谁受得了！

农民丁：真他妈的！

青　年：这当然受不了，我们又不是猪、狗，可以给人随便杀，随便打。我们是人！我们怎么能让日本鬼子这样来毁了我们的家，还把我们送去当炮灰！

农民丁：给他当炮灰，他妈的休想！

农民丙：我们要把鬼子打成炮灰！

农民丁：真是！

青　年：我们不愿白白地去送死，不愿受鬼子气，我们就该赶快起来想法子！

刘长发：有什么法子可想吗？

青　年：当然有！

（青年正要继续说时，农民甲领着一公务员谈着话上。）

公务员：还有多远儿？

农民甲：没有多远了，前面转弯就到，那个大门，就是李村长的家了。

公务员：好了，你去吧，我知道了。（下）

农民甲：是，是。（转身正欲回去）
农民乙：四眼，这是谁，找李村长干么？
农民甲：干么，不得了！
农民丙：有什么事儿？
农民甲：有什么事，你们当心点儿！
农民丙：当什么心？
农民甲：你们爱当心不当心，不干我的事儿。
农民丙：是呀，我问你有什么事儿？
农民甲：回头你就会知道。（欲走）
农民丙：（抓着对方）我要你这会儿告诉我！
农民甲：你这是干么？
农民丙：你告诉我们呀！
农民甲：日本官儿要来了！
农民丁：你吓哄谁！
农民乙：真的吗，四眼？
农民甲：刚才那个人对我说的，谁还骗你！
农民乙：他是打那儿来的？
农民甲：打那儿来的，打县里来的！你当是打那儿来的？
农民丙：来干什么的？
农民甲：来告诉村长，赶快准备欢迎。
老农民：欢迎谁？
农民甲：欢迎日本老爷，你当是欢迎你呀？
老农民：真有日本官儿要来吗？
农民甲：可不，他说什么参事官。他先来通报，要村长赶快想法招待。要是招待不好，是不得了的。
老农民：我们又得倒楣了。李村长又要我们出钱了，去年不也是有个什么官来我们这儿，李村长就要我们每家出五毛钱，说是招待那个官。

刘长发：钱倒是小事儿，我看这次不是出钱就完得了的。

农民甲：你说还会有什么事儿？

刘长发：说不定就要我们村里的人家都搬走。

农民甲：搬走，搬到那儿去？

刘长发：搬到一个堡寨子里去，给许多人住在一块儿，好让鬼子管束。

农民甲：那我们现在的房子田地呢？

刘长发：鬼子还管你这些个！

农民丙：说不定，连自己老婆都保不着，也会给独去陪人家睡觉呢！

农民丁：恐怕还要抽你去当兵呢。

农民甲：真的吗？

农民乙：可不！

农民甲：这怎么得了！

老农民：我们的劫数到了——劫数到了！

青　　年：我们的劫数真到了，可是我们不是猪，不是小绵羊，老听人摆布，我们是人，我们总要想法活下去！

老农民：你还有什么办法，鬼子们那样蛮不讲理！

农民甲：真是，还有什么办法，难得我们还能给他们拼吗？连大点的刀都缴去了！

刘长发：（对青年）你先不是说有什么办法吗，我问你，你还没有说出来呢？

农民乙：真的，李先生你说说你的办法。

农民甲：我看最好的办法，是请这位李大少爷去对你爸爸说，要他在那日本官面前求求。

青　　年：这是办不到的。

农民甲：你们是父子，有什么话不好说。

青　　年：我不是说这个，我是说日本鬼子绝不会答应的。并且我爸爸也不会去说的。我看最好的办法呀……

农民乙：怎么办？

青　　年：只怕你们不愿意。

老农民：你说出来听听看。

青　　年：我先来问你们，你们愿不愿意丢掉自个儿的老家，自个儿种的田地，跑去关在一块堆儿，更好受鬼子的气？

农民丙：这谁愿意！

青　　年：你愿不愿意让鬼子抽去当大兵，打自己人，送死？

农民丁：这谁愿意干！

青　　年：你们乐不乐意让自个儿的老婆给鬼子拉去？

刘长发：乐意当王八的人，世上恐怕找不出。

青　　年：我再问一句：我们老是这样忍受着，是不是死路一条？

老农民：死路是死路，可是又有什么办法！

刘长发：（对青年）你说有办法，说了半天还没有说出来嘛。

青　　年：好，我就说出来，你们听着。我们现在这样忍受着，既是死路一条，那我们就应该跳出这死路，往生路上走去。

农民丙：怎么走法？

青　　年：我们的走法就是大家起来给鬼子拼，干，当义勇军去！我们只有这个走法！

农民甲：你这个走法，还不是往死里走！你要走，自个儿走好了，别劝人死得更快了。

老农民：你这方法不高明。

青　　年：不管高明不高明，我们要活下去，就只有这个拼、干的方法！

老农民：你拿什么去拼？年青人，不知天高地厚！

青　　年：难道说我们就只能等死吗？

农民甲：你算了吧，别瞎吹了！（下）

青　　年：你们几位怎么样，是等鬼子来抽壮丁抽去当炮灰，还是怎么样？

农民乙：让鬼子抽去，还不如当义勇军去！

农民丙：真是，当义勇军，干掉些鬼子，死也值得！

农民丁：对，我们就这样干！

老农民：你空着手，怎么去干？

青　　年：这有什么要紧！我们有手，可以想法子去拿呀。

老农民：到那儿去拿？

青　　年：从鬼子手里去拿。回头不是有个参事官要来吗？他一定不只一个人来，他们不会不带枪来的。

农民丙：你的意思是干掉那家伙，夺过枪来？

青　　年：正是。

刘长发：这太危险了吧？

农民乙：事到如今，还顾得那么多！让他们抽壮丁抽去，是过安全的日子吗？还不是吃苦头，当炮灰！

农民丁：真是！给鬼子当炮灰，真冤！

刘长发：道理是有道理，不过我总觉得危险了点儿。顶好是仔细想想。

农民丙：还有什么好想的！

农民丁：眼看着日本官儿就要来了，我们都跑不掉了！

青　　年：你们真有意思干吗？

农民丙：不干又有什么办法呢，等鬼子来抽壮丁抽去吗？

农民丁：真是！

青　　年：我想，愿意干的人一定还有，顶好是再去约些人，人多妥当点儿。

农民乙：好极了。我们回头多约一些人来，在什么地方大伙儿再商量一下。
农民丙：那更好了。顶好是刘长发家里，他家宽大点儿，又偏僻。
农民乙：（对刘）回头到你家去谈谈，怕不怕危险？
刘长发：笑话，这我怕什么，你们来好了，走，小燕，我们先回去。（下）
农民乙：那末我们什么时候去呢？
农民丙：顶好是晚上，说定了就干。
青　年：好的，我们就分头约人去！
农民乙：我约几个人来！
农民丙：我也能拉几个来！
农民丁：我去叫何屠户，刘打铁来。
农民乙：好的，这两位好汉一定要他们来！
农民丁：好，我们就去！
青　年：我先回家去看看，晚上准来，大家都要到呀！
农民乙：那当然。
农民丁：不到的是这个。（用手作王八）
农民丙：（对丁）快走！
青　年：（对老农民）刘老爹，回头，你一定要去呀。
老农民：我去有什么用。
青　年：一定得去，（对农民乙）你一定拖刘老爹去。
儿童四：李先生，你爸爸一定不让你这样干的，他会对你说："我应该叫全村的人去欢迎，我是村长！"
儿童二：（对青年）那你就对你爸爸说："你叫人去欢迎他们，我就叫人去打他们，我是义勇军！"
青　年：对——对——！回头见。（跑下去了）
儿童们：回头见——义勇军——义勇军——回头见！

## 第二幕

景：

　　一间乡绅家里的书房，后壁正中有一门通外面，门两边有窗。左壁前部有一门通内室，门上方有一茶几和二交椅，后门左边窗下，有一长方书桌，放有不少的古书及文房墨宝，还有一个小钟及一花瓶，桌前有一凳子，后门右窗下有一茶几。靠右壁有八仙桌，两旁各有一椅。壁上挂有字画。八仙桌上有大古瓶。茶几上有茶壶和茶杯。

　　开幕时，村长女正在书桌那儿整理桌上的东西。一会儿村长妻从左门出来，她手里拿着一条花毯子。

村长妻：你还没有收拾好吗？
村长女：快了，妈。里边儿的床铺给收拾好了？
村长妻：收拾好了，我看这床毯子还是不要给铺上，还是崭新的，我们都不舍得用呢；可是你爸爸要叫给拿出来铺上，你看怎么办？
村长女：你管他的！
村长妻：（踌躇着）回头又……
村长女：（拿着一个漂亮的小钟）这个钟我也怕放在这儿，回头给那个什么日本参事官拿去了，可倒楣了。
村长妻：拿开了，恐怕你爸爸要说。
村长女：我真不懂，爸爸干么要把他接到自己的家里来！
村长妻：他来了，不接到我们家里来，又把他安置到那儿去？
村长女：谁不知道日本鬼是难缠的，让他来家里待下。我们不知又要吃什么亏呢！

村长妻：这有什么法子，现在是他们鬼子的天下！

村长女：他们的天下！只要爸爸不去理他，他还好意思来吗？

村长妻：真是小孩子说话。你要知道，你爸爸是这里的村长，他不去理，怎么行？

村长女：我真不高兴爸爸对鬼子官儿这样客气！他们鬼子对我们有什么好处！把我们东北霸占了那么多年，我们什么罪没有受够！

村长妻：我们这儿偏僻，还算好点儿，你没有听见他们在别的地方！

村长女：听说别的地方还在抽壮丁呢。

村长妻：是吗？

村长女：真见鬼，谁愿意去给他们鬼子当兵，打我们自己人！

村长妻：怎么打自己人？

村长女：还不是在这关外打义勇军，开进关里去打我们中国兵。

村长妻：你怎么知道这些个事儿？

村长女：是哥告诉我的。他说这次关内跟鬼子真打起来了！

村长妻：啊，用我们关外的中国人去打关内的中国人？

村长女：可不！

村长妻：鬼子真聪明，自个儿不去打，让我们中国人去打中国人！

村长女：他们聪明，难道我们就真那么傻呀！

（李村长匆匆从后门上。）

李村长：收拾好了吗？

村长女：（正拿着钟。突然一惊，忙转身去。）啊，爸爸，好了。

李村长：里边儿呢？（说着就走进左门去了）

村长妻：也收拾好了。

李村长：怎么那床新毯子没有铺上？（说着就走出来）怎么？你要把那毯子拿到那儿去，干么不给铺上？

村长妻：（只得走进左门去铺上）……

李村长：咦，你把那个钟拿在手里干么，怎么不给摆好？

村长女：我想……

李村长：你想干么？快给放好！

村长女：（只得放回书桌上）……

（村长妻上。）

李村长：我真不知道你们想些什么！

母　女：……

李村长：（视察着）这也不知道摆！（说着走到八仙桌前去将那个古花瓶摆正。自己审视了一会儿。桌上好像有什么吸引他注意的东西，他俯视桌面，并用手指在上面划了一下，举起来一看）这怎么行！（忙又到椅前照样一划，又举起来一看）都是这样脏！回头给参事官看见了，像什么样子！把衣服给人家擦脏了，还了得！你们总是这样不小心！还站着干么，还不快给擦干净！

村长妻：（只得走去抹桌子）……

村长女：（很不高兴地咕噜着走到椅前）人家刚擦过！

李村长：擦过！怎么还是脏的？

村长女：……

李村长：叫你们作点事儿，总是不留心！

母　女：……

李村长：（到书桌前察看）你看，笔墨也不给摆好！回头参事官要写什么的，怎么方便？总是这样不留神，什么事儿都要我来管！（说着就整理书桌）

村长妻：那个什么参事官什么时候来？

李村长：就要到了。你们可要当心……

村长妻：当心什么？

章泯 / 067

李村长：当心不要随便跑出来！

村长妻：我们跑出来干么！

李村长：啊，有件重要的事，忘了告诉你们。

村长妻：什么事？

李村长：就是你们要告诉云生那孩子，不要到这儿来，那家伙说话是不知轻重的，回头得罪了参事官，可不是玩儿的！

村长妻：他成天在外边儿跑，天不黑是不回家的，回家就待到他自己的房里去了，你放心好了。

李村长：他成天在外边儿干么？

村长妻：你作父亲的都不知道，我怎么知道。

李村长：这家伙，我看有点不安分！读了几句书，就常常爱说这个不对，那个不好！（对妻）你可要告诉他，参事官来了之后，少在外边儿瞎说！

村长妻：你也该告诉他。

李村长：我不高兴同他说话了！自从那次我骂了他之后，他就不同我见面，我也不理他了！

村长妻：不管怎样，他总是你的儿子，他有什么错处，作父亲的，应该说他才是。

李村长：我说他，他听你的话！跟他说起话来，他总是很有道理的，你还能同他说什么！

村长妻：我也觉得这孩子脾气不好；近来更怪了，成天不在家，回家来了，就躲进房里去了，话也不爱说。

村长女：哥哥倒常爱给我谈话。

李村长：你给你谈些什么？

村长女：谈些呀？

李村长：你说说看。

（在外面哼着第一幕里同小孩们唱的那个歌调。）

村长妻：他回来了。

李村长：叫他来，我给他说话。

村长妻：（到后门口）云生，你爸爸有话给你说，到这儿来。

青　年：（仍哼着那歌调走上来）爸爸，有什么话给我说？

李村长：你成天不落家；在外面干么？

青　年：没有干么，玩儿。

李村长：玩儿，正经事儿不干，只顾玩儿！

青　年：什么是正经事儿，我倒要请爸爸告诉我。

李村长：你长了这么大，什么是正经事儿都不知道？

青　年：（顽皮相）我还不知道。

李村长：不知道，我来告诉你。这次你可不能再把我的话当耳边风了！

青　年：什么话，您说。

李村长：你以后可要安分点儿！

青　年：我有什么不安分的？我相信，没有一个中国人会说我是不安分的。我真比爸爸还安分呢。

李村长：（受了一刺）你这是什么话？……中国人！说这话的，就是不安分，你知道吗？回头日本参事官来，听见你说这话，怕不要你的性命，你要知道，现在这儿是谁的天下？不看风转舵，能有什么好处？

青　年：这样服服帖帖的，好处又在那儿呢？什么苛捐杂税，一天天多起来，现在又在挨门挨户抽壮丁去当炮灰，还常征发年轻的女人去……鬼子们要什么，就拿什么，这就是服服帖帖地当顺民的好处吗？

李村长：谁还管这许多，只要自个儿的家里保全了！

青　年：爸爸也是读书人，也读过许多古书……

李村长：怎么样？

章泯 / 069

青　　年：连那样容易懂的两句话都不知道了。也许是忘了。

李村长：那两句话？

青　　年：爸爸真一点儿也记不得了？

李村长：你说！

青　　年：也许是真不记得了。"国家兴亡，匹夫有责！"

李村长：我当是什么了不得的话呢！

青　　年：这话不重要？你不懂这两句话？

李村长：少说废话！不识时务的东西！

青　　年：你老人家当然是识时务的了。识时务是英雄，你老人家算是英雄！——老英雄了！

李村长：废话——废话！不给你说了，我接参事官去了。你可要当心点儿，客人来了，不准你出来信口胡说！

青　　年：客人，好个客人！（嘲笑着）

老村长：你们都给我滚进去，不要待在这儿！（匆匆地往后门下去了）

村长女：我真觉得爸爸可笑又可怜。

村长妻：你怎么能说这样的话！（转对子）云生，你不要跟你爸爸为难了，他已经是那样大的年纪了，再说他也是为一家子好。

青　　年：好，有什么好？给鬼子欺侮得好！

村长妻：这也是没有法子的事情！

青　　年：没有法子，那倒不见得！

村长妻：你总是这样任性，说不听！不管作什么事儿，总得顾前思后，不要一味任性。

村长女：我也觉得爸爸这样对鬼子是不对的。

村长妻：你也来了！你们对——你们都对！我不管你们这些闲事了，我有事儿去了。（说着就从后门下去了）

青　　年：妹妹，你也真觉得爸爸这样不对吗？

村长女：我真不明白，爸爸对鬼子还要那样诚心诚意的，他们对我们中国人却是那样可恶！

青　　年：可不是！

村长女：喂，哥哥，你这一向怎么成天在外边儿，干么了？

青　　年：玩儿呀。

村长女：我不相信，有什么好玩儿的！

青　　年：你不相信算了。

村长女：不，我要你告诉我！

青　　年：没有什么。

村长女：不——不。你一定得告诉我！

青　　年：我同几个小孩子玩儿来。

村长女：你骗人，那又什么好玩儿的！

青　　年：你不知道，那才好玩呢！

村长女：怎么好玩？

青　　年：我们唱歌儿玩。

村长女：唱歌儿有什么好玩儿的？

青　　年：好玩儿极了！

村长女：你们唱什么歌儿呢？

青　　年：好听的歌儿。

村长女：你唱出来听听。

青　　年：你不是说唱歌儿没有什么好玩的吗？

村长女：你别管，你唱——你唱！

青　　年：你真的要听呀？

村长女：我还要你教我唱呢！

青　　年：真的呀？

村长女：快唱——快唱，快教我唱！

章 泯 / 071

青　　年：我来先唱一遍,你就跟着唱。(唱)
　　　　　"初一十五庙门儿开,牛头……"

村长女：这有什么好听的,常当听见人家唱。

青　　年：不好听?我来唱好的。你听着。(唱)"初一十五……"

村长女：怎么,这是一样的?

青　　年：你听着下面就不一样了。(唱)
　　　　　"初一十五庙门儿开,牛头马面两边排,汉奸拿着生死簿,走狗拿着勾魂牌……"

村长女：真有这事儿?

青　　年：(点头。接着唱)"日本鬼子当间儿坐,一个汉奸走上来,三跪九叩只顾拜,日本老爷听明白……"

村长女：还有吗?

青　　年：(又接着唱)"奴才今生真幸运,王道乐土得安居,笑骂由人笑骂去,汉奸走狗我乐为……"

村长女：这好像是在说爸爸嘛。还有吗?

青　　年：你还要听呀?(忽然听见外面有人声似的,注意倾听了一下,连忙起身)爸爸的好客人来了,我们快走开!

村长女：(跟着跑了几步,忙又回转身来,跑到书桌前)……

青　　年：(停步,转身)你干么?

村长女：(拿着她先前拿过的那个小钟)我怕鬼子把它拿去了,我喜欢这钟!

青　　年：好,快走——快走!
　　　　　(兄妹两人从后门跑下去了。)

参事官：(在外)……你们这地方道路太坏了!怎么不给修一修?
　　　　　(说着就走进来了。)

李村长：(跟进来)是的,地方偏僻……

参事官：偏僻,道路就可以不弄好吗?

李村长：是——是！请坐——请坐！

参事官：（对门口的卫兵）留一个人在外面就行，你们去歇歇。

李村长：请用茶！

参事官：（巡视房里）这里面还有一间？

李村长：是的，也是给你预备的。里边儿睡觉，这外边儿就用来办公。

参事官：很好——很好。（注视着壁上一副中国画，装着很懂画的样子）这幅画很不坏，是不是？

李村长：是——是。

参事官：（点头赞赏）不坏——不坏！

（其实那画并不好，俗气极了。）

李村长：你要是喜欢这画，那就请你拿去！

参事官：这怎么行，是你家里的东西；不过你有了这番好意，我也不便使你失望，我走的时候，给带走就是了。

李村长：那好极了——那好极了！

参事官：你要知道，我是不随便要人家东西的。

李村长：是——那当然。

参事官：我来问你……

李村长：是——是。

参事官：你们现在作"满洲国"的老百姓，比从前作中国老百姓怎么样？

李村长：嗯——那当然——好些。

参事官：那些地方好呢？

李村长：嗯——嗯……

参事官：你说，这还有什么不好说的。

李村长：嗯——好的地方太多了，说也说不尽！

参事官：你真觉得是这样的吗？

章泯 / 073

李村长：那——那当然，真是说不出来的好！

参事官：那么你们这里还有捣乱分子，不安分的人没有呢？

李村长：那当然没有——没有，我在这儿那么样严格，谁还敢！

参事官：很好——很好。要是发现有这样的人，你可得马上报上去，或是捉了来送到县城里去。

李村长：那当然。

参事官：你要是疏忽了，或是有意隐瞒，那你自己就要遭殃，这你可要当心。

李村长：那当然——那当然。

参事官：你说话怎么这么奇怪，老是"那当然，那当然"，真不好听，你不可以换个说法吗？

李村长：那——（忙改口）是，——是。

农民甲：（在外面嚷着）我有事见日本老爷——我有事见日本老爷……

日兵甲：（在外）不行——不行！

农民甲：（在外）我实在有事！

日兵甲：（在外）不行——不行，给滚出去！

参事官：什么事？（说着走到后门口）

李村长：你不要理他，让我去看看。（下）

参事官：（在门口）什么事？

李村长：（在外）你在这儿闹什么，怎不快给滚出去！

农民甲：（在外）我要见日本老爷……

参事官：你们就让他来，给带进来。

（李村长带农民甲上。）

参事官：（对农民甲）你有什么事情要对我说？

农民甲：就是——就是……

参事官：不要紧的，你说好了。

农民甲：求你可怜可怜我……

参事官：什么事可怜你？

农民甲：听说家家都要抽壮丁当兵，家家都还要归并在一个大堡寨里去。

参事官：是的，不错，你要怎么样？

农民甲：不敢怎么样，我只求你开恩，我家里就只有我一个男子，老婆孩子，还有一个老母亲，都靠我养活他们。还有，我就靠种田过日子，求你别要使我家搬到旁的地方去，丢掉了那点儿田，要没有田种，我们一家人就没有法过了！求你……

参事官：我知道了！

农民甲：你答应了吗？

参事官：答应你什么？

农民甲：答应不抽我去当兵，不把家搬走。

参事官：这可办不到！你不要妄想！

农民甲：我求你可怜我这一次！

参事官：别说废话了，快给走吧！

李村长：快滚吧，别在这儿打麻烦了！

农民甲：你要是答应了，我还要报告你一件了不得的事情。

参事官：什么了不得的事情？

农民甲：你要答应了我，我才肯说！

参事官：什么，你还想要挟我？倒看你不出！什么事，快说出来！

农民甲：你答应了我，我马上就说出来。这事儿可不小呢！

参事官：不给你点厉害，你是不服从的。（马鞭拿在手里逼过去）你说不说？

农民甲：……

参事官：快答应！

农民甲：……

参事官：再不开口，我就……（举鞭欲打）

农民甲：（转身欲跑）……

参事官：（一把抓着对方）你想往那儿跑？快说！

农民甲：……

参事官：（举鞭打对方）你说不说——你说不说？

农民甲：嗳呀——嗳呀……

李村长：什么事，你快说呀！

农民甲：我说了，他也不答应我的事情！

参事官：你还敢这样——还敢这样！（边说边打）

李村长：你就说了吧，四眼！

农民甲：打我，我不说了！

参事官：打你，你不说，枪毙你，看你还说不说！（拿出手枪，威胁对方）你说不说？

农民甲：（畏惧）……

参事官：你再不开口，我就……

农民甲：我说——我说！

参事官：快说！

农民甲：……

参事官：怎么的？

农民甲：我说了！村里有人……

参事官：有人怎么样？

农民甲：有人——有人……

参事官：有人怎么样，你快说！

农民甲：有人——有人不愿抽壮丁抽去。

参事官：恐怕就是你这家伙！

农民甲：不是——不是，他们是要造反，我不敢！

**参事官**：什么，有人要造反？是些什么人？

**农民甲**：我也说不大清楚，我只晓得有这回事。

**参事官**：领头的是什么人？

**农民甲**：……

**参事官**：快说呀！

**农民甲**：是——（望望村长，不敢说出来）

**参事官**：是谁？

**农民甲**：（望望村长，又不敢说出来。）

**参事官**：（注意到了农民甲那样的表示。转对村长）你出去把卫兵他们住的地方告诉他们。

**李村长**：是——是。（下）

**参事官**：（态度温和下来了）你快说。不要紧的。

**农民甲**：我求您的事，您答应吗？

**参事官**：（一下又反过脸来了）你他妈的又来了？要是这样，我就一枪送你回老家！

**农民甲**：……

**参事官**：快说，领头的是什么人？

**农民甲**：是……

**参事官**：再耽搁时间，我就……（举枪威胁）

**农民甲**：是——是村长的儿子。

**参事官**：真的吗？

**农民甲**：是的。

**参事官**：村长自己呢？

**农民甲**：村长没有。他大概还没有晓得。

**参事官**：真的吗？

**农民甲**：您不信，就去问问他本人看。

**参事官**：没有你的事了，你去吧。你可不要对人声张，说我已经知道了！（示枪）这个东西是不会饶你的，你要放明白点儿！

**农民甲**：我求您的事，您……

**参事官**：少说废话，快给我滚出去！（示枪）

（村长上。）

**李村长**：叫你滚，你就滚吧！

**农民甲**：（只得畏怯地退下去了）……

**李村长**：这样个蠢家伙，真是……

**参事官**：你有没有大少爷？

**李村长**：有一个。

**参事官**：很好。有多大年纪了？

**李村长**：二十多岁。

**参事官**：很好。他现在在干么？

**李村长**：没有干什么，闲待在家里，帮忙料理家务。

**参事官**：很好，你去请他来，我很想见见他，同他谈谈。

**李村长**：好的——好的。（未动）

**参事官**：快去呀！

**李村长**：是——是。

**参事官**：一定要请他来，我很愿意同他认识认识。

**李村长**：是——是。（下）

**参事官**：这老家伙大概不会有什么。他还说没有捣乱，不安分的；那知就在他自己家里！老糊涂了！（检查手枪）

（村长上。）

**参事官**：怎么，你大少爷呢？

**李村长**：他出去了，一会儿就会回来的。

**参事官**：不管他什么时候回来，他一回来，就请他来我这儿。

**李村长**：就是了。

**参事官**：你们村里这样安静，真是难得。

李村长：是的，这是因为我们这儿，人人都很安分，不像旁的地方一样。

参事官：这当然是你的功劳了！

李村长：好说——好说。

参事官：不过，我还希望你特别留点儿神，别要因为人老就糊涂了。

李村长：不会——不会，您请放心好了。

参事官：你再去看看你大少爷回来没有？

李村长：我已吩咐过了，要他回来了，就马上到这儿来。

（外面有吵闹声）

参事官：外面闹什么，是他回来了吗？

李村长：让我去看看。（下）

参事官：（将手枪拿在手里等待着）……

李村长：（在外）你跑在这儿来闹什么？还不给我滚出去！

刘长发：（在外）他们干么欺侮人，把我老婆给拖了来，我非告诉他们的官长不可！你们打人，你们抢了人家老婆还要打人！

参事官：（在后门口）怎么回事？

李村长：（出现在门口）嗯——嗯……

参事官：快说！

李村长：没有什么，您的卫兵……

参事官：他们怎么样了？

李村长：他们把刘长发的女人找了来，她丈夫现在追来……

参事官：真的吗？

李村长：是的。

参事官：这还了得，随便欺侮老百姓，这是不行的！

李村长：是的——是的。就请您吩咐他们放走那女人吧！

**参事官**：你把那姓刘的叫来,我问他,到底是怎么回事,是那一个去拉他女人的。

**李村长**：(在外)参事老爷叫你去!

(村长带着刘长发上。)

**参事官**：是你的老婆给人拉走了,是不是?

**刘长发**：是的。

**参事官**：这还了得,我是不准扰害老百姓的!

**刘长发**：那就请您叫他们放了我女人,家里还有吃奶的孩子等着喂奶呢。

**参事官**：好的,我一定要重重地办他们,胆敢欺侮老百姓!

**刘长发**：谢谢您,我只求您要他们放了我女人就行了!

**参事官**：不行,我一定要重办他们,我们是不准欺侮老百姓的!你说是那几个人,有没有你们本国人在里头?

**刘长发**：有一个。是两个人去的。

**参事官**：(对外)来!都站在外面。

(卫兵们都站在门外。)

**参事官**：你看是那两个?

**刘长发**：算了吧,放了我女人就行了。

**参事官**：不行,你说好了,我是不能饶过他们的。

**刘长发**：(指一日兵)他!

**参事官**：你不是说有一个你们本国人吗?

**刘长发**：就是——就是他。

**参事官**：你们两个进来!

(日兵乙和伪兵甲跨进房。)

**参事官**：是那一个领头去拉人家老婆的?

**日兵乙**：是他。

**伪兵甲**：不是——不是!报告:是他要我去给他找花姑娘,我不肯

去，他还打了我呢，您看，这里还给打伤了呢。（欲示伤）

参事官：瞎说！我们大日本的皇军，是顶讲理的，是不会干这事的，都是你们这般家伙给引诱去的！我非重办你不可！

伪兵甲：实在不是我，你问他好了。（指刘长发）

刘长发：是的，是他（指日本乙）拉的，他（指伪兵甲）不过……

参事官：胡说！你想陷害大日本的皇军，好大的狗胆！来人！

（日卫兵二人上。）

参事官：（指示伪兵甲）把他给我拖出去立刻枪毙了，看他还去拉女人吗！

（二日卫兵去拖伪兵甲。）

伪兵甲：（挣扎着）不是我干的——这完全是冤枉——不是我——不是我……

参事官：快拖出去！

（伪兵甲终于被二日卫兵及日本兵乙拖出去了。）

李村长：官长这样严格，爱民，真是难得！

参事官：不这样还行！

刘长发：请您把我女人……

参事官：你忙什么！我还有话给你说，我还得教训你一下呢！

刘长发：……

参事官：你出去还敢胡说吗？

刘长发：我没有说什么……

参事官：你刚才不是说大日本皇军拉你的女人吗？

刘长发：是——是……

参事官：混蛋！（就是一耳光）你再说——你再说！

刘长发：……

（外面送来一声枪响声。）

参事官：你听，这是什么声音？你出去再敢说皇军抢你女人，就这样送掉你的狗命！

刘长发：……

参事官：还有你的女人也得当心点儿！（对外面的卫兵）把那个女人叫来！

日本甲：是。

参事官：村长，你觉得我今天办的这事，怎么样？

李村长：好极了！严明极了！实在难得——难得！

参事官：比起你们从前来，怎么样？

李村长：那当然——（忙改口）那就大不相同了！

参事官：你以后就得对老百姓这样去宣传，懂吗？

李村长：是——是。那一定！

（日兵甲引刘妻上。）

（刘妻虽穿着土布旧衣，可很整洁；并且姿首颇佳。）

参事官：（一见刘妻，就禁不住注意起来。他望望刘妻，又整理整理自己的衣服，弄弄自己的头发。）

（冷场一会儿。）

刘长发：老爷，我们可以回去了吗？

参事官：你回去好了，没有你的事了。

刘长发：（对妻）走。

参事官：你走你的，你叫她走干么？

刘长发：回家要喂孩子的奶。

参事官：不要忙，我还有话给她说呢。你先回去好了！

刘长发：这不行……

参事官：不行——谁说不行？

刘长发：……

参事官：我要她在这儿，她就得在这儿。

刘长发：这不能——难道你还……

**参事官**：你说什么？

**刘长发**：……

**参事官**：给我滚出去！（推对方）

**刘长发**：（不走）……

**参事官**：（对日兵甲）给拉出去！

　　　　　（日兵甲进来拉刘长发，刘挣扎着。）

**刘长发**：不能——我要我的女人一道回去……

　　　　　（刘终于被日兵甲拉出去了，可是还是嚷着。）

**刘　妻**：（欲跟出去）……

**参事官**：（忙走去阻止对方）你不忙走。

**刘　妻**：我要回家喂孩子去。

**参事官**：不要忙，等一等再说。

**刘长发**：（在外嚷）你跑出来呀，你还待在那儿干么？

**刘　妻**：（急着要跑出去）你让开——你让开……

**参事官**：（一方面阻止对方，同时也调戏着对方）急什么呢——不要急……

**刘　妻**：让我出去——我回家有事！

**刘长发**：（在外嚷）你还在那儿等什么？

**刘　妻**：他不放我走！

**刘长发**：（拼命挣扎，到后门口）你们这是什么意思，留着人家的女人不放！

**刘　妻**：（又想冲出去）……

**参事官**：（恼羞成怒，把刘妻拖着往旁边一推）不放走，看你怎么样！

**刘长发**：（本已被日兵拖开了，又挣扎到门口）你不能这样，你刚才说过什么，您还把人枪毙了……

**参事官**：我要怎么样就怎么样，你还管得着！给我打！（扔出马鞭

章　泯　/　083

去)

(日兵们在外面打着刘长发，刘叫喊着。)

刘　妻：（想溜出去）……

参事官：你敢动！

刘　妻：（只得停步了）……

参事官：真不成话，这还了得！

李村长：是的，他们乡下人太不懂事了！

(外面的鞭声和刘的喊痛声，刺激着台上那又恐怖又难过的妻。她终于忍受不住，跪下来求参事官了。)

刘　妻：求老爷放了他吧，可怜他……

参事官：我让你们也知道知道我的厉害！

刘　妻：知道了，再不敢了！

参事官：你去叫你丈夫快滚，不要叫你走，你留在这儿，我就饶了他！

刘　妻：（站在那儿，不知怎样办好）……

参事官：怎么样，不愿意呀？好！（向外）给打重点！

(鞭声更密更重，刘的痛喊声也更急切。)

刘　妻：（仿佛是挣扎在一种难以忍受的苦刑中似的，终于冲到门口……）

参事官：（以为刘妻要逃，忙起身，正预备过去阻止对方，可是见对方停步在门口，自己也就止步了。）……

刘　妻：（苦痛地）不要叫我走，你先回去吧！（忍不住痛哭出来了）

参事官：（向外）他走，就不用打了。

刘长发：（在外）你这贱婆娘——你这不要脸的东西，想不到你会愿意留下！

刘　妻：（无限的难过，无限的委屈使她支持不住，哭倒在地上了）……

刘长发：我非把你这不要脸的……（说着就拼命地挣扎着冲到门口，想去对付那悲伤成一团的妻）

（而卫兵拖着刘，不让他跨进去。）

刘长发：你还哭——你还哭！你这不要脸的东西，你该笑了！

参事官：还不给我滚出去！你再敢在这儿瞎闹！（示枪）

刘长发：你们凶！你们狠！我看你们这般强盗能……

参事官：（就是一枪）

刘长发：（受伤倒进门里来了）……

刘　妻：（忙冲过去，蹲在刘身旁，扶起对方）小宝的爸爸——小宝的爸爸……

刘长发：（睁开眼，见是妻）你这……（一痛，忙用手按在胸上，支持不住，向后一仰）

刘　妻：（又忙扶着对方）……

刘长发：（自己勉强支持着）滚开！（自己竭力挣扎着站起来）

刘　妻：（想去扶对方又不敢，可是终于在对方挣起来站不定时，冲过去扶着对方）……

刘长发：（推开对方，独自扶着门走出去了）……

刘　妻：（冲出去了）……

参事官：（忙跑出去拖了对方进来，往里一推。他回头向外探望，好像有什么特别引他注意的东西似的。）……

刘　妻：你把人打伤了，你还想干么？（说着就又要往外冲）

参事官：（反身过来又把她推开）你再敢动，我就一枪送掉你的狗命！

刘　妻：（呜咽起来）……

参事官：（又转身去门口探望）……

刘　妻：（越哭越厉害）……

章 泯 / 085

**参事官**：他妈的，哭得真讨厌！再哭！

**李村长**：叫你不要哭，还哭什么！

**参事官**：（对村长）喂，那边儿那个大姑娘是什么人？

**李村长**：（过去往外一望）是——是小女，不是别人。

**参事官**：啊，是令嫒，很好——很好。（边徘徊着，边盘算着）

**刘　妻**：（又渐渐哭高了）……

**参事官**：真讨厌！给我滚吧！

**刘　妻**：（忙向外逃）

**参事官**：站着！

**刘　妻**：（一下站着了）……

**参事官**：你出去，可不准你瞎说！我听到了，是不会饶你的！滚！

（刘妻下）

**参事官**：这种女人真没有用。骇哄她一下，就怕得那样儿。

**李村长**：乡下女人总是这样儿的。官长，你休息休息，进里边儿躺一躺。

**参事官**：不要——不要，你去看看你少爷回来没有，我最喜欢同青年人谈话。

**李村长**：是——是。（下）

**参事官**：（吹着口哨，到书桌前去，随手拿起一个小小的花瓶观玩着）很不错。（随便就收进一个提包里了）

（村长上。）

**参事官**：怎么样？

**李村长**：小儿还没有回来。

**参事官**：那不要紧。令嫒怎么没有来呢？

**李村长**：嗯——她——她正有事，对不住。

**参事官**：有什么了不得的事，我一定要她来，再请她去。说我一定要见她，她是躲不掉的。你作父亲，应该作主，叫她来才是。

李村长：是——是。（无可奈何，只得下去了）

参事官：（大整其容）……

李村长：（在外）真没有出息，进去，怕什么！

参事官：（迎上去）快进来——快进来！

　　　　（父将女推入。）

参事官：请坐。

李村长：参事官叫你坐，你就坐。

参事官：多大年纪了？

村长女：……

李村长：快答应。真是傻丫头。还得请参事官原谅！

参事官：这没有什么，女孩子，总爱这样羞答答的。（对女）你说对不对？……我这话一定说中了你的心眼儿。（指触对方的胸口）

村长女：（将身子一偏，想躲开）……

参事官：（对村长）你有事情，就请便，不要客气。我随便同令媛谈谈。

李村长：没有什么事，——没有什么事。

参事官：（拿出香烟对女）抽一支吗？

李村长：她不会。

参事官：不会可以学呀。你说是不是？你要不讨厌我，就学抽一支。

村长女：（起身躲开了）……

参事官：（逼近去；将香烟送到对方口边）学抽一支。

村长女：（一下推开对方的手，香烟也掉在地上了。）

参事官：好大的脾气。（厉声）拾起来！

李村长：（忙跑上前去，想去拾那支香烟）……

参事官：不要你拾！不识抬举，竟敢对我这样！（转对村长）我告诉你！

李村长：是——是。

参事官：我看得起你们，我不愿同你们反脸；不过你们要是不受抬举，我可就不客气了！

李村长：是——是。

参事官：你作父亲的，来好好地劝劝她，开导她一下，她老这样儿，不仅她没有好处，就是你们全家人也不会有好处的！

李村长：是——是。

参事官：叫她听话点，乖乖儿的！明白我的意思了吗？

李村长：是——是。

参事官：我先进里边去歇歇。你好好地劝她知趣点。快把香烟拾起来，亲自给我送进房里来。我在里边儿等五分钟，要是还没有信儿，我可就要不客气，对不起了！你们要放明白点儿！（进左门去了）

李村长：（压低声音）你就同他敷衍敷衍！他回头反了脸，可不得了！

村长女：你要叫我怎样敷衍他？

李村长：你就对他客气点，不要老不理他。

村长女：不理他已经不得了了。

李村长：我看，你就不要怎样固执了。在这个年头儿，固执是没有好处的，你就迁就点。

村长女：迁就什么？

李村长：迁就他一点儿！

村长女：爸爸的意思，是要我去受他的侮辱吗？

李村长：这那里是我的意思；不过有什么法子呢？我求你敷衍他一下，全家人的身家性命要紧！他什么事干不出来？（拾起那支香烟来交给对方）你就给他拿进去吧！

村长女：……

李村长：快给送去！

村长女：……

李村长：不要紧的。

村长女：不要紧，你要我去中他的诡计？

李村长：我在这儿，你不用怕。

村长女：你有什么办法！

李村长：你不要管，快进去一下，时间快到了！

村长女：爸爸真忍心叫你女儿去让他……

李村长：那里是忍心不忍心，身家性命要紧！

村长女：（毅然）你真要我去吗？

李村长：有什么办法！

村长女：把我送给人家去侮辱，就是你的好办法吗？

李村长：只要有办法保全身家性命，还管他好不好。

村长女：啊，爸爸原来是这样打算的！

李村长：你明白了，就快给送进去。（交香烟）

村长女：（一把抓过那支香烟，撕碎，用力扔到地上。）我自己可不是这样打算的！（反身就往外冲。到门口，将门一带，门在她后面碰的一声关上了。）

李村长：（忙追去）你不能走——不能走……（打开门追出去了）

参事官：（跑出来，望着后门）……

选自章泯著：《战斗（五幕剧）》，生活书店，1939年

# 老　舍　宋之的

|作者简介| 老舍（1899—1966），祖籍辽宁辽阳，原名舒庆春，字舍予，另有笔名絜青、鸿来、非我等，北京满族正红旗舒穆禄氏。中国现代小说家、作家、语言大师、人民艺术家，中华人民共和国成立后第一位获得"人民艺术家"称号的作家。1957年，《茶馆》发表于《收获》第一期。代表作有小说《骆驼祥子》《四世同堂》，话剧《茶馆》《龙须沟》。

宋之的简介参见第一卷独幕剧《上前线去》。

## 国家至上（四幕剧）

（节选）

时　间：

民国二十七年夏天。

地　点：

河北某县某大镇，居民回汉各半。由地势与财力上看，此镇比县城更重要。

人　物：

　　张老师：六十岁的回教老拳师，干净，利落，强健，固执，褊狭，绝对的自信，异常勇敢，遵守教律甚严。壮年时，曾独力灭巨盗，名驰冀鲁，识与不识咸师称之。对人具热诚，但少礼貌，极自是，强人服从。爱名誉甚于爱身，虽老仍敢冒险——一个个人主义的英雄。衣冠整洁，剃光头，须稍白，牙未脱，目炯炯有光，具英果严肃气度。与沧县马振雄，本县黄子清，为盟兄弟，称回教三杰。

　　黄子清：五十八岁，豁达开明，心宽体胖——极胖，难自见其足。热心肠，每每济人危困；亦富幽默感，与人唇舌，每以一笑了之。办清真小学数所，收教内外失学儿童。略喜夸大，尤好受人谀美，故虽有善心善行，而时招非难。衣冠欠整齐，秃头无胡，走路费劲，声音宏亮。
黄与张为至友。数年前，黄兼收教内外儿童而教育之，张不以为然，因争辩而绝交。黄屡思言归于好，张虽心喜而不肯于行动上表现之，且遇事必不与黄合作，以示个性之强。

　　赵县长：四十岁左右，热心服务，亦略具才干。因积劳，背已微俯。

　　李汉杰：二十一岁，因战事辍学返乡，期尽力于卫乡抗敌工作。未识世故，天真简单；自信有才，能说服乡众，使回汉协力抗战；更拟与回教女子结婚，庶几乎一切难题可赖以解决矣。父为绅士，与回教邻居每多龃龉，汉杰极愿矫正之。与赵县长有世谊。

　　张孝英：张老师之独女，美且健，拳脚颇得父传授。母早亡，受父训特深，个性亦极强。但略受新的教育，故虽敬主事父极谨，而时亦自有主张。曾读书于黄所办学校，因父与黄不和而辍学以减父怒，同时仍对黄极好，时时至黄家。善持家务，对外人虽落落大方，而未能打破旧回教之束缚；至极感困难时，复相信命运，祈主相助。幼与李汉杰同学，并无好感，盖李父与张父素不相熟也。

金四把：三十多岁，瘦而不弱，善逢迎讨好，见利忘义。抓到机会即大胆前进，即宗教亦为利己的工具。近已为日人利用，一班人尚未知道。

难民马宗雄：沧县马振雄之孙，十八九岁。振雄抗敌殉国，家人尽亡，宗雄逃来。年少老实，不足承继祖业，但有人指导，仍愿从事抗战；流亡中，到处宣传敌人暴行。

冯铁柱：十八岁，简单而好管闲事，慕张老师之武艺，城中有事，辄思一露身手，实则无何能力。

胡大勇：亦冯铁柱之流，每与冯争斗。

胡二妞：大勇之妹，年幼，颇淘气，常助兄作战。梳二长辫。

警察，两三位。

医生。

## 第一幕

人 物：

冯铁柱　胡大勇　胡二妞　黄子清　赵县长　李汉杰
张孝英　张老师　金四把　马宗雄　巡警

景：

黄子清住宅门外，两株大槐树似天然凉棚，黄自己和过路人常在此乘凉。树旁一小桌，上置茶缸茶杯，供人取饮；缸上红签书"黄子清施茶"。树下有石凳石几。树后是黄宅院门，黑门，楣有阿文横披（即"读阿"），大门掩着一扇，可见院中杂花短树。胡二妞在树下玩耍，先取砖块投蝉，蝉飞，复取茶喷地；冯铁柱去看壮丁抽签见而叱之。

冯铁柱：二妞，你干吗呢？（不等回答，示理直气壮）为什么糟蹋东西呢？这是你们家的茶吗？不要脸！

胡二妞：（立起来，手叉腰，以示抵抗冯铁柱）你说谁不要脸哪？谁家的茶？反正不是你们家的！你管得着吗？狗拿耗子，多管那么多闲事哪儿吃饭去？不要脸，你一百个不要脸！（往前凑，大有作战的决心）

冯铁柱：（哈哈的笑起来）好男不跟女斗，真要找揍的话，我一拳把你打到槐树里面去，你信不信？（虽未出拳，而略往前移动）

胡二妞：（往槐树那边看了看，顿觉势孤力弱，但口中仍不示弱）你敢！你敢！我，我在这儿玩的好好的，碍着你什么啦？

冯铁柱：哼，你忘记了吧？这是我们的地方，你该来吗？要玩，上你们（指）那边玩去！

胡二妞：（感到打起虽无取胜把握，但斗嘴还可以应付）这，这是黄先生的门口，黄先生愿意叫我在这里玩！你们的地方？你把它搬到家里去！我爱在这儿玩，偏在这儿玩！（胜利的往槐树那边走，想捉个绿虫什么的）

冯铁柱：（斗嘴失败，预备作战；虽好男不与女斗，那也要看是什么样的女的）你个小东西，可真气人！我偏要管教管教你，不准你在这儿玩！（追过她去，扯住；但仍未打）

胡二妞：（挣扎）你干什么呀？放开我！放开！

胡大勇：（也去看壮丁抽签，见铁柱扯住了妹子，不问皂白，过去就打）他妈的，你敢欺侮我妹妹！

胡二妞：（见援军到，施展开武艺）揍他，揍他，他欺侮我半天了！

冯铁柱：（只有招架之功，并没还手之力；本想拉开架式，用科学的方法出击，可是胡家兄妹拳脚交加，无法从容布置，乃背倚树干，作有力的声明）你们打吧，打吧，卖给你们几下！两个欺侮一个，天生的不是东西！你们有本事，去惹张老师去！

胡大勇：（听他提出张老师，立想收兵）二妞，咱们看壮丁抽签去；先饶这小子一次！听说县长还来呢！（指冯）搁着你这小子的！再遇到我手里，不剥了你的皮！

胡二妞：（似乎连张老师也不怕）找张老师去？没那么大工夫！反正今天先把你揍过了瘾再说！（又给了他一拳）

胡大勇：走，咱们走，别为他这臭东西误了看会去！县长还来呢！（扯二妞同去，二妞走出去又回头给冯一个鬼脸）

冯铁柱：（见敌人已去，觉得十分委屈，哭起来。猛的停住哭，把茶缸搬起来，要追上他们，以缸作炸弹投之）我一缸砸死你们俩！

黄子清：（与赵县长、李汉杰同来）铁柱子，怎回事？那是我的缸！

冯铁柱：（见有人来，又甚委屈，要哭）他们把我打了！我去砸——（见县长在旁，收住下半句）

黄子清：先放下缸，唉，小孩子们可是真淘气！县长，汉杰，请。先在这里坐一坐！壮丁抽签还有一个多钟头呢，不忙！（让二人在石凳上坐，用袍襟拂拭了一番。看铁柱子放下缸要走）铁柱别走，到底是怎回事，跟黄伯伯说说！

冯铁柱：他们俩欺侮我！大勇和二妞，他俩！

黄子清：噢！（幽默的）无缘无故，他俩就打了你一顿，是不是？

冯铁柱：啊！过来就一拳，无缘无故！

黄子清：来！给县长鞠躬！这么老大不小的了，也该像个人儿似的了！

冯铁柱：（给县长鞠了半截躬）县长，我告胡大勇，胡二妞一状！

赵县长：（似笑不笑）好啊，告他俩什么呢？

冯铁柱：他俩，他俩欺侮我！

黄子清：算了，算了，铁柱子，别这么半疯子似的！

冯铁柱：县长要是不管，我找张老师给评理去，黄伯伯，你老偏向着外教人！（含怒欲去）

赵县长：回来！听我说！你知道现在咱们跟日本打仗不知道？

冯铁柱：（点点头）一点儿！

赵县长：啊！咱们自己先打架斗殴，还能打日本吗？

冯铁柱：反正我得先打了大勇，再去打日本！我找张老师去，他公道！（看了黄一眼，下去）

黄子清：还是这样，还是这样！没办法！咱们家里坐吧？（往里让他们）喝碗茶！

赵县长：这儿又凉快，又有茶（指茶缸），就这儿坐吧！

黄子清：也好，不过这个茶可不行。你们二位坐坐，我去另泡一壶好茶来；我黄子清不能慢待了客人，是不是，县长？

赵县长：不但是好客，而且是见义勇为，办学校，施舍茶水，谁不知道，人们要都像你黄老先生，中国早就强了！

李汉杰：真的！真的！黄老师！

黄子清：（非常兴奋，用手帕得意的擦着头）县长过奖！过奖！我就这么想，一个人总得对得起国家，对得起真主，办好事，主不会看不见！我七个儿子，九个女儿，五个女婿，都结结实实，规规矩矩，真主的恩典！对，我先去泡茶，咱们再谈，不能慢待客人！（恋恋不舍地走进院门）

李汉杰：二叔，这是个有用的人！我小时候就在他办的小学里念书！虽然我父亲常和回教人打吵子，可是永远没骂过黄校长，黄老师。他们教里的人，倒有不少反对他的，老说他偏向着外教人。反对他最厉害的是张老师。我从外边一跑回来，就想看二叔去，商议个办法，怎样叫黄老师和张老师先和好起来，而后再叫回汉联合起来！团结才能发生力量，是不是，二叔？

赵县长：有什么好办法？先听听你的！

李汉杰：你是县长，又是我的二叔，你要给我个命令，教我去负团结大家的责任，（兴奋的立起来）我就必有办法！我的父亲是绅士，我现在可以完全代表他，我年青，可是有点势力！

赵县长：汉杰，可别怪我问，事情能那么简单吗？

李汉杰：也许不很简单，可是事在人为，我觉得我有些把握，假若二叔准许我去作。（更兴奋的）告诉你，二叔，为这件事，即是让我和个回教的姑娘结婚，我也愿意！回汉联姻，还能有什么解决不了的事呢？

赵县长：（不由的笑起来）汉杰，你今年二十几岁了？

李汉杰：（莫名其妙的）怎么了？二十一！

赵县长：好，可以结婚了！（又笑起来）

李汉杰：（高声的）二叔，怎么了？怎么拿我开心呢？

黄子清：（喘嘘嘘的携茶具来）汉杰，你行了，嗓音跟我差不多了！（倒茶）

李汉杰：不是，黄老师你看，赵二叔总以为我还是小孩子，他笑得我难过！

黄子清：先喝水！（看李坐下）县长，怎回事？（端着茶坐下很响的吸了两口）

赵县长：汉杰的思想不错，在县里也有个地位；可是办法，哼，他也不知怎么想出来的，我实在没法忍住笑，他就生了气。

李汉杰：（勉强的要落落大方）没有，我并没生气！（把香烟掏出来

点上一支）

黄子清：（一边喝茶一边问）什么思想？什么办法？

赵县长：思想是正确的，想教我们大家团结起来，你与张老师合作，然后回汉再合作，教内相亲，教外相友，大家一齐跟日本人干。

黄子清：好！先从我自己说起，我乐意！（把茶喝干又忙着倒上，立起来）不信，你们叫我给张老师去下跪，我一定肯去！他是我的盟兄，不管以前是谁的理对，谁的理不对，弟弟给哥哥赔礼，总不算丢人！你看，（想了想）自从那年我收了些外教的孩子们在我的学校里念书，他跟我大闹了一顿，就再也不跟我过话！（泪盈眶中）老兄老弟的，自幼儿的朋友，到如今会谁也不理谁！我们盟兄弟三个：大哥，沧州马振雄，如今是生是死，不得而知；二哥，这几年了，不跟我过话！嗐！（低声的）多少次了，我要去赔礼，说"二哥，咱们都不久就快入土了啦，干吗还犯这个别扭呢！"我晓得，张二哥会半夜里蒙上头哭一大场，可是，决不会当着大家叫我一声三弟！我晓得他的脾气，自幼的朋友！（用衣襟擦了擦泪，坐下了）

赵县长：汉杰，听见没有？事情，我刚才说过，并不像你想的那么简单！

李汉杰：（坚决的）简单吧，不简单吧，总得有人去作！

赵县长：当然！当然！我到任三年了，敢保说，没有一天不忧虑这件事！问黄老先生，这是真话不是？

黄子清：真的！要是以前的县长都像你这么公平，那可以少出多少乱子！

赵县长：是的，不过这种事可与别的事不同，办好，不容易；办坏，可就不可收拾了！比如，（笑了下）你刚才说的回汉联婚!

黄子清：（不那么抑郁了）怎么着？李大少要——

李汉杰：没有！我是说假如有必要！比如说吧！为了大家的团结，我们是县里有名的人家，若是和教门里绅士联婚，就能有很大的影响，那我就愿意这么办！自幼我就看惯了回教，我喜欢回教；自幼我就有回教的女同学，我喜欢她们——干净，强健，好看！

黄子清：有这么一说！可是你得入教！

李汉杰：我不反对宗教，黄老师，告诉我怎么入教？

赵县长：算了，汉杰！我很佩服你的真诚劲儿，可是你也得想想，为结婚而入教，正如同为金钱或别的利益而入教，不能算真正的信仰！而且，你父亲也不能答应。

李汉杰：我有我的自由，父亲管不了！至于入教的动机，我是为了大家的团结，不能说不正当吧？宗教是大家的，谁都可以入教！

黄子清：这话对，这话对！宗教是大家的，特别是回教，回教里有土耳其人，埃及人，阿拉伯人，非洲人，马来人，印度人，汉人，多啦！多啦！天下最大的宗教就是我们回教！

赵县长：黄先生，汉杰，咱们先说点更要紧的吧！告诉你，汉杰，黄先生有好几位小姐还没出阁呢！

黄子清：（哈哈的笑起来）县长，你并没有说对！我一向不干涉孩子们的事情！儿女的事，儿女们自有办法，用不着老头子多操心！告诉你，汉杰，娶我的女儿不难，也就不算本事；张老师也有女儿，敢去碰碰张老师，那才真算你有勇气！

赵县长：（也笑起来）黄老师真会出好题目！

李汉杰：（极正经的）张老师的女儿，想起来了，跟我同过学，叫什么英来着？这的确是一条路线！的确！这条路线打通，一切困难就一扫而空！想想看，张老师和我父亲有矛盾，张老师又和老师你（指黄）有矛盾，假若我打通这条路线，以我为中心，岂不全部问题一总解决！（看县长微笑）二叔，你总是笑我！按理说，二叔你当帮助我，使我成功！

赵县长：我只能用公平的态度，从政治上使大家心平气和，不出乱子；我可没工夫去作媒人！（严肃起来）汉杰，这可是随便谈谈，先别一板正经的认真！

黄子清：（见张孝英轻轻的走来）啊，说曹操，曹操就到！孝英，好侄女，老忘不了你的黄三叔！来（立起来，介绍）见见县长！

张孝英：（很大方的敬礼）县长！（看见了李，但好像绝对没看见，对黄说）爸爸看壮丁抽签去了，我抓个空来看看三叔，姐姐们在家吧？（要往门里走）

黄子清：好孝英，你爸爸和我几十年的交情，就仗着你给维持着，不至于完全断绝！你爸爸不许你来，你会偷着来看看三叔，好！好！明白懂事的姑娘！

李汉杰：（被她的健美给吸住，不能再管束自己，立起来往前凑）这就是张姑娘！老同学，记得咱们小时候在学校里打架？几年不见，成了大姑娘了！

张孝英：（像想起来他的样，但还不好意思过话，对黄说）我进去看看姐姐们。

黄子清：好，看看她们去，她们天天念道你！等等，这是李汉杰。真的你们小时候打过架，还记得吧？

李汉杰：（凑过来，红着脸，结结巴巴的）李，李汉杰。

张孝英：（很大方的点了点头）三叔还有话吗？（急要走去）

黄子清：告诉我，近来你爸爸又骂我没有？噢，怎能没骂我？骂我什么来着？告诉我，没关系！三叔挨得起骂，也受得起捧！说吧，好孩子！

张孝英：（很规矩的笑了笑）爸爸近来脾气更坏了！

李汉杰：我想我应当去劝劝张老师，国难期间，大家别再闹意见！（表示自己有本事）我去，一定能成功！张小姐你信不信？（见孝英不大理会他，颇失望）我今天一定找张老师去！

黄子清：越老越固执，有什么办法呢！好孩子，我知道你不肯告诉我那老头子骂了我什么，有心眼，好了，去吧，进去吧！（又拦住她）等等，告诉我，县长前次嘱咐你爸爸办理的疏散人口怎样了？你看，孝英，上次县长告诉我，我立刻就想了主意，把学校全搬开了！这不是我当着县长面前讨好，我是说事情该办就得办，快办，不要耽误了事！

张孝英：（极难过的）爸爸看见三叔你忙着疏散学生，他也就忙起来，可是——他劝大家，不要搬走！我一劝老人家，他就发脾气！（忽然的愣住）噢，三叔！

黄子清：（凑过来）怎么啦，孩子！

张孝英：我，我这不是在县长面前把爸爸告下来了吗？

李汉杰：（也赶紧凑过来，安慰她）没关系，张小姐，县长是我二叔！

张孝英：（看了看李，对县长）县长！

赵县长：（立起来，微笑着）没关系，张小姐！我晓得张老师的脾气！幸亏你说出来，我们好另想办法，黄老先生，怎么办呢？

黄子清：很难！很难！听张二哥话的人，就决不听从我！我去劝他们是劳而无功！孝英，你还知道什么？说出来，乘着县长在这儿，大家好想主意。这是大家的事，你别以为是在县长面前出卖父亲，好孩子，你是明白人！

张孝英：也没有什么别的可说的了，除了近来父亲最信金四把的话——金四把的话永远是挑拨是非的，三叔你留神！

李汉杰：（乘机会与她交谈）金四把是谁，干什么的？

张孝英：是——（不愿说下去）三叔，我进去了！（向县长微一鞠躬。李向她点头，她也微一点头）

黄子清：（向她的背影连连点头，百感交集的样子）唉！唉！

李汉杰：（出神的看着她的后影）

赵县长：（看看黄，看看李，不知怎好）黄老先生，得赶紧想办法，疏散人口是刻不容缓的事！金四把是谁？

黄子清：说媒拉纤的那么个家伙。不是本地的人，前——前二年才搬来的。对人顶客气，顶会说话，谁也摸不清他到底要作什么的那一个人！有他常常在张二哥耳朵旁边，准保事情越闹越糟！

李汉杰：（愕得怪僵得慌了，顺口答音的接过话去）交给我，我想我很能对付他！（因话找话的得到妙策）对呀！先收服了金四把，再利用金四把疏通张老师，是个办法，的的确确！

赵县长：（没理会李的话——李颓然坐下）黄先生，咱们先一样一样的说。先说疏散人口的办法，你看该怎办？（坐下）

黄子清：（手捧着大肚子慢慢来回走）凡是我所能办到的，我已经都办了。别人说办而没有办的，我不敢多开口，一开口就更糟。（很愤慨的）我姓黄的说出这样的话，实在觉得丢人！可是一个明白人，我敢说，有时候是闹不过一群糊涂鬼的！团结？谁和谁都来不及，还团结，团结个蛋！

赵县长：不管怎样，你还是得出主意。论年纪，你是我的前辈；论感情，你一向是我的好朋友，是不是，老先生？

老 舍 宋之的 / 101

黄子清：（又天真的笑了）这话不错！不错！你等我想想！（过去灌了一碗茶，抹了抹嘴）这么办，指定疏散区，回汉分开。
（李感到无聊也喝了口水，随便往院里望了望。）

赵县长：分开？

黄子清：哎，分开！大家听说各有各的去处，也许就乐意去了！这不是理当如此，而是就事论事，省得大家因为混杂在一处都不愿去，这是没办法中的办法，人命要紧！

赵县长：分开了当然更谈不到团结了？

黄子清：那倒也未必。大家分开就再不打吵子，遇到公事，或者倒能都来服务。

赵县长：（微微的点头）也对！对金四把怎办？好不好我先找他谈一谈？（远处有吵闹声）

李汉杰：（极快的立起来）二叔，听！

黄子清：又闹了事！简直没办法！
（声渐近。）

胡大勇：（飞跑）黄老师，你们教里的人又反了！还不快去劝劝！

赵县长：（还沉着坐着）这小孩子，不准胡说！怎回事？

胡大勇：哟，县长！真的他们又反了！
（外边冯铁柱喊："我知道县长在这儿，走啊！"众："走！走！"）

胡大勇：（得意而又恐慌的）铁柱子领头是不是反了？我不说瞎话！

黄子清：我去看看！

李汉杰：我也去！

黄子清：（一边走）你不用去！

赵县长：老先生！恐怕又是汉奸捣什么乱，教他们派代表来！不，（立起来）黄先生！（赶上去）我亲自去好！我去！

黄子清：我并不怕他们！

赵县长：事情总是越谨慎越好！我去！（走出去）

黄子清：也好！（走回来）大勇，你小子快躲开，别跟着捣乱！

胡大勇：我不走，还看热闹呢！他们要是真造了反，我就单打铁柱！

黄子清：不准再说造反！快滚！要不然我就永远不再喜欢你了。去吧！好孩子！把二妞带家去，听见没有？

胡大勇：对了，我得先看二妞去；好，要是大家打起来，二妞准得教他们打在底下！（跑去）

李汉杰：（鼓起勇气）老师，什么事？

黄子清：没关系，有县长在这里，不会出事：谁都知道他是好人！以前那些糊涂官们，有两个人打架，就是造反，结果是闹得不可开交！赵县长是明白人！等他们进来，你可少说话！一闹起来，大家就不管谁是绅士了！

李汉杰：晓得！我并不怕！不怕不怕！我还得作出点什么来，教大家看看呢！

黄子清：在咱们这镇上没有胆小的人，就是可惜胆大而心不细，短着点脑子！

（县长同张老师、金四把走来，冯铁柱得意的用绳子拉着难民马宗雄。）

赵县长：张老师，请坐！

黄子清：（极热情的迎上来）张二哥！你今天居然上我这里来！二哥！咱们都老了，难道还把一点怨恨带到坟里去吗？二哥！我早就想去赔罪，不管当年谁是谁非，都通通算我的过错！你教我跪下也可以！想想咱们以前的交情！想想！今天乘着县长在这里，来，二哥，咱们老弟兄拿把手！（伸出手去）

张老师：（没看黄，对县长说）县长我来和"你"谈一谈，不为看

老 舍 宋之的 / 103

什么"别人"!

黄子清：何必呢！自幼的好朋友！

张老师：啊，县长，你大概知道，我敢慢待朋友不敢？我肯为朋友舍了命！不过谁是朋友谁不是朋友，我可不能马马虎虎！

黄子清：（幽默的）二哥，今天只当你马虎一下，认下你的老三弟！

赵县长：张老师！

黄子清：二哥！

张老师：县长，今天要不是你约我来，我的脚决不会来踏这块脏地。

黄子清：啊！你敢在家门口侮辱我！你太不知好歹了！越老越糊涂，给脸不要脸！在我的家门口来侮辱我！好！好！好！（气得发抖）

李汉杰：（鼓着勇气凑过来）张老师，你这就不对了！

张老师：这个吃奶的小孩子是谁？这年月小孩子太没规矩了！

金四把：（和颜悦色的）李家的少爷，汉杰，新从外面回来。

张老师：他呀，连他的爸爸都没有对我讲话的资格！县长，请先办咱们的事，闲人都可以躲开！

李汉杰：（碰了壁而不便发作，表示老练，过去挽住黄，勉强的笑着）老师不必动气！

黄子清：县长，今天我可要对不起了，请到别处去办这件事吧，我真欢迎县长你来，可是这对老眼实在看不惯不识好歹的人！（摔开李的手，想走）

赵县长：（非常为难）不，黄老先生，我们一定要借这个地方！张老先生，和黄老先生拿把手，你们二位老先生，都要这么发脾气，教年青的人看着，不是，不是——（惨笑）教我说什么好呢？现在国难当头，眼看着敌人就来到，我们还能，还能——二位老先生都是明白人！想想，我虽然永远不摆臭官僚架子，可是二位老先生也总得教我过得去，不能一点脸不给我留！来！握握手！

张老师：（躲开）县长！日本鬼子来了，我破着这条老命干，决不含糊！当年，我凭一口单刀，拿过土匪大盗！现在我人老力不老！

李汉杰：太固执了！

张老师：小孩子少讲话！

李汉杰：小孩子？我比你多读过——（被黄先生拦住）

黄子清：好，县长你既愿在这里，请随便！我失陪了！明天，我把这块地皮铲光，省得留下他们糊涂人的脚印。（气昂昂的往院里走，把开着的街门砰的一声关上）

赵县长：（极难堪，但决不愿发脾气，反倒勉强的笑了笑）张老师！

张老师：请县长先审问这个汉奸吧！

赵县长：（又笑了笑）在没调查清楚以前，咱们还是少用汉奸这两个字，张老师！来，都坐下！

（县长先坐下，对张，他不愿太客气了。张昂胸而坐，目空一切。李坐在离张最远的地方。金极客气的坐下。铁柱和马还立着。马低着头，铁柱非常得意。）

赵县长：张老师，怎回事？

张老师：（命令式的）你告诉县长，金四把！

金四把：是！是！张老师！这，这！县长！县长容禀！（立起来，鞠躬）

赵县长：坐下讲！

张老师：坐下，快讲！（老气横秋的把手扶在膝上，目往前视，如一尊什么英雄铜像）

金四把：是，是，是！（坐下，但仍跨着石凳的边沿）是这么回事，县长！今天壮丁抽签，我们——张老师和我——都知道县

老舍　宋之的／105

长必来，本当到城外去欢迎！不过，不知县长什么时候到，所以失礼，失礼得很！

张老师：说干脆的，不要麻烦！

金四把：是，是！既已失礼，没去欢迎县长——

赵县长：常来常往，根本用不着多礼。

金四把：县长（欠身）高明！我说，既没去欢迎县长——

张老师：金四把！你这是成心磨豆腐！县长赏脸听着你瞎扯，"我"的耳朵吃不住！县长（大转身）听我的！我们在开会以前，就都去了，什么话呢，（目光四射）我们回教人不怕去当兵，我们都热心救国！（立起来比画着）男女老幼站了一大群，等着县长来到开会。可是，出了乱子！有人往我们的小孩子嘴上抹大油！（喊）这不是任何一个回教人能忍受的，不要说是我老头子了！怎么着，我们回教人跟别人一样出的壮丁，去为国出力！为什么这样对待我们呢！我断定，这是汉人作的——

赵县长：（不卑不亢的沉着的）怎么知道的呢？

张老师：（干笑）汉人成心捣乱，已不是一次，县长你是晓得的！这次，为的是把会吵散，好教我们担不出壮丁的罪名，这显而易见！

金四把：确是如此！

张老师：你要说，我就不说了！

金四把：张老师说，张老师说，我不再出声！

赵县长：这个人（指马）是怎回事？

张老师：正要回禀县长！金四把看见的，是这小子作的！金四把，是不是？该你说话了，怎又不说了呢，真!？（突然坐下）

金四把：是的，县长，我亲眼看见是他！铁柱，你也看见了？

冯铁柱：（极兴奋的）是，我不说瞎话！

马宗雄：（很快的抬起头来）我在教，我是回教人，县长！

张老师：（惊异的）啊？

李汉杰：（没法再管束自己）哈哈哈！

金四把：县长，他必定是扯谎呢！他要是教门人，我们怎么会不认识他？

张老师：金四把，这说的有劲！说得好，我就夸奖你；不好，就告诉你不好：我心口如一！

马宗雄：我是难民，刚逃到这里来，他们怎能认识我，县长？

金四把：作汉奸的，县长，会乔装改扮，那不难！他假装难民！

马宗雄：我是老实人！

金四把：谁给你担保呢？

马宗雄：我是来找一个人，我要见到他，他就会给我担保！

金四把：哼，我们这里没有认识你这样人的。铁柱，你说，你对县长说，你看见什么了？

赵县长：对，铁柱，你看见他干什么来着？

冯铁柱：（看看张，看看金）啊——

赵县长：说，说实话，好孩子！

金四把：铁柱，留神你说什么！想想再说！

张老师：县长！（相当的客气）我们在教的都不说谎！铁柱，说！

冯铁柱：（得到张与赵的鼓励，本想痛快的陈述，可是金的眼神又使他迟疑）还没开会，（看金）还没开会——

赵县长：（和悦的）怎样？

张老师：说！别耽误工夫！

冯铁柱：还没有开会，我就看见了他。他跟大家说，他是难民，他的家乡都教日本鬼子给霸占了！说的时候，他直要哭！金四把，也在那儿。后来（看金）也不知怎的，大家就乱起来，我就看不大清楚了！

老舍 宋之的 / 107

金四把：铁柱，你这小子太没有记性了！刚过这么一会儿就把事忘了！

赵县长：我问你，铁柱，他和大家讲日本鬼子的时候，他说他是回教人没有？

冯铁柱：（低头不敢看金）说来着！

张老师：就说他是回教人吧，也必是受汉人的指使，我敢断定！

赵县长：那么张老师，现在有这么几点：第一，他也许是回教人，也许不是。第二，他也许是难民，也许不是。第三，他也许是回教人而受了汉人的指使，到这儿捣乱，也许不是。这三点都得调查，调查清楚，才好定罪。是不是，张老师？

张老师：县长说的不差！

赵县长：至于往小孩们嘴上抹猪油，是他不是，铁柱，你没看见？

冯铁柱：（不敢抬眼，点了点头）没看清。

金四把：县长，我看见了，我敢起誓！

赵县长：好！张老师你也没看见？

张老师：没有！金四把总不会说谎！即使不是这个人作的，这件"事"可是千真万确，请县长认真的清查！

赵县长：我还没有不认真过吧？（一笑）

张老师：县长爱民如子，谁都知道！

赵县长：那么，这个人交给我，我去细细审问，再去详细调查一切，是不是？（看张点头）好！张老师，你去告诉大家，不要再吵，我慢慢的把这件事办理清楚。

张老师：一定！我不准他们吵，就没人敢再吵！这一对拳头，还能打十几二十个的！

赵县长：金四把，你呢？

张老师：我既然赞成了县长的办法，金四把就不能再说别的！

金四把：（献媚的）张老师的意见也就是我的，是！县长！

赵县长：好，汉杰，把外边弹压的警察叫来，把这个难民暂看在区公所里。

李汉杰：是，二叔。我同意二叔的办法！我得跟着你学习！

赵县长：铁柱，你好好回家，不准再跟人打架！

冯铁柱：我等着跟张老师一道走，张老师答应教给我几趟弹腿呢！

（搭讪着走到张老师旁边。）

赵县长：张老师，这件事暂时告一结束。先别走，我还有话说，抽壮丁改在明天，老先生还得来帮忙！

张老师：可以！

赵县长：疏散人口的事，等一等我还去拜望你，咱们再细谈。

张老师：禀告县长，这件事，对不住，我还没办！这可并不是没有理由。（立起来）大家的房屋财产都在这里，难舍得搬走。搬到乡间，回汉混杂，又大不方便。再说这里有我们的礼拜寺，真主相助，日本人不敢炸这里，这是大家的意思，我就照实的回禀。金四把，是这样不是？

金四把：是这样，我也想日本人决不敢来炸礼拜寺！

赵县长：好，张老师，咱们再详细的谈。金四把，请回吧！

金四把：是，县长！这个汉——难民，县长，可请你别轻易放了！县长嘱托我们大家留神查汉奸，我们就得尽心！要是轻易放了，大家就必定灰心，再也不肯负责任了！请原谅我多嘴，县长！张老师，待一会儿见！（下）

张老师：我也该走了吧？

赵县长：请稍等一等！（见李同二巡警进来，对警）把他送到区公所去，好好的看待，不准委屈他！暂时不准他出来，也不许别人见他！听明白没有？（对难民）先跟他去，待一会儿我问你话，不要着急，我们这里不能错待了你！去吧。

老舍　宋之的／109

(警带马下。对李）你也请回，今天晚上，我也许看你的老人家去，先替我问他好！

李汉杰：二叔，教我办点事啊！哪怕是件小事呢！先试试我成不成！我能完全代表我的父亲，对地方的事，我和他（指张）一样的有发言权。

赵县长：慢慢来，慢慢来。（见李下，立起来，与张并肩）张老师！（语声极诚恳）

张老师：（好像是受了什么感动）啊？

赵县长：现在只剩了你我！啊，铁柱！

张老师：没关系，一个小孩子！他磨着我非今天学点拳不可！他说要报仇，我也不晓得有什么仇可报！（笑起来）

冯铁柱：那谁——（被县长的眼给吓了回去，擦了擦鼻子）

赵县长：我得进去，（指了指黄宅的门）慰问那位老先生一下。同我进去，好不好！你们二位老人，自幼的朋友，何必闹这个笑话呢？我说这是闹笑话，一点也不怕你老先生生气。

张老师：我不能生县长的气。你是个好县长！县长们要都像你，天下就没有什么乱子了！

赵县长：咱们现在非大家合起来，不能打日本；若是你们二位老人先领着头儿闹意气，岂不是个笑话？来，同我进去，老朋友彼此拿把手，有什么过不去的事呢?！

张老师：县长，我谢谢你！你说的实在，实在有理！可是，我不能进这个门！一进这个门，事情也许好办了，可是，我就不是张二了！至于打日本，我姓张的决不含糊，我愿拼上，我敢拼上这条老命！县长请吧！

赵县长：我的话都白说了？

张老师：对不起！

赵县长：我希望别把送殡的埋在坟里，张老师你不怪我想给你们调停？

张老师：县长够朋友！姓黄的不是朋友。我是恩怨分明！

赵县长：假如我以后再给调停调停呢？

张老师：——

赵县长：好，咱们待一会儿见，我进去。（去敲门进去）

冯铁柱：（把张拉在茶缸旁边）张老师，今天我在这儿受了欺侮，我得报仇！

张老师：（极亲爱的）谁欺侮了咱爷儿们呢？

冯铁柱：（含着泪）大勇和二妞，他俩！

张老师：啊，胡家那个小东西！你怎么办来着呢？

冯铁柱：他俩打我一个，我干不过他们！

张老师：你就跑了？抹着眼泪？

冯铁柱：我没跑，也没哭，我跟他们干到底！

张老师：好小子，有根好小子！咱男子汉永远不能跑，不能哭！

冯铁柱：（越说越得意了）我没跑，也没哭，我搬起这个茶缸，要一下子砸死他们俩！

张老师：好小子，张老师愿收你做徒弟！你有根！

冯铁柱：哼，我还提出张老师来了呢！

张老师：他们怎样？

冯铁柱：胡二妞撇着嘴，撇得像个小盆似的，说，张老师？张老师也没多大能力，倚老卖老，瞎虎事！

张老师：这是二妞说的？

冯铁柱：大勇也说来着，还骂你来着呢！我可是没听清！

张老师：够了！够了！啊，我老了，不轻易打人了，只落得连刚断奶的孩子，都小看我了！后来呢？

冯铁柱：后来黄老头子来了，骂了我一顿！他老向着外教人，那个糟老头子！

张老师：越老越糊涂，半疯子似的！快了，我看他快反教了！

金四把：（轻轻的上来）张老师，县长不是托你劝大家回去吗？

张老师：好，我去！

金四把：据我想啊！张老师还是请县长亲自去好，咱们又不吃薪拿俸，干吗替他出力呢？

张老师：（微怒）金四把，你几时看见过我说了话不算呢？你刚才没听见，我答应了县长，教大家不要再吵吗？我答应了的，就得办到，永不后悔！再说县长看得起我，才托我办事！

金四把：是，张老师！一点不错！可是，（很媚的一笑）县长更看得起他！（指门中）铁柱，我说的对不对？

冯铁柱：对！县长一来，他就跟在屁股后头！

张老师：别跟他学，铁柱子！为人要骨力硬正，不准狗巴结人！我姓张的一辈子没有别的好处，就是骨头硬！好，铁柱，你去吧！太阳快落的时候，你来，我教给你弹腿！别老跟着我，到时候来学拳，学完就走，别膏药似的贴着我身上！听见没有？

冯铁柱：听见了，张老师！

张老师：去吧！金四把，走！（走了几步，回头看了看黄家的黑大门，叹了口气，刚要转身，听见门开了，孝英走出来）啊？孝英！（一时气得说不出话来）

金四把：（极媚的）哟，张姑娘！

张孝英：（惊异，恐惧）爸爸！

## 第二幕

人　物：

张老师　张孝英　赵县长　李汉杰　马宗雄　金四把

景：

　　张老师的客厅。陈设简单而几净窗明。最光洁惹目的是一座刀枪架，摆列着各样兵器。在刀枪架对面，有个书架，书甚少，而有不少的瓶子，都装着治跌打损伤什么的药品，上贴红签与对面的红枪缨相映。壁上除了一张虎皮，没有其他的装饰。这间屋子充分的表现出男性的爽朗与简单来。

　　幕开时：孝英立在父亲旁边，低着头。张坐在椅子上，对着一根花枪出神。

张孝英：爸爸！

张老师：——

张孝英：爸爸，这么大年纪，别又气坏了！是我的错儿，你饶恕我这次吧！爸爸，你说话呀，你答应一声！

张老师：——

张孝英：（轻轻往前凑了凑，想拉父亲一下，又不敢）爸爸，你就只有我这么一个女儿；我没有爸爸不行，爸爸没我也不行，何苦生这么大的气呢！喝口水吧？我拿壶去！

张老师：——

张孝英：（有些忍受不住了，脸上热起来，语声也高了些）我知道我作错了事，可是黄家也并不是什么贼窝子！再说，我只在那儿坐了一会儿！

张老师：你说谎！（指上面）真主会降罪给不诚实的人！去了一

会儿？

张孝英：（听见父亲出了声，痛快了一些，可是听真主要降罪，又害了怕）我不扯谎，爸爸，不扯谎！

张老师：（用力向上指）说实话！

张孝英：也许有好大半天，我没看钟！

张老师：（开始把眼从枪上移开，看着女儿）啊，你一到那里，就连时候都忘了！那里多么美哪，有说有笑，啊？他们那一群骂我，你也跟着骂，多么痛快呀！

张孝英：噢，爸爸！你别说屈了人哪！

张老师：别说屈了你？哼，你是成心招我生气吗！这么些年的事，难道你就不知道。你晓得黄家是怎么一群人，你晓得我愿意教你离他们越远越好，怎么偏偏的（拍手）乘我一转眼就溜出去，看他们呢？噢，噢，看我老了，不听我管束了，好！好！自己的女儿跟我作对头，我有甚么法儿呢？（立起来，背着手，来回走）

张孝英：（轻轻追着他，又不敢太靠近了）爸爸，我决没那个心意！决没有！我不过是去看看他们，没有别的！他们要是敢当着我骂爸爸你，我还能听着吗？那简直不近人情！我要是那样，还算人吗？

张老师：（颓然坐下）不用强词夺理了！去吧，躲开我！教我心静一会儿，成不成？

张孝英：（已经有服从的意思了，可是觉得这样没结果是不妥当的）爸爸！你说，你饶了我，才行呢！这回，我错了，以后，我不再去，永远不再上黄家去，还不行吗？

张老师：（摇头）难得很！那里有你的朋友，家里有你的对头，你能不去？哈哈，笑话！

张孝英：我——（要怒，又压止住）爸爸你看着，我从此不再去！

张老师：（还是摇头）我要是有个儿子呀，我不至于操这么大的心！我老头子，一身的武艺，一世的英名，没有儿子，都付于流水！女儿的心是朝外的，朝外的！

张孝英：女儿跟儿子也差不多！

张老师：差得太多了！我要有个儿子，他必定完全听我的话！我不教他到黄家去，他就不敢去，他要是偷着去，我会用板子管教他！女儿，唉，女儿就是一个硬汉子的对头！去吧，孝英，我不能打你，完了！

张孝英：爸爸，我不再去还不行吗？你不肯打我，罚我跪着还不行吗？

张老师：（看她要跪，心中软了点）不用！你对主起誓好了，对主说：从此不再到黄家了，不跟汉人来往！

张孝英：（垂首）——

张老师：是不是？我说如何？女儿的心是朝外的！你不敢起誓！

张孝英：（低声的，颇含愤怒）我敢！我敢！（想了想，改为虔诚的）凡是真主所不喜的，我，张孝英，都不敢作！我不扯谎，我对真主起誓，从此不——

张老师：（立起来，虔敬的）不再到黄子清家中去！

张孝英：不再到黄子清家中去！（极快的，表示是自动的）不再和汉人来往！（喘了一口气）爸爸，不生气了吧，饶恕我了吧？（看着父亲）

张老师：（愣了一会儿，微笑了笑）嗯，这我就放心了！（缓缓的坐下）孝英，你早就该知道：别的事都可以商量，就是这件事没有商量的余地——不，能，再，到，黄家，去！你听着！

张孝英：我听着呢！（一软似的坐下）

张老师：这并不是我太固执，我是怕你跟他们学坏了！我六十岁的人了，无论如何，总比你多知多懂。你总得听老人的话！你看，黄家那个乱七八糟：儿子女儿一大群，什么事都由着儿女的性儿，要怎样就怎样。那个老糊涂虫，一声不出，由着他们胡闹，成什么体统呢！你想想，你常上他们家去，能学出好来不能？那个老头子早晚是反教，你看着！我知道你是个不错的孩子，可是我能一天到晚老夸奖你吗？不能！作老子的，知道儿女不错，就希望他更好，更要强。所以，我不能奉承你，我倒得时常教训你！自然喽，你早晚得出嫁，不能伺候我一辈子，可是我总得给你打下根。虽然一个女孩子不能单刀赴会的成功立业，可也总得显出点精神来，教人一看就晓得这是张某人的女儿，教人伸大拇指！我传给你武艺，也传给你一点精神——永远要对得住真主，对得住教，对得住自己的良心！你要是能这样，我就死后也放心了！

（叩门声。）

张孝英：（正盼着快结束这一场）爸爸，有人叫门！

张老师：啊！不是县长，就是金四把，也许是铁柱子——不能，不能是铁柱子，我告诉他太阳快落的时候来。（立起来，去看门）

张孝英：（见父亲走去）唉！（无可如何的整了整衣襟）

张老师：县长请！

（县长入，李随着，李本想要落落大方，但一见孝英，马上不自然了。）

张孝英：（赶快立起来）县长！（对李微一点头）

张老师：县长请坐！房子太窄蹩！（没有招呼李）

赵县长：好说！张老师坐！小姐坐！汉杰，你坐下！

李汉杰：（怪僵的坐下。刚坐下，见孝英还立着，赶快搬过去一个小凳）张小姐请坐！咱们是老同学！

张孝英：（没敢坐，又不好意思不客气一下）谢——

张老师：（对女儿说，可是指槐骂柳）干什么？出去！这么点点的小孩子就假充大人，这儿有你说话的份儿！出去！

张孝英：（非常的难堪，但极力镇定，仍落落大方）县长，跟我爸爸说话儿吧！（骄傲的，似乎故意向父亲挑战的）李先生，再见。（走出去）

李汉杰：再见，张小姐！（也很难堪，可是不愿发作，掏出烟来）二叔？

赵县长：不吸！

（李点上烟，用力的吸了一口，扬着点脸吐出几个烟圈，颇好玩。）

张老师：（用手扇开面前的烟）我就讨厌抽烟喝酒！年青青的——

赵县长：（急忙岔开）啊，张老师！这几天消息可是越来越紧哪！积极的，咱们非准备打不可；消极的，得疏散人口！要打，咱们就得大家合作，不然是一定白吃亏。这三年了，我没有一天不想调解大家的争执，没有一天不想团结起大家来，张老师你是晓得的。可惜，我的本领太小，经验不够，没能够作到好处！今天，事情是万分紧急了，我们不能再等着，非马上作起来不可！因此，我请你先和黄老先生和好起来，把教门的朋友团结成一家，然后，回汉还必须合作！不管你怎样看，看在国家的面上，你愿意也得这样，不愿意也得这样。大难临头，我们必须扔掉了自己的成见，齐心努力的去打敌人！是不是，张老师？

张老师：县长，你说的有理。可是，（立起来）请也听听我的。你说，我得跟黄子清合作，用得着吗？他有什么能力？他有不少的小学生，听见放枪就会叫妈！我，我自己有武艺，

老舍 宋之的 / 117

有胆子，有良心，我愿为国家出力！这一县里凡是会打两拳，踢两腿的，都是我的徒弟。我说打，他们就必去打，必能打！用不着黄子清！至于回汉，那干脆不要提，到一块儿一定出乱子，还不如各凭良心，倒能把鬼子揍回去！

李汉杰：不能这么说——（看县长的眼神不对，不说了）

赵县长：那么疏散人口呢？

张老师：黄子清的学校已经搬开，他自以为是服从县长的命令，其实呢，小孩子们在这里只会给大家添麻烦，所以搬开正好！说到我的朋友，他们都有胆子，决不能一听见飞机声就哆嗦。再说，我们的礼拜寺在这里，日本鬼子决不敢炸！不信去问金四把，日本也有清真寺，也知道信主。我们的寺里宽绰，满可以容下不少人，愿躲的到寺里躲躲，胆大的呢，随便。我看不出什么危险来，也就大可不必多此一举！（语气坚决，坐下的也脆快）

赵县长：张老师的话也很有理。不过，张老师，咱们总是小心一点好。听听别处的人怎么说，或者也能作我们的一些参考。汉杰，你去叫那个难民来，见见张老师。

李汉杰：对！（很高兴的得到点事作，把烟丢在地上，被张老师瞪了一眼。走出去）

张老师：那个难民？

赵县长：刚才捉到的那个。

张老师：县长，你怎么这样快就把他审完了呢？

赵县长：（笑了）简直用不着审问，他是来找你的！

张老师：找我的？

赵县长：就是！还用得着审吗？所以我就把他带来，在门外拐角等着呢。他要真是来找你的，他说什么就都可信了；要是根本不认识你，咱们再把他关起来。

张老师：啊，我今天倒得作审官了？（哈哈的一笑，似乎颇得意）

赵县长：他要是真认识张老师，也就必真是难民了，咱们就听听他怎么说。好作个参考啊。

张老师：越说越对！县长，我的力气很大，可是我十个也斗不过你一个，你太精明了！

李汉杰：（带马宗雄进来）这就是张老师！（仿佛立了件奇功似的，急忙的坐下）

马宗雄：张老师，县长！

赵县长：坐下！

马宗雄：（没敢坐，虽然说）是。

张老师：（要力持镇静，而心中颇兴奋）你是找我来的？

马宗雄：是！

张老师：刚才在街上的时候，怎么不说话呢？

马宗雄：不敢认！再说，他们已经把我打糊涂了！

张老师：（想了想）那么刚才我们把你带到县长面前，你怎么看见了我，还不出声呢？

马宗雄：我只听到大家叫你张老师，并不知道就是我的张二爷爷！后来一问县长才明白了。

张老师：（兴奋的立起来）张二爷爷？你是谁？

马宗雄：我是马宗雄，沧州人，我爷爷是马——

张老师：我的大盟兄马振雄！你，马振雄的孙子！（痛快得要落下泪来，要过去拉马的手。可是，细看了看马，忽然大怒）马振雄的孙子！马振雄会有这样丢人的孙子！你滚出去！（推了一把，马几乎倒下）

赵县长：（急忙拉住张）怎么啦？

李汉杰：（挽住了马）不用怕，有我呢！他要是不能保护你，你找我来！

老 舍 宋之的 / 119

张老师：县长！马振雄英雄了一辈子，会有这样的孙子，像个叫化子，教我怎么不难过呢！（向马怒喊）你祖父呢？

马宗雄：死了！

张老师：什么？

马宗雄：死了！教日本人给杀了！

张老师：啊！大哥！（要落泪，但仍挣扎着，坐下了）宗雄，说，我大哥怎死的？

李汉杰：坐下说！（拉马坐下）

赵县长：慢慢的说！（也坐下）

马宗雄：（眼盯着张）日本人打到我们那里，祖父仗着一身的武艺，不愿别人帮忙，独自守着村子。不久，敌人把村子包围起来，别人都打败，祖父还不肯屈服，领着几个人和日本兵拼命！一出去，可就没有回来！

张老师：（又立起来）马大哥死得好！死得好！往下说！后来怎样？

马宗雄：日本兵进了村子，把捉住的人都绑起来，教他们去给找猪，杀猪，犒劳日本兵，照办呢，放开；不肯，枪毙！

张老师：（走过马身旁）他们照办了没有？照办了没有？

马宗雄：没有！没有！他们愿意死！

张老师：死得好，不愧是回教信徒！

李汉杰：宗教的力量！

赵县长：可惜，事前大家不都联络好，痛痛快快的大打一场再死，岂不更好！宗雄，说你的！

马宗雄：大人都死了，我逃了出来。我记得祖父常念道你，虽然我没有见过张爷爷的面，可是我知道你一定能帮我的忙。我刚到这里，谁想那个金四把就说我是汉奸！我看，他才是汉奸呢！

张老师：别胡说！是了，是了，张爷爷含糊不了，只要我有饭吃，

120 \ 四川新文学大系·戏剧编（第二卷）

你就饿不着！放心吧，小子！

赵县长：张老师，我就把他（指马）交给你哪？

张老师：我的孙子，我能不管吗？县长，（往远处看）当年我和黄子清，路过沧州，和马大哥一见相投，就结拜为兄弟。马大哥是条好汉！现在，却教日本鬼子给杀了！此仇非报不可！日本鬼子就是不打到这里来，我姓张的会打到沧州去，砍下几颗日本人头，给大哥报仇！大哥！我的马大哥！你死，我大概也不久了！哼，老三黄子清又跟我不和！唉！活着又怎样呢？还有什么意思呢？（坐下）

赵县长：张老师，别太伤心，别太悲观，大难临头，咱们得干哪！马老先生死了，我们给他报仇！

张老师：一定！

赵县长：给死了的报仇，同时也让活着的和和气气，别把朋友们的一点小小冲突带到坟地里去！张老师，黄老先生已经愿意和你握手，就原谅了他，教老兄老弟协力同心去打日本，一齐给马老英雄报仇，那多么好！马老英雄不能白死，我们不能白活着！马老英雄因为没有人帮助，所以被敌人打死，我们要是还不彼此帮忙，简直对不住亡人！张老师？

张老师：（愣了会儿）县长，我要是和黄子清合作，没有人笑话我？

赵县长：为国事忘了私怨，只有英雄豪杰才能办得到！谁敢笑话呢？

张老师：（看着马）啊，看在死去的大哥的面上，好，我愿意这么办！

赵县长：好汉子！回汉的联合怎样呢？要讲联合就讲到家，人多心齐，才是真正的力量！

张老师：——

李汉杰：（鼓起掌来）说呀，张老师！精诚团结，争取胜利！

老舍 宋之的

张老师：怎么了？要疯啊？有什么可笑哩，难道马大哥的死是件喜事？太不知好歹了！要笑，出去笑！

李汉杰：（面红过耳）不要误会我的意思，张老师，我还是鼓励你呢，夸奖你呢！我父亲也是个绅士，我和你一样应当对地方的事负责！

张老师：我这么大年纪，用得着你来鼓励，夸奖？出去！

李汉杰：（开始发怒）年纪大几岁也不必像这么倚老卖老哇！（立起来）你有你的势力，我也有我的，倒并不在乎年纪的大小！二叔我走啦，（又迟顿了一下）真的，为大家团结，我一点不应当挂气，不过——好，我走吧！

张老师：以后还别再来！

赵县长：好吧，汉杰，你先回去。事情得慢慢来，别动气！（看李出去）张老师，不用和他一般见识，他年青不懂事，虽然他的心可是不错！

张老师：太不懂事！

赵县长：可是他实在想为地方作点事！好吧，张老师！咱们明天再谈，你也该休息休息了！

李汉杰：（又上来）我说张老师，我这么走不合适，咱们心平气和的谈谈好不好？

张老师：（没答理李）县长有事请去办事，我用不着休息，一点儿不累！年纪虽然大了，精神还好，教他们年青的来比比看！他们，谁也不是张二的对手，我敢这么说！

赵县长：一点不假，你看，我比你小着二十年，可是背已经弯了！他们年青的（向李一点头）就更不行了！

张老师：县长太操心！操劳过度，等打完仗，我教给县长一两套小拳，一定有益处！（立起来）咱们明天再谈，县长派人送个信来，叫我我必去，县长愿意上我这里来，永远欢迎！

赵县长：汉杰，同我一道走！（对张）不送！不送！咱们明天再见！（对马）马宗雄，你就在这儿吧，好好的，别招张老师生气！

张老师：请！（送出县长去）明天见！

李汉杰：张老师，有朝一日我会叫你明白过来，我也有点本事！（随县长走）

张老师：（同马走回来就座）孝英！孝英！拿点水来！

张孝英：（在内答应）就来，爸爸！

张老师：宗雄，细细的说给我听，你祖父怎么死的？

马宗雄：最初，我们听到不好的消息，大家谁也没放在心上，都以为是谣言。及至日本兵快到了，爷爷还说不怕，他说凭他的一支枪可以打一营人。他不要别人帮助，单等着施展武艺杀鬼子。

张老师：英雄！我大哥就是那个脾气！

马宗雄：一天晚上，敌人把村子包围好了。我们一家子和几个邻居，都跟着爷爷守住村外的土坡。张爷爷，你记得那个地方？

张老师：（闭目）记得上边有几棵老松树。

马宗雄：就是在那里——

张孝英：（拿着水壶，杯子上）爸爸！哟，有客人？

张老师：这可不是客人！这是你马老伯的孙子！马宗雄，你姑姑！你吃饭穿衣，干什么吧，都向你姑姑要！

张孝英：沧州那位马伯伯的——

张老师：还能是别人？（看孝英倒水）先别忙着倒水，来，听他说你马老伯怎么死的！宗雄，接着说！

马宗雄：我们都埋伏在土坡上，日本兵到了，爷爷头一个冲上去的，喊了一声杀，一个日本鬼的头已飞出去多远！

老舍 宋之的 / 123

张老师：跪！

张孝英：（眼发了光）好！

马宗雄：我们的地势好，敌人的火力强，支持了半点多钟，我们一个一个的都倒下去，爷爷已经杀红了眼，在枪弹里就像条猛虎似的杀出杀入！越打我们的人越少了，他一跳找到了我，爬在我耳旁，他说：宗雄！跑！给马家留条根！我顺着土沟往外爬，心里想，往那里去呢？想不出办法，我也不知怎的回了家，家里已没有了人，男的都打仗去了，女的听消息不好全跑了。我不肯离开家，又怕日本兵来到，我就在柴草垛里睡了一夜。到第二天，日本兵像赶羊似的赶着捉住的那些人，都赶到我们的场院里。

张老师：是场院，又是你爷爷练武的地方，又宽又平，我记得。

马宗雄：就是在那里，日本人先逼着大家去给杀猪，他们不肯，就都被杀死，血一直流到草垛里！我始终是在草垛里，不敢看，可是听得真真的！在草垛里饿了两天，我偷偷的爬出来，没有人敢收场院里的尸，都晒臭了！我一步一留神的往村外走。走到小土坡底下，看见了爷爷的尸首，（捂上眼）满身是伤，脸上可并不难看，左脚被他们砍掉！我看四处没人，把他老人家拉到土沟中，藏在一个洞儿里……（低声哭起来）

张老师：孝英！宗雄！马大哥！（如黄河决口的样子，放声哭起来）

张孝英：（一边抹泪一边劝）爸爸，不要再哭，咱们给马伯伯报仇！（又劝马）有志气，咱们报仇，不哭！（再劝张）爸爸，别哭啦，教人家听着多么不好意思！

张老师：（哭声低了些）大哥！兄弟给你报仇！（仍抽噎）孝英，当初，你马老伯黄三叔和我，真是三个人长了一颗心，而今！而今——（愣了一会儿，一手拉住孝英，一手拉住马）走！咱们看你黄三叔去，我去给他赔罪！老二老三要是再不和爱，怎对得起死去的大哥呢！

张孝英：我已经起了誓！我不能去！

张老师：真主降罪，我担当，我教你去的！走！

金四把：（在外面）张老师！

张老师：谁？

金四把：（满脸笑容的走进来）张老师要出去吗？（装作没看见张脸上的泪痕）

张老师：（极冷淡的）啊！（坐下）

金四把：（极客气的又轻佻的）孝英姑娘告诉我，老师是跟谁生了气吧？

张孝英：（很高傲的）不知道！

金四把：（笑着向马）是你招张老师生了气吧？

张老师：（对金）你躲开他！孝英，你带宗雄去吃点东西。去！

张孝英：咱们不是上——

张老师：待会儿再说！

张孝英：（对马）咱们走，跟我吃点东西去！（同下）

张老师：金四把，你跟我的孙子有什么仇哇？

金四把：谁？

张老师：那个难民！他是我马大哥的孙子！说吧，你为什么单找苦孩子欺侮呢？

金四把：我并不知道，真不知道！我要真知道，你想，我怎能——（手足无措的样子）张老师，你打我骂我都可以，我可实在不是有心！（见张不语）张老师，谁说的他是马家的人呢？

张老师：他自己。

金四把：那恐怕要留点心吧？老师请原谅我多嘴，我若是说错了

老舍 宋之的 / 125

呢，也是出于事事要小心；若是说对了，那就更好了不是？他说他是谁，有什么证据呢？往大里说，我们别中了汉奸的诡计，往小里说，被人骗去几顿饭吃，也显着咱们太没用，是不是？咱们久走江湖的人，教个小难民给骗了，才笑话呢！

张老师：（一时拿不定主意）嗯，嗯！

金四把：老师不是要出去吗！上那儿？

张老师：（不愿说，但又决不愿扯谎）上黄家去！

金四把：喝！我来得正凑巧！刚才我从东大街过，看见一群人，围着黄三爷，又在那儿——啊，讲究张老师呢！我不拉老婆舌头，不用教我学说——反正你也能猜想得到他说的是什么！

张老师：（愣了半天）你来得很巧，要不然我就找他去了！

金四把：（非常得意）张老师，我既不向灯，也不向火，我只是实话实说，听见什么总得来报告。老师的名誉要紧，不能随便教人辱骂，不管他是谁！

张老师：（点了点头）坐下！来，咱们商量商量，怎样预备打日本鬼子，省得县长说咱们不热心！

金四把：是，张老师！不过，日本人可很厉害啊！

张老师：日本人厉害，哈哈，那看是遇见谁了！要遇上我，他们就是块豆腐！等我算算，（想了想）嗯，大概的说我可凑出百十多枝枪！

金四把：多少？到一百五不到？

张老师：差不多！

金四把：噢！人呢？

张老师：出二三百人不算什么！

金四把：就算是二百五十名吧？

张老师：还能多一些！有枪的拿枪，没枪的拿刀枪剑戟，有我领着，敢保教日本人片甲不归！

金四把：有子弹吗？

张老师：不多，省着用！用兵讲究机谋调动，不专靠武器！

金四把：张老师说不出究竟有多少颗子弹吧？

张老师：说不上来，没关系！到真不够用的时候，我会去买！

金四把：那里去买？

张老师：你这是审案呢，还是怎着！？

金四把：我哪敢呢！（陪笑）我是想知道个准数儿，好知道咱们到底有多大的力量！你看，你刚才说可以出一百五十枝枪，我还可以去找几枝，家伙是越多越好啊！

张老师：这还像话！（起来，倒了碗水，一气喝下，擦擦胡子）

金四把：而且，咱们必须算清楚了，准知道咱们有多大力量，日本兵不是好惹的！

张老师：你怕，我不怕！（又喝了碗水，仿佛要把日本鬼子都一口吞了似的）

金四把：我也有点胆子，张老师知道！我是讲慎重，好汉不吃眼前亏！况且，听说日本人到处对我们回教人很好，他们既不欺侮咱们，咱们何必一定非硬碰硬不可呢？

张老师：你听谁说的？

金四把：有人这么说！听见的也不止我一个！我不敢说那一定是实话，不过日本人既不欺负咱们的人，咱们何必去替汉人出力呢！

张老师：日本人杀了我的马大哥，你晓得不晓得？先不用说别的，我应当给马大哥报仇不应当？孝英！孝英！

张孝英：（匆匆的进来）干吗，爸爸？

（金眼撩着她，又怕张看见，假装去倒水，离她近一点。）

老舍 宋之的 / 127

张老师：宗雄呢？叫他来！

张孝英：他不敢来，怕金四把！

金四把：（极快的转过身来）怕我干吗？笑话！笑话！

张孝英：要不是你，他怎么教人当汉奸似的捉起来呢？

张老师：（看着金）啊！

金四把：（媚笑）要不是我，他怎能找到他的张爷爷呢？

张老师：先不要斗嘴，叫他来！

张孝英：宗雄！宗雄！爷爷叫你来呢！

张老师：都坐下！（有点疲倦的样子，打了个极大的哈欠）

张孝英：（关切的）爸爸累了吧？

张老师：笑话！（立刻勉强打起精神）我会累？笑话！嗯？宗雄那儿去了？（喊）宗雄！快来！

马宗雄：（极慢的走来）爷爷，我来了！（神气沮丧）

张老师：怎么了？小子！（极关切的）不舒服？想家？不用想家，这就是你的家！告诉爷爷，有什么委屈？

马宗雄：没有什么！爷爷叫我干什么？

张老师：告诉告诉他（指金），日本人怎样杀了我的马大哥，怎么教沧州的回教人给杀猪，告诉他！金四把，你说的是你听来的，他说的是亲眼得见！

马宗雄：我不敢说！（看着金）

张老师：（微怒）怎么？

马宗雄：刚才我在街上讲给大家听，日本人怎么欺侮咱们，他就说我是汉奸，我怎好再对着他讲呢？

金四把：心眼太多！（眼掠着孝英）那是我一时的误会，我并没故意和谁过不去！说吧，我好好的听着！

张老师：说吧！

马宗雄：何必说呢？反正他不信！刚才咱们在黄家门口的时候，我

128 \ 四川新文学大系·戏剧编（第二卷）

一说话,他就瞪我!

金四把:哈哈!太多心!那是你心里有病,我并没瞪你!

张孝英:爸爸,他既不愿意说,就不必勉强他了吧!

张老师:是这么回事,刚才金四把说,日本人到处待我们教里的人很好,而宗雄说,日本人教咱们给他们杀猪,所以我愿意教金四把听听。

金四把:听不听也并没多大关系,张老师,不必为难他,不说就罢!

张孝英:反正日本人杀了马伯伯是真的!

金四把:不过——(看了她一眼,不愿说了,唯恐得罪了她)

张老师:不过怎么样?

金四把:这个年月,我们要事事留神,一点不可大意!张老师以为这位小少爷的话靠得住,好,我也就相信!我听别人说,日本人待咱们很好,大概也不全是谣言。我们反正都没亲眼见,小心点总没过错!

张老师:马大哥的仇可不能不报!

金四把:当然要报! (又笑了笑)不过,这位小少爷到底是不是——

张老师:他连家里的柴草垛都说得清清楚楚,难道还有什么假话?

金四把:一定不假,一定不假,这我就放心了!(极和气的,过去拉了拉马的手)请原谅我,我是个谨慎的人,处处未免过火的小心!我的小心,可全是为了公,大家的事,大家留神!有什么对不起的地方,请看在张老师的面上,别计较我!(拍了拍马的肩)好了,好了!咱们从此以后就是好朋友!你别计较我,我不怀疑你,好不好?

马宗雄:——

张老师:宗雄,不要小孩子气,金四把是个有用的人,跟他交个朋友!

马宗雄：(看孝英向他微微点头) 就是吧，爷爷！(没等张吩咐，走去)

金四把：(看着马的后影) 小人儿，挺体面，有出息！(对张) 我说，老师，你刚才说咱们有一百五十枝枪，猜猜汉人那边有多少？

张老师：我独自一个人也去打日本，不管别人有多少枪！

(孝英要走，可是又愿意听听他们说什么，立住看那张虎皮。)

金四把：哼，他们才有五六十枝，里边还有孙麻子的两杆鸟枪！李汉杰家里倒有几杆好家伙，所以那小伙子也想像个人儿似的来出风头，要跟咱爷们来争功，那怎么能成呢！

张老师：管他们呢！

金四把：那倒不然！(把声音放低) 县长干吗一趟八趟的来看你老师？还不是为要利用你那百十多杆枪？他们汉人的家伙不够，出去就得败回来。一打败仗，县长就得撤差！这年月，作到县长好容易，他肯轻易丢了差事吗？因此，我就觉得我们出人出枪有点不值得！

张孝英：(慢慢转过身来) 爸爸，许我说两句话吗？

金四把：(抢着说) 好极了！张姑娘说吧！

张老师：(没好意思拦阻她) 你还有什么可说的。

张孝英：爸爸，县长是个好人不是？

金四把：我也没说他坏！我是说，他们作官有作官的手段，我们不能完全相信他们。

张孝英：(不信服的) 噢！

张老师：金四把的话有点道理。要不然，我怎么始终不肯答应和汉人合作呢？我老头子比谁也不傻！我不能不尊敬县长，他是父母官；像李汉杰那些人，我永远不给他们个好脸看，什么绅士不绅士的!

金四把：张老师要是傻瓜，会有这么大的名气？

张老师：孝英，好孩子，以后不准再和李汉杰说话!

张孝英：他招呼，我能没一点礼貌吗？

张老师：对他们不必讲礼貌，我告诉你!

张孝英：是了！爸爸，咱们不是上——天不早啦!

张老师：不去了!

张孝英：（眨一眨眼）怎么？

张老师：不去就是不去，还怎么!

（金去倒水喝，躲开孝英的眼。）

张孝英：爸爸，怎么又变了主意吗？

张老师：我的事我自己作主!

张孝英：（不想吵嘴，可是压不住气）你又听了什么坏人的话啦吧？

（金喝完水，大大方方的向着她，表示自己决非坏人。）

张老师：这是什么话呢？别再胡说。去!

张孝英：（很坚决，可是语气很柔和）爸爸！我实在不愿招你生气，我愿老讨你的喜欢。可是，我看眼前的事太大了，不能不把心中的话说出来！你看，马伯伯的死，还不是大家不合作的结果？爸爸你必须跟黄三叔讲和，也得跟汉人联络。不联合起来，分头去干一定劳而无功！爸爸，上黄家去，去！别再听坏人的话!

金四把：（笑着）谁是坏人？

张孝英：（极冷的）总有那么一个!

金四把：（还笑着，本想不得罪孝英，可是又怕她破坏了自己的计划，所以还是得挑动张老师的怒火）有那么一个？就在你的面前吧？

张孝英：（凛然的看着金）

金四把：（知道非作到家不可）好了，我一片忠心，张老师，会教人——嗐！我走了，张老师！我只盼望你，张老师，可别也看我是坏蛋就得了！

张老师：坐下，金四把！（怒向孝英）出去！你怎可以得罪我的朋友呢？不知好歹，去！

张孝英：（也发了怒）朋友？朋友教给你别上黄家去！朋友教给你别跟汉人合作！朋友教给你怀疑县长！朋友把你的孙子当作汉奸！朋友！朋友！

张老师：（看女儿大怒，反倒愣住了，半天才说出来）去！

张孝英：家里的事，你说怎办，我无不服从！国家的事是大家的，谁都可以说话！有什么理由不和黄三叔说话？有什么理由不跟汉人来往？大家不都是中国人吗？（指着金）他说不用上黄家去，他说不用和汉人来往，他是谁？稍微有点良心的人，肯不肯说他那样的话！

张老师：你疯了！！

张孝英：我没疯！懂得怎样孝敬我的父亲，可是我的良心话必得说出来，不说出来，就对不起真主！

张老师：真主会惩罚你这不孝的丫头！你老偏向着别人家去，上黄家去，死在那里！

金四把：听！别吵，听！

（警报钟声。）

张孝英：宗雄！宗雄！

金四把：警报！我——（往外跑）

张老师：胆小如鼠！（讥讽的）不送了！（对孝英）关上门，炸弹要有眼睛，往这里炸，他妈的！把宗雄叫来，死，就死在一处！我老了，我糊涂！活着也没多大滋味了！连我的女儿都敢瞪着眼睛教训我！我偏不和黄子清好，我偏不跟汉人来往！炸死吧，炸死省心！

张孝英：（无可如何）好吧，炸弹来，咱们死在一块！宗雄！来呀！

马宗雄：（匆匆的进来）怎么了？

张孝英：空袭！

马宗雄：有地方躲吗？

张孝英：我们不躲！

马宗雄：这可不好，白白死了不如留着命去杀日本鬼子！

张老师：要躲你去躲，我要死，就死在家里！教飞机给吓住，丢人！你们俩在这儿，我到院里去看看，看飞机怎样炸我！

张孝英：爸爸！

马宗雄：院里比屋里好，姑姑！

（一同出去。飞机声，落弹声，人声。孝英喊声："爸爸！"张老师喊声："炸，炸，再来一个！"房倒……）

原载1940年《抗战文艺》第6卷第1—2期

1940年4月5日由中国万岁剧团在重庆国泰大戏院演出

选自老舍、宋之的合著："戏剧创作丛书"之一《国家至上（四幕剧）》，上海杂志出版公司，1940年

# 顾一樵

|作者简介| 顾一樵（1902—2002），原名顾毓琇，毕业于美国麻省理工学院，是国际公认的电机权威，"顾氏变数"的创立人。20世纪二三十年代，他创作过12部剧作，包括多幕《荆轲》《项羽》《苏武》《岳飞》《西施》《白娘娘》《古城烽火》等。

## 岳　飞[①]（四幕剧）

人　物：

岳飞　韩世忠　梁红玉（韩夫人）　牛皋　张宪　岳云

旗牌官　卫兵数人　朱仙镇乡民多人

秦桧　王氏（秦妻）　若兰（秦婢，倪完女）　万俟卨

何铸　王俊　哈迷蚩（金兀术军师）　倪完（秦仆狱吏）

---

① 《岳飞》一剧吸收了戏剧《朱仙镇》《风波亭》中的有关情节内容，进行了改编和再创作，通过人物之间的对话推动剧情发展，正面描写岳飞在秦桧的丞相府地窖密室中被毒死。全剧情节完整，跌宕起伏，成为陪都重庆较早产生国际影响的历史剧之一。

秦仆数人

**地点及时间：**

第一幕：朱仙镇军营中　宋高宗绍兴十年七月二十日

第二幕：朱仙镇营外　同年七月二十一日

第三幕：临安秦丞相府花园别墅　同年八月二十五日

第四幕：临安秦丞相府地窖密室　同年八月二十九日

## 第一幕

地　点：

朱仙镇军营中

时　间：

宋高宗绍兴十年七月二十日，幕

（宋军岳元帅营，卫士雄纠纠站立两旁。营中往来传令兵甚忙碌，空气紧张万分。忽有一美貌小将缚手上，要见元帅。此小将便是岳飞的儿子，岳云。）

老　兵：小将军为何这样？是谁绑的？

护　兵：是小将军自己叫我们绑的，为的是打了败仗，要请元帅定罪呢！

老　兵：小将军不要这样。胜败兵家常事，即有差池，军法亦不至于深责，还是先松绑罢。

岳　云：国家大事岂可儿戏？我战败回来，岂有面目见元帅吗？你们要松绑，我只好先自杀了啊！

（众正要动手松绑，只得停了，呆呆相对。）

（旗牌官自内上。）

岳　云：（向旗牌官）请见元帅！

顾一樵　／　135

旗牌官：小将军，遵命。可是元帅不在帐内，待我到营外去探报。

（旗牌官下）

（马蹄声响，来了大战黄天荡的老将韩世忠和击鼓助战的女英雄梁红玉。）

韩：（先开口）贤侄，为何这般模样？待我向元帅讨个情，包管不妨事的。

岳　云：韩伯父，韩伯母，小侄引兵败退，罪该万死。

韩：贤侄，你人马可曾损失？

岳　云：人马没有损失，只是未能取胜。

韩：那么你跟老夫再领人马前去杀敌，岂不好将功赎罪？我刚刚听到谍报，说敌军过了埋伏。现在我们去抄他后路，让敌军过黄河不得，岂不是好？

梁：当年我们在黄天荡杀敌，现在节节胜利，居然杀到黄河边，我们怎能轻放他们。贤侄，赶快松绑上马，老身仍去击鼓助战啊！

（旗牌官上。）

旗牌官：我军大胜了。

（众欣喜鼓舞中，来了威震四方的岳爷爷，得意洋洋上。）

韩：元帅请了，愚夫妇在此恭听捷报。

岳　飞：这是一个大胜仗，敌人多过不了黄河了！

（看见岳云绑着跪在前面）云儿，为何这般模样？

（问众）是谁绑的？

护　兵：是小将军自己叫我们绑的。

岳　飞：哈哈，这是什么道理？

岳　云：启禀父帅，孩儿败兵于金，罪该万死，请父帅从严发落。

岳　飞：哼，我吩咐你诱敌深入，许败不许胜，你有何罪？

岳　云：父帅常说："智仁勇信严"是军人的五德，而"信"同

"严"缺一不可。孩儿这次败退，天下人谁不以为有罪，父帅岂可宽容，贻人口实？

岳　飞：说得有理，罚打军棍一百。

老　兵：元帅在上，小卒情愿替打。

众将士：小将军奉命而退，请元帅不要罚了有功的人。

　韩：难得你们父子如此正直，但众将士如此请求，就免罚了罢。

（韩为岳云松了绑。牛皋莽撞上。）

　牛：元帅元帅，我打了大胜仗了，杀得敌人狼狈而逃，只可惜我们没能追上，金兀术哈迷蚩还是跑了！

岳　飞：牛将军，你现在还服不服本帅的调度？本帅叫你接应，你偏争着要打先锋，你险些误了大事啊！

　牛：我争着打先锋不为贪功，只因为小将军郾城大战十分辛苦，近来调给他带领的又都是些新兵，万一临阵退败，岂不犯了过失？

岳　飞：这也是你的好意。但是你可知道我吩咐云儿许败不许胜，我又恐他贪功好胜，故意给他些新兵，好让一个退走，大家跟着退，引诱敌人深入，来中我们的埋伏。

　牛：真是，佩服元帅高明。我牛皋是一个粗人，不懂这许多奥妙。

岳　飞：这亦没有什么奥妙，运用之妙，在乎一心而已。

　韩：元帅智勇材艺，古时的名将都望尘莫及。颍昌大胜以后，又有这次朱仙镇的大胜，眼看着旧京就可以克复，蒙尘的二圣亦可以救回来了。

岳　飞：韩元帅韩夫人说得很对，但是，兹事体大——

（岳飞示意，众退。）

　韩：岳元帅，有什么机密相商？

顾一樵　／　137

岳　飞：韩元帅，韩夫人，你们还记得我的恩师宗泽宗老将军吗？

韩：自然记得，当年金人攻汴梁，宗元帅带了队伍连夜赶去，可恨金兵已经攻破京城，还把二帝都掳了去，宗元帅从此忧闷成病，直到临死都忘不了要渡过黄河去。

岳　飞：宗元帅临死还说："过河呀，过河呀，过河杀贼呀。"我当时曾经答应他说："老将军请放心，我一定完成你的志愿就是了。"

韩：记得岳元帅当年同河北安抚使张所说过："国家的根本在河北，河北不能收复，永没有安宁的日子。"这话真对极了。

岳　飞：韩元帅，韩夫人，刚才我想起了宗老将军的遗言，我打算就乘胜渡过黄河，二位高见以为怎么样？

韩：这自然再好没有了。

梁：岳元帅，渡过黄河去，恐怕接济不容易，那边倘然没有接应，恐怕不大妥当。

岳　飞：黄河以北的豪杰，我已经派人去结纳，等到过河以后，各处义军都会发动。

梁：听说金兀术亦在就地征兵，确实不确实？

岳　飞：哈哈，老百姓没有不向着大宋的，只要我们打过去，连他们已经强迫征到的兵就都会反正过来的，现在金人的号令，从燕京以南，没有一处地方能行得通，连金兀术都不能不承认，自从开战以来，从来没有这样的失败。

韩：岳元帅，你布置得太好了，你的威名已经震破了金人的胆，你的智谋已经深入了敌人后方，我们若能在黄河南北各地约定日期，一同举事，一定可以成功。

梁：我自从当年在黄天荡击鼓助战，无时无刻不梦想要飞渡黄河，现在到了黄河边，我却觉得过河要十分慎重。黄河究竟是天险，我们越过了黄河，万一后面断了接济，那怎么办？

岳　飞：韩夫人，高见很对，我所担忧的就是这个。（思索说）韩元帅，现在朝中当权的人，我们可能相信得过？

韩：这个难说。秦桧那人真有点捉摸不定！

梁：秦桧鬼鬼祟祟固然捉摸不定，我们当今皇上也未必愿意岳元帅渡过黄河吧！

岳　飞：韩夫人，皇上对我可算信任到极点，皇上曾经召我到寝殿，嘱咐说："中兴之事，一以委卿。"出师以后，皇上又有手札，说："设施之方，一以委卿，朕不遥夺！"这手札同当年皇上当面所说的"进止之机，朕不中制"一样的信任，一样的咐托。

韩：皇上这样信托岳元帅，就请全权决定，便宜行事，不必管秦桧的主张。

梁：皇上要岳元帅打退金兵，自然是真的，否则大宋的江山从何保起呢？但是，"黄河为界"是一个重要的关键。倘若过了黄河，把二帝接了回来，试问当今皇上是否愿意让位呢？

韩：唉！当今皇上是否愿意让位？——这倒是一个疑问？

岳　飞：真的，皇上难道不愿意二帝回銮吗？

梁：这个我们也无从断定。但是秦桧是仗着当今皇上才得势的。他一向主张和，朱仙镇的胜仗他知道了还未必高兴。

韩：秦桧一向心里主张和我倒相信。他总以为我们的兵力打不过金人。但是现在打了胜仗就不至于主和了吧。

梁：我看越是打了胜仗，他越会主和！

岳　飞：韩夫人，请教为什么秦桧看见打了胜仗，反而越要主和？

梁：打了胜仗，乃是元帅的功劳，成了和议，方是丞相的本

顾一樵　/　139

领。皇上从前要把"中兴之事，一以委卿"，秦桧已经怀恨在心，现在听见元帅打了胜仗，难道不会更嫉妒吗？何况他同金人有勾结，元帅不可不小心呀！

韩：对了，秦桧从前受过金人的豢养，也许同敌人来往，敌人不足怕，可是内贼不可不防。

岳　飞：我从出兵到现在，从来不怕敌人。当初在张所安抚使部下，在太行山打死了金将黑风大王。后来杜充放弃中原，退回建康。我在广德六战六捷，活捉了敌将王权。金兀术攻建康，我在牛头山预先埋伏，黑夜中混进金营，金兀术大败而退，从此不敢再渡过江来。后来皇上准奏，分兵镇守河南陕西，封少保，河南北各路招讨使。金兀术约同龙虎大王和盖天大王调集了几十万大兵，围攻郾城，我派岳云出城迎战，岳云提了两柄铁锤带兵直冲敌营。金兀术虽然有一万五千匹"拐子马"，被我军用快刀斩乱麻的方法把马脚都斩了，几乎全军覆没，金兀术亦几乎被我们活捉到。现在经过了颍昌之战乘胜追到朱仙镇，满心指望着不日渡过黄河去。但今天谈起我们朝中当权的人——秦桧，我岳飞只有"叹息"了。唉！

韩：元帅难道也觉得秦桧不稳吗？

岳　飞：（目视左右无人，沉痛说）韩元帅，韩夫人，老实说我不能相信秦桧——这个人表面上很聪明，很能干，实地里既没有骨气，又没有操守，他只晓得见貌辨色，看风转舵，皇上要东他便东，皇上要西他便西，他的狠毒过蛇蝎，他的狡猾胜狐狸，结党营私，贪污妄为，从前他曾受过金人的豢养，现在他倒来作宋朝的威福！

梁：元帅所说，一点不错。元帅不但用兵是神算，论人也精明极了。

韩：我本来不大相信秦桧，但是我总以君子之心猜度别人，我只想文人为相，不懂武事，自然不免懦弱一点，不晓得他竟是这样一个小人！

梁：唉！张邦昌认贼作父，投降了敌人，已经不容于天下。秦桧乃是我们宋朝堂堂的宰相，竟敢私通外国！

岳飞：韩元帅，韩夫人，秦桧私通金兀术是千真万确的，我有证据在此——

韩：真的？

（岳引韩梁入内帐下。）

（张宪押哈迷蚩上，哈学穿着诸葛亮式道袍，但总不免有些番气。牛皋见了番贼，正如饿虎见了羊一般。）

牛：番贼，还不跪下吗？

哈：（态度倔强，说着番音的中国话）我看你们早晚要投降我们大金朝的，还是好好待我以上宾之礼，我将来包管还可以保你们升官发财呢！

牛：胡说，还不跪，你要到太岁头上来动土吗？（说着便要自来动手）

哈：不要这样，麻麻虎虎罢。

牛：我牛皋从来不麻麻虎虎，今天非剜你的心肝不可！（真要动手了）

哈：（跪下哀求）元帅，饶命罢。

（众皆看着好笑，牛皋放了手坐起堂来。）

牛：不要做丑态了。本将军且不杀你，快快通报姓名来。

哈：我叫……

牛：番贼，不许称呼我……我……的！

哈：那么……该称呼什么？

牛：应该自称番贼，小贼，或是小番才对。

顾一樵 / 141

哈：小番……小番名叫哈迷蚩！

牛：（听了笑不可仰）好一个名字……哈……哈哈……哈迷蚩，哈哈，哈哈。

（笑声嘈杂间岳韩梁上，牛皋慌忙让开。岳韩梁坐在正中，牛皋岳云等侍立两旁。）

哈：岳爷爷在上，小番哈迷蚩有礼了。

韩：下面小番倒是知礼。

岳　飞：这就是金兀术的军师，哈迷蚩。

梁：是谁捉来的？

岳　飞：就是本帅带了骑兵抄敌人后路，亲自捉来的。

韩：元帅妙计，可笑足智多谋的哈迷蚩，竟活捉来了。哈哈。

岳　飞：这哈军师善通中国语言文字，算是金国的人才呢。

哈：过蒙元帅称赏，惭愧惭愧。

牛：元帅，少同他攀谈罢，请下道命令，待牛皋结果了他的性命，好挖他的心肝来按酒。

岳　飞：牛将军，且别忙，我们直捣黄龙府，捉到了金兀术，再一起发落，好不好？

哈：恕小番直言，元帅神勇，直捣黄龙，自然易如反掌。但是，从古未有奸臣在内，而大将能立功于外者，还请元帅注意。

岳　飞：这什么话？谁是奸臣？

哈：请退左右，小番密禀。

（岳令左右下，牛皋岳云在两旁。）

哈：（指牛皋）请问这位尊姓大名？

牛：牛皋便是。

哈：元帅在上，请恕小番直说，这位牛将军为人心直口快，听了机密事恐怕容易走漏消息。

岳　飞：不要紧的。

哈：元帅还请郑重。这位将军若不走开，小番死也不讲。

韩：牛将军，还是请你退下吧。

牛：真气死我也！

（牛下，左右均退尽。）

哈：请问这两位是谁？

岳　飞：这位是大战黄天荡的韩元帅，这位是击鼓助战的韩夫人。

哈：久仰得很。

岳　飞：（向哈）现在你快快从实说来。

哈：元帅，你同当朝秦丞相可要好？

岳　飞：你问他作甚？你认得秦丞相吗？

哈：那是我的老友，我不但认识秦丞相，我还认识他那母老虎般的王氏夫人。

岳　飞：你怎会全认识他们？

哈：元帅不记得秦桧夫妇当年被掳到金朝，我们养了他们好几年。吃的喝的穿的用的，都是我们挞辣贝勒送的。那时候我们贝勒，同王氏还很有来往呢！

岳　飞：这是什么话？

哈：这是真话，秦桧那时候也没有什么不愿意。

岳　飞：那么后来为什么放他们回来呢？

哈：那就是我哈迷蚩的主意。我劝金兀术四太子说，金同宋老是这样打仗没有结局，也不是好办法，最好想法子让宋朝来讲和。四太子赞成这个办法，所以就派秦桧夫妇回来主持和议。

岳　飞：原来如此，怪不得他要同我为难。

哈：哈哈，我早知道，就是我叫他同你为难的。秦桧当年是金朝豢养的人，八年前才放他回大宋，就是叫他里应外合，

顾一樵　/　143

前几个月还有人秘密到过临安，要他主张和议……

岳　飞：我只听说秦丞相近来主和，不晓得他竟私通敌人！

哈：私通金朝是千真万确的，我这里还有他的亲笔信呢。

（说着取信呈上）

岳　飞：（阅信大怒）好一个奸臣！

哈：元帅不要动气，秦丞相亦不好算是奸臣，他只是一个识时务的俊杰；他看宋朝早晚敌不过，还不如早主和议，保守着东南半壁，免得生灵涂炭，也是为后世子孙积德的好事。

岳　飞：二圣蒙了尘没有回来，当今皇上偏都临安，岂是长久之计？这时候战胜则二帝回銮，中原重定，否则和亦亡，不和亦亡，还有什么犹疑的么？好一个奸贼，我必要面见圣主，先清君侧才好！

哈：这才是正经道理。所以小番这条性命，还请元帅保留，小番情愿跟元帅到临安去做个见证。

岳　飞：韩元帅，韩夫人，哈迷蛋的口供你们都亲耳听见了，你们可相信不相信？

韩：（叹息）想不到真有这样的奸臣在朝中当权！

梁：秦桧啊！你的阴谋诡计亦有发觉的一天！仗着元帅的英武，我们捉到了金兀术的军师，从此以后，我们定要先清君侧，不能再许奸臣在朝祸国殃民！

岳　飞：韩元帅，韩夫人，活捉了哈迷蛋，真是大宋的运气，请教二位高见，还是留着活口好不好？

韩：留着活口也好，只是不要放他跑了。

梁：奸细是"不祥"的东西，我想杀了也干净。

哈：夫人在上，小番同夫人前世无怨，今生无仇，何必定要小番的性命，临安的风光真好，小番能再去领略了一番，死也甘心。

梁：唉，你也到过临安吗？

哈：不瞒夫人，去过几次。

韩：你到临安干什么？

哈：有时候玩赏湖光山色，有时候商量"国家大事"。

韩：胡说，谁要你去商量"国家大事"！

哈：那是应秦丞相的约。你不信可以回去问他。我前几个月还同王氏夫人在西湖里坐过船赏过月呢。

岳 飞：哈迷蚩，你真愿意做见证吗？我可以把你带到临安去。你得把一切机密报告出来！

哈：机密多得很。容小番随后把一切都报告出来。

岳 飞：好好，你既肯报告机密，暂饶一命。

哈：为着感谢元帅的恩典，小番愿意先报告一个消息：我们四太子从朱仙镇大败，正预备退兵，急于求和，所以才派小番到临安去的。

岳 飞：岳云，你去叫人好好看管。（韩梁辞下）

（张宪率众侍从上，牛皋亦忿忿上。）

牛：元帅，还不早把哈迷蚩杀了？这该交我动刀了吧。

岳 云：牛将军，元帅说要好好看管，你且慢动手。

牛：嘿，怪事，还要好好看管！那我可不干这事。看管着这个奸细，又不好伤害他，反得侍候他，岂不要闷死？

（忽传圣旨到，使者上。）

使 者：岳元帅接旨。

岳 飞：恭读圣旨。

使 者：（读旨）

"览卿奏知克复颍昌后，已遣兵下郑州。大帅身先士卒，忠义许国，深所嘉叹，然须过为计虑，房怀蛊毒，恐至高

顾一樵 ／ 145

秋马肥，不测冢突，切勿深入，以保万全。朕久欲与卿晤见，卿可轻骑一来入觐，即便就途，遣此亲札，想宜体悉。"

牛：（向使者恶狠狠说）我们元帅打仗要紧，可回京不得！你要迫元帅回京，我就给你过不去！

使　者：圣旨在此，这位将军为何出此言语？

牛：什么圣旨不圣旨，我牛皋偏要把他撕成粉碎。

岳　飞：牛将军且慢，本帅正要回京面奏一切。（向使者）请先回去覆命，本帅隔一两天就动身。

牛：那万万去不得。

岳　飞：明天我们休息一天，后天便过黄河去，直捣黄龙府，那时候难道我不应该回京面圣吗？

使　者：那自然应该的。

牛：好，我们活捉了金兀术再说。

岳　云：活捉了金兀术好同哈迷蚩一同押解回京了。

使　者：（吃惊）哈迷蚩已经捉到了吗？

岳　云：（指哈）这个便是。

使　者：嗳呀！

牛：嗳呀什么，你莫非同他认识的吗？

使　者：不敢不敢！我只惊讶元帅的英武和将军的神勇罢了。

（向岳飞作别）岳元帅，请先告辞，待我马上加鞭回京先报朱仙镇活捉军师的捷音。

（众退，牛皋岳云侍。）

岳　飞：（唱《满江红》）

怒发冲冠，

凭阑处、潇潇雨歇；

抬望眼，仰天长啸，

壮怀激烈。

三十功名尘与土，

八千里路云和月，

莫等闲白了少年头，

空悲切！

（牛皋岳云和）

靖康耻，犹未雪；

臣子恨，何时灭？

驾长车踏破贺兰山缺；

壮志饥餐胡虏肉，

笑谈渴饮匈奴血，

待从头收拾旧山河，

朝天阙。

## 第二幕

地　点：

朱仙镇营外

时　间：

后一日午

（民众嘈杂声中军歌起，众和。）

众：（唱《满江红》调）

怒发冲冠，

凭阑处、潇潇雨歇；

抬望眼，仰天长啸，

壮怀激烈。

三十功名尘与土，
八千里路云和月，
莫等闲白了少年头，
空悲切！

靖康耻，犹未雪；
臣子恨，何时灭？
驾长车踏破贺兰山缺；
壮志饥餐胡虏肉，
笑谈渴饮匈奴血，
待从头收拾旧山河，
朝天阙。
（鼓掌声欢呼声继以爆竹声。）
（陈东持"精忠报国"大旗上。）

甲：众位老百姓，我们今天请大家来，一则为庆祝朱仙镇的胜利，一则为慰劳岳元帅，这面旗上写着"精忠报国"四个大字，是大学生陈东特地从临安送来的，我们现在请陈东给大家报告。

（众欢呼。）

陈：众位父老兄弟姊妹，我姓陈，单名东，我是临安大学生。临安的大学生有几千，我们都主张战，主张打倒敌人同诸位一样。（欢呼）但是，诸位要晓得，我们朝中的人不一定都主张战，（众惊讶）我们的丞相秦桧他就是一个主和的人。我们疑心他的主和是别有用心，他也许同我们的敌人有勾结！（众嗤骂）我们几千个大学生赤手空拳，自然抵不过丞相的权威，但是我们不怕，我们几千个人拥到朝门以外，我们上书皇上，我们主张惩罚主和的人，我们主张罢免秦桧，我们主张战到底，到最后胜利才停战。

众：（鼓掌欢呼）最后胜利，大宋万岁！

陈：众位父老兄弟姐妹，刚才我听诸位唱了岳元帅的《满江红》，真是令人欣奋万分。现在为了预祝"最后胜利"，我们再照着《满江红》的调子唱一出《最后胜利》歌。

众：好！好！

陈：（率众同唱《满江红》前调）
　　上国衣冠，
　　沦夷狄、风凄雨歇；
　　执干戈，龙腾虎啸，
　　牺牲壮烈！
　　寸寸黄金长城土，
　　团团白璧燕京月，
　　好河山终不让人占，
　　心长切！

　　偏安耻，犹未雪，
　　失地恨，何时灭？
　　要从头完整金瓯残缺！
　　民众同仇拼骨肉，
　　将士敌忾涂膏血，
　　到最后胜利定属我，
　　弥前阙！

（张宪率兵士押哈迷蚩上。）

群众甲：我们活捉了哈迷蚩，哈迷蚩押来了。

　　乙：好一个金兀术的军师，禁不起岳爷爷的妙算。

　　丙：我们大家来，处治这助桀为虐的哈迷蚩好不好？

顾一樵　／　149

甲：好，我们来杀了哈迷蚩，为被难的老百姓报仇。

乙：我们还是把他同我们被捉去的皇上对换了吧。

丙：还是杀了痛快！

（一时人声嘈杂，便要动手。）

张：（喝住大众）大家注意：奉元帅命令押解哈迷蚩回京，不得有伤。

众：我们要他的性命，我们要他抵老百姓的命。

张：这是奉元帅的命令，元帅自己还要面圣呢。

众：（惊讶）为什么元帅要回京，难道要退兵了吗！

张：不退兵。元帅说今天休息一天，明天直捣黄龙了，再回京报捷。

众：（转惊为喜）明天直捣黄龙府么？我们老百姓亦要跟着元帅去，到了黄龙好痛饮。

（牛皋上，众欢呼。）

牛：（对哈大叫一声）哈……哈迷蚩，你不要走！

众：（和）不要放哈迷蚩走！

张：牛将军，不好耽搁了，我们上路要紧。

牛：罢了。

（向众）我们明天活捉金兀术可不放！

众：（和）好，我们要活捉金兀术。

牛：捉到了我先给你们报信，你们可多带酒来。

众：有的是酒，将军放心去捉金兀术好了。

（张宪押哈迷蚩下。牛皋便喝起酒来，韩世忠梁红玉上。欢呼声。）

韩：牛将军，你又在讨酒喝了吗？今天且不忙多喝。明天冲锋要紧。

牛：我今天才喝这一点儿，别冤枉我。

梁：你总是无酒三分醉，亦不怪别人冤枉你。

牛：哈哈！你说我糊涂？不对，我才明白呢。

梁：牛将军，那么请问那个哈迷蚩哈军师，可是真的还是冒名？

牛：自然真的，我亲自审问过他的，你不信我叫他哈迷蚩他就答应。

梁：不差。你可晓得元帅为什么解他回京？

牛：这个你们都瞒我，我可早猜着了。

梁：猜着什么？

牛：哼，我知道。秦丞相老同元帅作对，说元帅没打真胜仗，这哈迷蚩解到临安，便叫他晓得我们的利害。

梁：到了临安，他不承认是哈迷蚩，便怎样呢？

牛：不会不会。

梁：（存心开玩笑）叫他哈迷蚩他要不答应就怎样？

牛：（急了）那么就打死他完了！

（岳云上，众陆续退下。）

岳云：韩伯父，韩伯母，现在有要紧事报告：昨天皇上来了圣旨，要父帅只身回京，今天上午忽又接连来了十道金牌，催促上路，不知道为什么这么急？

韩：这里头恐怕有奥妙？

牛：什么奥妙？

韩：你不说过秦丞相同元帅作对吗？

牛：难道圣旨是秦丞相假造的不成？哈哈，昨天我老牛要撕圣旨，真是有先见之明呢！

岳云：可是金牌是千真万确，决无假造之理？

牛：管他的？不必回京，打敌人打完了再说。

韩：（向众）夫人，你看怎样？

顾一樵 / 151

梁：我看回去不得，还是我们代替岳元帅回去走一趟吧。

韩：这不行，我们代替不了。要不回去是公然违抗王命。

（群众拥岳飞上。欢呼声。）

（陈东献旗。）

陈：启禀元帅，大学生陈东仰慕元帅的威名，感佩元帅的忠勇，特代表临安的学生和民众向元帅献旗致敬。

（岳答礼接旗后交岳云。）

岳　飞：（向众）众位老百姓，这次我军大胜，全仗将士的努力同诸位帮助，我们希望马上渡过黄河去，直捣黄龙府，同诸位将士老百姓一起痛饮，庆祝大宋朝的复兴。

众：（欢呼）大宋万岁！岳家军万岁！岳爷爷万岁！大宋万岁万岁万万岁！

甲：元帅，听说元帅要回临安面圣，我们兵临黄河，正好渡过河去直捣黄龙，元帅可是回去不得！

乙：元帅，我们捉到了奸细，奸细不是说金兀术已经没有什么力量，预备退兵吗？我们正好乘胜追击。

丙：我们愿意跟元帅过河去，收复河北，打进燕京，回到我们的故乡。

岳　飞：过河！过河！这是众位老百姓大家的主张，我怎能不依。

众：好极了，元帅依我们了。

岳　飞：但是，没有皇上的命令，我不能轻易动兵。

甲：皇上不曾把一切的事情交付于元帅吗？

乙：皇上不是亲笔写了"精忠岳飞"的军旗送给元帅，凭着这军旗就可以调动队伍吗？

丙：我们老百姓都相信元帅，难道皇上不相信元帅吗？

岳　飞：皇上虽然信托我，但是皇上的命令只许我到黄河边，不许再渡河！

众：真的？

岳　飞：这是皇上的金牌说的。皇上曾经颁过圣旨说"虏怀蛊毒，恐至高秋马肥，不测冡突，切勿深入，以保万全"。

众：难道元帅不能自己作主吗？

岳　飞：皇上不许我们过河，也是爱惜我们的好意。——

陈：（插口）启禀元帅，大学生陈东从临安来，知道秦桧正在主张和议，皇上虽然有金牌来，恐怕是依了秦桧的主张，还请元帅留意。

岳　飞：哦，秦桧真主和吗？那么我得回朝面圣，主战到底，非把秦桧那群人的主张打消不可！

陈：从古说"将在外，君命有所不受"。元帅不可以自己带兵过河吗？

岳　飞：哦，"将在外，君命有所不受"。但是过了河以后便怎样呢？我想皇上不至于完全相信秦桧的话，我回去当面禀明以后，皇上也可以答应的，现在与其孤军深入，不如待颁了圣旨，多调队伍，大家一同过河去！

（旗牌官上。）

旗牌官：启禀元帅，金牌又到了。

岳　飞：嗳呀，这是第十一道金牌了！我岳飞怎样可以违抗不奉命呢？

韩：元帅，将在外，君命有所不受。——

岳　飞：我岳飞精忠报国，岂能不受君命？

韩：但是，事有缓急，现在我军乘势前进，可以直捣黄龙，恢复旧京，这是千载一时的机会，不可轻失。

岳　飞：现在金兵气馁，我们早晚不难解决他们。我思前想后，还是接受圣旨，先回京走一遭的好。

牛：元帅回去不得，我们难道明天就不打了吗？

顾一樵　/　153

众：元帅回去不得！（跪求）我们跪求元帅千万不要回去。元帅去了，那我们朱仙镇就危险了呀。我们接济了元帅，金兀术来了，岂不要杀害我们吗？

岳　飞：大家不要着慌，我回京了，军队仍可请韩老元帅统带。

韩：那不行，这样赫赫有名的岳家军还得元帅亲自统带才好。

牛：元帅，你走不得的。元帅走了，我们就不会打仗了。元帅，不要走。你忍心离开我们吗？（哭）

众：元帅，你竟忍心抛弃朱仙镇的老百姓吗？

（第十二道金牌到了，牛皋要用武打使者，韩世忠等急阻之。）

岳　飞：（唱）牛将军，这是皇上的金牌，犹如皇上亲到了一样，怎能无礼？

牛：（忿忿不服）我们要大宋朝的复兴，我们不管圣旨不圣旨！

（还要动手）

岳　飞：牛将军，你看我还没有违背皇上的圣旨，你已经不受我的命令了。

（使者递金牌，岳飞跪接，众随跪。）

（岳飞捧读后，谢恩起，众随起。）

岳　飞：皇上一天来了十二道金牌，我只得回京去了。

众：元帅去不得，宋朝的天下全仗元帅呢！

岳　飞：我不能做违背圣旨的人，我不能违背宋朝的天子！

众：我们抵死也不能放元帅回去。

岳　飞：请大家不要这样，我本来要回京去——为着要紧的事情！

众：为什么呢？

岳　飞：为着要请皇上迁都到汴梁来！

（众转忧为喜欢呼。）

岳　飞：（接着说）现在金兵不敢再过河来。我们还不应该迁都来吗？

众：对，我们的皇上要快快回到洛阳来！

岳　飞：好，我马上去请皇上来！诸位不记得当年我上书皇上请一面迁都汴京，一面出师北伐吗？现在我们打了胜仗，要收复河北，重返燕京，我们定要请皇上到洛阳来，韩老元帅，韩夫人，请你们代我指挥岳家军。牛将军你务必要统率部下听韩元帅的命令。

韩：元帅可要千万珍重。大将在外立了功，要留心朝里奸臣的搬弄。

岳　飞：我不怕金人，还怕朝中的奸臣么？诸位请了，我此去务必要迎皇上到洛阳来。

众：（唱《满江红》送别）

（幕落）

## 第三幕

地　点：

秦丞相府花园别墅

时　间：

同年八月二十五日清晨

（倪完在场内打扫，倪女若兰上。）

兰：爸爸，客人起来没有？

倪：早起来了，现在同万俟卨到后花园散步去了。

兰：爸爸，这客人到底是谁？

顾一樵　/　155

倪：是一个金国人。

兰：我们不是同外国打仗吗？他来做什么？

倪：听说是金国派来的议和使者。

兰：哦，真的？我们岳元帅打了胜仗，他们就来讲和了。

倪：这个我看不见得，恐怕还是我们丞相邀他来的吧。你看丞相招待这位金国人多么殷勤！一个堂堂大国的丞相来侍候金兀术的使者！

兰：正是，连夫人都忙得不亦乐乎。夫人说要亲自来招待这一位客人呢，故此特地派我来打听客人起来没有。

（万俟卨引金国的议和使者上。这议和使者不是别人，便是张宪一路押来的哈迷蚩。）

倪：万俟寺卿散完步回来了？夫人说要来见金国人呢！

（万转告哈，哈看着若兰发呆，若兰吃惊下。）

万：（向哈）哈军师，丞相夫人要来见你呢。

哈：不敢当。刚才那位小姐可是什么人？

万：那是相府的婢女若兰，就是这老头子的女儿。

哈：好出色的南朝女子，可否容我带她回去？

万：这个容易，你同夫人说一声好了。

（若兰引秦夫人王氏上。倪完作礼下，若兰亦退。）

万：（介绍）这是丞相夫人。

哈：还是三个月前在西湖边见过夫人，久疏问候了。

夫人：那次我们游湖，你扮了卖丸药的，我再也想不到是哈军师呢。

哈：还是上一次一路卖丸药舒服。这次有人护送了真不方便。

夫人：（问万）倒是谁护送的？莫非侍候得不周到？

万：夫人有所不知，这次军师投入宋营，冒充俘虏，由岳飞手下的张宪押解来京的。

156 \ 四川新文学大系·戏剧编（第二卷）

夫　人：这岳飞真正岂有此理，实在太对不住哈军师。

（向万）那么我们怎样晓得哈军师来呢？那张宪又怎样发落的？

万：我们丞相不是请皇上降旨召岳飞回京吗？这使者到朱仙镇，恰巧哈军师亦到宋营，所以马上星夜赶回来了报了信，丞相就派王俊带人到临安北门外大路上埋伏着劫了囚车，把哈军师放出来，换了张宪，一起到相府来。

夫　人：哈军师，你好意来向宋朝议和，反受这样惊吓，真是大大对不起。我们丞相一向同金朝亲善，主张和议的。他现在进宫去密奏皇上，等一会就来了。

哈：夫人，现在同和议作梗的，最怕的是岳飞。我们四太子的意思是，一定要你们皇上召岳飞回来。他回来以后倘若还要作梗，那我们只好要求丞相把他收拾了，以免后患。

夫　人：不要过虑，我自有妙计。

（向万）好，你去打听岳飞什么时候到，赶紧准备！

（夫人向万耳语，密示机宜，万告辞下。）

哈：夫人，你们贵国听说男女很不自由呢。

夫　人：不差，普通我们不见男客的。

哈：那么夫人来见我，岂非不合贵国的礼节？

夫　人：军师是金邦人，我也依金邦的规矩。

哈：我们国内男女随随便便的。

夫　人：什么叫随随便便？

哈：就是彼此不拘束。

（若兰上。）

哈：（故意问）夫人，请问这位是谁？

夫　人：是我的小婢。

哈：什么叫小婢？

顾一樵　/　157

夫　人：就是丫头。

哈：什么是丫头？

夫　人：哦，外国没有这个丫头的制度？丫头就是不自由的少女，在人家侍候老爷太太的。

哈：唉，这不但不自由，并且是不平等！

夫　人：是的，金邦没有丫头就是平等。

哈：夫人，这丫头叫什么名字？

夫　人：叫若兰。

哈：那么我要若兰为妻可以不可以？

夫　人：不可以！

哈：（撞了钉子莫名其妙）为什么夫人不答应呢？

夫　人：不是不答应。若兰是一个丫头，只能做军师的妾，不能做正妻的。

哈：什么叫妾？

夫　人：就是姨太太。

哈：想来这姨太太又是不自由不平等的一种阶级。

夫　人：这是为男人自由的办法。一个男人娶了一个妻，还可以娶几个妾，叫做偏房。

哈：我们国里国王有几个皇后，普通人亦可以娶几个妻，但是没有妻妾的分别。

夫　人：这就是金邦随随便便的地方。

哈：夫人，那么若兰就给我带到金朝去好吗？

兰：不，我不能去！

哈：哈哈，你们夫人都去过，难道你不能去吗？

夫　人：若兰，不要不识抬举。

兰：夫人，你现在还愿意到金朝去吗？金兵打我们，不是我们的敌人吗？

哈：夫人，这孩子真聪明，她知道我们是敌人。

夫　人：若兰，不要胡说，你快去看相爷上朝回来没有，回来了赶快请到这里来。

（若兰下）

哈：夫人，挞辣贝勒问夫人好。

夫　人：贝勒还记得我吗？

哈：贝勒说他永远不能忘记你！

夫　人：也奇怪，你们金邦不也尽有美人吗？

哈：贝勒说，夫人才是真正的东方美人——又丰满，又迷人！

夫　人：这是什么话？

哈：贝勒说他真不愿意夫人回来，四太子迫着他，他为着金朝才放了你们回来。

夫　人：我们回来以后也忘不了金朝四太子同贝勒的恩典。

哈：你们贤夫妇照预定计划做得很好，可恨岳飞从中作梗，险些把四太子捉了来，误了我们的大事。

夫　人：这个请放心，丞相已经奏明皇上，召岳飞回京来。

哈：岳飞回京来，真是丞相的主意吗？

夫　人：自然是，十二道金牌，没有一道不是丞相的主意。

哈：你们皇上愿意召岳飞回来吗？

夫　人：哈哈，皇上那里知道？丞相太神通了。

哈：真的不知道吗？丞相太神通了。

夫　人：丞相的神通还大着呢。

哈：金兀术四太子带给丞相的信上说："汝朝夕以和请，而岳飞方为河北图，必杀始可和。"你丞相会办到吗？

夫　人：这个不一定，丞相可以把岳飞召回来，但是还没有杀岳飞的意思。

哈：那么和议还不是不能成功吗？

顾一樵　／　159

夫　人：和议的成功不成功在丞相，把岳飞召回来便无人作梗了。
　　哈：我们真应该重重拜托丞相。
夫　人：托丞相还不够，你们还得重重拜托我——丞相的夫人！
　　哈：丞相夫人，等事情成功了，我们金朝一定要封你！
夫　人：封我做什么？
　　哈：封你做丞相夫人！
夫　人：不成，我现在已经是丞相夫人了。
　　哈：那么你要什么？
夫　人：我要四太子把挞辣贝勒赏给我。
　　哈：夫人，你真喜欢做贝勒夫人吗？
夫　人：不是贝勒夫人，我只要你们的贝勒老是陪伴着我！
　　哈：难道丞相不反对吗？
夫　人：他，他敢反对！
　　哈：（陪笑说）夫人，我这次来，一则代表四太子访问丞相，二则代表贝勒向夫人请安。夫人，我能代表贝勒侍候夫人吗？
夫　人：（会意笑说）军师，你也喜欢这样。你们这些番子都是一样。
　　（外面咳嗽声。夫人亟避开些。秦桧上。）
夫　人：相爷，上朝回来了？哈军师可等久了。
　　哈：丞相，贵国皇上意思怎样？
　　秦：皇上听说你来，十分欢喜，说要亲自接见呢。
　　哈：真的么？我是一个囚犯，蒙丞相搭救已经感激不尽。怎敢惊动皇上来召见。
　　秦：军师有所不知。自从你那次秘密南来接洽以后，我自己就暗定了议和的主张。
　　哈：皇上对于议和条件怎样？

160　\　四川新文学大系·戏剧编（第二卷）

秦：皇上说，听凭金朝的主张。

夫　人：军师，皇上的意思是听凭丞相的主张。

秦：不敢，不敢，金朝的主张，就是秦桧的主张。

哈：好极了，好极了。

夫　人：好，你们谈谈国家大事，我去照料一下再来。（夫人下）

秦：军师，四太子对于和议的条件，没有变动吧！

哈：四太子的条件可算宽大已极。

一、宋朝永远向金称臣，

二、宋朝每年纳贡银二十五万两，绢二十五万匹，

三、金主生辰和每年元旦，宋朝派使臣朝贺，

四、金宋二国东边以淮水为界，西边以大散关为界，

五、割让唐邓二州，及商秦二州的一半。

秦：这些条件都很合适。

皇上的意思，二帝还请金朝多多优待，不必回来。

哈：哈哈，这个我们早猜透了。你们皇上只要能保住做皇上，什么都可以答应。

秦：要不是为这个，那些条件那能就容易听我的话全答应呢？

哈：可是有一点，四太子的意思，要把岳飞先召回来，然后才能议和。

秦：这个好办。我已经同皇上说好，皇上不但答应和议，并且已经下了诏书叫岳飞回来。本来我派了使者送圣旨去的时候，就预备送信到金军兵营里请军师来京商量和议，逢巧使者到军营遇见了你，就兼程赶回来报告，现在军师安然到了此地，来得正好，皇上十分喜欢，还赞我办事神速呢！

哈：有这等事？你们皇上真不愧为贤明之主，能听丞相的话，宋朝之福也！

顾一樵　/　161

秦：哼，皇上不但下了诏书，又一连发了十二道金牌，召岳飞回来。我想他一定就要到临安了。他一回来，宋兵就可以退，和议亦就可以成功了。

哈：可是丞相，不得了！不得了！

秦：什么事？

哈：岳飞搜到了丞相给我的密件，他若回京面圣，那不但和议不成，你我的性命都不保了。

秦：（慌了）那怎样办？岳飞为人忠贞，他搜到了这种信可是不会客气的。何况李纲还在朝里，现在大学生自从陈东上书以后，每每聚了几千人诣阙上书。对于和议的进行，陈东这群人本来就要反对，疑心我私通外国。现在岳飞一回来，这一宣布，这群大学生就够把我打死了！

（夫人上。）

夫　人：相爷，你们在着急些什么？

秦：岳飞要回来了。

夫　人：不是你叫皇上召他来的吗？

秦：是的。

夫　人：那么来了反不好吗？

秦：嗳呀，来不得，他晓得我们的秘密了呀！

夫　人：刚才我听见有人来报告，岳飞就要到了。

秦：那怎样办？他宣布了这件事可不得了呀！

夫　人：相爷，你不说过要有人反对你的和议，你预备把他们押起来吗？

秦：对的，凡是反对我的和议的，我都要把他们押起来！岳飞虽然是堂堂元帅，但是他要是反对我，我还是可以吩咐万俟卨大理寺卿把他押起来！

夫　人：相爷，你为什么不把张宪押到大理寺而押到我们这里的地窖呢？

秦：那是因为我们这里的地窖，要比大理寺更妥当更机密更方便！

哈：丞相，这才是正经道理，现在要赶快办才好。

秦：夫人，你派万俟卨去料理了没有？

（万俟卨上。）

秦：万俟寺卿，岳飞快到了，你派王俊去了没有？

万：启禀丞相，王俊早已带领人马前去，岳元帅快押到了。

（王俊上。）

王：丞相，岳元帅已经押到了。

秦：哦！岳飞已经到了。岳飞，岳飞，你反对我的和议，你以为活捉了哈迷蚩，搜到了我同金兀术来往的密件，你就可以回来同我为难，你想不到反落在我手里吧！

王：请问丞相，岳元帅是不是押到地窖里去？

秦：不忙，我先要见岳飞，我要问他还反对不反对我的和议。倘若他不反对，那不就省得费事了吗？

夫人：倘若他反对呢？

秦：那我对他就不能客气了！（向王俊）你去叫人押岳飞来。

（王俊下）

秦：万俟寺卿，这里就算是大理院。那个密件不是在岳飞身上吗？把他拿过来。（作撕的手势）
哈军师，今天且有屈做一个证人。

秦：夫人，我们到屏风后面去看这一堂审案。

（秦吩咐万哈耳语，即偕夫人退入屏风后，哈迷蚩暂下。）
（何铸上。）

万：何中丞，请了，今天有屈尊驾来弹劾岳元帅。

何：岳元帅回京了吗？

顾一樵 / 163

万：已经回来了。

何：是皇上的意思吗？

万：自然是。

何：我同罗御史的弹章还没有商量好。

万：已经替你们写好了。

何：弹章说些什么？

万：弹章的大意说：

　　一、金人攻淮西，岳飞按兵舒、蕲不进。

　　二、岳飞跟张俊驻兵淮上，主张放弃山阳。

　　这不是私通敌人的证据吗？

何：这些话不见得可靠吧。

万：这是丞相的意思。

何：哦！

（王俊率众引岳飞上。万俟卨摆起坐堂的架子来。）

王：启禀万俟寺卿，岳元帅拘到了。

万：岳元帅请了。我乃大理寺卿万俟卨，奉命审问。有屈岳元帅一遭。

岳飞：我乃堂堂元帅，没有犯法，为何拘捕？

万：恐怕总有缘故吧！你自己犯了罪名，你还不知道吗？

岳飞：我岳飞百战余生，有功于国家，无负于朝廷。我有什么罪名？你试说来。

万：何铸何中丞，同罗汝楫罗御史，现有弹章在此。

　　（向何）何中丞，你有什么话说？

何：没有。

万：（向王耳语，然后开口）王执法官，什么罪名？

王：岳飞扣克军饷。

岳飞：没有的事！

万：岳飞私通金邦。

岳　飞：胡说，我岳飞精忠报国，那能卖国？

万：岳元帅，何中丞罗御史的弹章你自己看吧。

岳　飞：（阅过掷地）唉，我血战太行山，血战牛头山，血战郾城，血战颍昌，血战朱仙镇，难道还不足以反证吗？

万：提证人。

（哈迷蚩上。）

万：你是什么人？

哈：我叫迷蚩哈。

万：（向岳）岳元帅，你认识不认识他？

岳　飞：认识，但是他叫哈迷蚩。

万：哈迷蚩，迷蚩哈不要紧，你认识他就对了。

（向哈）你是什么职使？

哈：我是金邦的议和使者。

万：岳飞，你认识金邦的议和使者做什么？这显系通敌，你还不服吗？

岳　飞：胡说，他是我捉到的奸细，他同秦桧相通的！

万：迷蚩哈，你到底是同秦桧相通的还是同岳飞通的？

哈：我同岳飞通的，有岳飞给我的信在此。（将信呈上）

岳　飞：胡说，我这里秦桧通敌的信才是真的。

万：（向岳）呈上来。

岳　飞：（将信交出）

万：（阅后撕了）这显系假造的。

岳　飞：（大骂）奸贼！奸贼！

万：（吩咐众仆）这还了得！把衣服剥下来打！

（众仆去岳飞上衣，岳飞背露"精忠报国"四字，众吃惊住手。）

顾一樵　/　165

何：唉！我的良心在谴责，我不能再看着这出丑戏演下去。岳元帅，我不能弹劾你，这弹章是秦丞相写的。我何铸宁可不做官，我不能诬害忠良，做伤天害理的事！

万：中丞你疯了吗？

何：我没有疯，我的良心还没有丧尽！万俟寺卿你还有良心吗？

万：执法官，把何中丞押下去。

（执法官押何下。）

岳 飞：哈哈，弹劾的人，自动撤回弹章了。

万：那没有关系，你的罪还是"莫须有"的。

岳 飞：哈哈，"莫须有"的罪！这还成什么话？我既然没有罪，请放我去见皇上。

万：我没有这种权柄，我乃奉丞相的命令。

岳 飞：好的，好的，我岳飞精忠报国，秦桧偏要陷害我，我怕什么？我岳飞已经回来了，还怕什么威吓利诱。你去告诉秦桧，我岳飞宁为玉碎不为瓦全！

（秦桧王氏上。）

秦：岳元帅，多多有屈了。（为岳松绑）

岳 飞：秦桧，你还有什么话对我说？

秦：岳元帅，你这次回来，莫非有什么机密事要奏禀皇上，可否请先告诉我好先为代奏。

岳 飞：我要奏禀皇上，你私通金兀术，你是卖国的奸臣！

秦：岳元帅，我好意替你松了绑，要同你去见皇上，你反而口出恶言，要陷害我了。

岳 飞：你通敌求和是千真万确的，我岳飞可以拼着一死证明你的罪名。

秦：你也太认真了。死有重于泰山，死有轻于鸿毛，元帅功业盖世，何必如此看不开呢？

岳　飞：我不明白你的意思。

秦：我的意思是和战大计是皇上决定的，谁主和谁主战没有什么关系。我们同为宋朝臣子，有什么彼此不好商量的呢！

岳　飞：哼！你还配做大宋的臣子？谁同你来商量？有话我要见皇上再说！我要禀明皇上，你私通金兀术，你是卖国的奸臣！秦桧，你甘心卖国求荣，你不怕天下唾骂吗？你不怕遗臭万年吗？

（岳飞正颜厉色，追逐秦桧，秦逃避，众拦阻。）

秦：好吧，请先休息，容我奏明皇上，再请上朝面圣，报告你那朱仙镇的捷音。

（众拥岳下。）（秦桧王氏在场。）

秦：夫人，那岳飞真不知好歹，我满意饶他一命，他竟这般不受抬举！

夫　人：相爷，从古说："擒虎容易纵虎难！"我想岳飞不是平常人，他死且不怕，我们倘若放了他，他反过后同相爷作对，那怎么办？

秦：对了，我怎么办？岳飞常说"文官不爱钱，武官不惜死"。我不是一个不爱钱的好官，他却是一个不怕死的好汉，我以生命的威胁去骇他一定不成，但是我若竟杀了他，千古以后不真以为我是奸臣吗？

夫　人：相爷，和议是你良心的主张吗？

秦：夫人，你不要这样问我！我的良心！……唉！

夫　人：金兀术四太子放相爷回来，原来希望相爷主持和议。可是我们脱难了虎口以后，不是还可以自己作主吗？

秦：我从前既受过金兀术的好处，后来又收了哈迷蚩的重礼！和议和议，我一身做事，一身当！事到如今，一不做，二

顾一樵　/　167

不休,我还有什么后悔?唉!试看岳飞这样当面骂我,试想韩世忠李纲他们不是一样吗?试想陈东他们一群大学生不是已经在骂我汉奸吗?

夫　人:你为什么召岳飞回来?

秦:因为金朝的使者要求,只要召回岳飞就可以议和。

夫　人:你没听哈迷蛮说?他——他们不但要你召回岳飞,还要杀他!

秦:唉,我原来并没有一定想杀他。痛快和得了固然好,和不了还可以留着岳飞同金朝讲讲价儿。

夫　人:你已经通了敌国,你想还能讲价吗?

秦:对了,我已经通了敌国,我只有接受一切的条件。

夫　人:唉!只有接受。

秦:那么卖国的汉奸,我是做定了!

夫　人:相爷,你要做了汉奸,后世还不是也有人骂我吗?

秦:夫人!

(侍者上。)

侍:报告相爷,外面陈东率领大学生要打进相府来了,他们要求相爷释放岳元帅。

秦:胡说!是谁告诉他们岳元帅在这里?

侍:没有人告诉。

夫　人:把他们打出去好了!

秦:且慢,你们请万俟寺卿出去劝动他们,说岳元帅没有回来。

侍:他们说有人跟着岳元帅一路回来,快到临安岳元帅忽然失踪了,他们疑心在相府。

秦:哦!那么就请万俟寺卿告诉大家说,没有在相府就完了。

侍:他们不信怎样?

秦：胡说，他们不信可以向万俟寺卿要人！

（侍者下。）

夫　人：相爷，陈东他们这班大学生已经知道了怎么办？

秦：无凭无据，他们知道了也不要紧。

夫　人：相爷，这件事得快点想一个法子。

秦：夫人，快也有快的法子，明天上朝我请皇上答应了和议，一切便都解决了。岳飞我自然有办法。

夫　人：相爷，皇上答应了和议，我们要离开临安。在这里太危险！

秦：那么是不是你想到金邦去？

夫　人：对了，我想去。那里有四太子保护，安稳一点。

秦：是不是挞辣贝勒托人带信来接你？

夫　人：我不放心住在这里。我有点怕！

秦：夫人，一切有我作主，你不要害怕！

（外面喧扰呼打声。万受伤上。）

万：丞相，夫人，不好了！

秦、夫人：怎么了？

万：这些大学生老百姓太凶了。

夫　人：相爷，这怎么办？

秦：哎呀！这怎么办？这怎么办？

（外面呼打声更近，秦王等狼狈急逃。）

顾一樵　／　169

## 第四幕

地　点：

　　临安秦丞相府密室（地窖）

时　间：

　　四日后，夜

　　（岳飞张宪在场。岳飞秉烛观书，正襟危坐，张宪侍候一旁。）

张：元帅，辰光不早了，还不安睡么？

岳　飞：从前关壮缪夜读春秋，我岳飞在车马匆忙中，愧未能办到，现在受奸臣暗算，我且看点书以消愁恨罢了。

张：元帅，你要不回来就好了。

岳　飞：圣上之命，我如何可以违拗呢？

张：元帅，我看这全是秦桧的诡计。

岳　飞：我也猜着几分，但是圣旨之后，又接连来了十二道金牌，我怎能不回来呢？

张：可叹皇上也是听信了秦桧奸臣的鬼话！

岳　飞：我也因为奸臣在朝，总是蒙蔽皇上，所以捉到了哈迷蚩，就决心回来弹劾秦桧。

张：元帅，我还不明白为什么捉到了哈迷蚩，元帅就决心回京来？元帅，你不知道秦桧势头大，回来有什么用？

岳　飞：我从哈迷蚩身上搜到了秦桧私通外国的证据，就决心回京。我若见到皇上，一定就可以除掉这个奸臣了。

张：冤枉冤枉，元帅还是上了奸臣的当，若不回来，现在早打到黄龙了。

岳　飞：恨只恨秦桧这奸臣，我不知道他是什么心肝！

（倪完上。）

倪：岳元帅还没睡吗？天气怪冷的，要喝酒吗？

岳　飞：你不要客气……

我看你为人不是奸恶之徒，待我们也算不差，但是为什么帮奸臣来看守我们呢？

倪：元帅，我倪完久慕威名，岂敢助桀为虐？我乃是韩元帅的旧仆，后来元帅带兵去打仗，我才留在临安，没有跟去。

张：那你为什么要投到奸相这里来呢？

倪：只因为我女若兰略有姿色，被秦桧看中，抢到相府，我因为不放心，只得跟了来到这里。

张：那么现在你那个女儿呢？

倪：我女险些被那奸贼强迫作妾，幸而王氏忌妒，恰巧哈迷蚩来，王氏便出主意，要将小女献与哈迷蚩，预定明天就要送给他呢。

张：那么你就不想法救你的女儿吗？

倪：（跪下）虎口之中，难以逃生，还要请元帅同张将军搭救才好。

张：那里的话，我们身在狱中，自顾且不暇，怎样可以救人呢？

倪：现在有一个秘密计划：

我想今天半夜叫小女盗了钥匙前来先把两位松了手铐。这里（指床下）有随身兵器，两位都是神勇百倍的，一路杀出去，包管无人抵挡得住，我同小女也就跟着脱离这人间地狱了。

张：可是我们人少，寡不敌众怎样？

倪：两位放心，我已经雇好一个壮士，现在已经伏在风波亭

顾一樵 / 171

边，我就去带他来。

（外面有人声，倪下，撞见哈迷蚩，引上。）

倪：原来是哈军师，来这里做什么？

哈：若兰没有在这里吗？

倪：没有。

哈：明天夫人要把若兰赏给我，你高兴吗？

倪：那得问若兰高兴不高兴。

哈：你们南朝女子真不差，但是我知道，她们嫌我们有番气。

倪：我不知道。

哈：你问夫人，她知道。

倪：军师，时间晚了，请回去休息吧。

哈：不，不晚，我要拜访岳元帅。

倪：太晚了，元帅要睡了。

哈：我有要紧的话说。

岳　飞：（起立）哈迷蚩，你要见本帅做什么？

哈：（恭而有礼）元帅，小番有几句机密话说！

岳　飞：好吧你说！

（倪下。）

哈：元帅同张将军，待我好，饶了小番的命，小番总想有机会报答一下。

岳　飞：你预备怎样报答？

哈：二位知道秦丞相所以把二位关在这里那是因为金朝四太子的嘱咐。四太子恐怕元帅不主张和议，故而有这种嘱咐，据小番之见，倘若皇上批准了和议，元帅亦不反对，那么小番愿意向丞相讨一个人情，放了二位。回去我禀明四太子，说二位对于金朝亦有友好的意思，岂不是大家都圆满吗？

岳　飞：和议！和议！唉！秦桧真在迫着皇上批准吗？

哈：元帅，皇上已经都答应了，今天晚上只是正式加印国宝罢了。

岳　飞：真的？一切都晚了吗？

张：哈迷蚩，你说要报答元帅，你快想法子放我们出去，让元帅去见皇上。

哈：张将军，我没有钥匙，钥匙在丞相夫人那里。

张：和议的条件是什么？

哈：一共五条，第一条是——

张：是什么？

哈：第一条是"宋朝永远向金称臣"！

岳　飞：天啊！这还不是亡国的条件吗？

哈：最后一条是割地。

张：割什么地方？

哈：割让唐邓二州及商秦二州的地。

张：唉！又称臣，又割地，我们非吃秦桧的肉不可！

哈：时候不早了，请元帅考虑一下。这些条件皇上已经批准了，自然有皇上作主，元帅可以不反对吗？

岳　飞：不，我不能承认，我要是活一天，我反对一天。

哈：元帅，愿你晚安。张将军，再见。

（哈下，倪偕岳云上。）

岳　飞：嗳呀！是你？

云：父亲，儿子罪该万死！

岳　飞：云儿，原来是你，我叫你不许回京，你为什么不在前方打仗呢？

云：前方班师了，我们退了一道防线了。

岳　飞：韩元帅呢？

顾一樵　/　173

云：韩元帅韩夫人都回来了。他们恐怕父亲受奸臣暗算，故而同孩儿赶了回来。

张：小将军，你们怎么样晓得我们在这里呢？

云：我们到了临安，再也打听不到父亲的下落，幸亏韩元帅遇见了旧仆倪完，才晓得。

岳　飞：那么韩元帅为什么不奏明皇上呢？

云：韩元帅屡次要上朝面圣，都被奸相拦住，并且奸相还要奏我们丧师辱国的罪名呢。

岳　飞：朝里总还有正直的老臣，韩元帅为什么不联络他们，共同设法呢？

云：韩元帅也预备同李纲他们去商量，只是不敢轻易泄露消息，恐怕奸相恼羞成怒，对父亲先下了毒手。

（若兰惊慌上。）

倪：若兰，钥匙拿到了没有？

若　兰：手铐上的钥匙，在夫人身边，没有拿到。

倪：后花园门上的钥匙呢？

若　兰：拿来了，在这里。

（岳云见钥匙，一手抢了过去。）

若　兰：（惊）这是什么人？

倪：这是我特地请来的壮士，他就是要保护元帅同我们脱离这个虎口。

若　兰：壮士请了。

岳　云：（自己介绍）我便是岳云。

若　兰：（呆了一会，忽惊告父）爸爸，我害怕，我来的时候，刚刚遇见夫人，她问我到那里去。我不好说谎，我说来看爸爸，她说她心血来潮，要来见见岳元帅的风采呢。爸爸，你想她会来吗？

倪：外面这样大风，她那会走过风波亭到这里来呢！

（各人准备动身之间，王氏忽然竟来了。）

若　兰：夫人，真来了呀！

（倪及若兰向夫人作礼。）

（岳云来不及躲，只得站在一边。）

夫　人：（指张问倪）这位是谁？

倪：是押解哈迷蚩来的张宪。

夫　人：张将军，你护送哈军师一路辛苦了。哈军师今天已经见了皇上，将来和议成功，哈军师还得多多谢你的功劳呢。

（指云）这又是什么人？

倪：（情急生智）这是小儿倪云，他特地从乡下来看我，所以在此借住一夜。

（向若兰）兰儿，你同云儿到前面下房去吧。

夫　人：不忙，若兰，那边风波亭有酒菜，你们可以一同去搬进来，让我为元帅压惊。

（若兰岳云下，女仆携酒菜上。夫人付钥匙于倪完，为岳张松手铐，倪即下。）

夫　人：元帅，丞相派我代表敬酒一杯，为元帅压惊。

岳　飞：我知道你是秦桧派来的。你一个女流之辈，我亦不好骂你，你去叫秦桧来，我要问他。

夫　人：元帅不必动怒，皇上因为韩元帅奏明，要召见元帅，已有上谕给丞相，命令丞相明天早上领元帅面圣，有话那时可以细谈。

岳　飞：哦，韩元帅已经奏明了，明天真的见圣上吗？我不相信。

夫　人：圣旨在这里，元帅请看。

岳　飞：（不看，只以冷笑置之）

顾一樵　／　175

夫　　人：丞相本来自己要来通知元帅，只因公务不能分身，所以叫我来代为报告，并且谨奉杯酒，务必要请元帅赏脸喝了。

岳　　飞：我不要喝你们的酒。

夫　　人：元帅不要生气，这次的事都是误会。有人在丞相面前告元帅按兵不动几种罪名，所以丞相就奉承皇上召见元帅回京的本意，先行看管一下元帅，你是一个大丈夫，何必记小冤仇？这一杯酒请你喝了吧，（岳飞不理）元帅，你是大丈夫——

岳　　飞：（打断王氏讲话）不必甜言蜜语来骗我，大丈夫不能成功，就要成仁。好吧。我正不愿意在这里苟延残喘。我正好一死，来明我的意志。不必甜言蜜语来骗我，拿酒来。

张　　：元帅，这一定是毒酒。

岳　　飞：毒酒正好，我岳飞自幼受母亲的教训，要精忠报国。这一生除以身许国外，别无所求。可叹虽然打了不少胜仗，但是，皇上听从了秦桧主张，竟答应了和议，我先清君侧，再捣黄龙的志愿，竟不能实现。既然不能实现，我就只有一死。

夫　　人：元帅太多心了，这是什么话？元帅，你可死不得呀！

岳　　飞：不要以为把我岳飞毒死了，你们就可以随心所欲的去卖国求荣。我一个岳飞死了，还有成千成万和我岳飞一样的人起来继续我的事业。

夫　　人：元帅，请酒。

　　　　　（岳飞一饮而尽。）（侍婢下。）

夫　　人：谢谢元帅的赏脸。

　　　　　（岳飞沉醉不语。）（夫人欲下，秦桧上。）

秦　　：夫人，你已经在这里？酒喝了没有？

夫　　人：我已经敬了元帅一杯酒。我告诉元帅，相爷已经奏明皇上，明早请元帅上朝面圣呢。

秦：对的。皇上要岳元帅明早上朝面圣，刚才皇上答应好了和议，他问起岳元帅会不会反对，我说岳元帅已经回到临安，皇上说要他上殿面圣，由皇上当面告诉他和议的经过，一切由皇上自己自主，并要他遵旨班师。

夫　人：相爷，我早猜着皇上的意思了。

秦：岳元帅，请休息吧。明天清早我来同你上朝面圣。

岳　飞：（稍醒猛起立）唉！明天清早，你同我上朝面圣！好！好！好！你主持的和议都是卖国的条件，我要奏明皇上，你私通金兀术，你是卖国的奸臣！（欲打秦自倒）

夫　人：元帅，你不愧为一个大丈夫，你多喝了酒，请安息吧。

张：秦桧，王氏，你们不要自鸣得意，你们要把元帅害死了，老百姓会铸你们丑恶的奸像跪在岳元帅的坟前让后世的人永远唾骂！

（张宪欲追击秦桧王氏未遂自跌，秦桧王氏急下。）

（张宪徐起，扶岳飞。）

张：哎呀，元帅中毒了。

岳　飞：（勉强点首作痛苦状）

（岳云上欲背岳飞逃。）

岳　飞：云儿算了吧。这里便是我的死所了，……唉！我离开朱仙镇的时候，早就拼着一死，为国除奸以清君侧，以求大宋的复兴，现在皇上已经听从奸臣的和议，那么我只有以死报国。我常说"文官不爱钱，武官不惜死，则天下太平矣"。倘若和议已成，国家受辱，我又何惜一死呢！……我一生精忠报国，我只恨国仇未报！……唉，我满心要接皇上到汴梁去。现在一切都晚了。十年之功，毁于一旦！

张：元帅要是不回来就好了。

岳　飞：还说后悔的话！我不后悔回来，我遗憾的倒是我回来以后

顾一樵 / 177

竟不能达到我的志愿。皇上既召了我回来，为什么不早召我上殿面圣，而竟听了奸臣的主张决定了和议呢？唉，奸臣正在猖獗，我们的大好河山还是破碎！拿笔来！（踉跄至书案前，张宪取笔，岳飞写"还我河山"四字。写完唱《满江红》下半段"靖康耻，犹未雪；臣子恨，何时灭？……"其声若断若续。唱罢猛起立。）还我河山，还我河山，还我——（读完倒地）

张：元帅，元帅！

（岳云伏尸旁哭泣。）（倪完若兰上。）

倪：元帅怎么了？

（张宪流泪不语。）

倪：（读字）还我河山，还我河山，还——

张：是的，还我河山。元帅，我们一定要继续你的志愿。

倪：请你们照料着我的女儿快走吧，我自会守着元帅的。

岳云：（将钥匙授张）张将军，请你照料着他们父女吧，出去了好继续元帅的志愿。

（忽人声自远而近，张宪亟在床下取军器。）

兰：爸爸，我们快快走吧。（向云）壮士，你还是走的好，出去了好报仇。

（张宪引路前进，若兰强引其父及岳云欲下。）

岳云：诸位先走一步，待我向父帅行礼告别。

（张宪及倪兰先下，岳云伏岳飞尸旁，痛苦哀声。忽攫酒壶狂饮，饮罢拔刀欲下，复转回跪在父前，旋倒地死。）

（狂风怒吼，全场渐暗。）

二十一年三月九日，在迁都后的南京，初稿

二十八年十二月一日，在抗战中的重庆，再稿

## 初演后记

《岳飞》修正本经国立戏剧学校于（民国）二十九年四月一日至五日在重庆国泰大剧院首次公演，由教育部妇女工作队主办，前后共演八场。五日早场，由国民外交协会招待英法美苏四国大使及其外交使节，并各赠以"还我河山"纪念旗帜，尤为空前盛况。此剧在余上沅校长领导下演出，导演为杨村彬先生，煞费苦心，舞台监督为张骏祥先生，亦多劳绩，服装布景，均经审慎设计。第一幕计分四场，用暗转法换景，甚为迅速。第四场末岳飞凭栏独步，远处歌唱《满江红》，颇富诗意。第二幕分二场，群众唱《满江红》，仍用岳武穆原词。待元帅掩袖惜别将士及民众默默相送，令人黯然神伤。第三幕分三场，第四幕分二场，观众对秦桧王氏无不咬牙切齿。最后加一尾声，为精忠岳武穆墓，秦桧王氏二逆像跪于墓前。《满江红》歌声四起，观众始愤然散。招待外宾时，剧终全体演员向众致谢，最后岳武穆在大纛旗下屹立众前，足留"精神不死"之深刻印象。此次初演，杨村彬先生功绩最多，剧本中亦有根据演出效果略加修正之处，敬此致谢。

一樵二八、四、五重庆<br>选自顾一樵著：《岳飞》，商务印书馆，1940年

# 丁西林

| 作者简介 |　该作者简介参见第一卷独幕剧《三块钱国币》。

## 等太太回来的时候（四幕剧）

时　间：
　　民国二十八年秋间
地　点：
　　上海
人　物：
　　梁老爷
　　梁太太
　　梁梅（大小姐）
　　梁治（少爷）
　　梁玉（二小姐）
　　许任远（表少爷）
　　孙泽生（姑少爷）

张妈（女仆）

旅馆侍者

## 第一幕

下午三时。

旅馆里的一间客房，分成内外两室；内为卧室，外为会客室。

开幕时，室内无人。

幕启后，先听到一个钥匙开门的声音。接着房门打开，许任远、梁治同走进。后面跟着旅馆的侍者。许手里拿着几份中外日报。进门后，将帽子挂到衣架上，报纸丢在椅子上。走到一张写字桌前检阅桌上的邮件及客人留下的名片等。处处现出他是这屋子的主人。梁手里提着一个提琴盒子，臂膀上披着一件雨衣，旅行的装束。进门后，帽子留在头上，手里提着东西，先察看他的环境。处处现出他是这屋子的生客。旅馆侍者手里提着一个旅行用的手提包。提包上贴了许多各处旅馆的招牌纸，挂着邮船的卡片。

侍　　者：提包拿到里面去吧？（预备走向内室）

许任远：不，就放在这里好了。等一会就要拿走的。（向生客）唉，刚才我要你把你的提包放在汽车上，不用拿下来，你说拿下来再说，我没有懂你的意思。

（侍者放下提包，收拾屋子。）

梁　　治：中国的小说书上常常有两句话，描写一个潦倒的英雄，说弄得他"有家难奔，有国难投"。我不是一个小说书上的英雄，可是我目前的处境，确是如此。现在我虽然回了国，我还不一定就能回家。

许任远：不能回家？

梁　　治：家里当然是要回去看看，不过不一定就住在家里。

（说着，已除了帽子，放下雨衣和提琴盒子。）

许任远：为什么？

梁　　治：就是因为这个问题，我才想要先来和你谈谈。在我未回家之前，我不能不先弄清楚。我的父亲……

许任远：（不要他当着旅馆侍者多说，用手止之。向侍者）茶房，今天上午有没有人来电话？

侍　　者：（正收拾桌上的茶具，忽然记起）啊，有的，上午十一点钟，来了一个电话，请五十八号的杨先生说话。问他那儿来的，不肯说。问他姓什么，不肯说。问他叫什么，也不肯说。他说等杨先生回来，告诉一声，今晚八点钟的约会，决定改到九点。这样一说，你就会知道。

许任远：对了对了。谢谢你。

（侍者取了茶具走出。）

梁　　治：刚才茶房是不是说"杨先生"？

许任远：是的。

梁　　治：那一个杨先生？

许任远：杨先生就是我！

梁　　治：就是你？

许任远：怎么，你觉得奇怪吗？

梁　　治：我真有点莫名其妙了。你是上海有家的人，你住在一个旅馆里。你姓许，人家叫你杨先生。——怎么一回事？

许任远：不要忙，不要忙。让我先打一个电话回去，通知她们一声。我们然后再谈。（走去拨用屋内的自动电话机）

（梁坐下。）

许任远：（一会，得到了电话的回音。向话机）哈喽，喂喂，你那儿啊？……啊，你是顾妈吧？我是少爷啊。……是的是的。唉，唉，你去请少奶奶来接电话。听清楚没有？……对了对了。（等了一会电话，没有消息，向客人）说不定她们已经出来了。（又等了一会，再对电话）喂，喂，哈喽，你是惠芬吧？我任远啊，……（忽然发现了错误，提高了声音）啊！你是玉妹，我是任远啊。你们吃了饭没有？……是的是的。……到了，到了。……两点半钟。……当然接着了。唉，你听我说，船是两点半钟到的，人也接到了，我们现在是在大东旅馆五十八号。我已经派了车子来接你们。什么？……唉，对了，对了。喂喂，我说，你们来到这里问五十八号的一个姓杨的杨先生——不是姓许，也不是姓梁。听清楚没有？大东旅馆五十八号杨先生……对了，对了。什么？怎么走到了旅馆？啊，你不要问，等一会你来到这里就会知道。喂喂，要不要和你哥哥讲话？（哥哥站起，走向电话机）……什么？喔喔喔，好，……好好。那么请你们就来吧。……一会儿见，一会儿见。（放上电话听机，转回头）汽车已经到了。她们即刻就来。——现在我们可以开始我们的谈话。（从桌上取了一个香烟罐，敬客）抽烟吗？

梁　治：谢谢，还没有学会。
许任远：真是一件好事，尤其是在现在。像这样的蹩脚的香烟，现在在重庆、昆明要卖三四块钱一听。就是在上海，写一篇文章，有时也要花我两三块钱的本钱。（放回烟罐，取了一支烟）
梁　治：没有法子断绝吗？
许任远：香烟好比是一个朋友，并且是一个既可与共患难又可与共安乐的朋友，非到万不得已的时候，是不应绝交的。

　　（侍者拿了茶具走进，向侍者）茶房，等一会就有两位女客来看我。到了这里的时候,你就请她们上来好了啊。
(燃了火吸烟)

侍　　者：是。(放下茶具,走出)

许任远：(倒茶)我们刚才讲什么?啊,对了,你问我为什么姓杨,为什么住在旅馆,是吧?现在我可以告诉你。(敬茶)

梁　　治：谢谢。(接了茶)

许任远：上海现在变成了一个恐怖世界。自从两年半以前中日战事发生之后,上海就成为抗战工作的中心。在以前,只有瞓政治的,办党的,做特务工作的人,才引人注意,受人监视。一个不留心,手枪炸弹,这本是很平常的事,没有什么稀奇。现在的情形可全变了。这半年以来,自从这一班新汉奸……(忽然打住)喔,对不住。(替自己倒茶)

梁　　治：没有关系,你讲好了。你都不能不承认这一班人是汉奸,对吧?我都不能不承认这一班汉奸之中,有一个是我的父亲。

许任远：(承认事实。耸了耸肩)对,是你的父亲,是我的姑丈,关系也差的不多。所以不用忌讳,唉,——刚才我说,上海越弄越不成样子。以前敌人与暗探所注意的,只是与政治或与军事有关系的人。自从这一班——新人物来了之后,别的贡献没有,他们只做了两件极无聊的事。第一件是在沪西越界筑路的区域内,抢房捐,开赌场。第二件是绑架学校的校长,暗杀报馆的主笔。只要你稍微说几句公道话,或是拒绝登载他们的东西,他们就用极卑鄙的手段来对付你。……

梁　　治：所以连你也……

许任远：所以连我也有时姓许,有时姓杨。至于这间房子的用处,那是因为我有时想约几个朋友谈谈,如果报馆里不便,家里不便，我就约他们到这里来。换句话说，这间房子是报馆主笔的一间外室。

梁　治：据我所知，这一班你所谓新人物是今年春天来的。是不是他们一来了之后，父亲就和他们混在一起？

许任远：什么时候发生关系不知道。公开的发表言论，是最近几个月的事。

梁　治：（喝了一口茶）这些杀人绑票的事，你想我父亲都有份吗？

许任远：这倒不敢说。也许他感觉兴趣的不是这些实际工作，而是偏重于文字宣传方面也说不定。

梁　治：（讥刺的）父亲做的什么官？

许任远：他还没有做官——那是将来的事——他现在做的是和平协会的会长。

梁　治：做些什么事？

许任远：宣传和平，反对抗战，提倡中日亲善，攻击国民政府，这一套。

梁　治：这些事有人去干！一个人什么事不可去做，要做汉奸。这是我无论如何不能了解的。

许任远：饭碗与良心的问题。你如果要我分析汉奸的人品，我想我可以把他们分为三等。第一等是虽有良心，没有饭吃。第二等是本无良心，又无饭吃。第三等是虽有饭吃，没有良心。

梁　治：汉奸讲得上品格吗？我想汉奸就是一个汉奸就够了。

许任远：这当然是更彻底，更正当的看法。

梁　治：（静默了一会）你有好久没有见着他了吧？

许任远：谁？姑丈吗？自从他做了——新人物之后，我们就完全断绝了关系。——自然，姑妈那里我仍旧是常去的。

梁　治：妈妈气死了吧？

许任远：可想而知。姑妈是多高明的人，你想。不过她从来不提姑丈的事，姑丈也从来不回家去。你下船之后，说要找一个地方和我谈谈，我就知道，你是要打听打听家里的情形。据我所知，姑丈是不回家的，所以你不必担心。你的这只提包也就可以放在汽车上不必拿下来。

梁　治：家里就只有妈妈和妹妹两个人？

许任远：大姐和她们同住。不过泽生姐夫还住在自己家里。他大约三两天就去看看她们，照应照应。有时说不定住上三天，五天。

梁　治：（又沉思了片刻）有人说，泽生也加入了他们的团体，这话可靠不可靠？

许任远：那是没有的事。这个我相信我知道的最清楚。泽生，你知道的，他对于政治是根本无所谓的。他的兴趣是做生意。他目前的问题是碰到了这样一个难关，如何维持他的营业。在这一方面，他也还比较的漂亮。简单的说，他与姑丈的关系，仍旧是丈人、女婿罢了。这就是他和我们不同的地方。至于别的，一定没有。就连这一点，我相信也还是因为大姐的关系。

梁　治：姐姐的关系？这个我不明白。

许任远：你不明白吗？大姐是一个孝顺的女儿。——唉，我得声明，这不过是我的推想而已。——大姐对于父母，一向是无微不至的。说不定常常挂念父亲的身体好不好，有没有人招呼，有时也许想写一封信问候问候；说不定还希望能有个人去看看他。这一类的事，你想，除了自己的丈夫，谁可以替她去做去？——我已经说了，这只是一种推测。不过我相信我的这个推测是不错的。

梁　治：是的，一个女儿的情感。

许任远：女儿的情感？（摇头否认）这不是儿子女儿的关系：这是年龄的关系，是时代的关系。

梁　治：时代的关系？

许任远：是的。这不是儿子与女儿的不同，是时代的不同。从前我们把三十年算做一代。在现在这个飞机每小时飞到一千里以上，无线电通信，比孙悟空翻筋斗还要快的时代，这三十年一代的算法太长了。无论是在物质方面，思想方面，政治方面，社会方面——换句话说，在任何方面，除了在人类的生育方面，——这三十年算一代的时代单位，太大了。我想最多十年就要算一代。所以大姐对于父亲的态度，不是因为她是一个女儿，而是因为她是前一代的人物。比方说，你的妹妹，她与大姐相差我想最多不过十四五岁吧，她就和姐姐大不相同了。……

梁　治：妹妹？妹妹还是一个小孩子。

许任远：小孩子？长的和姐姐一样高了！说不定比姐姐还要高一点。唉，我问你，你出去了几年了？

梁　治：将近四年。

许任远：你出去的时候，妹妹几岁？

梁　治：大约十三四岁吧。

许任远：好了。一个女孩子，从十三四岁到十七八岁，多大的分别！不相信，一会儿来了，你就可以知道。（敲门的声音）好，小孩子来了。（向敲门者）请进来！

（房门推开，屋内的两个男子站起，屋外的两女客走进，年长的是梁梅，手里拿了一个钱包，一双手套，年幼的是梁玉，手里拿了一簇鲜花。）

梁　治：哈喽，姐姐！（与姐姐握了手）

梁　梅：弟弟！

梁　玉：哥哥！

梁　治：（走到妹妹的前面）我不认识你了。你长得这么高！（先握了手，将手放到她的肩上，最后吻之）

许任远：怎么？我说的不错吧？（伸长了九十度的手臂，等着妹妹。妹妹离开了哥哥，放下花，走来与表哥握了手）还是我接着了吧。

梁　玉：（转向哥哥）我们十一点钟就到了码头上等你，等了两个钟头。（转向表哥）我们不应该听了你的话，到你家去吃饭去。

许任远：（正收拾椅子上的报纸）大姐请坐。这里乱七八糟的。

梁　梅：谢谢，表弟不要客气。

许任远：（转向妹妹）这是我的不是。不过他们告诉我，说船要下午三点钟才到，我怕把你们饿坏了。

梁　玉：我们刚吃完了饭，你的电话就来了，急得我要命。（也坐下）

梁　治：（向姐姐）妈妈这一向精神好吧？

梁　梅：很好。前几天略微有一点不舒服，这两天完全好了。

梁　治：姐姐也好吗？好像比以前瘦了一点。

梁　梅：我一向就是这样。

梁　治：妹妹不用说，我一看就知道，身体是一定很好的。

梁　梅：她啊？她一顿可以吃三碗饭，一天可以走六十里路，夜里睡下去，可以十个钟头不醒觉。

许任远：几年以前，我想组织一个新的女子运动，成立一个协会。叫做"打倒林黛玉协会"。如果这个协会成立起来，我一定推举妹妹做会长。不过不久我就觉悟了这完全是多事。因为可怜的林黛玉老早被她们打倒了。（已经倒了一杯茶，敬大姐）大姐吃茶。

梁　梅：谢谢。(接了茶)表哥看弟弟又长高了一点吧？

许任远：他出去的时候就已经很高。

梁　玉：哥哥，我同你比一比。(站起，与哥哥比了一比高。向姐姐)还差这么一点儿。(用手指表示了相差的高度)

梁　治：想不到几年的工夫，妹妹会长的这么高。我总想她还是一个小孩子。

梁　梅：你称赞她长的高，她最得意了。她一天到晚就是想长高。今天和这个比比，明天和那个比比。不知道要长到多高她才满意。

许任远：(又倒了一杯茶敬妹妹)打倒林黛玉协会的会长喝茶。

梁　玉：谢谢。(接了茶，大家坐下)

梁　梅：(看了一看屋内)弟弟，你的行李呢？

梁　治：行李交给了旅行社。我自己就只带了这样一个提包。(指了地上放着的那只提包。又指着提琴盒子，向妹妹)还有这样一个盒子。

梁　玉：(这时才注意到提琴盒子，跳了起来)这是带给我的提琴！喔，谢谢你！(走去打开了提琴盒子)

梁　治：我一路提心吊胆的把它带在身边，走的时候提在手里，睡的时候当做枕头。我希望没有把它弄坏。

梁　玉：(已经取出提琴，敲弹了几下)谢谢你，一点没有坏。

梁　治：好极了。现在我的责任完了。(接了表哥的第三杯茶)谢谢。

(大家重新坐下。妹妹抱着提琴盒子，坐在哥哥的身旁。)

梁　梅：刚才听表哥说，船两点半钟就到了。我们以为船如果到得早，表哥会开汽车到家里来接我们。怎么弟弟和表哥会走到这里来？

(大家不知如何发言，静默了片刻。)

丁西林　/　189

梁　玉：（慢慢的）我知道。你们不肯说，要不要我讲？……

梁　治：（不愿即刻破坏目前的欢聚，打断妹妹的话）不是。因为我急于要和表哥谈谈，想知道一点最近国内抗战的情形。

（妹妹面上显露出不信和了解的表情。）我一下船，表哥就告诉我说你们已经等了好久，到表哥家去吃点东西就会再来。

许任远：（帮帮表弟的忙，连忙打一个岔）你们到底吃了东西没有？

梁　梅：表嫂客气得厉害，预备了许多东西。其实我们肚里都不饿。因为今天早上，泽生送了我们许多点心。……

梁　治：喔，我忘记问了，姐夫好吧？

梁　梅：谢谢你，他很好。我们本来都约好的，等你回来，大家一齐到码头上接你。忽然他这两天脚上的湿气发了，不能走路。今天早上他着人送来了你一向爱吃的几样点心，带了一封信，要我代他向你道歉。同时还有一件事，要我告诉你。他说爸爸知道了你今天可以到家，他急于想看看你。因为他事情很忙，没有工夫回家。希望你六点钟的时候可以约了泽生一同坐了汽车去看他。

梁　治：（思索了一会，妹妹凝神的等着）我想我应该回去看看妈妈吧？

梁　梅：（老实人）不用说，当然是先回去看妈妈。难道你不看看爸爸吗？（得不到回答）——泽生还要我五点钟以前给他一个电话，爸爸可以派车子来接你们。……

梁　玉：姐姐！……

许任远：（再帮一次忙）日子多得很，不在乎今天，以后再说好了。——怎么，我想我们现在可以走了。姑妈一定等的心急了。（向表弟）怎么样？提包带回去吧？

梁　玉：（低声向哥哥）回去好了，不要紧的。爸爸他不敢出来！

许任远：好了，好了。不是我赶客人，我们可以走了。（压了一压叫人的铃）

梁　梅：是的，妈妈一定等的很心急了。（向表哥）还是表哥送我们回去吧？

许任远：当然送你们。（取了自己和表弟的帽子，拿了桌上的鲜花。姐姐取了钱包和手套，妹妹拿着提琴盒子，哥哥拿了雨衣，大家准备出去。侍者走进，向侍者）请你替我把这只提包拿到下面汽车上去。

侍　者：是。（提了提包走出）

梁　玉：（向哥哥）哥哥，你知道吗？妈妈想你想得要命！
（屋内的人先后走出。主人带上门，又听到一次钥匙锁门的声音，幕下。）

## 第二幕

当天夜晚九时。

梁太太和梁二小姐的睡房。一张大床，一张小床，一张矮小方桌，几张椅子及其余的衣柜梳妆台等。

开幕时，梁太太坐在一张沙发椅上打将近完成的一件绒线衣。女仆张妈收拾桌上的水果皮、栗子壳及包糖块的纸片等。收拾完毕后，一面讲话，一面将四套干净的杯碟、四只玻璃杯、白糖缸、茶匙及原有的糖果盘碟安放到小方桌上，预备使用。

张　妈：太太，今天您可够乐了吧？望了好几个月，今天可真到家了。我看再没有别的事会使您更欢喜的了。

梁太太：还不是大家都欢喜吗？

张　妈：可不是吗？您是不用说了。大小姐、二小姐，那一个不是眉开眼笑的？就是老爷，他不在家，如果他在家，还不是一样的欢喜吗？

梁太太：（极轻微地叹了一口气）你呢？难道你不是同样的欢喜吗？

张　妈：我？喔，太太，今天下午少爷刚到家的时候，我见您哭了，我的眼泪不知怎样止不住的流了出来。回来我到厨房里还哭了一场，心里才觉得舒服。您说奇怪吧？

梁太太：这是你人好心好。是的，你已经来了八九年了。你看了他长大，看了他出去，现在又看了他回来。你还不是和一个自家人一样？——是的，他一回家，好像什么都不同了。你想这几年我们过的日子也够闷了。他一到家，好像什么都有了生气。好像多少时的阴天，忽然出了太阳一样。你觉得吗？

张　妈：太太，难怪您欢喜。这样的一个少爷，又聪明，又和气，真是少见。不单是少爷，就是大小姐、二小姐，也都是一样。一天到晚挂念您，总怕您不高兴、不舒服。气闷的时候，想这样，想那样，逗您欢喜。您不知前世里做了多少好事，这一世才会有这样大的好福气。（铺好桌面）

梁　玉：（在门外高声，平剧的调子）张妈开门！

（张妈走去开了门。大小姐、少爷、二小姐鱼贯而入。大小姐和少爷各人捧了一个瓷罐。二小姐一手拿了一把茶壶，一手拿了一个热水瓶。进来后，一齐走向方桌。）

梁　梅：妈妈！这是牛奶。（将装牛奶的罐子放下）

梁　治：妈妈！这是可可。（将装可可的罐子放下）

梁　玉：妈妈！这是香片。（将茶壶放下）这是开水。（将热水瓶放下）牛奶是姐姐做的，可可是哥哥做的，开水是我做的。（妈妈与张妈眉开眼笑向姐姐、哥哥）那个动手？

梁太太：放下好了，闹什么？

梁　玉：还是请姐姐偏劳吧，我有一点笨手笨脚的。

（三人围桌而坐。妈妈移了一移椅子。张妈立着旁观。妹妹等不及可可，先吃起咖啡糖来。）

（开始作倒可可和牛奶、加白糖的工作，弟妹协助之。）

梁　梅：（向张妈）你去再拿一只玻璃杯来。难得今天大家这样快乐，你也来陪太太喝一杯可可。

梁太太：啊，对了。

张　妈：阿弥陀佛，谢谢太太，谢谢大小姐，我没有这样大的福气。

梁　玉：这是大少爷从外国带回来的呀，和平常的不同。你不可以不尝尝。

张　妈：谢谢您，二小姐，我……

梁　治：就用这个茶杯好了。省得再要她下去走一趟。（翻转了一只茶杯，预备倒可可）

张　妈：大少爷，谢谢您，请您不要糟蹋了东西，我一向不吃这个。

梁太太：啊，对了。她不喝牛奶的。你替她倒杯茶吧。

梁　治：也好。（倒了一杯茶，送上）请喝一杯从你家乡带来的香片茶。这几年太太身体不大好，多亏你服侍的周到。现在我敬你一杯茶，酬劳你，表示我的谢意。

张　妈：大少爷，您让我多活几年好罢？您这是教我……谢谢您。（接了杯碟，取了杯子，把无用的碟子放回到桌上，没有主意的站着。）

梁　梅：你坐下来好了。大少爷小的时候和你胡闹的时候你忘记了吗？现在见了他怎么这样的讲起规矩来了。（尝了一口可可，放下杯子，从母亲身上取了绒线衣，代为工作）

丁西林　/　193

（张妈不安的坐在小姐的床边上。）

梁　玉：（也喝了一口可可）张妈，你知道我们现在是在做什么吗？

张　妈：（不解）不知道，二小姐。你不是在喝可可吗？

梁　玉：不对。我们是在开家庭欢迎大会，欢迎大少爷回国，所以你也应该参加。

张　妈：二小姐，我不敢当。您说的我也不懂。别的我不知道，我只知道太太、小姐、少爷，个个对我好。这个我是知道的。我只有在菩萨面前祷告，保佑太太、小姐身体康健，少爷大富大贵。

梁太太：张妈，你这就说错了。一个人只要身体康健就够了，用不着大富大贵。一个人钱多了有什么用？有了钱就做坏事。做了官更坏。一个人要紧的是一家和睦，家人父子相聚，快快活活的过日子，如果这一点做不到，钱有什么用？官有什么用？有钱有势的人还不是一样的受罪？——你说我说的对不对？（拿起杯子，喝了几口可可）

张　妈：是的，太太。您说的一点不错，穷富还不是一个道理？

梁　治：（想转变母亲的思路，拿起可可罐子）还剩下一点可可。妈妈再加一点吧？（妈妈摇了一摇手。转向姐姐）姐姐？

梁　梅：谢谢，我不要了，一齐倒给妹妹好了。她是吃不够的。
（喝了几口可可，放下杯子，继续工作）

梁　玉：（接受了剩余的可可）谢谢。（自己把剩余的牛奶也一齐倒进杯中，加了糖）

张　妈：（已经喝完茶，站起）这两个罐子都不用了吧？

梁　梅：不用了。你可以收了去。
（张妈将两个空罐和自己的杯碟放到一个茶盘里。少爷替她开了门，让她走出，关上门，回来走到母亲的身旁。）

梁　治：妈妈，今天你应该快乐了吧，儿子女儿围着你。

梁 太 太：（又喝几口可可）我是一个很知足的人，现在你们都这样大了，我还有什么不满意？（感慨的）做儿女的不会知道，一个母亲把儿女带大，真不是一件容易的事！长大之后，好还罢了，但是，你们看看，世上有多少懂事的儿女？……

梁　玉：像我们这样！

梁　梅：你好意思！

梁　玉：我说的是老实话。我不会客气的。妈妈，你说我说的对不对？不相信，只要看看哥哥。

梁　治：唉，你几时学会了说这样的俏皮话？是那个教你的？

梁　梅：是妈妈惯坏的。

梁　玉：妈妈惯坏的！妈妈顶讨厌的是我。妈妈对吧？

梁 太 太：（助助儿女的兴）你要问我吗？我是一点不偏心，我的儿子女儿都好，不过有时我比较比较，我觉得还是我的小女儿最好。

梁　梅：咕。（鼻子里的笑声）

梁　玉：妈妈，你这不作兴！

梁　治：妈妈说的一点不错。我完全同意。姐姐呢？

梁　梅：我老早同意了！

梁　玉：你们合起来逗我。那一个不知道，妈妈最喜欢的是哥哥。这是很公平的，我一点也不吃醋。这也不是妈妈重男轻女。

梁　梅：弟弟，自从你离家之后，我没有听见妈妈说过笑话。今天妈妈是从心底里高兴，才会这样，你应该满意了。我们也应该感谢你。

梁　治：我一路回来，也就希望有这样的一天。

梁 太 太：唉。（叹了一口气）

梁　玉：妈妈，今天是你最快乐的日子，你不应该叹气。

梁太太：我是快乐了的叹气啊。

梁　玉：那里？我听得出的。

梁太太：你又瞎说了。

梁　玉：不是瞎说，真的，我听得出的。

梁太太：你既什么都知道，我倒要问问你，我叹的是什么气？

梁　玉：大家高高兴兴的，我不说。

梁　梅：（盯了妹妹一眼，想转变谈话的方向）妈妈看看，是不是可以收领了？（送上手中的绒线衣）

梁太太：（放下杯子，看了一看绒线衣）差不多少。你把手上的线团打完就够了。

梁　治：你们忙这个做什么？我的衣服多得很。

梁　玉：妈妈唯一的不满足，就是没有能够在你未到家之前，把这件衣服打好。

梁　梅：你还要说呢！是的，如果你每天少练习半个钟头的提琴，这件衣服老早打好了。

梁　治：啊，提琴，对了，还没有请你表演表演。

梁　玉：不行，我才学。

梁　治：不要紧，拉一点我们听听。

梁　玉：我告诉你，难听得要命。不相信，你问姐姐，我一练习起琴来，她就头痛。

梁　梅：没有的事。你拉得好听极了。

梁　玉：你现在报仇是吧？

梁　治：（请求）拉一个好了。

梁　玉：并且要有钢琴合奏才好听。我已经约了葛林明天下午一点钟来。（向妈妈使了一个眼色）

梁　治：（向妈妈）葛林是谁？

**梁太太**：是她的一个同学，一天到晚离不开的。——你不要信她什么合奏不合奏，她是想把她的女朋友介绍给你。……

**梁　玉**：（急了）妈妈，你这不应该！

**梁太太**：这有什么要紧？

**梁　玉**：这是我的秘密。

**梁太太**：秘密？你有秘密！（向儿子）她坏得很，不管好听不好听，你要她拉一个你听听。

**梁　治**：好，妈妈发下了命令。（推妹妹起身）

**梁　玉**：（起了身）让我下去把琴谱拿来。（走出）

**梁　治**：妈妈，我知道你年轻的时候，你弹古琴弹得很好，不过我从来没有听到你弹过。音乐是最能去愁解闷的，你不应该把它丢了。

**梁太太**：去愁解闷，是的。不过有的愁，有的闷，不是音乐可以解除的。

**梁　治**：总比闲着没有事做好一点。

**梁太太**：一个女人，除了不嫁人，会闲着没有事做吗？年轻的时候，伺候丈夫；年老的时候，伺候儿女。……

**梁　治**：我希望我们不是这样。年轻的时候，也许不懂事，现在我们都长大了，自己可以招呼自己，可以用不着妈妈再操心了。

**梁太太**：我希望如此。

**梁　玉**：（匆忙的开门走进，又惊又急，手里拿了一本琴谱，说话接不过气来）爸爸回来了！

**梁　梅**：爸爸？（即刻站了起来）

（母亲与弟弟脸上变了颜色。）

**梁　玉**：……刚才我走到楼下，看见有两辆汽车停到门口。一定是爸爸。我知道。（向哥哥）怎么样？你见他不见？

丁西林 / 197

梁　治：（沉了脸，站起）我不要见他。

梁　梅：弟弟，你这不对。爸爸很想看看你。

梁　玉：说不定哥哥不想看他又怎么样？

张　妈：（走进，也带着一点神秘的神情）太太，老爷回来了。现在在客厅里。

梁太太：（先是惊讶，接着是考虑，最后是拿定了主意）好了，你请老爷在客厅里坐。你说少爷就下来。

梁　治：妈妈!？

（张妈走出。）

梁太太：（静默了片刻）来，我讲给你听。他是你的父亲，你是他的儿子。你出去了三四年，现在你回来了，他要看看你，你可以不看他吗？……

梁　治：妈妈，我……

梁太太：你见见他有什么关系？你难道连一点胆量都没有了吗？并且——他不轻易出来。也许——也许以后很少有再见面的机会。谁知道？你听了我的话去见见他。

（梁治不语。）

梁太太：怎么样，我会教你做错事吗？

（梁治不语。）

梁太太：你的意思怎么样？你总应该有一个主意啊。

梁　治：（又半响）我听了你的话。

梁太太：好，这才像是我的孩子。

（梁治整理了一回领结，预备走出，姐姐面上现出安慰，妹妹偏了偏头，表示不满。）

梁太太：来！我还有话吩咐你。

（梁治转回身。）

梁太太：你得答应我，我不准你侮辱他。——那是毫无意义的事无论他对你讲什么，不管你爱听不爱听，你得忍耐。他要是不向你说什么，更好，如果说什么，你不要回口。我想你懂得我的意思。现在我问你，你能不能答应我？

梁　　治：我答应你。

梁 太 太：好，现在你赶快下去见他去。

（儿子正要开门走出，门上传来了两下敲门的声音。儿子后退，父亲开门走进，手里拿了一根手杖。）

梁 老 爷：哈哈，你们都在这里。

梁　　梅：爸爸。

梁　　治：（看到了母亲的目示，从门旁走出）爸爸。

梁 老 爷：（转回头）啊，回来了。好得很，好得很。

（梁玉趁着父亲未注意，拿着琴谱，闭着嘴，装做没有看见的神情走出。）

梁 老 爷：今天下午到的，是不是？

梁　　治：是的。

梁 老 爷：一路好吧？走了多少天？

梁　　治：走了四十几天。

梁 老 爷：（放下手杖，走到儿子的面前细细的看了一看，拍了拍他的肩）不错不错，长得不错。

梁　　梅：（倒了一杯茶）爸爸吃茶。

（梁太太拿去了女儿放下的绒线衣。低头工作，待时而动。）

梁 老 爷：（接了女儿的茶，坐下）让我看看，你出去多少时了？

梁　　梅：三年零十个月。

梁 老 爷：这样久了吗？啊，不错。现在打仗已经打了快到三年了，你是打仗以前出去的。（喝了一口茶）想不到。唉，国家的事情弄得这样的糟糕！

丁西林　/　199

（梁治不语。）

梁老爷：（又喝了一口茶，将茶杯递给女儿，转向太太）这几天胃病好些了吧？前几天听泽生说你又有一点不舒服。我要他告诉你，你应该请一个好的医生检查检查。上次我着人送回来的药，不知吃了怎样？是不是好些？那是日本的一个著名的内科医生，叫做松井洋佑，开的方子，他最近刚从日本到中国来。……

梁太太：（话太刺耳，赶紧打断）喔，药好得很，谢谢你挂念。

梁　梅：妈妈就没有吃！妈妈就是这个脾气不好，有病不肯吃药。

梁太太：我相信药一定是很好的。不过我的病，不是什么大不了的病，只要睡几天自己就会好的。

梁　梅：妈妈的病全是想弟弟想出来的。现在弟弟回来了，包管不用吃药就会好起来。

梁老爷：唉唉，是的是的。（转向儿子）你妈妈还是把你当做一个小孩子。——你怎么不坐？

（梁治坐下。）

梁老爷：不过母亲总是一个母亲。（拿出了一枝雪茄烟，女儿替他找了火柴，自己燃了烟）回来一路没有什么麻烦吧？

梁　治：没有。

梁老爷：你走的时候，欧洲战事实在的情形怎么样？

梁　治：（被迫交谈）还不是双方抵住？

梁老爷：（喷了几口烟）是的是的。大家不肯牺牲。不过这不是一个长久的局面。结果你觉得怎样？

梁　治：结果英国一定打胜。那是毫无疑问的。

梁老爷：对了对了。你是刚从英国回来，所以这样想。不过英国有什么把握？

梁　治：把握？

梁老爷：是的。英国有什么把握可以战胜德国？这是我所要知道的。

梁　治：（谨遵母训，不欲多言）爸爸的意思怎么样？

梁老爷：我的意思？我的推测，将来一定是讲和，双方筋疲力尽的时候讲和。——和中日的战事一样。不过有一点不同：欧洲的讲和，大概可以得到比较平等的条件，因为双方一定总想要保留相当的实力；中日讲和，就要看了。——中日的战事你觉得将来的结果怎样？

梁　治：（不得不表示意见）中国一定胜利，那是更加没有疑问的。

梁老爷：你的理由？

梁　治：理由？

梁老爷：你根据什么理由相信中国一定可以得到胜利？

梁　治：我的理由很简单。在开始打仗的时候，日本人就吹牛，说只要三个月就可以征服中国；现在打仗打了三年了，我们只听到日本人上上下下闹着解决"中国事件"，没有听说中国人求和。这就证明中国人已经得到了胜利。所以只要中国人个个肯争一点气，不要自己捣乱，最后的胜利一定是属于我们，那是毫无问题的。

梁老爷：你这完全是报纸上的论调。

梁　治：（青年的热血，慢慢的热起来）这不是论调，这是事实。个个人看得见的事实。只有一班提倡和平亲善的人，他们被飞机炸弹吓坏了，他们不肯睁开眼睛来看看。

梁老爷：和平亲善，并不是坏事。

梁　治：和平亲善，不是坏事，我可以承认。但是不应该在这个时候向中国人讲啊。因为中国人一向是爱好和平的，一向是受人欺侮的。这一次不和平、不亲善的是日本人，不是中国人。如果日本人愿意和平，愿意亲善，那再容易没有了。他只要把他的军队全部撤退,即刻就可以有和平,即刻就可以讲亲善。这是三岁的小孩子也知道。日本人要的不是和平,他是要征服中国;日本人要的不是亲善,他是要中国人屈服,做他的奴隶。——和平是要双方的。不能一方面飞机炸弹可以随时到处轰炸,军队可以到处杀人放火,奸淫掳掠;一方面不许你设防自卫。亲善也是要双方的,不能一方面打你一个耳光,一方面脱帽鞠躬;一方面踢你一脚,一方面还要把膝头跪在地上。所以嘴上讲和平亲善,心里是卖国的人可以不去说他。就是真正迷信和平亲善的人,现在也只有一条路,就是要求日本人撤兵。如果日本人不肯自动的撤兵,那就只有一个方法,就是用武力把他们赶出去!

梁老爷:你的意思很好,可是你的思想太简单了。像你这样的人很多。

梁　治:幸亏很多吧,幸亏主张和平亲善的人很少。

梁老爷:啊,你今天刚回家,我不想和你多谈。你出去了四年,我听说你学得还不错。现在你回来了,你母亲也可以放心,我的事情很忙,我不能常来看你们,也没有多少机会和你谈。前几天我在报纸上发表一篇谈话,明天叫人送过来,你可以看看,也许……

梁　治:我看到了。

梁老爷:喔。你看到了?你在那儿看到的?

梁　治:我在香港看到的。

梁老爷:你觉得怎么样?

梁　治:你一定要问我的意见吗?

梁老爷:你不同意也不要紧。

梁　治:我觉得完全是替日本人讲话,完全是……

梁　　梅：弟弟！

梁太太：（上台）你向他讲什么政治？他是一个学科学的。这些话可以不必多谈。我看这些话可以不必多谈。

梁老爷：（下台）对了，对了。这些话本来不过是随便谈谈，没有关系。（看了看屋内，向女儿）怎么？你妹妹那里去了？刚才我好像看见她在……

梁　　梅：妹妹刚才还在这里的。我去看看去。（走出）

（父亲用火柴燃了已熄的烟头，大家无言片刻，梁梅复走进。）

梁　　梅：妹妹已经在我床上睡着了。我叫了她几声，只听到她打鼾。

梁老爷：啊，没有关系。时候已经不早，你们也应该睡了。（向太太）那药我劝你还是试一试，说不定很有效。（拿了手杖，预备走出）

梁太太：谢谢你。

梁　　梅：爸爸不再坐一会？

梁老爷：不，我还有一个约会。（向儿子，儿子站起）你姐姐的话很对，你回来了，你母亲的病也许就会好起来。至少有你可以帮同招呼招呼。再见，再见。（走出）

（女儿跟在后面走出。房内静默了一会。）

梁　　治：（走向母亲）妈妈，我求您原谅。是他先起头的，我忍不住。

梁太太：（叹了一口气）我不怪你。这是我所料想得到的。奇怪的是——他不在乎！

梁　　治：一个人怎么会变得这样快？

梁太太：啊，好几年了。你不知道。不过最近这一两年，他愈加的糊涂。有一件事，我可以告诉你——（半晌不言）你把窗

丁西林　／　203

子打开，透进一点气来。我告诉你，我这间屋子里已经有好几年没有让闻到雪茄的烟味了。

梁　治：（尝出了母亲话中的苦味，急忙的走去，抱了她的颈脖，含泪的声音）妈妈，我现在知道了你为什么时常生病。

（幕下）

## 第三幕

第二天下午五时。

梁公馆的客厅。

开幕时，梁治坐在一张沙发椅上，手捧着头。许任远吸着烟，在屋内走动。

许任远：你的心境，我可以了解。我是十二分的同情。不过这件事我相信是毫无办法的。写信劝告，一定没有效果。使用武力，事实上做不到；并且这也是用不着的。因为这班人在社会上已经毫无信用，连做坏事的能力都没有了。所以我劝你最好是不去理会。只当没有这样一回事。你做你的，他做他的。他做的事都不能要你负责。社会人士还没有糊涂到这样地步。

梁　治：难受不难受，你说？

许任远：难受当然是难受，不过这是没有办法的事。从前的人只知道一个父亲可以有不肖的儿子；从今以后，我相信社会上的人可以谅解，一个儿子也可以有不肖的父亲。对于一个不肖的儿子，做父亲的还多少应该负教管失当的责任；对于一个不肖的父亲，我们总不能责备儿子，怪他没有能够从吃奶的时候起把他的父亲教好，对不对？再说一个父亲对于儿子是抱有一种希望的。说得通俗一点，一个父亲希望他年纪老了的时候，他的儿子可以替他养老送终。说得高尚一点，做父亲的许多干不了、干不完的事业，希望儿子可以继续，可以完成。所以儿子不肖，做父亲的伤心，我们很难怪他，他是应当伤心的。反过来说，一个儿子，如果他不是一个痨病鬼，或是一个残废，他都不希望他的父亲替他养老送终，对吧？一个儿子，如果他是一个有为的青年，他的前途是靠他自己的努力。他的事业不是要依赖他的父亲才能成功。比方说，你的科学研究，你的电气建设计划，都不希望你的父亲来替你做，或是要利用他的地位。……

梁　治：当然不是。

许任远：好了。——说句老实话，在中国目前这样的一个过渡时代，做父亲的多半是成了过去的人物，百分之九十九是没有了希望。只好让他们去养老送终罢了。其实这也不能完全怪做父亲的没出息，这也是时代的关系。他们大多数是先天不足。……

梁　治：先天不足？这怎么说？

许任远：我说的先天不足，当然不是说体质上的先天不足，物质上的营养不足。我说的是社会教育，意志养成的先天不足。六十年前的士大夫，多半是醉生梦死，读经考古，玩物丧志。对于世界大势、社会人生，一点近代知识的营养也没有。这一班人现在可以不去说他。三十年前的知识阶级，曾经出了不少的有志青年。报纸上做文章，痛哭流涕，革命流血，慷慨激昂。什么事都肯干，什么都可以牺牲。因此出了不少的民族英雄。但是因为知识的营养不足，意志的营养不足，到了中年，就有不少人腐败堕落，争权夺利，不但不足为后代青年的模范，反变成国家社会进步的障碍。其中意志最薄弱的就变成了现在的汉奸。这就是我所说的先天不足。至于现代的青年，又要比三十年前的青年进步了许多——进步了许多许多。所以我很相信，中国复兴的希望是在这一班现代的青年身上。

梁　治：这一点我完全和你同意。

许任远：还有两点，我应当补充一下。我所说的是社会演进的大势。我不是说现代的青年个个了不得，现代的中年、现代的老年个个要不得。不过从大体上来说，一代胜似一代，进步是很显明的。当然，每一个时代，有很多的特出人才，那是不消说的。这是我所要补充说明的第一点。其次，是青年虽好，虽然有进步，他们只不过是社会的一部分。他们需要有人领导。这领导青年的责任，就落在特出人才的肩上。一味的看不起青年，觉得他们一切尽是胡闹，固然不对。反过来，一味的迷信青年，觉得他们什么都可以干，一切可以不管，那是同样的错误。至于利用青年来造成个人争权夺利的势力，那是等而下之，不值得去说去。我是极端看重青年的人，我可以说这样的话。同时我本于爱护青年的热忱，我很关心他们先天的营养。

（掷了吸剩的烟头，又燃了一枝，坐下。）

梁　治：是的，现代的青年是值得钦佩的。（站起）去年我在国外，接到朋友的信，看到国内的报纸，看到国内的大学，差不多全被毁了。学校从这里搬到那里，成千学生，跟着学校一道走。（感动的）没有钱，没有车子，就用自己的两只脚走路。从长沙走到昆明，从江西走到贵州。几千里的路程，几个月的工夫。我一面读，一面止不住的流泪。（声泪俱下）这种精神！（歇了一口气）——这一次，在香港，在船上，又打听到一点学校在内地的情形，也同样的使我感动。从前住惯了洋房子的，现在住在草棚子里。窗子上不但没有玻璃，连纸头都没有。雨打风吹，一点不在乎。课堂里没有板凳，自己动手做。来不及，就立着听讲。受苦忍痛，一句话不说。这真是你所说的国家的元气，民族的希望。……（说不下去）

许任远：我可以加一点补充。大学生是如此，中学生也是一样。男学生是如此，女学生也是一样。在校的学生是如此，毕了业在社会上做事的也是一样。所以我说中华民族的希望是在现代青年的身上。尤其使我乐观的是青年的进步和觉悟。你把现在的青年和前十年、前二十年的青年相比较，你就可以看出一种分别。现在的青年，不仅是有热血。热血之外，他们增加了智慧，增加了能力。好像一个人，经过了若干年的困苦艰难之后，得到了宝贵的经验和教训。对付一件事，一种环境，他们不全凭意气，全靠冲动。他们有了办法，有了自信心。这是很可宝贵的。你出去好几年，或者还没有认识的机会。我是一天到晚和他们接触的，所以看得很清楚。你记好了我的话，你可以留心注意，看我的观察对不对。

（电铃的声音。）

梁　治：是的，我相信你的观察是对的。（预备走去开门，但门上已来了敲门的声音）请进！

孙泽生：（开门走进，手里一根手杖，脚上拖鞋，行走不便）哈喽，老朋友，真的回来了。

梁　治：哈喽，怎么啦？（走去握了手）

孙泽生：（指指脚）烂了两个大洞，糟极了。（向许任远）喔，你也

来了。（与许任远握手）

许任远：听大姐说，你就要来。特地在这里等你。

梁　治：（拉近一把椅子）请坐，请坐。

孙泽生：（坐下）昨天就想来。——本来就约好了接你去的。今天早上，梅打电话告诉我，说妈妈又有一点不舒服。所以无论怎么不行，也得来看看。妈妈怎么了？

梁　治：昨天夜里没有睡好，今早一起来，就觉得有点头痛。我们要她睡了歇歇。大约休息休息就没有事。我本想就来看你，谢谢你照顾一切。

孙泽生：那儿话？这里的事就是我自己的事。可惜公司的事情忙了一点，不能每天来。——妈妈没有什么大病，你可以放心。上了年纪的人，心里不畅快，胃里就出花样。包管你没有事。

梁　治：是的，我也是这样想。我很想找一个清静的地方，陪她去养息养息。不过在这样的一个孤岛，有什么办法？

孙泽生：绝对没有办法。对了，你走的时候，还没有打仗。这也是万想不到的事，尤其是把上海弄成这个样子。（向许任远）主笔先生，这两天有什么好消息？你应该知道。

许任远：长沙打了一个大胜仗，详细的报告还没有接到。

孙泽生：外国报上宣传的很厉害，这一次的大胜，大约是很可靠吧？

许任远：毫无问题。日本兵被解决了八九千。

梁　治：这样几千几千的解决，我想他的兵也快要完了吧？

许任远：慢慢的来。就是不打大仗，平均每天他也要损失五千。看他怎么维持吧。（向孙泽生敬烟）来一枝吧？

孙泽生：谢谢。（接了烟）

梁　治：对不起。因为自己不抽烟，家里还没有预备香烟敬客。

孙泽生：买烟做什么？白费钱。这里根本就没有客人。就是以前常来的人，现在也不来了。好像这房子出鬼似的，大家不敢进来。我想除了任远和我之外，再没有别的客人。

（张妈拿了茶具、点心走进。梁梅与梁玉跟进。）

梁　玉：表哥，对不起，我刚从外面回来。（与表哥握了手，转向姐夫）姐夫的脚好一点吧？你应该多歇一歇。

孙泽生：生意人，没有办法。（坐在椅上行了一个礼）

梁　梅：（向表哥）肚里饿坏了吧？（送上一碟点心）吃剩下的东西，请你不要嫌弃。

许任远：谢谢，太客气了。（接了点心）

梁　玉：（送了一碟点心与姐夫）请你尝尝你自己送的东西。

孙泽生：谢谢。（向自己的太太）点心怎么样？还要得吧？

梁　治：（正在帮着倒茶）好得很。忘记谢谢你。好久没有尝到这样的美味了。

（梁玉送茶。）

梁　治：请吃茶。

（张妈走出。）

许任远：（接了表妹一杯茶）谢谢。——你们自己怎么不吃？

梁　玉：我们都已吃过了。

许任远：请坐请坐。

（大家坐下，吃点心，喝茶。）

孙泽生：听说岳老太爷昨天晚上回家来了。

梁　治：是的。

孙泽生：他前天送了一封信给我，他知道了你昨天可以到家，急于想看看你。他要我约你六点钟在公司里等，他派车子来接我们。现在他既看到了你，用不着再约，少了我一件事。——没有意义的事，我告诉你。

丁西林　/　209

（大家无言。）

孙泽生：还有一件事，索性我做到了，可以完事。不过在未说之前，我得声明，这件事与我毫无关系，我只不过是送信罢了。请你不要误会。

梁　治：绝对不会误会，你讲好了。

孙泽生：他在信里，要我告诉你，国际无线电台，最近已经由政府收回，还没有找到人担任台长。许多人知道你要回来，都竭力的推荐你。他的意思希望你可以担任。台长的薪水，每月八百元。——待遇不错。唉，就是这么一回事。我已说过，这件事与我没有关系，我并没有推荐你。不过他既托了我，我总得把他的意思传到。

梁　治：（向表哥）国际无线电台现在归那一个伪政府管？临时政府？维新政府？大道政府？

许任远：我记不清楚，政府太多了，不过应该是南京的维新政府吧。

梁　治：（半晌，讥刺的）他昨天晚上倒没有自己对我说，唉。

孙泽生：他的意思也许是希望我对你说，可以劝劝你。

梁　治：（玩笑的）你劝不劝我去干？

梁　梅：（急忙的）他当然不会劝你去干。

梁　治：（向姐夫谢罪）对不起，我是说了玩的。请你不要多心，我正式向你道歉。

孙泽生：没有关系，我知道你是说了玩的。我当然也不会劝你去干这个。我连买卖都不和他们做。

梁　梅：（责备丈夫）这些不关紧要的话，传不传有什么关系？

孙泽生：（替自己辩护）我想大家随便把它当做一个笑话说说也不要紧。

梁　梅：当做笑话，这有什么可笑？

许任远：好了好了。（向该挨骂的丈夫）你写一封信，说这个意思传到了就完事。这件事可以就此结束。（玩笑的）你没有别的使命了吧？

孙泽生：谢天谢地没有了。

许任远：好了，好了，让我们讲点别的事。

梁　玉：（等了片刻之后）你们没有别的事要谈了吗？如果没有的话，我还有一件小事。

梁　治：我们没有事，你有什么事尽管讲好了。

梁　玉：我要向表哥和姐夫写一点捐。

许任远：写捐？写什么捐？是不是因为吃了你的点心？

梁　玉：与点心没有关系，点心是姐夫送的。我要向你们要每人捐一块钱。你们肯出不肯出？

许任远：你得告诉我们做什么用。

梁　玉：我只要你们每人捐一块钱，少一点不要，多一点也不要。如果你们答应肯出，我再告诉你们钱的用处。你们一定赞成的，如果反对，我可以把捐款退还。

孙泽生：表哥是和你闹着玩的。一块钱的事，总不至于发生大的问题吧？大不了，只是一块钱。

梁　玉：一块钱当然是小事，不过我的用处是大事。这全要凭个人的良心。

许任远：这样的严重！好，我接受你的条件。我愿意先出一块钱。（从身边取出了一张一元的纸币，向孙泽生）你怎么样？要不要我替你先垫？

梁　玉：旁人代垫的不要。

孙泽生：我不要旁人代垫，我也接受你的条件。（也拿出一张票子）这是我的一块钱。

梁　玉：（收了两人的捐款）谢谢。现在我告诉你们捐款的用处。

这个捐款是替我们班上的一个同学捐的。她的名字，只要我一说，你们即刻就会知道，就是高玉华小姐。

许任远：啊哈！前些日子在报纸上启事，声明与父亲脱离关系的。

梁　玉：就是她！

许任远：这女孩子不错。

孙泽生：我也在报上看到了。

许任远：（向刚回国的表弟解释）父亲加入了伪组织，女儿登报声明，与父亲脱离关系。

梁　玉：——她现在高二读书，还有一年可以毕业，功课好的要命，人也顶聪明。她家里就只有一个继母和两个小兄弟。自从她登报之后，她当然不用她父亲一个钱。我们全班四十几个同学，没有一个不表示同情。现在学期快要到了，下学期的学费即刻就发生问题。她本人是预备退学，到内地去工作。

许任远：大家应该设法帮助她的学费。

梁　玉：学费倒可以不成问题。如果她愿意在学校继续上学，我们已预备好了，联合全体同学，签名写信给校长，要求免除她的学费。一定可以做到。不过除了学费之外，还有用费。万一她一定要到内地去做事，也需要路费和以后的日用。我们全体同学认为她既与她父亲脱离了关系，她已经不是她父亲的女儿。可是——是的，她已经变成中华民国的女儿。凡是中华民国的人，都应该帮助她。

许任远、孙泽生：对！

梁　玉：——我们第一步的办法是替她捐一千块钱。将来如果不够，再想别的方法。

许任远：为什么不多捐一点？为什么每人只捐一块钱？

孙泽生：是啊，为什么少一点不要，多一点也不要？我个人就愿意多捐一点。

梁　　玉：你不明白吗？

许任远：不明白。

梁　　玉：因为我们要替她宣传啊！我们要使得全国的人知道这件事。我们要全国的人知道，一个人做了汉奸，就连他自己的女儿也不齿他。如果一个人一块钱，一千块钱，就有一千个人知道这件事。并且——我们并不是要人可怜她，给她钱，好像拿钱给叫化子一样。我们要每人拿出一块钱来向她表示敬意。你说这个做法对不对？

许任远：佩服，佩服！

梁　　玉：所以我们从我们班里，推举了十个代表，每人担任一百块钱的捐款。我们印了一千张特别用的卡片。凡是捐了一块钱的人，我们就每人送他一张卡片，当做收据。现在你们既然愿意出这一块钱，我送你们每人一张卡片。（从一小大卡片盒子取出了两张卡片，分送了两个捐款人）

许任远：（接了卡片，诵读）"敬谢援助中华民国的女儿高玉华，并表示敬意的一元钱。——汪佩贞、鲁小芬、李芳、张玉英、罗怡、戴筠、黄亚美、周素云、葛林、梁玉同致谢。"

梁　　玉：敬谢，敬谢！（向捐款人各鞠了一躬）

许任远：这是你出的主意吧？

梁　　玉：（客气）是我同葛林提议的。

梁　　梅：一定是她的主意。葛林什么事都听了她的话。你只要看她的名字写在最后。

许任远：联合全体同学签名写信，要求免除学费，也是你的主意？

梁　　玉：（不再客气）唔。（点了点头）

梁　　治：（十分感动的）妹妹，我想不到你……

丁西林　/　213

许任远：（走去与表妹握了手）高玉华小姐是中华民国的女儿，你是中华民国女儿的领袖，现在我向中华民国女儿的领袖致敬！（又行了一个军礼）

孙泽生：赞成！（也站起行了一个军礼，坐下）

梁　玉：谢谢，我是一个大饭桶。

许任远：你这笔捐款到现在捐了多少了？

梁　玉：今天刚刚起头。今天下午，卡片才印好。你是第一号，姐夫是第二号。一千张卡片，今天下午我才拿到手。我这里留下了一百张。其余的九百张，我刚才交给葛林，请她去分送。限明天一齐送到。两个月结束捐款。不过我相信一个月就够了。

许任远：要不要我的报纸帮帮忙？

梁　玉：我想到了。这样的小事，用不着登报。将来如果需要大款的时候，再请你帮忙。

孙泽生：留着做一种后备的工具唉。

许任远：（向表弟）表弟，中华民国的女儿，中华民国的青年，你不得不佩服咯！

梁　治：妹妹，你虽然是我的亲姐妹，我也不能不向你表示敬意。

梁　玉：哥哥，你才是将来的中华民国青年的领袖。——不过我很愿意跟在你的后面，帮助你。可惜我什么都不行，我很希望你即刻就能做一点事。至少替妈妈出一口气。

（张妈开门走进，手里拿着一个公函式的大信封。少爷走去接了信。张妈走出。）

梁　梅：谁的信？

梁　治：我的。（拆开了信封，抽出一张两折的纸张。看了几行，即刻怒容满面，将信封信纸撕碎，气得说不出话来）

梁　玉：（走去看了撕碎的纸片，鄙视的态度与口吻，报告屋内的同人）无线电台台长的聘书！

（幕下）

## 第四幕

六日后。上午六时许。

梁公馆的饭厅。一门通过道，一个帏幕通客厅

开幕时，梁治坐在饭桌的一头吃早点，桌上放着茶壶、杯碟、面包、牛奶、黄油、糖浆等。梁玉在替哥哥收拾一个旅行用的手提包，现着匆忙秘密的神情。

梁　玉：牙膏、牙刷、肥皂、剃胡子的刀片，统统放在这里头。（举起一个橡皮布的口袋）手绢、领带、衬衫、袜子，——喔！还有一双袜子没有干，要不要我用熨斗烫一烫？

梁　治：来不及了，马马虎虎塞进去好了。

梁　玉：（放进手绢、领带、袜子等，拿出一面小镜）这是我送你的一面小镜子，不要把它打破啊！我替你放在拖鞋里。（放好了东西，锁好了提包）好了！

梁　治：来来来，陪我吃一点东西。谢谢你，忙了你半天。

（把涂好油的一片面包送上。）

梁　玉：（送上钥匙，接了面包，坐在桌旁）你不知道我多快活！你一到香港就给我一封信——打个电报吧，喔，不要不要，港币贵得要命，还是写封信好了。（吃了几口面包）你想你如果写信回来，妈妈会去不会去？

梁　治：她这么大年纪，身体又不好，……

丁西林 / 215

梁　玉：就是了。不过她在这里不舒服。——喔，你不知道，她怎样的想你，怎样的爱你！（含泪）这一次你走了，她知道了，……喔！（止不住哭了起来）

梁　治：我知道。不要哭。（拍了拍她的肩，吻了一吻她的发）这是没有办法的事。喝点热茶。（就把他吃剩下的茶，送到她的唇边）

梁　玉：（放下了吃不下去的面包，喝了一口茶，止了哭）这回你到了香港之后，再到那里？

梁　治：还说不定。

梁　玉：会不会去当游击队？还是做别的事？

梁　治：我可以做的事多得很，游击队也好，别的事也好。我会放枪，我会开汽车，我会修理无线电。那一件事不能做？你放心，我总不会闲着就是了。

梁　玉：我和你一同去好不好？我也可以做一点事。

梁　治：你去做什么？

梁　玉：我可以看护伤兵，我可以弹琴，我可以演戏。

梁　治：喔，你在家里替我招呼妈妈。现在我走了很放心，我知道我有这样一个可爱的妹妹。（吃完了早餐，站起）

梁　玉：（感觉到离别的悲哀）哥哥！（伏到他肩上呜咽）

梁　治：（把她抱在怀中）不要哭，不要哭。

（正当兄妹相抱之际，姐姐拉开了帏幕，先惊异的看了一看，然后走进。）

梁　治：姐姐起得很早。（与正在擦眼泪的妹妹分开）

梁　梅：（从屋内的一切情形，看出了弟妹的计划）你起得更早。你要动身出门是吧？你为什么不告诉我们？

梁　治：是的。我今天就预备动身。我没有告诉你们，因为我恐怕你们不让我走，恐怕妈妈心里难过。妈妈如果事前知道了，她一定不让我走。

梁　梅：你到那里去？

梁　治：我想到香港教书去。

梁　梅：你不要骗我。你怎么把我当做一个外人？我是你的姐姐，我的性情，你难道还不知道？我不是一个糊涂人。我知道你反对父亲，你要到内地去抗战。我不但不反对，我十二分的赞成。不过，——不过妈妈已经是五十多岁的人，又常常生病。她的病就是想你想出来的。你这一去，怎么办？

梁　治：不要紧。母亲有妹妹招呼，父亲有你招呼。

梁　梅：父亲有我招呼？你这就错怪我了。你怪我不劝劝爸爸。爸爸的脾气，你还不知道吗？他是受人劝的吗？妹妹，你以为她能干得很是吧？她会招呼妈妈！她连自己的衣服、袜子，都还要妈妈招呼，她一天到晚只知道提琴、钢琴。

梁　治：（看了看手表）我要搭八点十分的渡船。我现在就要动身了。你既赞成我走，……

梁　梅：我赞成你走，可是我不赞成你现在就走。尤其不赞成你瞒了妈妈。（转对妹妹）你真糊涂到万分，这一定是你出的主意。

梁　玉：我出的主意？是的！

梁　治：你不要怪她。这是我的主意。我解释给你听。我是拿定了主意，横竖是要走的。如果事前和妈妈商量，一定会使她非常难过。她留我也不是，不留我也不是，弄的大家苦痛。我偷偷的走了，等她知道了，我已经走了，就是痛苦，也只是一会儿，……

梁　玉：这个主意并没有出错啊，你想想看。

梁　治：我知道你一向是非常孝顺的，你一定不肯瞒着妈妈，所以

丁西林　/　217

我连你也没有告诉，现在我请你原谅。

梁　梅：我有什么关系？我担心的是妈妈。我告诉你，你是绝对不能走。你一走，妈妈一定会伤心死去。这个妹妹一定知道。不相信，你问她好了，我不是吓你。

（梁玉耸了耸肩。）

梁　梅：你只要想想，妈妈就只有你这样一个儿子。最爱的也是你。你到外国去了四年，她没有一时一刻不是挂念你。这一次巴巴的望了你两个月，你回来了，她的精神也好了，饭量也增了，晚上也能睡觉。你回来了不到一个星期，就又要离开她。而且不知道走到那里去。你想她受得了受不了。现在我求你看了妈妈的面上，你不要走。你一走，她立刻会病倒下来。（再转向妹妹）你出的主意！妈妈气坏了，气出病来，你负得起负不起这个责任？

梁　玉：（站了起来）妈妈心里难受，可是她一定不会生气，她比你明白多了。在这样的国难时期，一个有为的青年，是不是应该替国家服务？是不是应该到内地去？哥哥这样做，她知道了，她一定赞成，她一定欢喜，她知道这是应做的事。爸爸的行为，你以为她赞成吧？那你才糊涂呢。妈妈这几个月以来，什么话都不说，她就是盼望哥哥回来。……

梁　梅：是的，回来了不到一个星期，你出主意把他送走。你说妈妈赞成，你为什么不让妈妈知道？

梁　治：（在上面一段姐妹辨论的时期中，他在屋子里来回走了几转，又看了一看手表）这些话都不必再说了。现在快到七点，我得就走。姐姐说的都对，不过这是不能两全的事。（向姐姐）等会妈妈起来了，请你安慰安慰。现在请你替我打一个电话，叫一辆汽车。

梁　梅：这个电话，我不能替你打。

梁　玉：我去打去。（说完就走）

梁　梅：（将妹妹拉住）你怎么这样的胡闹！

梁　玉：你才是胡闹呢！哥哥船票已经买好，东西已经送上了船。八点十分渡船就要开船。

梁　梅：你去请妈妈下来。

梁　玉：我才不去呢！

梁　梅：（走去将通过道的门打开，在门口高声喊）妈妈！你起来没有？有一点要紧的事请你到楼底下来一下。（听到楼上妈妈的回声）好好，妈妈就下来了。妈妈来了，你同妈妈说明了再走，我不阻挡你。

（哥哥与妹妹无可奈何的坐下。姐姐开着门等妈妈。一会，妈妈走进，晨妆齐全，不像初起床的样子。）

梁　治：妈妈早！（站起）

梁　玉：妈妈早！（站起）

梁太太：你们叽叽咕咕的闹了半天，闹些什么？

梁　梅：弟弟要到香港去。想不给您知道。——是妹妹出的主意。（指着地上放着的提包）东西都理好了，现在就要动身，别的行李都已经送上了船。他要我替他打电话叫汽车。

梁太太：到香港去？几时去？

梁　梅：就是现在。他就要走！

梁太太：为什么这样急？

梁　治：妈妈，您请坐，我讲给您听。请您不要见怪。

（妈妈坐下。）

梁　治：我到外国去了几年，时常的听到您生病。我心里非常的不安。我知道这完全是因为想念我的缘故。这一次我回来了，看见了您的身体好起来了，我是说不出的快乐、安

丁西林　/　219

慰。——论理,我出去了四年,现在回家不到一个星期,我不应该离开您。不过现在碰到这样的一个国难时期,——我在外国的时候,许多同学都觉得很奇怪。都向我说:你们国里已经打了两年的仗了,怎么你还在外国读书,不回去打仗去?您想我听了心里难受不难受?外国人打仗,是不分穷富,不分阶级,大家一齐去,各人做各人的事。所以觉得一个留学生不回国服务,非常奇怪。中国人打仗,向来以为只是军人的事。这是不对的。军人有军人的事,学科学的人也有学科学的人应做的事。必定要大家齐心协力,才可以打胜仗。这样浅近的道理,您当然明白,用不着我说。所以我认为现在我回到国内,住在家里,住在上海,一点事不做,不能尽我的力量,这是不对的。您是一个最明白最可爱的母亲,您一定不会反对您的儿子去做他应做的事情。

梁太太:你为什么不给我知道,不是怕我反对吗?

梁　治:不是怕您反对,是怕您伤心,怕您一时的难过。

梁太太:你舍得离开你的母亲吗?

梁　治:当然舍不得。不过——

梁太太:你想你的母亲舍得离开你吗?

梁　治:当然也是舍不得。不过——

梁太太:你为什么不想把你的母亲一同带了去?

梁　治:喔,妈妈,我是到战地去服务去,不是做别的事。如果是做别的事,我一天也不肯离开您。

梁太太:你说的很对。一个老太婆是毫无用处的。——现在怎么样?

梁　治:现在我恳求您允许,让我到内地去。我希望不久战事可以了结,我就可以回来。回来之后,我一时一刻也不离开您。

梁太太：（想了一想，向两个女儿）他的话你们姐妹两个都听见了。你们觉得怎么样？

梁　玉：（毫无迟疑的）妈妈当然让他去。

梁太太：（向长女）你呢？你觉得怎样？

梁　梅：妈妈这样大年纪，就只有他这样一个儿子，似乎应当看了妈妈的面上，留在家里。

梁太太：你们的意见都对。（向儿子）这样好了，我不反对你替国家服务，不过你出去了四年，现在刚到家，我想我有许多话要和你谈谈，你也一定有许多话要和我谈谈。我现在要求你在我身边六个月。六个月以后，你离开我，你去做你应做的事去。

梁　治：六个月？

梁　梅：刚才我也这样说。

梁　治：喔，妈妈！（走到她的面前）我知道您爱我，我知道您想念我。现在我已回来了。您已经看见了我。我的身体很好，我的精神也很好。您所希望的，都达到了。您所担心的，都没有实现。我始终是您所理想的儿子，您可以放心了。六个月走也是离开。您为什么要我白费六个月的光阴？

梁太太：这个道理让我慢慢的讲给你听。（向长女）梅儿，到厨房去替我冲一碗藕粉。今天我起早了，肚子里觉得有点饿。
（梁梅从帏幕走出。）

梁　治：（看了母亲的神情，又看出母亲是有意将姐姐使出）喔，妈妈，您是骗我的！您要姐姐走开，您一定有话说。告诉我，您是不是真的要留我六个月？

梁太太：能留多少时就是多少时。——六个月如果太长，三个月怎么样？

丁西林　/　221

梁　治：喔，妈妈，我知道不是这样一回事。您在骗我。我知道您是一个痛快人，不会这样的。告诉我，您肯不肯让我走？

梁太太：你一定要走？

梁　治：当然要走。啊，现在已经快到时候了。您如果有什么话，请您快点吩咐。早知如此，我应该早点告诉您。

梁太太：不要紧，时候还早。你的船票买了没有？

梁　治：老早就买好了。

梁太太：谁替你买的？

梁　治：表哥替我买的。他约了在码头上等我。

梁太太：你知道不知道他替你买了几张船票？

梁　治：（不解）买了几张船票？

梁太太：是的。买了几张船票？

梁　治：当然是一张。

梁太太：不对。他替你买了三张船票。

梁　治：三张船票？我不懂您的意思。

梁太太：你还不明白？你以为我舍得离开你吗？你表哥替你买了三张船票。一张是你的，一张是我的，……

梁　玉：一张是我的！（跳了起来）

梁治、梁玉：（两人互看了一看，同时）喔，妈妈！（两人同时抱吻妈妈）

梁　治：妈妈！你同我一道去？

梁太太：当然。

梁　治：（仍是向着母亲）妹妹？

梁　玉：当然！喔，我快活死了！

梁　治：（忽然着急起来）不过您来得及吗？

梁太太：我有什么来不及？

梁　治：您的行李呢？

梁太太：你的行李呢？

梁　治：我的行李，我昨天托表哥送去了。

梁太太：我的行李，我昨天托他一齐送去了。

梁　玉：我的行李呢？喔，天呀，我一点没有预备！

梁太太：你有什么预备？你的东西都是我替你管着。你要带的东西，我一齐替你送去了。

梁　玉：妈妈，我要带的东西多得很。

梁太太：说点我听听。

梁　玉：我的提琴……

梁太太：替你送去了。

梁　玉：我的钢琴……

梁太太：那我没有办法。你自己抬去好了。

梁　治：（还不能就相信）您今天可以动身？

梁太太：我现在就可以动身，比你还要方便。

梁　治：您为什么不告诉我？

梁太太：你为什么不告诉我？

梁　治：我怕您难过。

梁太太：我也怕别人难过。第一，我不愿意给你姐姐知道，我怕她难过。第二，我不愿意亲戚朋友来噜苏。第三，我这几个月来，烦恼苦闷，我受足了，我也要发泄发泄。我要不声不响的走开，我心里才痛快。

梁　治：您怎么知道我要走？

梁太太：我自己儿子的性情，我不知道吗？我知道你住不住，我猜想你或许会忽然的走。我知道你一定会和你表哥商议。所以我告诉了他，你什么时候走，我也什么时候走。你定船票的时候，请他替我也定船票。果然你什么事都托了他。所以我的事也都托了他。

丁西林 ／ 223

梁　玉：妈妈，您应该告诉我一声，让我知道。因为我是一个有关系的人呀。

梁太太：坏东西！你瞒了我做事，我还没有教训你，你倒怪起我来了。今天天一亮，就偷偷摸摸的起来，自己以为一点声音没有。那知道，就是聋子也让你吵醒了！

梁　玉：妈妈，您不应该！

梁　治：（又看了看手表）时候实在不多。妈妈如果真走的话，现在就得打电话叫汽车了。

梁太太：你不用慌。你表哥七点半钟会开了汽车到这里来接你。

梁　治：他约好了八点钟在码头上等我。

梁太太：我知道。那是他和你约的。他和我约的是七点半钟把汽车开到这里来。

梁　治：妈妈，我真佩服您！（又看了一看表）现在是七点十五分，还有一刻钟。

梁　玉：一刻钟？我还有许多事要做啊！

梁太太：你有什么事？

梁　玉：（想不出，或许是不好意思说）我想打一个电话告诉葛林。

梁太太：瞎说！你看，所以我不让你知道。

梁　玉：（自慰）不打也不要紧。我到船上写信。喔，她知道了……喔，她一定，喔……

梁　治：你不让姐姐知道，等一会她来了，你怎么，……

梁太太：玉儿，你把哥哥这个提包拿到弄堂口去等表哥的汽车。汽车来了，你把提包拿到车上，你再回来。

梁　玉：妈妈，我没有工夫，我还有许多事要做，我要听您说话。好不好叫张妈……喔，对了，不行，她不知道。——我有方法！（赶紧的自己提了提包从门走出）

梁太太：你坐下来，我还有话和你说。

224　\　四川新文学大系·戏剧编（第二卷）

（儿子坐下。）

梁太太：你妹妹现在不在面前，你，已经不是一个小孩子。有些话我不妨对你直说。我现在把我要走的原因告诉你。一个人最重要的是志气，最要紧的是要有坚强的意志。一个在社会上有地位，做领袖的人，最要紧是要有气节。这就是你父亲所缺少的。我也许不应该在一个儿子的面前，批评他的父亲。不过我是你的母亲，这一个立身处世的大道理，我不能不让你知道。你父亲这几年以来，行为不检，甘心的堕落，变成了一个腐败的官僚，无聊的政客。这些都还可以容忍。他这半年来的行为，实在太令人难堪了。汉奸汉奸的指着脸上骂，他毫不在乎。这种行为，我相信就是家人父子，也不能原谅。你想我的日子好过吧？我这几个月闭了眼睛，堵了耳朵的过日子，完全是为的你——等你回来。现在你已经回来了，我还不跟你走吗？我还不赶快的离开了这个龌龊的环境吗？就是你不想走，我也要劝你走啊。

梁　治：以后怎么样？

梁太太：你真傻！还有什么以后？你父亲可以讨一个姨太太，你姐姐有她的丈夫。我有一个好儿子，一个好女儿跟着我，我还不够吗？你是一个好儿子，不用说，你妹妹也不坏。就说你姐姐，她对我也是再好没有，不过她太无用，太没有主意。她完全像你的父亲，你和你妹妹完全像我。……

梁　玉：（从帏幕走进，接着妈妈的话）妈妈，您说的一点不错，姐姐活像父亲，哥哥和我像你。——您还说了些什么？我没有听到。您再说一遍好不好？我从来没有听到您这样的讲话。

梁太太：车子来了没有？

梁　玉：没有来。

梁太太：怎么？车子没有来？你的提包呢？

丁西林　／　225

梁　　玉：提包寄在裁缝铺里。等一会儿我去拿去，我和他说好了，我要回来拿点东西。

梁太太：现在真是快到时候了。你去看看姐姐的藕粉冲好没有。如果冲好了，你要她拿进来。

（梁玉预备走出，又将她唤回）

唉唉唉，来哼！我还有话吩咐你。如果你还有什么零碎东西要带走，你赶紧到楼上去收拾收拾去。等一会你姐姐来了，我叫你上车，你就跟着我走。你什么话都不用说。你懂不懂？

梁　　治：等会您不向姐姐说明了，您怎么上车？——您送我上船？——不对！

梁太太：我怎么可以送你上船？我押了你去取回你的行李啊。

梁　　玉：我陪了您同去？

（母亲点头赞许。大女儿拿了藕粉，从帏幕走进。）

梁　　梅：妈妈等急了吧？水老是烧不开。（送上藕粉）妈妈试试够甜不够甜？

梁　　玉：（装着没事的人儿）妈妈，我到楼上有一点事，一会就来。

梁太太：（接了藕粉）不要忙，你等一等。（向长女）现在已经说好了，他答应了陪我六个月。

梁　　梅：唉，那才是啊。

梁太太：今天我原约了表哥七点半钟到这里来，我有点事要托他。现在就叫你弟弟坐了表哥的车子去取回他的行李。

梁　　梅：啊，好得很。不过他要是不回来呢？

梁太太：不会的，有我坐了车子同去。

梁　　梅：妈妈同去？妈妈不用去，我和妹妹同去好了。

梁太太：不。取回行李之后，我还想就便去看看表嫂去。你妹妹可以陪我去。——这好像是汽车的声音。（向次女）你到楼上就便把我的钱包和围巾带下来。

（次女从帏幕走出，母亲从容的吃了几口藕粉，把碗放下。外面传入汽车的喇叭声音。）

梁太太：这是表哥的汽车。

梁　治：（又看一看手表）刚刚七点半。

梁　梅：妈妈一定想去吗？

梁太太：是的。我好久没有出门，我也想透一透气。

（张妈推门走进。）

张　妈：太太，表少爷开了车子来了。要我告诉一声，他不进来了。

梁太太：你告诉表少爷，我和大少爷就来。

（张妈从帏幕走出。二小姐拿了两手的零碎东西，匆忙的从帏幕走进。几乎与张妈相碰。）

张　妈：喔，二小姐！

梁　玉：车子来了吧？（将围巾、钱包送出）

梁太太：是的。我们现在就走。（从女儿手中接了钱包，儿子代她围了围巾，她向门走去，儿子、女儿跟着）

梁　玉：（走到门口，又仓卒的走回）对不起，还有两本琴谱。（走进帏幕）

梁太太：快一点，我们走了。

（母亲走出，儿子跟着走出，姐姐等着妹妹。）

梁　玉：（从帏幕走进，腋下夹着两本琴谱，向姐姐）再见再见，阿歇会！（匆匆走出）

（姐姐跟着走出。一会，汽车开车的声音。又一会，大小姐走进，开始收拾桌上的杯碟。接着张妈走进，手里拿了几张钞票。）

张　妈：（审看手中的钞票）大小姐……

丁西林　/　227

梁　梅：唔？

张　妈：……我看太太这两天不知怎么了。大约是因为少爷回来了，她老人家欢喜的厉害了。

梁　梅：什么事？

张　妈：刚才太太上了汽车，她忽然把我叫了去。她说昨天是我的生日，她忘记了给我钱。她从窗子里给了我四张钞票。

梁　梅：这还不好吗？

张　妈：是啊，不过我的生日是腊月十六，今天才十月初三，昨天是十月初二，怎么会是我的生日呢？

梁　梅：太太一定记错了。

张　妈：不会的。我服侍了太太八九年，每年我过生日，太太都给我几块钱，叫我自己买东西，从来没有忘记过。——并且，这票子也不对。我看是十块钱一张的票子，四张就是四十块钱。太太不会给我这样多的钱。就是给我，我也不能受她的。（送上手中的钞票）大小姐，您看看对不对？

梁　梅：（看了看钞票）啊，真的，是四十块钱。一定是太太弄错了，没有看清楚。（给还钞票）

张　妈：可不是吗？

梁　梅：一定是太太没有看，等会太太回来了，你问一声好了。

张　妈：（仍旧细看钞票）太太的票子，平常也难得弄错的。——当然要问一声，等太太回来的时候。

（幕下。全剧完）

选自丁西林编著：《等太太回来的时候》，顾一樵主编："建国文艺丛书"（第一集），正中书局，1941 年

# 老 舍

|作者简介| 该作者简介参见第二卷四幕剧《国家至上》。

## 面子问题（三幕剧）

### 第一幕

**时　间：**

廿九年秋。

**地　点：**

重庆郊外，迁建区内某机关。

**人　物：**

佟秘书　于科长　秦医官　欧阳雪　周明远　方心正
单鸣琴　赵　勤

**开　幕：**

佟秘书血压高而有时通夜打牌，朋友的面子不可却也，昨夜打了十六圈，今天午时才勉强起床，午后三时才勉强来办公。机关疏散到乡间，一切设备都很简陋，已足伤心。加以生活日苦，而二十余年作官经验仍不足见知于上峰，一展怀抱，旧衣陋室其何以堪！再加以打牌后热度增高，不得不时时以手抚脸摸头，身体精神成呈衰弱之态，伤心哉！于是，不发发脾气有不可能者。工友赵勤进来倒茶，而后从袋中拿出一封信来。

赵　　勤：秘书，一封信。（单手将信放下）

佟秘书：（高傲的）嗯！（看赵要走）赵勤，我问你，你就这么递给"我"东西啊？你懂得规矩不懂？

赵　　勤：（莫名其妙的）我——

佟秘书：你的（指）"那"一只手是干吗的？

赵　　勤：（看了看"那"一只手）这——

佟秘书：双手递信！我是你的上司！

赵　　勤：（恍然大悟，重新递信）这样？

佟秘书：啊！（微一点头，命赵放信于桌上）什么时候来的？

赵　　勤：一点多钟。

佟秘书：现在呢？

赵　　勤：大概有三点了。

佟秘书：你太看不起我了！（轻轻以手心抚脸）信到，不马上给我送到家里去，现在才给我，你太目中无人了！

赵　　勤：秘书！

佟秘书：不要开口！我知道，你看我去年是秘书，今年还是秘书，别人升官，我老当秘书，所以你看不起我！告诉你，我作了二十多年官了，我的资格比他们都老；要把眼睛睁开了看人！

赵　　勤：我实在是太忙，秘书！

佟秘书：你有什么可忙的？还不是去巴结那些有势力的人。把我的事放在一边！

赵　勤：我哪敢！

佟秘书：不要再说了，一生气我就发烧！（又摸脸。掏香烟，因为不是好烟，故不敢掏出盒来，而仅拿出一枝）

赵　勤：（赶快划洋火）秘书！

佟秘书：（把烟放在桌上）先不吸呢，头昏！

赵　勤：我去请秦医官，给秘书看看，好不好？

佟秘书：用不着！他一来，准又说我血压高，不应当打牌。仿佛血压高都是我自己的错处，没有他医生的事！

赵　勤：反正他是医官，应该伺候秘书！

佟秘书：也好吧，把他"叫"来！（赵下。他拿起信来审视，若有可疑者。按铃，无人来；步至门口，看见周明远书记）喂，你来！

周明远：（忧郁的走进来）干吗？

佟秘书：（坐下）去问问这封信是谁送来的？谁收的？谁交给老赵的？

周明远：我是书记，不管收发信件！

佟秘书：你是书记？书记难道就不伺候着秘书？

周明远：我还有几件公文，得快快抄好呢！

佟秘书：给我办事就等于办公，我告诉你！

周明远：（叹）唉！

佟秘书：你是怎么回事？

周明远：我不能去！

佟秘书：怎么？

周明远：我是书记，地位已经够低的了，不能再兼打杂儿！

佟秘书：（似颇有所感的）嗯！

老舍　/　231

周明远：没人，没有人看得起我！连我的父母都看不起我！

佟秘书：你今年二十几？

周明远：二十五！

佟秘书：你还年轻，应当多学习学习，告诉你，你虽然不大懂规矩，可是我看你很有出息，因为你知道注意自己的身分！可是，你要知道，趁着年轻，要设法抬高自己的身分；等到你自己的身分相当的高了，大家就把面子送给你了！

周明远：（似得到启示）是吗？

佟秘书：你看我，作了二十几年的官了，现在已经五十多岁，还无日不在奋斗挣扎，何况你呢！

周明远：对！对！秘书！从今天起，我就算秘书您的人了！我要学习，我要往上爬，教大家不再小看我！好，我去调查那封信去！秘书，我要是给您作事，您可得提拔我呀？

佟秘书：当然！谁知道尊敬我，我就栽培谁！可是，你须知道你我之间的距离，不准野调无腔的胡来！不要以为我赏给你脸，你就可以随随便便，忘了规矩！

周明远：是，秘书！（要走）

佟秘书：回来！我说怎样？你现在已经得意忘形了！你不看明白这封信，怎么调查呢？荒唐！

周明远：我是急于给秘书作点事！您看，平日大家都说秘书有脾气，不好伺候；现在我才明白——

佟秘书：谁说我有脾气。啊，有人不满意我吗，谁？

周明远：有人那么说过，我可记不清是谁了！

佟秘书：呕！大家都怕我，是不是？

周明远：（迟疑）啊——是！

佟秘书：实话实说！你都听见什么了？

周明远：他们，他们——

佟秘书：说！

周明远：前两天有人说秘书的地位有点不稳当！

佟秘书：（沉默了一会儿）完全是谣言，胡说！哼，我的地位不稳定？哈，哈，胡说！他们认为我作到秘书就登峰造极了吗？我在北洋政府的时候就是秘书！不稳定？哈！我还要往上去呢！

赵　勤：（上）秘书，秦医官——

佟秘书：等一等！这封信是谁送来的？

赵　勤：号房里给我的。

佟秘书：谁送到号房里的？

赵　勤：必定是邮差呀！

佟秘书：混账！这上面没邮票！

赵　勤：那我就不知道了——报告秘书，秦医官很忙，他请秘书到诊疗所去。

佟秘书：什么？我传他来，他倒叫我找他去？这太不像话了！

赵　勤：秦大夫倒是真忙，还有十几号病人等着看病呢！

佟秘书：你就根本是混蛋！我并没叫他来看病，都是你胡出主意！可是你又没本事把他叫了来！成心抹我的面子，哼，简直是戏弄我！我知道，你们是串通好了一齐戏弄我！

赵　勤：好在诊疗所离这里没有半里地，秘书活动活动，走几步儿，也许——

佟秘书：不要再讲！周书记，你去，一定得把他带来！看秦大夫这个样子，恐怕也是听到了谣言。我教他看看，今天我还是佟秘书，他敢不伺候我，我会叫他马上滚蛋！快去！

周明远：是！（下）

佟秘书：太气人了！太气人！倒茶来！（赵倒茶。他又细细看那封信，仍不敢拆开）

老　舍　/　233

赵　　勤：（献茶）秘书别太生气，您的血压高！

佟秘书：胡说！血压高！（摸脸）比刚才又热多了！

赵　　勤：秦医生来到，请不必跟他生气，秘书的身体要紧！

佟秘书：我的"身分"更要紧！好吗，连一个小小的医生也敢小看我，太不像话！

赵　　勤：是！秘书还有什么事？

佟秘书：（想了想）去给我买一块钱的白瓜子，听说白瓜子能治血压高。（给钱）

赵　　勤：附近大概买不到。

佟秘书：把钱拿回来，不用买了！莫非你也听见——
　　　　（又不便说了。）

赵　　勤：怎么啦，秘书？

佟秘书：啊——附近没有，不会到刘家湾买去？你这种人多走几步路，还怕把脚走大了吗？

赵　　勤：倒不是我怕走路！

佟秘书：那么是嫌钱少，值不得跑这么一趟？我这是听人说的，还不定灵验不灵验呢，所以先要一块钱的。要是吃着真见效验，我还许买一千块钱的呢。

赵　　勤：也不是！我是怕这里没人伺候秘书！

佟秘书：不要再废话！唉，跟个听差的也要费这么多唇舌，什么年月！去，买来送到家里去。

赵　　勤：是！那封信呢？

佟秘书：你糊里糊涂，弄不清这种事！去吧，把瓜子送到家里去，就手儿问问小姐有事没有；有事呢，你就给办完了，再回来吃饭。

赵　　勤：是！您那儿的老杨又走了吧？秘书还找人不找？

佟秘书：当然要找人，我还能自己挑水买东西去？

赵　　勤：有个乡亲，人很好，秘书——

佟秘书：先买瓜子去，回来再说！

赵　　勤：管饭，再给他二十五块钱就行！

佟秘书：吃我一斗米就是——去你的，回来再说，听见没有？

赵　　勤：是！（要走）

佟秘书：还有，看看于科长，请他过来谈谈！

赵　　勤：是！（下）

佟秘书：（又摸了摸脸，长叹了口气。拿起信来，要拆开，见周书记进来，把它放在衣袋里）秦大夫呢？

周明远：大夫忙得很，教看护来了。

佟秘书：啊！教她进来！

周明远：是！我马上就调查那封信去！

佟秘书：嗯——用不着调查了！

周明远：怎么？

佟秘书：我教你干什么，你就干什么；我不叫你干什么，就不干什么；不要多问！教看护进来！

周明远：好容易……啊，秘书再派我点别的事作，好不好？秘书，士为知己者死，我愿意多给您作点事！

佟秘书：给不得脸！给不得脸！太啰哩啰嗦了！去教她进来！（周失望的下去，欧阳上）秦大夫为什么不来，我传的是他——

欧阳雪：不是我！

佟秘书：看明白，你是对谁讲话呢！你是个小姑娘，我不能不客气一点，你要是和秦大夫一样的——

欧阳雪：混账！

佟秘书：啊——糊涂，我可就一点面子不留了！秦大夫干什么呢？

欧阳雪：看病哪。

佟秘书：给谁？

老舍 / 235

欧阳雪：也有咱们的熟人，也有附近的老百姓；反正都是病人。

佟秘书：是他们大，还是我大？

欧阳雪：谁的病大呀？

佟秘书：身分，地位！我是秘书，他应该伺候着我，难道我还不如老百姓？

欧阳雪：大概在一个医生眼里，病人就是病人，都一个样！秦大夫教我告诉秘书，等把那些病人都打发了，就来看秘书。

佟秘书：呕！我问你，秦大夫是不是看不起我呢？是不是有人鼓动他，跟我作对呢？

欧阳雪：哪里来的这么多的事呢？他现在很忙，忙完了就来，而且先教我来告诉你一声，这还有什么不清楚的地方吗？

佟秘书：不那么简单！不！

欧阳雪：那么秘书要怎样呢？

佟秘书：教他马上来！告诉他，我并没有多大的病，专为教训教训他！

欧阳雪：这不是故意斗闲气吗？

佟秘书：你不懂！我作了二十多年的官了，没有受过这个！去，告诉他去！

欧阳雪：我要是那么告诉他，他就一定更不肯来了！

佟秘书：他敢不来！哼，（仿佛对自己说）是时候了，我也该立立威了！他敢违抗我的命令，我教他滚蛋！

欧阳雪：他可是个很好的医生，医道好，人也好！

佟秘书：我看他不好，他就不好！去！

周明远：（飞跑进来）秘书！秘书！

佟秘书：这是怎么了？

周明远：我把秦大夫请来了！这算是我的一功不算？

秦医官：（很快的进来，对欧）赶快回去！给二十八号换药，教二十九号稍等一等,我马上回去给他开方!(欧下)秘书,什么病?

佟秘书:没有病!我要教训教训你!教你知道我哪时传你,你哪时就应当马上来到!

秦医官:病人还等着我呢,没工夫和你斗闲气!(要走)

周明远:(拦住秦)大夫,医官!他是秘书,你总得给他个面子!

秦医官:躲开!我只管看病,不管别的!你这年轻轻的人为什么扯谎呢?

周明远:我不那么说,大夫你就肯来了吗?

佟秘书:好!好!

秦医官:秘书,你到底是有病没有?我有我的工作,不能老伺候你一个人!要还是血压高的话,别再打牌!

佟秘书:打牌不打是我自己的事,治血压高是你的事!在官场里二十多年了,我就没看见过你这样的医官!好在你还只是个医官,我有法子治你!

周明远:秦大夫,说几句软和的话!看在我的脸上,把这一场敷衍过去!

秦医官:你算干什么的?躲开!(几乎把周推倒,走出去)

佟秘书:好!好!我明白了!我明白了!

周明远:不用生这么大的气,秘书的血压高!

佟秘书:你也滚出去!

周明远:我怎么了?

佟秘书:你把他带来就完了,还不马上出去,偏站在这里看我丢脸,你也不是东西!

周明远:我倒弄了个两面不讨好!我好心好意——

佟秘书:不要再说!你要敢把方才这一场说给别人听,我把你马上开除了!走!

老 舍 / 237

周明远：好吧！

于科长：（上）秘书，又跟谁发脾气哪？您的血压高，何必跟无知的人们动气呢？

佟秘书：（对周）你还在这儿干什么？还不给我走出去？

周明远：（惨笑）好吧！（下）

于科长：怎么一回事，秘书？

佟秘书：都是科长你的事！坐下！

于科长：我的事？那就好办了，我是秘书的知己朋友。

佟秘书：你非给我办一办不可，不然的话，我就没脸再来办公了！

于科长：（坐）到底怎么一回事呢？

佟秘书：又是那个姓秦的大夫，他气我，成心气我，不止一次了，今天这一次可以算作登峰造极！

于科长：他就是那么个冒失鬼，犯不上跟他真生气！

佟秘书：不然，不然！今天已经到了有他没我，有我没他的地步了！他属你那一科管，你得给我重办他！

于科长：呕？！

佟秘书：你看，我今天身上又不大好。（摸脸）

于科长：昨天晚上又"摸"来着？

佟秘书：朋友们要在我那里玩一会儿，我不能不陪着，面子问题！

于科长：一点也不错！

佟秘书：我传他来给我看看，第一次他没来，第二次他派来个看护敷衍我，第三次他自己来了，当面骂了我一顿！

于科长：太不像话了！我一定想办法，给您出气！

佟秘书：还不只是出气的问题！（慢慢的立起来，似有无限悲愤者，望着窗外）

于科长：（也立起来）那么——

佟秘书：（背着手，慢慢的走了几步）唉，哼！

238 \ 四川新文学大系·戏剧编（第二卷）

于科长：（赶过去）怎么了，秘书？

佟秘书：一言难尽！一言难尽！（忽然极度愤怒的）我教他滚蛋！

于科长：是了，是了！我一定要惩办他，给您出气！

佟秘书：（摆摆手）不只是出气的问题！科长，您看我！我还像个作官的不像！

于科长：（打量一番）怎么不像？

佟秘书：看，（指）衣裳不像衣裳！看，（指）屋子不像屋子！秘书？我简直象个叫化子了！

于科长：谁不是那样呢！（过去摸了摸佟的衣服）您这材料比我的好多了！看，我的这一身，简直是麻包！

佟秘书：你还有出路，我没有！

于科长：您是秘书，我是科长，您倒没有出路？

佟秘书：（慢慢的坐下，愣了一会儿）没有！

于科长：怎么？

佟秘书：我的身分地位把我限制住了！上海的家，这里的家，都得维持住脸面；先祖先严都是进士出身，不能由我败落了家风！同时，交际应酬，我不能落后！同时，我不能乱想发财的道路，只能在政界活动，可是……哼，连个小小的医生都看不起我了。

于科长：秦大夫就是那么个脾气，他绝不敢轻看您！

佟秘书：不，不那么简单！他是谁的人？

于科长：刘司长荐来的。

佟秘书：完了，刘司长就是我的敌人。

于科长：秘书，别怪我爱说直话，您有时候未免太任性，教刘司长下不来台！

佟秘书：谁教他出身不高呢，谁教他资格浅呢。那没法子！我是世代书香，我自己又作了二十多年官，天然的要看不起他

老舍 / 239

们！我要跟他们斗斗！

于科长：那何必呢？秘书！咱们不便敷衍人，可也不便多得罪人。

佟秘书：我知道大家全不拿我当回事，我要树树威！同时，我得力求发展，教他们看看佟秘书并不是天生来只会作秘书的！

于科长：秘书有发展，我也就跟着升起来了！不过呢——

佟秘书：难道你也——告诉我，你听到了什么？

于科长：我什么也没听到！

佟秘书：你不是我的好朋友！

于科长：真的，我没听到什么！只有，啊——他们也许嫌秘书办事太慢。其实，秘书办事并不慢，不过是抗战时期一切都紧张，所以就显出您稍微慢一点了！没关系！

佟秘书：我不能因为抗战就失了身分，我又不是军需官，忙什么呢？一件公事该办十天，我就办十天，不能为一件公事把自己忙死！

赵　勤：（极兴奋的跑进来）佟秘书，给你这一块钱！（放下钱就要走）

佟秘书：回来！你是怎么一回事？

赵　勤：我发了财，秘书！

于科长：你发了财？老赵！怎么发的财？

赵　勤：有了房子，有了地！舅舅给我的！他的儿女死光，教我去作少爷！这不是——（掏出电报来）

于科长：（看电报）嗯——这上边可没说多少钱！

赵　勤：不算房子地亩，现钱总有十来万，我知道！

于科长：（递回电报）恭喜！恭喜！（握赵的手）你打算怎么办呢？

赵　勤：回家呀！这我可就好了，用不着为买一块钱的瓜子，跑十里路了！

于科长：先别走。赵先生！我跟你还有话说！这么办吧，你先搬到

　　　　　　我家去住，我跟你有好些话要说呢！咱们是老朋友，不准客气！

赵　　勤：我得先回家！

于科长：没有车子，你反正走不了！交给我，我替你想办法，买车票！

佟秘书：去吧，老赵！

于科长：千万等我呀，我们谈一谈，赵先生！（赵下）赵勤真行，有个好舅舅！

佟秘书：于科长，我要说两句不大好听的话，可以吧？

于科长：请说！我决不会跟秘书分心眼！

佟秘书：你坐下！（于坐）我看，你刚才对老赵这一场，未免有点过火！不错，他是发了笔小财。我们要另眼看待他一点。可是，他毕竟是个听差的，总不大好意思吧？

于科长：秘书，我十分了解您的自尊心，我佩服您！可是，请您也别怪我说实话：秘书您没把握住时代！

佟秘书：没把握住时代？

于科长：没把握住时代！在现在的社会上，谁的地位最高？

佟秘书：咱们的！

于科长：咱们还稍微差一点！

佟秘书：咱们还差一点？

于科长：是的！以秘书来说，您的身分很高了；可是，您吃的米，您吸的烟——

佟秘书：（掏出烟盒来）真是，我也忘记让烟了！你挑一枝吧；这里有"美丽"，也有"刀牌"，也有"神童"，我老闭着眼拿烟，不敢正眼去看"神童"！什么年月，一个秘书连"大英牌"都当作奢侈品了！

于科长：（选取）中庸之道！我来枝"美丽"吧！（划火先点佟的，

老舍 / 241

后点自己的）我是说，您喝的茶，一切的一切，都那么贵，都教咱们有苦无处去诉。谁，谁的主意？谁是这位拿我们开玩笑的伟人？

佟秘书：谁？

于科长：商人！这很清楚！好了，现在老赵有了十来万——

佟秘书：他的钱是他的！

于科长：但是咱们颇可以给他计划一下，咱们的地位，他的资本——

佟秘书：他就肯听你的话了？

于科长：给他面子呀！面子给足了，连顽石也得点头！秘书，乘热儿打铁，我马上去找他，然后一同到府上去吃晚饭，好不好？

佟秘书：我请老赵吃饭？

于科长：把握时代！把握时代！

周明远：（匆忙的进来）秘书！

佟秘书：（几乎是吓了一跳）什么事？

周明远：呕，于科长也在这儿哪！更好了！

于科长：什么更好了？

周明远：科长，我活到二十五岁了，还没有人看得起我过。今天，佟秘书告诉了我一片好话。我开始明白了作人的道理。我破出这一个月的薪水，在咱们附近的那个小饭馆里，预备了一点便饭，务必请秘书和科长赏光！有你们二位同我一块儿坐一坐，以后我的身分就高多了！千万赏脸，我先去敬候二位，秘书，科长！（要走）

于科长：等一等！

佟秘书：我不能去！

周明远：怎么？

于科长：周明远，赶快找几个书记呀，收发呀，去吃了那几个菜，别白扔了你一个月的薪水。秘书不能请你，正如你不能请秘书；秘书与书记之间，隔着（以手比划）这么这么这么多层呢！

周明远：（咬上了唇）你们不去？

于科长：快走！秘书和我不怪你已经是好了的，别再胡闹！快走！下次再这样，留神你的差事！

周明远：秘书，你将就这一次吧，我已经准备了！哪怕到那里坐一会儿呢？

佟秘书：真是小孩子！

于科长：快去吧！

周明远：我的……

欧阳雪：（在门外）周明远！周明远！

周明远：啊！在这儿！

佟秘书：出去说！

欧阳雪：（已到门口）周明远，秦大夫——

佟秘书：到外面去讲！

欧阳雪：（置之不理）秦大夫有事，不能来。他知道你手里没钱，他说，给你这五块钱，作为聚餐吧。（递钱）

周明远：那——

欧阳雪：你接着吧，有什么不好意思的呢！（把钱塞入周的袋中）

于科长：欧阳护士，见了秦大夫，告诉他，等一等我，有话跟他说。

欧阳雪：还是为刚才那一回事吧？

于科长：也许是，也许不是。反正我们作事总得教彼此的面子过得去！

欧阳雪：我看你们都是无事生非，顶好找点正经事作。呕，周明远

老舍 / 243

也请了你们吧？你们去与不去，似乎都得给他点钱，他不是有钱的人，东西又那么贵！

佟秘书：（向周）你知道秦大夫得罪了我，还请我同他一块儿去吃饭，你是怎么了？

周明远：我想给你们调停调停！

佟秘书：你？你给调停？你有点疯病吧？！

于科长：周明远，去吧！下次再这么胡扯八拉的，我可不能再轻易饶了你！

欧阳雪：他的饭已经预备了，你们就一个钱也不给他吗？

周明远：（对欧）替我谢谢秦大夫吧！（看了佟一眼，昂首走去）

于科长：告诉秦大夫，务必等等我们，欧阳护士。

欧阳雪：要是还为刚才那点事，根本没有什么好说的了！秦大夫在这里已经干腻了，不久就到前方去，我也愿意同他一道去，服侍那些光荣的抗战将士！

于科长：（立）上前方？哪一个战区？

欧阳雪：第一第九战区的司令长官都来过电报。

于科长："都"来过电报？司令长官的？欧阳小姐，这个面子更非圆上不可了！我们大家不能这样不欢而散！

欧阳雪：秦大夫根本没把这点事放在心里。你们讲面子，我们当医生和护士的讲服务的精神！

于科长：不管怎么说吧，务必"请"秦大夫等我一下！

欧阳雪：也好吧！（下）

佟秘书：看见没有？不但是大夫，连个小看护也这么一点规矩没有！

于科长：这很容易明白，他们要到前方去了，这几天当然是有恃无恐，马马虎虎的作事。

佟秘书：我看不然。这大概都是刘司长的诡计，故意的教他们抹我的面子，我请求你，马上把他俩开差，他们都属你那一科管！

于科长：秘书，您可也别教我太为难了啊！

佟秘书：连你也不肯帮助我了？好！好！

于科长：秘书！秘书！嘿，我恨不能把心掏出来，给您看看，我跟秘书作事好几年了，难道您还不明白我吗？

佟秘书：那么，告诉我，你到底听见什么谣言没有？

于科长：什么谣言？

佟秘书：嗯——我告诉你吧，有人说，我——我的地位——

于科长：怎样？

佟秘书：不——自然喽，我并不相信！

于科长：我没听说，真的！谣言是常有的，特别是关于秘书的，因为——请原谅我说直话——您的脾气有时候太大，大家又不敢惹您，所以无可如何，只好造点谣言。

佟秘书：噢！可是，我并没有坏脾气！有时候我对人严厉一些，那纯粹是为了争取我的身分！难道纪律规矩是可以轻易放弃了的吗？

于科长：不错，我明白您！

佟秘书：（又递烟）再挑选一枝！

于科长：（随便拿了一枝）运气不错，又是"美丽"的！

佟秘书：（自己碰到一枝"神童"，看了看，摔在地上）于科长！从家庭，从自己，从官场的风纪，等等方面看，我不能再因循敷衍，我要往出冲！我已经五十多了，不能再迟延！不能教讣文上只印个秘书的头衔！我跟他们干，干到底！

于科长：对！我听您的指挥，您有办法，我也就有了出路！

佟秘书：先拿秦大夫开刀就是了！

于科长：他已经要上前方了，况且"两"位司令长官都给他来过电

老舍 / 245

报。我看,我们应当再考虑一下!我想啊,他起码也得来个战区军医处长,六七百块的薪水,少将或是中将衔,而且单就买药品说,就有好大好大的一笔"自由收入"!不错,今天他抹了我们的面子。可是,我们要能设法拉过他来呢,他的面子就加入了我们的面子;面子加面子,等于伟大的面子!我们不但不该拿他开刀,还得拉拢他呢!

佟秘书:拉拢他?

于科长:(得意的点头)咱们有很好的办法,必能成功!

佟秘书:什么意思?

于科长:(靠近佟坐下)小姐!

佟秘书:什么小姐?

于科长:佟小姐!

佟秘书:她与这有什么关系?还告诉你,一个名门的千金小姐可不是随便说着玩的!

于科长:我请您原谅!不过,小姐今年多大了?

佟秘书:她老说她十七,弄得我也把她的真岁数忘了!大概有二十五六了!

于科长:男大当婚,女大当聘呀,秘书!

佟秘书:难!难!一个女儿家的婚事关系着全家的脸面!有我这样地位的人,可真为难啊!什么事都要三思而后行!(叹气)我的女儿不能嫁给一个大夫,更不要说像姓秦的那样的大夫了!

于科长:我们这好比是说闲话儿,秘书可别怪我!秦大夫到府上去看过病?

佟秘书:(点头)嗯。

于科长:所以他认识了佟小姐。

佟秘书:不要再说!传出去又是一片谣言!

于科长：不过，小姐要是愿意呢？

佟秘书：她是我的女儿，我自有办法！请你不要再提这件事！

于科长：好！我决不再提！那么，关于秦大夫得罪了您的事，可就别太难为我了，秘书！我教他到府上去道歉，可以吧？

佟秘书：嗯——

于科长：就答应下吧！他新升了官，干吗弄个不欢而散呢！

佟秘书：我是讲面子的人，对于懂得规矩身分的人，我决不会赶尽杀绝！

于科长：（立起来）好啦！好啦！我教他来道歉，您也赏他个脸，大仁大义，不再论谁是谁非！好啦，就这么办了！晚上六点半钟，我带着秦大夫，小看护，老赵，都到府上去吃饭。

佟秘书：老赵也去？

于科长：把握时代！

佟秘书：那作不到！秦大夫，不论怎样不懂事，到底还是个大夫。老赵——我吃不消！

于科长：也有办法，教他一半作仆人，一半作客人，只要我们的方法运用得好，他能变成一种两栖动物！

佟秘书：我是世家出身，决不能作买卖；我的唯一的路线是政治活动！

于科长：帮帮我的忙！您的身分地位教您的事可以简单化，我可是非多找路线不可！我叫您调动，可是我也请求您稍微给我一点自由！

周明远：（上）秘书，饭已经预备好了，你去"稍"坐一会儿行不行？

佟秘书：我就是挨了饿，也不能跟你去吃饭！出去！

周明远：（仍忍耐着）科长你呢？

于科长：走！走！走！别废话！

老舍

**周明远**：（沉默了一会儿）好！（下）

**佟秘书**：这成什么体统呢?!

**于科长**：好，我去预备酒菜，教小馆送到府上去，您教徐嫂只煮一锅饭就行了。

**佟秘书**：小馆作的东西太脏啊！

**于科长**：您那里老杨不是又走了吗？徐嫂一个人忙不过来。

**佟秘书**：她只会气人，不会别的！唉，当年在北平，南京，我至少用四个人？现在，减去一半，而且几乎是每三天一换人，怎么办呢！难道还真教我老头子自己扫地挑水吗？

**于科长**：唉！那——

**赵　勤**：（上）佟秘书！

**于科长**：赵先生，怎样？

**赵　勤**：有人找佟秘书。

**佟秘书**：谁？

**赵　勤**：一男一女，姓方，方什么正，在会客室呢。

**佟秘书**：请到这里来。

**于科长**：赵先生，你可以休息休息了！先搬到我那里去吧！（赵下）谁？

**佟秘书**：许是方心正吧。

**于科长**：呕，苏州的小财主，作过科长的？

**佟秘书**：对！真要是他呀，恐怕要出麻烦！

**于科长**：怎么？

**佟秘书**：许久没得到他的消息了。他要是还作着科长，不早就该见着面了吗？

**于科长**：我忙我的去吧？

**佟秘书**：等等！你会一会他们！你的眼睛尖，心路多！

**方心正**：（同单鸣琴上。两位的服装都只可远观，近看便露出"破

绽"。男穿西服，无帽。女的仍一应俱全，皮包小伞成套，但未烫发）佟秘书，你更发福了！（握手）

**单鸣琴：**呕，佟秘书，咱们可有好几年不见了，您还是那么少形！（握手）

**佟秘书：**（介绍）方先生，方太太，于科长。都坐！（大众坐）倒茶来！（无人应声）

**于科长：**老赵——

**单鸣琴：**我们刚刚喝过咖啡，绝对不渴！

**方心正：**我们俩刚来到重庆，还没敢拜望朋友们去，怕大家请客；重庆的菜是又贵又坏，招人生气！

**单鸣琴：**昨天咱们吃那么小的一条鱼，算了十八块！

**方心正：**今天我们俩趁着天气不错，出来走走，看看乡下的风景。

**佟秘书：**从城里"走"到这儿，八十多里？

**方心正：**坐了一段汽车，没全走！

**单鸣琴：**可不是，走到——那叫什么坡来的？遇见了卫次长。我们没看见他，他倒看见了我们。

**方心正：**小汽车正爬坡，走的很慢。

**单鸣琴：**是呀。他非请我们上去不可！老实说，我们真不愿意坐车，重庆郊外的山水是多么美丽呀！

**于科长：**可还赶不上苏州，方太太？

**单鸣琴：**别叫我方太太，那太封建了！"单鸣琴小姐"似乎更有点时代性。

**佟秘书：**方先生，你的苏州的房子怎样了？

**方心正：**炸坏了有——

**单鸣琴：**三分之一，没多大关系！

**佟秘书：**现在打算——

**方心正：**打算组织个实业公司。

老舍 / 249

单鸣琴：小规模的，先凑三四百万的资本，以后再扩充。

于科长：三四百万？

单鸣琴：太少了点！我原说至少要一千万，心正总以为骑着马找马好；他太谨慎！

于科长：多少钱一股？

单鸣琴：一千。

于科长：秘书，老赵一个人就可以认一百股！

单鸣琴：哪个老赵？哪个老赵？

佟秘书：赵——

于科长：我们的一个朋友！

单鸣琴：叫什么？心正，你记下来！

于科长：我们这里认一百股的，还不止老赵一个人，不过我们已经另有个组织！

单鸣琴：于科长不捧我们的场！

方心正：鸣琴，秘书和科长一定会捧咱们的场的！秘书，时间不早了，这一带大概也有饭馆吧？我们去吃个便饭，好不好？我请！（立）

单鸣琴：咱们还得先去看看佟小姐呢！佟小姐近来好吧？还没订婚哪？

佟秘书：她这几天正有点病。

单鸣琴：呕，那就更得看看她去了！咱们就走吧？（立）

佟秘书：家里离这还有相当的路，路又不好走！（立，于随立）

方心正：我们能走路！

佟秘书：家里也太简陋！

单鸣琴：老朋友了，谁还能笑话谁吗？

佟秘书：于科长，咱们不是还有——

单鸣琴：二位有事，请忙吧！

**佟秘书**：于科长，（从袋中掏出那封信来）咱们得讨论讨论这件事吧？

**单鸣琴**：那么，心正，我们到会客室里等一等秘书去吧？好，秘书，科长，你们讨论你们的事，我们到外面去等！抗战期间，遇见老朋友真有说不出来的愉快！

**方心正**：不要送！不要送！（替太太拿了小伞，同下）

**佟秘书**：（只送了两步）你看怎样？是不是流亡出来，各处打"游击战"呢？大概是，我看！

**于科长**：我还不敢下判断！

**佟秘书**：拉到家里去，可就推不出来了！

**于科长**：假若他们真是要办实业，也不可慢待呀！方心正是苏州的小财主，百足之虫，死而不僵！冒险一下吧！

**佟秘书**：把两个难民弄到家中去，可就糟了！

**于科长**：也许不至于！秘书，真要跟我讨论——

**佟秘书**：呕，呕，（藏信）我私人的信！私人的信！

**于科长**：什么重要的信，秘书这么闪闪躲躲的？

**佟秘书**：今天专出怪事，这是封怪信！

**于科长**：怪信？

**佟秘书**：怪信！

**方心正**：（上）佟秘书，一到院里就碰见了王参事，他要约我们去吃饭。

**佟秘书**：那，我就不让你们了！

**方心正**：可是鸣琴一定要看佟小姐去！

**于科长**：方先生再去商量一下吧！

**方心正**：鸣琴既是要看佟小姐去，我想——呕，秘书，我们干脆就辞谢了王参事，还是到你府上去！（下）

**佟秘书**：怎么这样不顺心呢！照这样下去，我简直活不成了！

老舍 / 251

于科长：秘书何必这么牢骚呢？咱们有办法！

佟秘书：有办法？（想了想）当然有办法！对，我跟他们干！

（幕）

## 第二幕

时　　间：

　　同前幕。

地　　点：

　　佟秘书家中。

人　　物：

　　佟秘书　于科长　秦医官　欧阳雪　周明远　方心正

　　单鸣琴　佟继芬　赵　勤　徐　嫂

开　　幕：

　　　虽然是在乡下，佟秘书还设法布置了一间客厅。这间客厅也许原来是间囤米的仓，也许是间祠堂；不论怎样说吧，也不论怎样的苦心布置吧，它总不大像样儿。佟秘书所收藏的当代名人的字画，装饰着墙壁；佟小姐费尽苦心发明的木板沙发，都垫着厚褥，盖着花毯；竹桌竹凳也都受宠若惊的得到台布和小垫；可是，这间客厅还没有一点欢喜气儿。窗外有一片绿竹，本来应当显出秀美；相反的，越发使屋内暗淡凄凉。现在，屋内已相当的黑暗，而佟小姐对菜油灯毫无好感，故不急于点上。在这阴暗的室中，她本当闹些小病；可是，她今天很兴奋，因为秦医生也在屋里。秦大夫近来对她的病颇感趣味，但未曾注意到她长得美，还是丑——这给她不少甜美的苦痛。现在，她斜倚着一条自造的沙发，姿态甚佳。秦大夫坐在个小凳上，手中拿着铅笔，膝上放着一相当大的纸本。

秦医官：怎么，还是常做恶梦？
佟继芬：顶可怕的梦！一吓就吓醒，手心上出着凉汗！噢，秦医官，那天你不是说爱喝红茶吗？我已经托人从城里带来了一些。（要往起立）我给你泡一杯去。
秦医官：我不喝！告诉我，什么样子的噩梦？
佟继芬：总是梦见黑暗，还老是我自己一个人。什么独自走进一片可怕的黑树林啊，什么独自遇见一只顶大的鬼船，在一条黑浪滚滚的大河上漂着；忽然，从船里伸出一只车轮大的黑手来！
秦医官：老是你自己，没有别人？
佟继芬：要有了个伴侣不就好了吗？假若有人陪伴着我，我想我会相当勇敢的。一个十七岁的小姑娘——
秦医官：佟小姐，你才十七岁？对大夫不说真话，怎能把病治好了呢？
佟继芬：（往前凑了凑）你看，我多大岁数了？
秦医官：不会猜！噢，佟小姐，（忽然立起来）对于精神治疗，我原不很懂，不过是想多研究一点，所以才常来打扰你！我所知道的那一点学理，跟你所说的那些现象，还没法教我下什么结论。
佟继芬：你再多来几次，或者，啊，一定，就能断定是什么病了！
秦医官：没有用！我对精神治疗根本是外行。而且，以我的性格来说，就是专心去研究，恐怕也不会有什么成绩。算了吧，我还是好好的作个普通的医生吧！那种医学，心理学，玄学的混合玩艺，我弄不转！恐怕弄来弄去，连我自己也要见神见鬼的了！

佟继芬：那么我的病呢？

秦医官：生活有规律，多运动！太对不起了！太对不起了！

佟继芬：这点事也值得这么难过？

秦医官：我不该告诉你什么精神治疗那套鬼话！我是个好学的人，喜欢读书，近来读了几本关于心理分析和精神治疗的书，恰好赶上你请我看病，我就想借机会研究研究。我太对不起人了！佟小姐，我十分的难过，我向你道歉！（要走）

佟继芬：（赶快立起来）你坐下，秦医官！（送过糖碟去）请吃块糖！

秦医官：（不好拒绝，拿了一块，并未放入口中，又坐下，见她也要取糖）佟小姐，胃不好，要少吃零食。糖，瓜子之类的东西顶好都不动！

佟继芬：（赶快放下）我向来不吃零嘴，这是预备招待客人的！秦医官，（在他对面坐下）千万别为这点事难过！你知道，每逢你来看我，我就痛快多半天！

秦医官：怎么？

佟继芬：看这个地方，一天连个鬼也看不见，太寂寞了！我的病没法不越来越重，心境太坏！所以，我很盼着你来，你是这么有趣！

秦医官：我？有趣？

佟继芬：真的！你是这么强壮，热心，有学问！我常对自己说：可惜，秦先生是个医生；他要是干干政治什么的，得成个多么能干，多么漂亮的人呢！

秦医官：我永远不会干政治！好，我该走了！

佟继芬：再坐一会儿！你不知道我是多么苦闷！

秦医官：作事，作事，工作会给我们带来快乐！

佟继芬：（灵机一动）呕，秦医官，（几乎要拉住他的手）你教给我怎样看护病人好不好?

秦医官：我没有工夫，你也吃不了那个苦！

佟继芬：教给我！教给我！哪怕是一点儿呢？

秦医官：一点儿？一点儿有什么用处呢？真可笑！（笑起来）

佟继芬：（也笑）你看，你笑得这么甜蜜！噢，秦医官，你们作医生的往往和女看护结婚，是不是？

秦医官：还没调查过！我可真该走了！

佟继芬：再坐一会儿！你看，这几天我就没这么痛快的笑过一回！我真希望你能常常的来，我就用不着吃药了！

秦医官：不能常来了，佟小姐！

佟继芬：怎么？怎么？

秦医官：（立起来）我要到前方去了。

佟继芬：（也立起来）到前方去？几时走？几时回来？

秦医官：过几天就走，不晓得什么时候才能回来！

佟继芬：噢，你太无情了！

秦医官：是的，我也觉得太狠了点！你看，这里的老百姓真可怜，打摆子拉痢本来都不是不治之症，可是一年不知道因打摆子拉痢死多少人。我在这里，救了不少条命；我走后，万一来个专门敷衍官事，不肯给老百姓服务的人，可就糟了！

佟继芬：你不要走好了！

秦医官：前方的将士也十万火急的需要医生，我不能不去！再说，这里的大人先生们的气派，也教我不愿再伺候他们。

佟继芬：谁？什么大人先生？

秦医官：像你的父亲，佟秘书。

佟继芬：（惊异的）他怎么了？

秦医官：没什么关系！我走啦！

佟继芬：你不能走！你要不说明白了，我马上就又得生重病，至少躺一个月！

秦医官：没什么，真的！他们的官僚气一点也没因为抗战而减少一分一厘，教我看着难过！

佟继芬：我的父亲，官僚气？你大概看错了吧？他倒是爱讲面子，绝不是官僚气；谁能不讲面子呢？

秦医官：一天到晚弄些无聊的排场，说些无聊的话，作些无聊的事，都因为面子！不过，也好吧！（又要走）

佟继芬：再等一等，只还有一句话！你千万别误会了他老人家，我明白我的父亲，也敢说相当的明白你，我一定要把这点误会解释开！

秦医官：没关系！

佟继芬：解释开以后，你就可以不走了吧？

秦医官：这么点没关系的事，怎能影响到我的去就呢？

佟继芬：秦大夫，不要离开这里吧！你看，你是这么可爱的人，假若再能交际交际，应酬应酬，什么医院院长呀，卫生所所长呀，一定可以拿到手。以你的学问人品，再加上院长或所长的身分，不就更，更可爱了吗？你一定要跟我父亲作好朋友，不要再误会他。你们有了感情，他必定能帮助你！

秦医官：大概他和我永远作不了好朋友！

佟继芬：噢，你可真不客气，秦大夫！

欧阳雪：（在门外）佟小姐！佟小姐！

佟继芬：谁？进来！

欧阳雪：（进来。已换上了旗袍，更显得俊美）哟，秦大夫已经来了？我还怕你不来呢！

秦医官：我是来给佟小姐看病的。

佟继芬：秦大夫对我的病啊，非常的关心！唉，我简直快变成林黛玉啦！欧阳小姐，你怎么老这么强壮呢？我都快要嫉妒你啦！

欧阳雪：我一天到晚老忙，大概病是不找忙人的！

佟继芬：唉，我真希望也有点事做，可是，唉，身分——

秦医官：好，你们说话吧，我走啦！

佟继芬：别走！

欧阳雪：别走！于科长不是说，佟秘书请咱们吃饭吗？

佟继芬：你看怎样？我说父亲只爱讲面子，并没有官僚气，对不对？噢，欧阳小姐，父亲没告诉我，教我怎么预备呢？

欧阳雪：于科长告诉了我，教我早点来通知佟小姐。于科长已经叫那个小馆预备了酒菜。

佟继芬：又是那个脏死人的小馆？住在乡下可真没办法！

欧阳雪：于科长说，请小姐预备一锅饭，别的都不用管。

佟继芬：（略带兴奋的）噢，我赶紧叫徐嫂预备！徐嫂！徐嫂！

徐　嫂：（在门外）抓仔？

佟继芬：（模仿着川调，而不十分正确）先炖上一壶水，水涨了，泡茶！泡了茶，煮一锅饭！

徐　嫂：（仍在门外）懂不到！

佟继芬：怎办呢？！三天就换一个老妈子，两天换个听差的，换来换去，全是那样！他们恨不能把老爷太太小姐的脸面揭下来，扔在地上，跟橘子皮一块儿扫出去！

秦医官：为什么一定要用人呢？自己不会操作操作？

佟继芬：我——我有病啊！

欧阳雪：我去！常跟老百姓在一处，我倒跟他们说得来。一壶茶，一锅饭，是不是？

佟继芬：（挣扎着）不要去，不要失了我们的身分！

老　舍 / 257

欧阳雪：我没有身分！不要紧！（下）

佟继芬：噢！（要昏过去的样子）

秦医官：佟小姐，怎样？（凑过去）

佟继芬：禁不住生一点气！（娇弱的扶住他）病又回来了！

秦医官：休息休息去。好不好？

佟继芬：我得招待客人；特别是你在这儿，不能怠慢了！你可千万别走，万一我要真晕过去了呢？

于科长：（推门而入）哟！佟小姐，我道歉！屋里还没点灯，我以为没有人呢！常来常往的惯了，把敲敲门的规矩全忘了，真对不起！

佟继芬：（很自然的把手移开）差点又昏过去，幸亏秦大夫扶住了我！（坐在最近的小凳上）

于科长：小姐的病多亏了秦大夫费心给调治！大夫，请坐！

秦医官：我马上就走！

于科长：噢，秦大夫，冲着佟小姐你也不能走！坐下！（把他按到一张小凳上，离她很近）佟小姐，点上灯好不好？

佟继芬：老杨又不干了！你怎么不把老赵叫来，帮帮忙呢？

于科长：老赵就快来到，做咱们的客人。

佟继芬：是不是我又作着梦呢？老赵做咱们的客人？

于科长：一点不错，小姐！他发了财！

佟继芬：他？

于科长：他，老赵，现在已经变成了赵先生！

秦医官：这是玩什么把戏呢？于科长，你不觉得难为情吗？

佟继芬：噢，秦大夫！

于科长：等我先点上灯！（在墙角的小桌上，找到两盏）得，灯油又都教耗子喝干了！（急中生智，打开公事袋，拿出电棒，竖立桌上）先教你放点光明吧！

佟继芬：（又气又笑）于科长，怎么这样淘气呢？这太不像样子了！请叫声徐嫂拿灯油来！

于科长：（喊）徐嫂！徐嫂！

徐　嫂：（在门外）抓仔？

于科长：拿灯油来！灯油，懂不懂？

徐　嫂：没得！

佟继芬：我真不愿意再活下去了！没得，没得，一切都没得！

于科长：没关系，佟小姐！电棒并不比油灯坏！大夫，你说——难为情？一点也不！我问你，你是医生，外国话是——Doctor。请问这个头衔是白来的不是？钱哪，这么厚（比划）一堆洋钱买来的呀！老赵现在有了这么厚一堆法币，天然的他可以买来"先生"二字！

秦医官：不懂！（猛的立起）走啦！

佟继芬：不要走！

于科长：别走！（去拦）这教我太没面子了！（秦已去）

佟继芬：于科长，你为什么瞎扯这一套呢？

于科长：我十二万分的抱歉！不过，小姐的事，我一定帮忙！

佟继芬：我有什么事？你帮什么忙？

于科长：还用我说，小姐？

佟继芬：于科长，你可别给我造谣言！他是来给我看病，他不过是个大夫，你要知道！

于科长：不久他就是战区的军医处处长！

佟继芬：处长？

于科长：啊！少将或中将衔，按说，我是科长，他是医生，我正管着他。可是，我对他很客气。为什么？我有眼睛，看得出事来！一个不大顾面子的人，像秦大夫，必定有个很大的面子在他后边，像月亮看不起星星，正因为有太阳给她帮

老舍／259

忙。小姐，你看对不对？

**佟继芬**：是的，他倒是个有出息的人，我也看得出！

**于科长**："两"个战区的司——令——长——官都给他来过电报！

**佟继芬**：可靠吗？

**于科长**：他不像个扯谎的人！

**欧阳雪**：（端着茶进来）哟，秦大夫呢？

**佟继芬**：真对不起你，欧阳小姐！到我们这儿来作客，反倒替我们端茶倒水的！这个徐嫂！实在太不像话了！

**欧阳雪**：（献茶）于科长，吃茶！

**于科长**：谢谢，谢谢！

**欧阳雪**：佟小姐！（献茶）我伺候惯了病人，永远闲不住！

**佟继芬**：我羡慕你！可是，我作惯了小姐，唉，无法！

**于科长**：欧阳小姐，你既是闲不住，我再求求你，你再找秦大夫一趟去，可以吧？

**欧阳雪**：不用再找他了，他不喜欢交际应酬！

**佟继芬**：我同你一道去，秦大夫嘱咐我多运动！

**欧阳雪**：小姐你走的慢，追不上我。

**佟继芬**：那倒也未必，我要是打起精神来，连秦大夫也能追得上！

**欧阳雪**：噢，我还是先拿点灯油来吧，不要这么糟蹋电！（下）

**佟继芬**：于科长，假若秦大夫上前方，这个小看护也去吧？

**于科长**：她说，她也去！所以——

**佟继芬**：什么？

**于科长**：有道是先下手的为强……

**佟继芬**：你怎么了？我要不看你是老朋友，真要恼了你啦！

**于科长**：（严肃的）小姐，连佟秘书带小姐你，都——请原谅我的嘴直——有点太——太——太教我着急！这是抗战期间，我们不管是真忙还是假忙，总得做出十分紧张的样子来！

可是，小姐你不紧张，佟秘书更不紧张，我是秘书的好朋友——我很着急！

佟继芬：于科长，莫非，难道……

于科长：没事！什么事也没有，我只是希望小姐你劝劝佟秘书，请他老人家紧张一些！他老人家有出路，我就跟着有好处，这是实话！

佟继芬：父亲真怪可怜的！年纪那么大了，教他跟年轻的人比着干活儿，他受不了！告诉我，是不是有了什么风声？你是父亲一手……

于科长：没有！真没有！我这不过是说说知心话，大家好都有备无患！小姐你自己的事，也得——

佟继芬：我有什么事？别再说了！

欧阳雪：（上，提着油瓶）徐嫂对我很客气；看，这不是油？（添油，点灯，把电棒放倒，关住）我顶喜欢这种翠绿的小灯，看，多么好玩！

佟继芬：我恨死它了！不够灯的身分，还假充是个灯！

欧阳雪：噢，佟小姐，灯还有身分哪？

佟继芬：什么都有一定的身分！啊，欧阳小姐，秦大夫要是上前方，你也去吧？

欧阳雪：我也去！看，炮还响着，担架队，大夫，看护，一齐跑上去，从战场上往下抢救伤兵，多么有意思，有意义呀！噢，秦大夫要是在这里，他才会形容呢！于科长，我找他去吧？

佟继芬：等老赵来，教他去吧！

于科长：小姐，老赵可再也支使不得！

欧阳雪：老赵阔起来了？

于科长：比我阔多了！

老舍／261

欧阳雪：比科长还阔！

于科长：我有什么呢？脱下这身中山服，我跟条鱼一样的什么也没有！

佟继芬：欧阳，来坐一坐，我问你点事！

欧阳雪：算了吧，不用找秦大夫去了，他最怕应酬！（坐）

赵　勤：（在门外）佟小姐！

于科长：老赵来了！（迎去）进来，赵先生！

赵　勤：（进来）欧阳小姐也在这儿哪？

佟继芬：老赵，噢，我还得叫你老赵！

于科长：多年的朋友了！坐下！坐下！（拉赵坐下）

欧阳雪：老赵，听说你发了财？

赵　勤：（又立起来）欧阳小姐！那回我有病，多亏您招呼我！等我的钱到了手，我必得好好的送您一件礼物！

欧阳雪：用不着，老赵！送给我，还不如送给伤兵呢？

赵　勤：也好，我听你的话，你是好人！

佟继芬：你看，老赵，难道我们就是坏人吗？告诉你，虽然我是这样病病歪歪的，我也还愿意帮助！你是个新发了财的，对于交际呀，礼节呀，穿什么衣裳呀，恐怕还不大，不大——

于科长：熟习！

佟继芬：不大熟习！我们都愿意帮你的忙，绝不至于教你露了怯。丢了脸！对不对，于科长？

于科长：是呀！咱们得给他立个训练班，不，讲习班！（坐）

赵　勤：你们在这儿说话吧，我看看徐嫂去。

于科长：看徐嫂去？

赵　勤：厨房里比这儿舒服！

于科长：你可千万别再说这样的话！你要知道，你现在是有身分的人了。

赵　勤：在我们乡下，有几十顷地的财主还自己去挑粪呢！

佟继芬：那不行，老赵，你一定要学打牌呀，喝咖啡呀，才能像个 Gentleman！

赵　勤：像个什么？小姐可别骂人哪！

佟继芬：（天真的笑起来）你看，你就不知道我说的那个字，那是个外国字！哼，你该学的事太多了！

赵　勤：发了财更麻烦了！

欧阳雪：于科长，佟小姐，干吗这样难为他呢？

于科长：难为他？我们是真心实意的帮助他！

欧阳雪：我看哪，什么打牌呀，喝咖啡呀，都是无聊！

佟继芬：噢，欧阳小姐！

于科长：听！（外面有话声）大概是方心正夫妇来了！

佟继芬：（兴奋的）谁？方心正和单鸣琴？那太好了！

于科长：（看赵要去开门）你别动，拿出身分来！坐下！（自己迎出去）方先生吗？这里！

佟继芬：（兴奋的忘了病，轻快的走到门旁）鸣琴，是你呀？（方与单声势浩大的走来）呕，鸣琴！（拥抱，如演电影。此时，赵又立起。方先生把太太的小伞交给了老赵）

于科长：（忙着给大家介绍，忙着抢过来小伞）方先生，这就是赵先生，刚发了财的赵先生！

方心正：噢，太对不起了！久仰！久仰！（过来握手）鸣琴！过来，这就是新近以财主姿态出现的赵先生！

单鸣琴：就是你呀！（握手）呕，赵先生，我们的实业公司算你一百股好了！是不是，心正？

方心正：是的！赵先生，我们现在正招股，开个实业公司！

单鸣琴：丁院长，马院长，贺部长，冯秘书长，张秘书长，全认了

老舍 / 263

股；这里的佟秘书，于科长，佟小姐，还有——（不幸的忘了欧阳小姐的姓）这位小姐！

欧阳雪：没有我，我买不起股票！

单鸣琴：哪有的话！哪有的话！老这么客气干吗？（对赵）我是说，他们都认了股，我们绝对保险，作下一年来，至少有百分之三十的红利！

赵　勤：于科长，咱们要是作生意，有这么大的利钱吗？

于科长：总得多一点，至少百分之三十五！

单鸣琴：你们也作生意？

于科长：赵先生和我是老关系！

单鸣琴：噢，赵先生，那可不行！你还能驳一个女太太的面子吗？于科长，咱们可别取斗争的姿态！

方心正：先教赵先生看看那张认股的名单。

单鸣琴：在皮包里呢！

佟继芬：鸣琴，你先坐坐，等一会儿再办那些事！你这么忙忙叨叨的教我头昏！（她自己和欧阳都坐下）

单鸣琴：小姐，这是抗战期间，还能不紧张吗？（拿了皮包）这就完，我马上陪你说话儿！

佟继芬：难得你还这么漂亮，这么活泼！

单鸣琴：（一边说，一边掏）谢谢小姐的称赞！漂亮？不敢当！活泼，倒许是真的。人生就是要赚个火炽热闹！（只顾说话，没留神手下；名单很大，把路上未吃完的两个烧饼夹在里面。掏出来，烧饼落在地上）

赵　勤：（急忙去拾）我当是什么呢？两个烧饼！

欧阳雪：名单里出了烧饼？！（天真的笑起来）

佟继芬：欧阳！欧阳！

单鸣琴：（也笑起来）赵先生，快把它放在一边吧！太好笑了！你看，我们哪，在乡下散步，看见了一所大宅子，里面有很多的花草。

**方心正**：菊花和晚香玉一块儿开放，四川的天时真是好的出奇！真是天府之国！

**单鸣琴**：我们俩就手拉手的，像度蜜月的新夫妇似的，走进去看看花。好，两条小驴子似的大狗，毫不客气的把我们俩堵在了墙根！幸亏房主人出来了，给我们解了围！

**方心正**：要不然，非受点伤不可！

**于科长**：烧饼到底是怎么回事呢？

**单鸣琴**：别忙啊！你们记得前几年那位凌司长？

**于科长**：凌自安？

**单鸣琴**：对呀，凌自安司长！他告诉我的：无论多么厉害的狗，都受贿赂！所以到乡下闲游散逛啊，总得带着吃食！

**于科长**：所以就买了烧饼？

**单鸣琴**：你的结论很正确！

**赵　勤**：烧饼打狗，真有点可惜！

**单鸣琴**：那，天华公司孟小泉经理的两条狼狗，还一月吃三百块钱的牛肉呢！

**方心正**：鸣琴，狗的问题可以结束了吧？

**单鸣琴**：是的。赵先生请看看名单吧！（递名单，与佟小姐坐在一处）

**欧阳雪**：于科长，菜怎么还不来呢？我早已饿的慌了！

**单鸣琴**：呕，这位小姐可真是爽快！连我这走了二三十里路的还没敢开口呢！

**于科长**：老杨辞了工，徐嫂又不听调动，没个人去催一催！

**方心正**：不忙！不忙！（坐下）

**欧阳雪**：老赵，你跑一趟好不好？我是真饿的慌了！

老舍 / 265

佟继芬：欧阳，我的面子都——唉！住在这个鬼地方，连饼干都买不到！

单鸣琴：早知道，我们从城里带两桶来！前天，李秘书还送给我们两桶儿，由飞机运来的！

于科长：我自己跑一趟吧！

佟继芬：于科长，你绝对不能去！

赵　勤：我去吧，我走的快！

于科长：谢谢你，赵先生！就手儿催秦大夫一下，你就说佟小姐请他，一定要来！

赵　勤：（交回名单）好啦！（下）

单鸣琴：噢，佟小姐，是一位医生啊？

佟继芬：什么话呢！于科长，不要老这么胡扯！

方心正：那有什么关系呢！医生在这年月，地位并不低！

单鸣琴：我的同学，叶文花，焦凤丽，还不是都和医生结了婚？她们都很过得去！

欧阳雪：佟小姐，秦大夫的人很好，医道也很好。可是未必能作个好丈夫，他有些特别的脾气。

佟继芬：看护当然是明白大夫的！

欧阳雪：我说的是实话，好话！

佟继芬：哼！

单鸣琴：（赶紧岔话）哟，这位小姐原来是看护呀？我的表妹也是看护，看护大学毕业！

欧阳雪：看护大学？那只有美国才有！

单鸣琴：可不是，表妹正是留美的！

于科长：（轻轻拍掌）真对不起，拦诸位清谈！乘着老赵没回来，我要提出个警告！老赵是个乡下人，未必肯往出拿钱；方先生，单小姐，可别太逼紧了他！我先约的他，和我经营个小买卖，我想就由我独自跟他交涉好。再说呢，还有佟秘书的关系！

佟继芬：爸爸不会去作生意吧？

于科长：我知道！可是我自有办法！这年月，连传道的牧师都得作生意！

佟继芬：要是父亲愿意，我自然不反对。唉！生活太难了，要能不伤咱们的身分，而又多收入几个钱，也不算坏事！那么，鸣琴，面子事，你就别再拉老赵入股了！

单鸣琴：咱们都是讲面子的人，不过为了生活，仿佛就不能不努力奋斗！

欧阳雪：（立起来）佟小姐，于科长，我先走一步了！

于科长：饭马上就来，再稍等一等！

佟继芬：你要是这么走了，不是教我脸上难看吗？

欧阳雪：还不单是饭的问题！（控制不住自己）我看，你们这些讲面子的人太不要脸了！

大　家：什么?!

欧阳雪：（往外走了两步）老赵的钱是老赵的，你们为什么要算计过去呢？你们是讲脸面的人，还是骗子呢？（愤愤而去）

佟继芬：（在大家沉默一会儿之后）对不起！我得休息去了！（要往起立，被单拉住）我，我没想到，在自己家里会受这样的侮辱！我招待一个小小的看护，已经是过度的客气了；她倒……

于科长：佟小姐，这没什么，我有办法！因为秦大夫有了新的发展，我才敷衍秦大夫；因为敷衍秦大夫，我才给小看护一点脸！我是事务科的科长，正管着他们，我有办法！

单鸣琴：佟小姐，千万别生气！跟没有地位，没有身分的人，犯不着生气！你要是气病了，连我们俩的脸上可也就不好

老　舍 / 267

看了！

于科长：佟小姐，都是我的错儿！

佟继芬：不要再提了，于科长！我想父亲决不会去作买卖，我们佟家是世代书香！

方心正：于科长，你看，小姐已经让开了，就还教老赵入实业公司的股好了！

单鸣琴：心正！你怎么还敢说这件事呢！

于科长：总而言之，统而言之，都是时代的毛病！这时代太伟大了，伟大得把个科长啊，司长啊，全仿佛看不见了！要是在太平年月，凭我这个科长，哼，小洋房一住，小麻将一打，舒舒服服，自自在在，还用得着费尽心机去混三顿饭吃？真教我悲观！悲观！

单鸣琴：何必呢，科长！我们挣扎，奋斗，为了什么？为维持我们的身分，体面。这个动机是完全纯正的！前天，我遇见邱参事，他对我说：敌机轰炸的时候，他宁愿炸死，不能倒在地上，怕弄脏了洋服！我们也要有这种精神，教这种精神，通过我们的努力与牺牲，永久不灭！

方心正：（鼓掌）鸣琴，好！再来！

佟继芬：父亲怎还不回来呢？我实在支持不住了！

单鸣琴：我们本来要跟他老人家一道来的，可是他老人家说，还有封要紧的信得写。

于科长：秘书说接到一封怪信。

佟继芬：什么怪信？

于科长：我没细问。哼！今天仿佛专出怪事！

赵　勤：（同秦大夫上）于科长，饭吃不成了！

于科长：怎么？

佟继芬：噢，秦大夫，我的头又昏得厉害！

单鸣琴：噢，这就是秦大夫吗？快请进来，小姐等你都快要哭了。（秦不语，不动）这位大夫可真严肃！

于科长：饭怎么吃不成了，赵先生？

赵　勤：小饭馆不再赊账！刘老板说，科长欠他二百多啦，铺子小，东西贵，赔垫不起！

于科长：这是刘老板说的？好！明天我教他关门就是了！

赵　勤：于科长，别那么办！刘老板的买卖小，没有多少本儿往出垫！

于科长：要不亏了我，他就能租到房？要不亏了我，就会有人照顾他？过河拆桥，忘恩负义！我赏给他脸才赊他的，就是白吃了也名正言顺。好，没二句话，明天我教他关门！

秦大夫：于科长，我已经发了电报，决定到前方去，请你另找人，务必请在十天以内找到，我好早点起身！还有，老赵要跟我走，我顺便把他送到家。

方心正，单鸣琴：怎么？赵先生要走？

于科长：秦大夫，我会给老赵找车，教他多住两天，我还有事跟他商议呢。

秦大夫：于科长，老赵是个老实人，斗不过你们！

于科长：我又不是土匪强盗！秦大夫！

佟继芬：（走过来）秦大夫，明天务必请过来一会儿，我还得问问你，该吃什么药呢？

秦大夫：用不着再吃药，多运动，多吃点有滋养的东西，管保会好的！

佟继芬：你再来"一"次！

秦大夫：用不着再来！

佟继芬：好吧！我有方法治你！（往回走）

秦大夫：治我？我怎么了？

佟继芬：（站住）你高兴吗，就来跟我讲恋爱！

秦大夫：我？讲恋爱？

佟继芬：问问他们！

于科长：我知道，秦大夫！

佟继芬：你不高兴吗，就扭头一走！你损坏了我的名誉！

秦大夫：我？

于科长：秦大夫！

佟继芬：等我说完！我赏给你脸，才准你常来常往。你以为，凭你这么个（伸小指）小小的医生，就配跟我交朋友？你以为，凭你这么个（再伸小指）小小的医生，就可以随便戏弄我？

秦大夫：这是从哪里说起呢？

方心正：我看，咱们还是先解决吃饭问题吧！

单鸣琴：心正，你敢再开口！

秦大夫：老赵，我们走！

佟秘书：（上，正与秦、赵碰头）你们回来！有事要问你们！

赵　勤：（看秦仍要走）大夫，秘书说有事！

（秦无可如何的一笑，回来。）

佟秘书：（如检阅然，看着大家，大家都已立起）秦大夫，听说你要到前方去了？既然已经要走了，何必还听刘司长的挑拨支使，故意和我为难呢？

秦大夫：这又是哪里来的事呢？！

佟秘书：你是刘司长荐来的？

秦大夫：不错！

佟秘书：那，你有不帮助他来和我为仇作对的？

秦大夫：我是医生，不管你们的闲事！还告诉你，我所以要到前方去的原因，一半是因为前方需要我，一半是因为看不惯你们的臭官僚气！

**佟继芬，**
**于科长：** 秦——

**秦大夫：** 国家到了什么地步，你们还为豆儿大的事瞎吵乱闹，为什么不把心思力气多在抗战上放一点呢？

**佟秘书：** 你以为我老了，势力不行了，处处藐视我！我还不老，我还有很多的办法！头一项，我不会教你好好的走了！于科长，他属你那一科管，开他的差！你抹我的面子，我也会教你难堪，教你终身的履历上老有个黑点，有个免职开差的黑点！同时，我也叫刘司长知道，我还有跟他一决雌雄的胆气和力量！

**秦大夫：** 哈哈哈！你们都是白天见鬼！没工夫跟你们废话！（下）

**佟继芬：** （往前赶了一步）秦——

**佟秘书：** 你干什么，继芬？（看她垂手无言，转对于）于科长，你有开除他的勇气没有？

**于科长：** 我有！不过，秘书不是答应了我，教我约他来吃饭，大家言归于好吗？他不但得罪了您！他又得罪了佟小姐！

**佟继芬：** 他没有！

**佟秘书：** 继芬，你少说话！

**于科长：** 他不但得罪了——（看她一下），而且得罪了我，我本应当马上教他知道知道我的厉害！不要说秘书您，连我姓于的也不是豆腐作的！可是，我办事，总把眼光放远一些这，我是跟秘书学来的——我看他要到前方去，多少总算有了点发展，所以——

**佟秘书：** 到前方去是外放，外任不如京官，用不着敷衍他！

**佟秘书：** 请您二位先坐一坐——噢，继芬，你领他们到别处坐坐，

老舍 / 271

我先跟于科长谈点要紧的事。

佟继芬：爸爸，你怎么了？我，我很不放心！

佟秘书：你去吧，没事！没事！

佟继芬：那么，方先生，鸣琴，你们先到这里来吧。（领路往外走）

单鸣琴：待一会儿见，秘书，科长，赵先生！（同方随芬下）

佟秘书：老赵，你也去吧！

于科长：你到徐嫂屋里去等我，千万别走！

赵　勤：饭怎么样呢？

于科长：有办法；到完全没办法的时候，我带你上我家里去吃，你千万别走！（赵下）佟秘书，到底是怎么回事？

佟秘书：坐下谈！（落座）你今天告诉我，教我紧张着点，是不是？

于科长：作个样子，教人家看着好看！

佟秘书：你并不是这个意思，你不对我说实话！

于科长：我？我能不对您说实话？

佟秘书：我刚才想过了，人人都似乎有点轻视我，下自小小的看护，上至司长，全小看我，你不会看不出来！他们轻视我，必然有个原因，你不会不知道！可是，你不告诉我！

于科长：我真没看出什么来！真没听到什么！

佟秘书：你可是告诉我要紧张着点！那个姓周的书记还说过，我的地位——

于科长：一个书记的话，听它干吗？至于我说请您紧张点，不过是大家都那样，咱们也不能不随着，没有一点别的意思！

佟秘书：紧张？我刚才就试验了一下。我想一气批完五件公事。（打开皮夹）这不是？（拿出公文，用手背拍着）可是我头昏手颤，看不下去！而且，勉强的看完，我批不了；他们故意把难办的案件交给我，教我无从下手！作了二十多年的官，我还能教公事给难住吗？可是——

于科长：您这两天，身体不大好！

佟秘书：我明白了！明白了！这不是什么紧张不紧张的问题，而是他们要设法赶出我去！我的生活这么苦，没人体贴；我的资格这么老，没人尊重；我的年纪这么大，身体这么坏，没人同情！他们紧张吗？并不然！我应当紧张吗？也不然！只是因为他们大家要拿我这个地位，所以故意与我为难，故意说我办事太慢！不然的话，他们就应当体贴我，尊重我，同情我，不要说我还天天去办公，就是拿干薪，永远不到部办公，他们也得毕恭毕敬的对待我！

于科长：真的！理当如此！不过，你老人家也别太悲观了。您的经验是太平年月的，现在是正在打仗，这就大不相同了！

佟秘书：难道一打仗就应当不讲资格，不讲身分？我告诉你，我已经下了决心！

于科长：什么决心？

佟秘书：我要干一干，教他们看看，到底谁成谁不成！对反对我的人，小自书记，看护，大夫，大至司长，秘书长，从今天起，我一概不再宽容客气，他们斜眼看我一眼，我就劈面敬他们一拳！同时，我要活动，要发展，秘书还不是我老头子最后的官衔！

于科长：好！我一向是您的人，今天明天，以至永远，老是您的人，我必尽心力而为，帮助您成功！不过，我们顶好是积极进行发展的计划，不必消极的多得罪这里的人；等我们的计划完成了，教他们看，吓他们一跳，岂不更大仁大义，更漂亮？

佟秘书：我已经开了火，就不能再鸣金收兵。

于科长：跟谁开了火？

佟秘书：秦大夫之类的人！我当面申斥了他，他还有个不去报告给

刘司长的？我跟他们干，干到底！哼！拿这几件破公事来为难我？哈哈！（把公事塞在皮夹中）

佟继芬：（已在门外偷听了一会儿）爸爸，你先吃一点东西吧？

佟秘书：不饿！教他们气我就气饱了！

于科长：噢，我去催饭！无论如何，我也得把饭弄了来！

佟继芬：于科长，我绝不是来催你，别误会了我！

于科长：不，我晓得！我得和刘老板那小子去算账！（拿起电棒等物）我马上就来！（下）

佟继芬：爸爸，你一定要先吃点东西！（奋发有为的样子）徐嫂！徐嫂！

徐　嫂：（在门外）啥仔？

佟继芬：你进来！

徐　嫂：（上）啥仔？

佟继芬：饭煮好没得？

徐　嫂：煮好了。

佟继芬：还有榨菜没得？

徐　嫂：没得！

佟继芬：还有几个鸡蛋？

徐　嫂：三个。

佟继芬：去炒鸡蛋！

徐　嫂：鸡蛋？我已经吃了！

佟继芬：怎么？

徐　嫂：啥仔时候了？你们不吃饭，未必我也跟着饿饭！你们不买菜，教我吃白饭哪？我把鸡蛋炒了饭！

佟继芬：你去买点什么来。

徐　嫂：天黑都黑了，我哪里去买？

佟继芬：去到小馆叫两个菜来。

徐　　嫂：来不赢了，馆子关了门——

佟继芬：你滚！

徐　　嫂：好，明天早上走。（下）

佟继芬：（哭）我没法活下去了！

佟秘书：继芬！继芬！不要委屈！我知道，我都知道！你这二年随着我受了大罪！不过，爸爸有办法！我还要，还能，恢复从前的光景，教你不受屈，教大家看看我还有本事！

佟继芬：（止住泪）爸爸，告诉我实话，衙门里是不是有了什么风声，教您这样的生气？

佟秘书：没有！我资格老，经验多，要论官场中的一切，他们谁比得了我？继芬，无论如何，爸爸不会丢了身分！你是我的女儿，你要安慰我，了解我！咱们忍受这一时，不久爸爸就会有发展！你看，我是老得没有用了吗？我的能力不如那群年轻的冒失鬼们吗？

佟继芬：他们十个也比不上您一个！

佟秘书：好，继芬，帮助爸爸，咱们的前途还是光明的！去，把方心正夫妇叫来！

佟继芬：（走到门口）鸣琴，方先生，请到这里来！

佟秘书：他们来了，你可以休息休息去，我会招待他们。

单鸣琴：（同方上）于科长走啦？

佟继芬：他催饭去了。

单鸣琴：噢，佟秘书，你老人家的精神可真好，一天办那么多的事，还招待这么多的朋友！

方心正：秘书是老当益壮！

佟秘书：你们坐下！（他俩坐）啊，继芬，你去吧！

单鸣琴：小姐先休息休息去也好！

佟继芬：待会儿再谈，我的头老发昏，对不起啦！（下）

老舍／275

佟秘书：心正！鸣琴！刚才我给张用行秘书和卫次长都打了电话，他们都说没见到你们！

单鸣琴：奇怪！

佟秘书：你们到底是怎么回事呢？是不是家产弄光，到处找便宜饭吃呢？

方心正：房子吗，被炸了——

单鸣琴：三分之一，没多大关系！

佟秘书：你们说实话！

单鸣琴：我们难道是说假话的人？佟秘书！

佟秘书：听我说，你们要是流亡在外，非找救济不可，我可以给救济会，江苏同乡会，职业介绍所，打电话写信，他们都不好驳我的面子，必定给你们想办法！

方心正：佟秘书，你看我们是肯到救济会去的人不是？

单鸣琴：哎呀，我的佟秘书，你怎么这样看不起人呢？

佟秘书：别再耽误工夫，你们是不是困住了？

方心正：没有！我们还要办实业公司呢！

佟秘书：好吧！我不能留你们二位在这里！

单鸣琴：（怒）佟秘书，你太不讲面子了！我们老远的来看你，你就这样的对待朋友啊？！

方心正：鸣琴！客气一点！

佟秘书：我的心境很坏，你们不要再给我添麻烦！再说，我正在有所活动，家里不能收容难民！我求求你们，赶快离开这里，省得教我的仇人知道了，又给我造谣言，管这里叫难民收容所！

单鸣琴：佟秘书，我们不是难民！

佟秘书：那么是什么呢？

方心正：（警告）鸣琴，不要感情冲动啊！

单鸣琴：我不能不说实话了！佟秘书，我们在苏州陷落以前，就把全部财产拿到上海去，作了点买卖。

佟秘书：（摇头）忘了你们是书香门第！

方心正：别人都作买卖，我们就见猎心喜，也玩一玩，并非要作一辈子的商人！

佟秘书：你们赔了？

单鸣琴：我们的运气不好，赔得一干二净！现在，我们是一无所有，秘书你能不帮一下忙吗？

佟秘书：我没办法！你们想发国难财，没有发成，倒来麻烦我，我没办法！

单鸣琴：我们既然找了你来，你还好意思把我们赶出去吗？咱们都是讲面子的人！

佟秘书：嗯——这么办：先到救济会求点救济，然后我给你（指心正）找点小差事！

方心正：小差事？我不能作，我作过科长！

佟秘书：太难了！你们太难了！你们跟个穷老头子过不去，是什么心意呢？

单鸣琴：秘书，你会穷？

佟秘书：（无可奈何的点头）我的收入不够我支持这个（指脸）的！你们不晓得，谁也不晓得！我的痛苦，只有我自己知道！你们就不要再为难我了！

周明远：（吃得大醉，七扭八歪的闯进来）佟秘书，走，喝酒去！

佟秘书：你是怎么回事，啊？

周明远：走！喝——嗝——一杯去，给个面子！

佟秘书：你敢再胡闹？滚出去！

周明远：不论他是谁，敢再教我——嗝——滚出去，我就揍他！

（要往前扑）

老舍 / 277

方心正：（去拦）先生，先生！有话好好的说！

佟秘书：老赵！老赵！

周明远：（向方）你跟我喝一杯去！有的是酒！

赵　勤：（跑来）怎么啦？

佟秘书：把他赶出去！

周明远：老赵，你也在这儿哪？走！你们俩——嗝——也去！

赵　勤：周先生，周先生！（拉住他）

周明远：没人看得起我，我知道！老赵，薛大嫂！（指单）

单鸣琴：我姓单！

周明远：你们都捧我一场！看，（掏口袋）我还有五块钱呢！秦大夫——好人——给我的！走，有酒有饭，就缺点面子！

方心正：我不去吧？咱们素不相识！

周明远：难道你们不饿？四海之内皆兄弟也！嗝！

单鸣琴：那，似乎也得说个"请"字吧？

周明远：我"请"！

单鸣琴：心正，他是"请"客，似乎别驳他的面子吧？

佟秘书：你们敢去！

周明远：秘书也得去，我一个月的薪水……

单鸣琴：准有酒饭啊？

周明远：我还骗你！

方心正：走啊，鸣琴，别太伤了面子！（夫妇架着周下，赵闪开）

佟秘书：太岂有此理了，明天我开除了他！

赵　勤：他是喝醉了！

佟秘书：我问你，他是谁荐来的？

赵　勤：不知道。

佟秘书：总有人支使他，到这儿来胡闹；凭他自己，他没有这个胆子！

278　\　四川新文学大系·戏剧编（第二卷）

赵　　勤：他是喝醉了！

佟秘书：哼！我跟他们干！干到底！明天我先开除了"他"！

（幕）

## 第三幕

时　　间：

第二幕的数日后。

地　　点：

佟秘书家中。

人　　物：

佟秘书　于科长　秦医官　佟继芬　欧阳雪　周明远
方心正　单鸣琴　赵　勤

开　　幕：

　　佟府整个的陷于苦恼中。徐嫂已辞工，但方心正夫妇却没有丝毫辞别的意思。佟秘书正患着一点"面子病"。佟小姐本是多愁多病的人，这几天也更憔悴可怜。虽然很想卧床不起，她可是还不能不出来。因为一眼看不到，单鸣琴也许就——举个例说——把客厅里的台布剪成小块，当作手帕用。看吧，开幕时，单小姐已经在客厅里低声的唱着。她穿着佟小姐的绣花拖鞋，披着佟小姐的秋大衣，脸上擦了佟小姐的香粉——所以擦得特别的厚。

单鸣琴：（低唱着一段西洋的情歌，从容的各处搜寻）哼，把香烟"都"藏起来了！（笑了笑）真周到！

佟继芬：（轻轻的进来，看着单，半天——）鸣琴！

单鸣琴：哟，你吓我一跳！（赶紧过去拉住芬的手）你不是不大舒服吗？干吗这么早就起来？现在才十点多钟！

佟继芬：（冷隽的）不能不起来了，怕我的大衣教老鼠给咬了！

单鸣琴：穿在我身上是绝对保险的，我的佟小姐！你等着，等我的皮箱都来到，我送给你一件——也许两件——最新式的秋大衣。

佟继芬：鸣琴！鸣琴！你是怎么了？你们在上海把产业全随便的——

单鸣琴：不是随便的，我们的确有计划，有勇气！运气不好，那谁也没办法！

佟继芬：你什么东西都没有了，怎么还说什么皮箱，秋大衣呢？

单鸣琴：哈哈，你还是没结婚的小姐，太幼稚！我这结过婚，见过世面，尝过些世上甜酸苦辣的人，就不能不虚虚实实，真真假假。只要面子上好看，就说上一大套，起码也热闹热闹嘴，好不至于教自己太悲观了！

佟继芬：要是教人看出破绽呢？

单鸣琴：面子就像咱们头上的别针，时常的丢了！丢了，再找回来，没关系！

佟继芬：要是找不回来呢？

单鸣琴：拉倒！——只有这个态度，才能处处争取面子，而不至于教面子给牺牲了！

佟继芬：我不能明白！（慢慢的来回走，忽然立住）鸣琴，我们说点真的话，好不好？

单鸣琴：真话？真话可往往戳破了这个。（指脸）

佟继芬：我没法再顾那个人！告诉我，你们夫妇到底有什么打算呢？

单鸣琴：计划很多，早晚总会有几个能实现的！

佟继芬：在计划不能实现之前，你们就在这里——

单鸣琴：养精蓄锐！

佟继芬：鸣琴！你知道父亲的脾气。你知道现在物价是多么高！

单鸣琴：佟秘书是最讲面子的人，况且作官多年，还没有点积蓄？我看，一切都不成问题！

佟继芬：父亲讲排场，没剩下钱！鸣琴，说干脆的吧，你在这儿也可以。你知道徐嫂走了，不好找人？

单鸣琴：怎么着？你难道想教我作"有缺即补"的老妈子吗？你看看我这双手吧！还是那么白不是？我的手跟你的手一样，不是为生火煮饭长着的！

佟继芬：唉！（无力的坐下）

单鸣琴：佟小姐！佟小姐！别生气！我在这儿也并不是完全没有用处！小姐，你今年——

佟继芬：干吗？十七！

单鸣琴：当初，我十七了八年，十八了五年。现在，我结了婚，不在乎了，所以对人说我二十二。不过十七也罢，十八也罢，并不能解决问题！等到咱们的脸不大帮咱们的忙的时候，嘴里越说十七，心里可越发慌！

佟继芬：别说了，我心里直闹得慌！

单鸣琴：恐怕痛哭一场才更合适！告诉你吧，我的作用就是能帮忙你解决了你自己不能解决的问题！秦大夫——

佟继芬：他与我没关系！

单鸣琴：何必跟我还这么嘴硬呢？

佟继芬：世界上不见得只有他这么一个男子吧？

单鸣琴：江里尽管挤满了鱼，不去钓的连一条也得不到手！抓住他，告诉你，抓住他！

佟继芬：你把我看成什么样的人了？！

方心正：（匆忙的进来，穿着佟秘书的大衣）鸣琴！哟，佟小姐也

老舍 / 281

起来啦?

佟继芬：（勉强的一笑）怕起来太晚了，没人给你们拿件衣服什么的，天气相当的冷了！

方心正：哈哈哈！用不着小姐操心，自家人还闹什么客套吗？佟秘书的大衣，我穿着正合适！

单鸣琴：可惜稍微肥了一点！

方心正：鸣琴！好消息，我找到事作了！

单鸣琴：什么事，心正？

方心正：秘书！

单鸣琴：你看多么巧！住在秘书家里，你也就作了秘书。多少薪水？

方心正：薪水不薪水的倒没多大关系，我要的是这个头衔。有了头衔，我还是进行咱们的实业公司！

单鸣琴：对！挣薪水是有限公司，办实业是无限公司！你什么时候走呢？我去给你收拾行李！

佟继芬：鸣琴，你又——

单鸣琴：（笑起来）你看，我老以为这还是太平年月，要动身就得收拾行李！噢，心正！

方心正：怎样？

单鸣琴：我舍不得你，咱们一块走！

方心正：那么咱们就去跟佟秘书辞行！

佟继芬：他老人家身体不大好，我替你们说一声吧！

方心正：我"仿佛"还得跟秘书借点路费！

单鸣琴：又是借，又是借，我恨透了这个"借"字！

方心正：世界各国的政府还都免不了借款，这并不寒伧！我看哪，鸣琴，你还是多在这里住两天，等我在重庆把一切略为布置一下，再来接你；这样，可以减少些你的苦处！

单鸣琴：我舍不得你！

方心正：我是怕你受罪！

单鸣琴：佟小姐，心正没别的好处，可是有颗金子作的爱心！好吧，佟小姐，"你"给他点钱，教他快快的走。我呢，再多住两天，听他的消息；同时也好专心的办办你那件事。

佟继芬：哪件事？

单鸣琴：还装什么傻呢？好佟小姐，给他点钱！你不要动，我去拿你的皮包！在枕头底下放着呢，是不是？一定是，枕头底下是最放心的地方！（下）

佟继芬：方先生，难得你能驾驭这么一位太太！

方心正：第一流的女人，连讨厌都讨厌得可爱！

佟继芬：不当着你太太的面，告诉我实话，你到底找到什么事了？你不说实话，我不能帮助你！

方心正：秘书！

佟继芬：什么秘书，这么方便？

方心正：图书研究会的！

佟继芬：图书研究会还有秘书？

方心正：他们本来要个书记，我力争非叫秘书不可！

佟继芬：那能有很大的收入吗？

方心正：当然不能。不过，只要今天来个秘书，明天再来个什么委员，我就有了身分，也就有了办法！假如今天有人给我五百块钱的薪水，而名义是书记，我宁愿意饿死！

佟继芬：这也有些真理！

方心正：佟小姐，你也是个了不起的女子！一般人是绝对不会了解我这点苦心的！更坦白更深刻的说吧：我宁可去欺骗，也不肯手背朝下去求救济！我今天求了你，是因为小姐你能了解我！看见没有？我的手直颤，这是我生平第一次说

老舍 / 283

真话！

单鸣琴：（从老远就喊）佟小姐！佟小姐！（进来）你可真行！我怎么打，也打不开这个皮包！钥匙随身带着呢，是不是？

佟继芬：大概是！（立起来，接过皮包，微笑着掏胸前小袋，把皮包打开）方先生，你拿五十块钱去吧。

方心正：佟小姐，这可是暂借，日后一定偿还！鸣琴，不过三五天，我必定来接你，连佟小姐也接到城里去玩上几天。

佟继芬：我父亲的大衣——

单鸣琴：好在他马上就回来！心正，从结婚到今天，咱们没分离过一天，我真……（很难过）

方心正：鸣琴，要坚强，挣扎！佟小姐，我可把她托付给你了！（往外走）

单鸣琴：（追着他）心正，达灵！快回来呀！噢，心正，路过诊疗所的时候，把欧阳小姐请了来！

方心正：她肯来吗？

单鸣琴：你就说我和佟小姐都不大舒服，大夫和看护一听说有病，就忘了以前的事了！快回来呀！（看他走去）唉！

佟继芬：你教欧阳雪来干吗？

单鸣琴：为办你的事，要办就急不如快！

佟继芬：我看这全是胡闹！

单鸣琴：我完全出于至诚！我不忍看我们这样的女子入了尼姑庵！

佟继芬：闹出笑话来呢？

单鸣琴：你是又怕，又要试试！

佟继芬：怎么？

单鸣琴：要不然你干吗留住我，不教我同心正一块儿走呢？

佟继芬：我什么时候留你来着？

单鸣琴：你可没坚决的教我走，不教我走就是有意留住我！

佟继芬：你呀，鸣琴，真教我没了办法！好吧，你等着她吧。我不能见她，不屑于见她！（要走）

单鸣琴：都交给我办吧！请放心，我决不会把事情办坏了！（芬下，单看着她的后影，点头微笑。方轻轻的上来）你请了那个小看护？（方点头）好，拿来！

方心正：（拿出刚才得来的五十元）还是老办法？

单鸣琴：当然！把钱全数交给太太的，才是摩登的好丈夫；这个原则我永久不变！（接钱）

方心正：我真得上重庆吗？

单鸣琴：当然得去！五十块钱，一件大衣，还不走？再说，你还得去上任呢！

方心正：你呢？那件婚事有成功的希望吗？

单鸣琴：管它成功不成功，至少我还得教佟小姐再开两次皮包！你去吧！

方心正：光是这件大衣，恐怕不会把我送到重庆吧？

单鸣琴：拿去！（给钱）二十块！

方心正：起码也得平分吧？

单鸣琴：难道你就死吃这二十块，不再作别的活动？

方心正：没有你跟着我，我就失去了灵感！

单鸣琴：起码有那个秘书的事呢！画画的必是名家，常来常往的必是些阔人，你大有可为！走吧，我祝你成功！别忘了实业公司，那最时髦！

方心正：也祝你成功！（要走，又回来）看在夫妇的爱情上面，再多给我五块！

单鸣琴：给你！努力呀，要对得起我呀！

方心正：（接钱，刚要走，欧阳匆匆的进来）欧阳小姐，你们谈谈吧！我还得上重庆去！办实业真麻烦死人！（下）

老 舍

单鸣琴：（向他喊）喂！回来的时候，别忘了带几听炮台烟来！欧阳小姐，请坐！

欧阳雪：我正忙，不坐了吧。你不舒服？

单鸣琴：我很好！你忙，咱们快快的说！欧阳小姐，秦大夫是不是有点爱佟小姐呢？

欧阳雪：这又是什么把戏呢？你们有工夫，可以一天到晚搞这些无聊的事！我忙，我不能陪着你们玩！（要走）

单鸣琴：稍等一等！我求求你，只是这一次，决不再麻烦你！我只求你对佟小姐说一句话！（拉住欧，喊）佟小姐！佟小姐！快来呀！（向欧）只求你说一句话，说秦大夫有点爱她！千万！千万！

佟继芬：（慢慢的进来）干吗？（看见欧，但未招呼）

单鸣琴：欧阳小姐说了——（转向欧）你说呀！

欧阳雪：唉！我真不明白你们是干什么呢！

单鸣琴：你说！你说！

欧阳雪：好，我说！秦大夫——

单鸣琴：对！秦大夫！

欧阳雪：秦大夫和我本来预备上前方去。大家知道我们是上前方，谁也不便拦阻我们。可是，你们吹出风来，说是把秦大夫撤差，弄得大家和附近的老百姓全联名来挽留我们，这是何苦呢！前方急需医生护士，可是秦大夫的心软，一见百姓们留他，他又拿不定主意了！你们瞎闹你们自己的事还倒罢了，为什么妨碍别人的正经事呢！你们难道就不晓得现今是在抗战？瞎闹些什么呢！

单鸣琴：那么秦大夫不走了？

欧阳雪：不晓得！（下）

佟继芬：（又要昏倒的样子）这就是你的好办法！（坐下）

单鸣琴：这个消息太好了，秦大夫能够留在这里，咱们还不是十拿九稳吗？

佟继芬：不要再说了！

单鸣琴：我们得设法把秦大夫马上请来！

佟继芬：不要再说了！成不成？

单鸣琴：请他来给秘书看看病，他就不疑心是秘书要撤他的差了不是？对！对！请他来给秘书看看病！

佟秘书：（换上了长袍马褂，轻轻的走进来）给谁看病？

单鸣琴：哟！（急忙过去搀他）你老人家怎么不多躺一会儿？你的病好了点吗？

佟继芬：（立起来）爸爸，今天怎样？

佟秘书：（慢慢的坐下）我没什么病，只是心里不痛快！

单鸣琴：秘书，就放开了心吧！心正啊，已经找到了事，上了重庆。

佟秘书：什么事？

单鸣琴：秘书！

佟秘书：什么机关的？

佟继芬：图——（但没有抢过单）

单鸣琴：土产委员会的。

佟秘书：没听说过这么个机关！

单鸣琴：新成立的！

佟秘书：主任委员是谁？隶属哪一部？他是什么阶级？

单鸣琴：他急着忙着就走了，我没能细细的问他。是不是？佟小姐？

佟继芬：（用鼻子）嗯哼！

佟秘书：这是对的！我们书香门第的人，还是在政界活动；作买卖，无论怎样，总有些不体面！

老舍 / 287

单鸣琴：秘书的意见和我的完全一致！这就好啦：心正找到了事，我暂时在这里帮帮小姐的忙；等心正在重庆安置好了，我再进城，也请小姐去玩几天；一切的一切慢慢的就都上了轨道。只有一件不大放心的，刚才我正和佟小姐商议，就是秘书的病。年纪到了，万不可大意，总得请大夫看看！

佟秘书：这个鬼地方，找不到医生！

单鸣琴：秦大夫还没走！

佟秘书：他？他来到，我的病就加重三分！

单鸣琴：秘书别太为难了小姐，她是一片孝心！

佟秘书：我不准他进这个门！

单鸣琴：噢，我去看看他，问问他秘书该吃些什么药？

佟秘书：你去，是你的事，与我无关！

单鸣琴：好，我去问问！（向芬递了个眼色，又用手比划了一下，意思是把大夫请来。芬未置可否。下）

佟继芬：爸爸，干吗穿起马褂来了？

佟秘书：哼！（沉默了一会儿）他们说我不明白抗战，不适宜于作抗战时期的官吏。好！我偏穿上长袍马褂，教他们看看，看谁能把我赶出去！

佟继芬：谁说的！谁说的！

佟秘书：说我悲观，说我懒散，甚至于说我勾通汉奸！

佟继芬：勾通汉奸！谁说的？

佟秘书：（慢慢的把那封怪信掏出来，手有点颤）那天，我一接到这封信，就知道其中必有故典。你看，笔迹是熟人的，是同衙门的人的，可是不直接的送过来，偏转个弯先送到重庆办事处，又由那里交到这儿的号房，是不是有毛病？

佟继芬：一定！是谁的笔迹呢？

佟秘书：看着眼熟，可是不能断定是哪个人的。我没那么大的精神佟秘书：去调查。我本想教于科长替我调查一下，可是近来我连他都有点怀疑了！

佟继芬：怎么？他不是爸爸一手提拔起来的吗？

佟秘书：我想，他准知道这些事，可是他一味的敷衍我，不对我说实话！他要八面讨好，不得罪一个人，我明白！

佟继芬：爸爸给我看看！（要信）

佟秘书：你不能看！你要是看过了，恐怕你就连一声爸爸也不再叫我了！

佟继芬：是无名信？无名信永远没什么用处！

佟秘书：这封无名信是个例外，里面说我勾通汉奸，而且有证据！

佟继芬：有证据？爸爸，有证据？

佟秘书：欲加之罪，何患无词？你记得你的陶二叔？

佟继芬：陶平甫叔叔？

佟秘书：（点头）他在"那边"呢！他给我来过信，问好的信。他虽然是在"那边"，还不忘旧，来信问候我，我不能不给老朋友个面子，所以就回了他一封信！

佟继芬：你怎么写的？爸爸！

佟秘书：也是问候的话！

佟继芬：没说别的？

佟秘书：嗯——我发了点牢骚！

佟继芬：爸爸，你怎能那么大意呢？

佟秘书：继芬，连你也责备我吗？也不了解我吗？

佟继芬：爸爸，我——

佟秘书：（立起来）你想想看——这里的家，上海的家，都放在我老头子一个人的肩上！儿女尽管不孝，我不能不作慈父！你的曾祖父，你的祖父，都是进士出身，不能由我这一代败落了家风！我自己作官二十多年，不能在今天丢落了身分，可是我现在连小大英的香烟都不敢吃！我也穿上制服，听人家喊一二也跟着唱党歌，还教我怎样呢？我能不发牢骚？（怒气冲冲的坐下）

佟继芬：爸爸，先别生气！我明白！我明白！

佟秘书：都是什么东西，偷拆我的信！而且拿我的信作证据，说我勾通汉奸！

佟继芬：我看，没多大关系！他们还能把你怎样了?!

佟秘书：哈！他们也许借此……反正我决不辞职，决不辞职！有胆子，他们免我的职好了！作了一辈子官，落个免职，我——我……

佟继芬：他们不敢！

佟秘书：也不敢说，我简直不认识这个世界了！可是我并不心虚，我自幼所受的家教，所读的书，所经验的官场的人情世故，教我知道自己并没有错处！

佟继芬：（忽然一软的坐下，低泣）假若，假若，呕，爸爸，假若他们……咱们怎办呢？

佟秘书：继芬，继芬，爸爸有办法！有办法！没有秘书，佟景铭就根本不存在了！我豁出这条老命，去干，去活动！继芬，我会教你看看，丢了秘书，我会来个厅长，或者大机关的处长！咱们有朋友，有资格，有活动的能力！我马上到办公处去，发信，发电报——我的信上电报上的人名官衔，就能把跟我捣乱的小子们吓得发抖！

于科长：（上。抱着许多东西，如挂面、藕粉，果子露之类）哟，佟秘书，您起来啦？身体怎样？啊！佟小姐，我给秘书由城里带来些（一边说一边放东西）不值钱的吃食，乡下什么也买不到！

佟继芬：（忙擦了泪）这是干什么呢，于科长！

于科长：小意思！小意思！

佟秘书：（稍一欠身）谢谢啊！坐！（把信又藏起）

于科长：（坐）秘书不要紧了吧？

佟秘书：说不上什么病，只是心里不痛快！那个姓周的书记呢？

于科长：早滚蛋了，前几天我就把他开除了！

佟秘书：中国将来怎么好呢？这群年轻的是既不读书，又不知礼，何以继承我们这一代的文化呢？

于科长：秘书倒不必忧虑，他们活到三十岁以上，就慢慢的懂得事体了！

佟秘书：继芬，倒茶呀！

于科长：千万别客气，佟小姐！徐嫂又走了？今天下午我就给您送个老妈子来，一定！唉！单是老妈子问题就弄得我头昏眼晕，简直没办法！

佟继芬：（借机会出去）我看看我屋里的暖瓶里有没有水。

于科长：别客气，我们是自家人。

佟继芬：先坐一会儿呀，于科长！（下）

佟秘书：于科长，对秦大夫和那个小看护都怎样处治了？

于科长：我还没办！可是已经吹过风去，要撤换他们，教他们晓得晓得！他们要是知趣呢，赶快来向秘书道歉，我想事情也就可以过去了！我也实在为难！

佟秘书：（摇头）不是办法！

于科长：我实在为难！呕，秘书，有个相当好的消息！

佟秘书：还有好消息？

于科长：老赵啊，又教我拉回来了！他不是要随秦大夫一同走吗？我对他说，我能给他谋个差事。

佟秘书：老赵还会作官吗？

于科长：所以才打动了他呀！我说，有钱而没有地位，不但身分

老舍 / 291

低，而且还许有点危险！面子要是钱作的，地位就是钱财的保险柜！我这么一说，他受了感动，决定和咱们合作。这是争夺战，咱们胜利了！我已经借给他一身旧洋服，教他先练习练习。他待一会儿就来看您。

佟秘书：于科长，我对这件事不很感觉趣味！

于科长：秘书，您不用管，把事情都交给我去办，您只要出个名就行了！

佟秘书：我的姓名似乎不好和老赵并列吧？我问你，于科长，你知道我近来为什么——

于科长：等一等，佟秘书，大概是老赵来了。（立，出迎）赵先生，来吧！呕，单小姐，方先生呢？

单鸣琴：（同赵上，赵穿着旧洋服）心正上重庆了。秘书，秦——

佟秘书：待会儿再说！

赵　勤：佟秘书，您看我这个样好看吗？

佟秘书：嗯——

赵　勤：于科长，我受不了这份儿洋罪！（不住的拉领子）

于科长：谁教你把领带系得这么紧呢？领带是个装饰，不是为勒死自己的！（给他收拾）

单鸣琴：赵先生，穿惯了就好了！（指他的口袋）这鼓鼓囊囊的是怎么回事啊？

赵　勤：洋服的口袋多，我想啊，口袋都装满了东西，才显着阔气，所以把破袜子什么的都塞在里面了！

单鸣琴：（用力禁止自己笑出来）唉！相反的，洋服的口袋不要多装东西！

赵　勤：那么要这么多口袋干吗呢？

于科长：单小姐，你去，和佟小姐，给他详细的说明一下，好不好？

单鸣琴：好哇！赵先生，你来，我细细的告诉你！

于科长：连怎么握手，怎么抽烟，都告诉明白了他！

赵　勤：我不会吸烟！

于科长：有备无患！赵先生，我们在一个星期内，必能教你成个最体面，最有身分的人！

单鸣琴：你跟我来，我喜欢教给你！（与赵同下）

于科长：行了！行了！一定能成功，老赵相当的聪明！

佟秘书：我不大赞成这个办法！

于科长：可是除此以外，咱们别无良策呀！物价是这么高，咱们的收入并没增多，再不设法弄点资本，作点买卖，咱们还怎么活着呢？再说，咱们又都是讲体面的人，不能不交际应酬，一场小牌打下来，就许输上一二百块；心里难过，脸上还得带出满不在乎的样子来；咱们太苦了！太苦了！

佟秘书：苦是苦哇，可是咱们应当另想办法，不能把身分降落到和商人一般儿低！

于科长：秘书，您是没看见！我这次上重庆，都看见了！单说咖啡馆吧，一块六，甚至于两块，一杯咖啡；看，夜里十二点，坐着满满的人！再细一看，没有一个公务人员，而都是那能把握住时代的老少男女！不说屈心话，我真看着眼红！老赵呢，有我调动他，他不至于不肯拿钱；我自己呢，又有几年办事务的经验；再加上您的地位名望，我们是百无一失！（坐）

佟秘书：由作官而发财，名正言顺，自古为然！作生意——

于科长：可是，秘书，咱们有马上升官的希望吗？秘书，（掏）在重庆，朋友送了我几枝炮台烟，我给您留着两枝！（献烟）

佟秘书：（微笑了笑）一人一枝吧！（拿起一枝）唉！这枝烟引起我无限的感慨！（点上烟）你问我，有没有升官的希望？

于科长：（吸了一口）到底炮台是炮台！是，秘书！咱们能有马上升官的希望吗？

佟秘书：我先问你，假若现在你的地位有点不稳，你怎么办？

于科长：那我干脆就作买卖去！

佟秘书：假若是我呢？

于科长：您？秘书您这几天是怎么了？您怎么老说这种不吉祥的话呢？

佟秘书：我——（要掏那封信，又不敢，立起来愣了一会儿）我真不明白你！

于科长：不明白我？怎么了？

佟秘书：好吧！（又颓然的坐下）没什么事！我只告诉你这一点——假若我丢了现在的官职，我就还是在政界活动，决不另找出路！你的方法多，我的气魄大！是的，我马上就得动手，在我死后的讣文上还不能只印上个秘书！我问你，你说我要往外面发展，譬如说弄个省政府的厅长，怎样？

于科长：好哇！您有路子吗？

佟秘书：路子是很多，不过——厅长总是外官，而且也许太累，我的身体不行了！还是在京里，弄个司长，比较更合适一点；这，我也有路子！

于科长：可是，在您没得到十分把握以前，别先冒险辞职呀！

佟秘书：决不辞职！多在这里一天，就多能给他们些个难堪；他们不顾面子，我也不便分外的客气！不过，他们要免我的职呢，怎办？

于科长：免职？我劝您还是躺躺去吧，您的身体必定是不大好！

佟秘书：你一点也不帮助我了？（又要掏信，又不肯）凭你的眼观六路，耳听八方，能不知道？

于科长：我知道什么呀？以我的年纪经验说，我只配作您的儿子，这总算说到家了吧？您为什么老跟我这么吞吞吐吐的呢！

佟秘书：（受了感动似的连连点头）说的好！好！在官场年久了，我不能不时时处处留神，也许我错想了你！好吧，我的苦痛，我愿自己忍受，不必再说了！我想你不能是个"吃里扒外"的人！好，我只求你一件事！

于科长：什么事？我必尽心给您办！

佟秘书：假若你听见什么风声，要赶快来告诉我；可不准教继芬知道了！我，没关系；她，受不起打击！

于科长：风声？打击？我一点也不能明白！

周明远：（上）佟秘书，于科长！

佟秘书：你又干什么来了？

于科长：（立起来）周明远，你敢在这里胡闹，我教巡警抓你！

周明远：用不着，我是来给佟秘书道谢！

佟秘书：去，去，去！我没工夫跟你说话！

周明远：（仍坦然的）您没工夫，也得听我说完了！

于科长：不要胡闹！你丢了差事，是你自己的过错，不能怨别人！

周明远：佟秘书总多少有点过错！他教给我要面子，讲身分，可是又随便的开了我的差！简直是随便拿人开玩笑！不讲人情，不管真理，你们只有一张比纸还薄的面子！现在——

佟秘书：不要再说，滚出去！

周明远：听我说完了！

于科长：周明远，你是不是来求点钱，或者还求个差事？

周明远：我既不缺钱，也不求事！你们以为一个人抹了你们的面子，马上就可以饿死？并不那么容易！

佟秘书：你这是成心来捣蛋！

周明远：我来给你道谢！你开除了我，我倒得着了点好事，塞翁

老舍 / 295

失马!

于科长：噢，你得着了好事？（柔和多了）请问，什么好事？

周明远：我上张司长家里教书去了!

于科长：（坐下）噢，不过是教书哇!好了，好了，别彼此耽误工夫，请吧!

周明远：我还有点重要的消息，要报告给秘书!

单鸣琴：（同芬、赵上）哟，周先生!又来请客吗？

佟秘书：鸣琴，你不觉得难看吗？

单鸣琴：那算什么呢？于科长，你看赵先生有个样子了吧？

于科长：（打量赵）好多了！就这个样出去，你说你是什么委员，都得有人信！（转向周）你请吧，我们还有事！

周明远：等我报告完了，在张司长家里，我听到了一点消息：大概不久部里有些人事上的变动。

于科长：真的？

周明远：我永远不说谎话！

于科长：怎样的变动？有我的事没有？

周明远：叫我慢慢的说！前天晚上，次长，还有好几位重要的人，都在张司长家里吃饭。

于科长：可惜，那天我正在重庆！

佟秘书：有刘司长没有？

周明远：没有。

佟秘书：没有？好！

周明远：他们说了许多的事，我只听到了一部分。他们说，佟秘书大概——

于科长：怎样？

周明远：跟我一样！

　众：什么？

佟秘书：（唇发颤）什么？

周明远：恐怕得免职！

众：免职？

佟继芬：噢，爸爸！

佟秘书：继芬！不准这样，周书记，你说完了？

周明远：说完了！

佟秘书：你以为这就可以出了气，报复了我开除了你的仇？我告诉你，我的办法还多着呢！你滚出去！

周明远：（冷笑，要走）

于科长：等一等，周先生，咱们一块儿走，我还要问你点事！（急忙把桌上的礼物收拾起来）

佟继芬：（对于）你干什么？

于科长：佟秘书的病已经好了，我把这些东西送给别人去，咱们是自家人！

佟继芬：呸！不要脸！

周明远：噢，于科长，我还忘了说，大概你也——

于科长：我？我怎么了？我并没说过悲观的话，没勾通过汉奸，怎么有我呢？

佟秘书：我的事你知道？你这个八面讨好的人！

周明远：（对于）你讨好太过了，他们说你是佟党！

于科长：佟党？（把东西又放下，对佟）您看，我还是您的人不是？您连累了我，还倒骂我？我太冤了！

佟继芬：你还冤？你怎么不早早告诉父亲一声来呢？

于科长：以往的事不必提了吧。我有我的难处，我有我的办法，我的官职小，不能得罪任何人！我明知道谁要失败，我还得敷衍他：宦海升沉，哪有准呢？连这么着，人家还说我是佟党，我冤枉不冤枉？

老舍 / 297

周明远：不仅是佟党，你大概还有金钱上的毛病！

于科长：这是侮辱我！侮辱我！我要是肯赚钱的话，还能这么三分像人七分像鬼的穷相？！

佟秘书：（立起来）周书记，你可以满意了吧，羞辱了我这么半天还不够吗？

周明远：啊——佟秘书！我，我，要不是前几天你那样对我，我决不会办出这种事来；我，唉！都是为了一点臭面子！（走出去）

佟秘书：（微颤着，看他出去，问于）你怎样？

于科长：您说怎样？噢，咱们既是一同失败了，就还一块儿干吧！您的声望，我的经验，老赵的钱，咱们——

佟秘书：我没有了声望，什么也没有了！免职就是死刑！

于科长：怎办呢？

佟秘书：你也请出！

于科长：好！赵先生，咱们一同走吧？（又去收拾那些礼物）

赵　勤：你先走吧，我再等一等！

于科长：那么我先走一步了，咱们家里见！（抱着东西走了两步，又回来）呕，我把挂面给您留下吧，您过两天要是愿意跟我合作，就再通知我一声！

佟秘书：你滚！（把挂面扔出门外。于下）鸣琴，你呢？

单鸣琴：我到城里找心正去，看他有什么办法没有？我看哪，周明远的话未必可信，先别着急！即使他的话是真的，好在免职的命令还没下来，赶快想办法，还能来得及！

佟秘书：免职的命令下来，我早就——

佟继芬：噢，爸爸！

单鸣琴：佟小姐，别着急！我上重庆去想办法，大衣我借穿几天啊，改日送来！赵先生，别忘了入股！（下）

佟继芬：爸爸，免职？能够吗？

佟秘书：不要再说那两个字！

赵　勤：佟秘书，我可以帮忙不可以？

佟秘书：（看了赵一会儿）没关系！部长，次长，都是熟人，他们不会把我——

佟继芬：爸爸，就马上去活动呀，别再耽误着！

佟秘书：我有办法！我马上去！呕，我的头晕！（晃了几晃）

佟继芬：（搀住他）那，你就先休息休息！

佟秘书：（坐下）有办法，不忙！不忙！

秦医官：（上）佟秘书，什么病？是不是感冒？

佟继芬：（拉住秦）秦大夫！秦大夫！

佟秘书：继芬，小姐的身分！（芬放手）秦大夫，你干吗又来了？

佟继芬：噢，爸爸，不是单鸣琴把他请来的吗？秦大夫，这到了你该明白表示态度的时候了！

秦医官：表示什么？秘书到底有什么病？

赵　勤：不是病，大夫！

秦医官：不是病，找我干吗？

佟继芬：爸爸的差事……

佟秘书：继芬，你！

佟继芬：呕，秦大夫，你认识两位司令长官，不能给父亲想想主意吗？

秦医官：到底是什么事呢？

佟秘书：继芬，你要是不顾佟家的脸面，你跟他走好了！

佟继芬：秦大夫，你能不能带我走呢？

秦医官：带你走？你会干什么呢？

佟秘书：继芬，你好狠心！你会说出这样的话来！

佟继芬：爸爸，我——教我怎办呢？好，好，我决不会离开你！

老舍 / 299

佟秘书：这就对了，咱们要死，死在一处！秦大夫，我一向看不起你；今天，我求你件事，告诉我，怎样的死才更体面一些？

秦医官：秘书是不是热度很高，烧得胡说？（过去，摸他的脉）

佟秘书：（撤出手）告诉我，怎样自杀好？

秦医官：我只会救人，不能劝人自杀！

赵　勤：秘书，怎么为这点事就要投河觅井呢？难道不作官就得死？天下没作过官的人多了！问问秦大夫！

秦医官：老赵，到底怎回事？

赵　勤：刚才周书记来说——

佟秘书：老赵，没你的事，你可以走啦！

佟继芬：秦大夫，周书记说——

佟秘书：继芬，我都快死了，还不给我留点脸吗？

佟继芬：秦大夫，大概不用我说，你也可以明白了，你说我怎么办呢？

秦医官：我不明白！我没办法！你们的病，我治不了！

佟继芬：你是不是有点——喜欢我呢？

佟秘书：继芬，身分！

秦医官：对不起，我得走了，我弄不清这都是怎么回事！

佟继芬：你不能走！（又要拉他）

佟秘书：继芬！

赵　勤：佟秘书倒是真有了难处，秦大夫你帮帮忙！

秦医官：除了治病，我什么也不会！

佟继芬：我怎么办呢？

佟秘书：秦大夫，老赵，走吧！继芬，我想起来了，吃安眠药比上吊跳河都更体面一点。继芬，咱们有了办法！

佟继芬：噢，爸爸！（哭）

佟秘书：秦大夫，我想的对不对？安眠药！安眠药！

**秦医官**：怎么回事呢？

**佟继芬**：呕，秦大夫！

**佟秘书**：继芬，小姐的身分！

　　选自老舍编著：《面子问题》，顾一樵主编："建国文艺丛书"（第一集），正中书局，1941年

# 阳翰笙

|作者简介| 该作者简介参见第一卷四幕剧《前夜》。

## 塞上风云（四幕剧）

（节选）

## 第一幕

时　间：

一九三七年六月

人　物：

金花儿　妈妈　郎桑　迪鲁瓦　丁世雄

景：

　　塞外漠野中的一山麓下，有三三两两的蒙古包在那儿丛立着。包侧，孤零零的立着一根拴马桩，包后沙丘上边，有一两排木栅，远远的横立着。

　　时，夕阳已渐西沉，蒙古包前一望无垠的沙漠里，不时传来三两声驼铃的清音，将这死一般沉寂的空气，轻轻的划碎。

铃声响后,金花儿的歌声,紧接着从远处山边传了过来。

迪鲁瓦和金花儿的妈妈站立在蒙古包前,两人一闻金花儿歌声,都凝神的倾听着。

**金花儿唱**:阴山山路弯且长,
　　　　　草原千里闪青光。
　　　　　你赶着马儿朝山上走,
　　　　　我牧着羊儿向草中行。
　　　　　你说:
　　　　　你像狮儿也像狼,
　　　　　你的蛮劲儿能够拔山冈。
　　　　　我说:
　　　　　我只要把牧羊鞭儿点一点,
　　　　　管叫你这只狼儿就要变成一条小黑狗,
　　　　　你这头狮儿就要化作一只小白羊。
　　　　　瞧你还会在我面前猖狂不猖狂!

**妈　　妈**:你听我金花儿的歌唱得多么好听啦。

**迪鲁瓦**:(不快意)唔,真好听!

**妈　　妈**:你怎么不唱一首来和和她呢?

**迪**:和她!我可和不来。

**妈　　妈**:你从前不是常常都跟她一块儿骑着马在那边山脚下唱歌的吗?

**迪**:现在我可一句都唱不出来了啦!

**妈　　妈**:那为什么呢?

**迪**:谁知道是为了什么!

**妈　　妈**:瞧你们年轻人真好玩儿,分明两人儿心里都快要热得冒烟了,却偏喜欢常常闹闹小别扭,怎么啦,你们两人儿又吵

阳翰笙 / 303

了什么嘴了吗？

迪：谁敢跟您那位大姑娘吵嘴！

妈　妈：是不是金花儿又得罪了你？

迪：您去问她好了！

妈　妈：（笑）哈哈，我去问她！你们两人儿间的事儿你都不好意思说出来，我做妈妈的又怎么好去问她呢！

迪：妈妈，难道您老人家没有眼睛么？

妈　妈：啊，傻孩子！妈妈这对老花了的眼睛，连瞧自己草场上的马儿羊儿都还来不及，那还有闲功夫来瞧你们两人儿间的事儿啦。

迪：谁要您光来瞧我们呢？您老人家的眼睛不好睁开一点的张大一点么？

妈　妈：你，你，你这是什么意思？

迪：您老人家还不懂么？

妈　妈：我不懂。

迪：我说，只要您老人家的眼睛睁开一点，张大一点，多向四面八方瞧瞧，您就不要我说，您也可以懂了！

妈　妈：你的话越说我越糊涂，我还是没有法儿懂。

迪：这么说，那真要怪您老人家的眼睛老花了！

妈　妈：你这孩子真奇怪，有什么话为什么不痛痛快快的对我说，你对我也这样吞吞吐吐的干什么！

迪：妈妈，您真要我痛痛快快的对你说吗？

妈　妈：你说啦！

迪：（愤然）这几天来，金花儿跟丁世雄那蛮小子打得那么火热，难道您老人家真没有瞧见吗？

妈　妈：（一惊）瞎说，丁世雄是我儿子郎桑的朋友，他是一个很懂规矩的汉人，你不能这样瞎起疑心！

迪：哼，还怪我瞎疑心！我问您：妈妈！丁世雄那小子又没有什么多的事儿要办，他老待在咱们这个沙漠地方干什么！

妈妈：完全是郎桑苦苦的留他，他才在这儿多玩几天的，明儿早上他就要走了，我真没有料到你的心眼儿也会那么窄。

迪：（愤恨）哼，还要怪我的心眼儿窄！您再要这么说，我真恨不得把那蛮小子抓来宰了！

（金花儿唱着歌走了过来。）

（妈妈瞪了他们一眼，向蒙古包后走了进去。）

（迪鲁瓦愤然的立在那儿，不理金花儿，金花儿舞动着手中牧羊的鞭儿，装着没有瞧见他似的，跳着也向蒙古包后走了过去。）

迪：金花儿，过来！

金：你叫我干吗？

迪：我叫你走过来！

金：我问你究竟叫我干吗？

迪：（怒）你过来啦！

金：（走近）好，过来就过来。有什么事，你说啦。

迪：我问你：你上那儿去来？

金：（冷冷地）我牧羊儿去来。

迪：你一人儿去的吗？

金：两人儿啦。

迪：（惊疑）两人儿？还有谁？

金：噫，你忘了吗？我还有一个爱人啦！

迪：爱人！我知道，（切齿）我知道你还有一个爱人！

金：（冷笑）是啦，我不是曾经告诉过你吗？我现在正热爱着我身边那条大白花狗儿啦。

迪：哼，大白花狗儿！你以为我是傻子么？

阳翰笙 / 305

金：我知道你人很不傻。

迪：（气冲冲地）老实告诉你：我的眼睛还没有瞎，什么事儿我都看得很清楚！

金：（微笑）那就很好啦，（媚态）那末，你为什么不用你那亮睁睁的眼睛来多瞧瞧我呢？啊，我的小黑马儿！你老这么气冲冲的望着那边的天上干什么？（以鞭儿轻拨迪头）快把你的头掉过来！把你的心眼儿放宽一点吧！就这样专心专意的多瞧瞧我！你听到没有？你怎么啦？你的眼睛老是那样东张西望的干什么！

迪：（无语，只痴痴的站着，听她摆布。）

金：（娇笑着）你瞧我的脸儿很红润吧？

迪：（闪了一下）很好。

金：我的眉儿呢？又黑又浓吧？

迪：是的，又黑又浓。

金：我的眼儿呢？你怎么啦，你的眼睛又望到什么地方去了？我要你瞧瞧啦！

迪：我不是在瞧吗？

金：你说，还不错吧！

迪：简直像一条饿慌了的母狼的眼睛一样，那还会错！

金：（笑）哈哈，你这句话真俏皮极了，你这个人看起来又粗又笨，真想不到你说起话来却这样的聪明，你再说吧，我头上披的花巾儿，我身上穿的大红袍儿，都很漂亮吗？

迪：穿在你身上的东西，还会有不漂亮的么！

金：你很喜欢我这样穿戴，是不是？

迪：（点头）唔。

金：你爱听我一人儿立在山边上唱歌，是吗？

迪：（痴望着她）是的。

金：你喜欢瞧我骑着雪白的马儿挥着长长的鞭儿跟别人飞也似的在草场上赛跑，对吗？

迪：（仿佛灵魂都被她摄去了似的痴痴的望着，不知用什么话回答的好）对。

金：（娇笑）你心里很恨我，恨不得把我一刀杀死，一把捏死好叫你心头痛快痛快，是不是？

迪：（感情激动，猛然飞奔过去，抱着她）啊，金花儿，我怎么忍心杀你啊！你真是一只可爱的小黄羊，我真恨不得把你一口咬来吞了，啊，咱们快一点儿结婚吧，快一点！假使再这么拖延下去，我实在不能熬受了！

金：（挣开）你慌什么呢？

迪：你叫我怎么不慌啦。那是你知道，我去年为了给你买那件结婚的头套，我还欠了兴蒙公司二十匹马，一直到了今天都还没有缴清呢！

金：谁稀罕你去买那些又笨又重的东西！我真不懂，你们男人们为什么对于讨老婆那么感兴趣。

迪：你说这种风凉话干什么啦，我老老实实的告诉你，这一两年来，我实在常常都在热望着，咱们结婚的日子很快的能够到来，到了那时候，咱们可以一块儿在山冈上跑马，可以一块儿在草地上赶羊，可以一块儿在山腰间的帐幕里，你一口我一口的嚼着羊肉，你一杯我一杯的喝着奶茶，而且到了一个有星儿月儿的晚上，咱们更可以合披着一条毛毡，坐在山间的石上，瞧瞧那边沙漠，看看这边的草地，听听满山满谷的马儿羊儿的嘶鸣，唱唱那些叫人心里发跳的山歌小调，等到你玩得疲乏了想瞌睡了，我还可以轻轻的把你抱进帐幕，（一把抱起她）紧紧的把你搂抱在我怀里。啊，金花儿！我要你想想，那该是多么有趣味的生活啊！

金：你把咱们婚后的生活看得那么甜蜜。可是对不起得很，我的小黑马儿！我却觉得也不过如此啦。

迪：你懂得什么！你只要跟我结了婚，你就可以咀嚼得出来，婚后的生活对于一个女人是怎么样的重要了！

金：这么说，你仿佛很有结婚经验似的，是吗？

迪：瞎说，我跟谁结过婚！咱们这个地方，谁不知道我迪鲁瓦还是一个从没有接近过女人的好男子！

金：（冷笑）啊，那可真难得了，在咱们蒙古这个地方，像你这么大的年纪，还是一个比处女还要纯洁的处男，那可比海底下的珍珠还要值得宝贵了。

迪：（热情地）啊，金花儿，你别老跟我谈这些风凉话！我请求你，我诚诚恳恳的请求你：马上就去告诉你妈妈，咱们三天之后就结婚，你说好不好？

金：你这样着慌干什么呢！我瞧你真像一条狗！我不是对你说过吗？我是不高兴跟人结婚的！

迪：（惊异）你这话可当真？

金：谁跟你说假！

迪：你真的不对我说假，好，那末我问你，你是不是真的爱上了别人？

金：真的，我确是想去爱一个人，可是不瞒你说，我却还没有爱上。

迪：我知道，我知道你爱的是一个什么样的家伙！

金：你知道就得了啦，那又何必在我面前来多噜苏！

迪：可是我得提醒提醒你，你什么人都可以爱，却只有一种人不能爱！

金：你说的是那一种人？

迪：你真不知道吗？

金：真不知道。

迪：（愤然）那就让我来告诉你吧：就是那些开垦了我们的草地，骗取了我们的皮毛，抢夺了我们的牲畜，把我们从长城边赶到这儿的沙漠边来的汉人！你听清楚了没有？汉人！汉人！

金：汉人！汉人中不是也有很多好的吗？

迪：（切齿）好的！那儿会有好的！都是他妈的一些混帐无理的臭蛮子！

金：依你说，汉人中竟连一个例外的好人都没有了？

迪：没有！没有！绝对没有！

金：那倒不见得吧！告诉你，我可偏巧在汉人中碰着一个例外的好人啦！

迪：好人！那儿会有好人？这只能说是你的心眼儿被那个混帐小子迷着了！

金：（生气）迷着不迷着，都是我自己的事儿，用不着你来多管！

迪：哼，谁还敢来管你！

金：那就好得很啦，咱们这个地方的人，谁不知道，都是自由自在的生活惯了的，我在你之外，可以找一个把爱人来玩玩，这□是很普通的事儿，我真是从来都没有瞧见过有谁会像你这样的拈酸吃醋！

迪：瞎说！我不是告诉过你吗？你什么人都可以爱，只有我们的仇人你却不能爱！

金：（强硬）谁是我们的仇人，我可管不了你那么多！

迪：（愤极）金花儿！你真要不顾一切的乱干下去吗？

金：（毫不示弱）嗳，真的，你要把我怎么样？

阳翰笙 / 309

迪：你以为我不敢把你怎样么？

金：你敢！

迪：你以为我真不敢！

金：(屹然不动)你敢，你就请动手啦！

迪：(痛愤之至，直奔到金花儿面前)你这条该死的母狼，你以为我怕你么！

（迪鲁瓦一把抓着金花儿正欲怒打，妈妈闻声自包内奔出。）

妈妈：(怒斥)迪鲁瓦住手！你再要欺侮金花儿，我要叫郎桑了！
（惊呼）郎桑！郎桑！郎桑！

（迪鲁瓦一气而走，丁世雄从左角走了过来。）

（金花儿立在那儿装出很难过的样子，世雄却并不来抚慰她，望了她一眼就想朝蒙古包里走。）

金：(连忙叫他)世雄！过来！

雄：你叫我干吗？

金：你过来啦！

丁：有什么事吗？

金：你上那儿去来？

丁：跟你哥哥到那边山上去玩儿去来。

金：(娇笑)为什么你只跟我哥哥去玩儿，却总不跟我去玩儿呢？

丁：这得请你原谅！

金：你不觉得，你请我原谅的次数太多了一点儿吗？记得昨儿早上我约你在那边草场上去跑马，你一开口就对我说："请你原谅。"今儿中午我要你跟我一块儿去牧羊，你也开口就对我说："请你原谅。"现在你跟我谈不上三句半话又得对我说"请你原谅"起来了。我真奇怪，你们汉人说话，为什么总是那么样的客气！

丁：这不是我的客气，实在因为我对于玩儿的兴趣太少了，所以一直没有什么多的功夫来陪陪你，这真得请你特别原谅的！

金：（一笑）啊，得了吧，你再要对我说几次原谅，原谅，我真再也不敢跟你说话了。

丁：（窘着，无语）

金：我瞧你仿佛有许多秘密的事儿跟我哥哥商量似的，有时候一瞧见我走到你们的面前，你们都不说了，这几天来，你们究竟在商量些什么事儿啦，可以告诉我一点吗？

丁：（有点窘）我跟你哥哥不过瞎谈谈天罢了，那儿会有什么秘密不秘密！

金：是的，这也许是我的瞎猜瞎想。不过，我总觉得你这个人有点儿特别！你的肩上，仿佛担着无限的忧愁似的，你的眉儿总是那样紧紧的蹙着，你的眼儿总是那样呆呆的望着，有时候我还常常听到你叹气呢，你的心里究竟在想些什么？你跟我哥哥是两三年的朋友了，假如你不把我见外的话，我倒很希望你很坦白的同我谈谈。

丁：没有什么，没有什么，也许我的性情是那个样子，所以使你觉得有些特别，其实呢，我心里真像一张白纸样，简直可以说半点儿心事都没有！

金：（冷笑）真是这样吗？恐怕不那么简单吧？

丁：我为什么要对你扯谎呢！

金：其实你就对我扯扯谎有什么关系呢，你要知道，有时候一个男人在一个女人的面前故意扯扯谎也是很道德的，你懂我这话的意思吗？

丁：（嗫嚅）我，我不大十分懂。

金：（笑了一笑）你不懂？像你这样聪明的人，还会不懂得么？请你告诉我，听人家说，你们汉人中的女孩子是生得挺秀气的，是吗？

丁：这我倒没有十分留意。

金：听说她们都喜欢把眉毛画得细细的，把嘴唇涂得红红的，把腰儿扎得小小的，走起路来，总喜欢那么一袅一袅的，听说你们的诗人们总常常把她们比作小燕儿，小鸟儿，小猫儿，小松鼠儿，真吗？

丁：那倒不见得个个都是那个样子。

金：要是真的都是那个样儿，那倒很好玩儿啦。

丁：那有什么好玩儿呢，要是全中国的女人都像你所说那个样儿，那咱们中国早都完了！

金：听我哥哥说：你们家从吉林移居到咱们这儿一带的地方来开垦，已经整整的六年了，你有点儿思念你的故乡吗？

丁：怎么不思念呢！

金：你思念些什么？肯告诉我一点儿吗？

丁：我思念的东西多着啦。我思念咱们故乡，那儿的森林，那儿的矿产，那儿田中的高粱，那儿地里的大豆，那儿河中的流水，那儿山巅的积雪，可是这一切令人怀想令人热恋的可宝贵的东西，现在却早已经都完了，完了，连我们现在这个地方也跟我的故乡一样的完了，叫我怎么不常常去思念它呢！

金：可是你故乡那些小猫儿小鸟儿你就不思念了吗？

丁：那倒没有什么值得思念的！

金：真么？你不觉得你太薄情了一点儿吗？

丁：因为我根本没有跟谁家的小鸟儿小猫儿，发生过爱情，当然谈不到会有什么厚薄。

金：听我哥哥说：你在吉林住的那个中学堂是男人和女人天天挤在一起听课的，难道你竟连一个知心知意的女朋友都没有搭上么？

丁：没有！

金：你这人真会那么老实么？我倒还真有点儿不十分相信！

丁：信不信由你，不过你要知道，我那时候还是一个十四五岁的孩子啦。

金：（笑）哈哈，孩子！要是咱们这个方，一个十四五岁的孩子，却快要当爸爸了！

丁：（不耐烦）那是你们这儿，不是我们那儿啦！

金：是的，这也许就是我们之间的差别，不过……

丁：（连忙接口）不过，金花儿！我得请你原谅！我今儿实在跑得太疲倦了，啊啊，我不应该再对你说请你原谅这几字的！请你让我先到里边去休息休息好吗？

金：又没有谁死死的拉着你，你要休息你尽管去你的吧。（世雄刚转身走了几步，她又连忙叫着他）世雄！你别走！转来！

丁：（不快）你还要叫我转来干什么？

金：你是一个汉人，在一个蒙古女孩子的面前，你不觉得你这样的态度是很失礼的吗？

丁：那又得请你原谅了！

金：用不着！我问你：你是不是还可以在这儿待一会儿？

丁：当然可以。

金：我还有话跟你说。

丁：那就请快点讲啦。

金：我问你：你喜不喜欢我们蒙古这个地方？

丁：当然喜欢。

阳翰笙 / 313

金：你喜欢这个地方的那一些东西？

丁：那可多着啦，那千百成群的马羊，沙漠中慢步着的驼队，弥天漫地的狂风，满山满谷的冰雪，特别是你们这地方的男人，我真喜欢他们时彪悍，英勇，纯直，朴素，当我一瞧见他们骑在高高的马上，飞也似的在山野间奔跑的时候，真令我不能不在心里欢叫，瞧啦，这真不愧是成吉思汗的子孙啊！

金：听你这么说来，那你对于蒙古的女人是一定不喜欢的了？

丁：这，这个我倒还没有去想过。

金：（冷笑）那还用得着去想么！咱们这地方的女人，谁也不会画眉儿，涂唇儿，扑粉儿，扎腰儿，一个个都是粗手粗脚的，风来了不怕，雪来了硬挡，野狼来了，就要去追打，黄羊来了也要去捉捕，一年四季不管是寒是暑，从早到晚，不是在山坡上赶马儿，就是在草地下看羊儿，那怎么比得上你们汉人中那些小松鼠儿那样娇娇滴滴的逗人欢喜啦！

丁：你想错了，金花儿！我老实告诉你吧，我最讨厌的女人就是那些娇娇滴滴的废物！

金：那末你对于我们蒙古女人呢？

丁：我对于你们蒙古女人确很敬佩。

金：你的意思是说，你对于我们蒙古女人敬佩虽然很敬佩，可是心里喜欢却还是不喜欢，对吗？

丁：（非常烦厌）啊，金花儿！谢谢你，请你别老跟我谈这些女人的事情好不好！我赤裸裸的告诉你，我对于女人，不管她是小鸟儿也好，小野马儿也好，娇声娇气的也好，粗手粗脚的也好，我都讨厌！我都不喜欢！

金：（仿佛横遭了一下袭击似的）哦，真想不到你还是这样一条铁汉!

丁：是的，也许，也许我就是这样一条铁汉!

金：不过，你也得当心一下才好啦，也许有那种专门收服铁汉的人要来收服你，那你可怎么办呢!

丁：那我只好不管!

金：（开始进一步的来征服她眼前这条铁汉）好，你这人真英雄，不过你听我说，也许正因为你这样的不爱女人，在咱们这儿，却偏偏有一个女人硬要来爱你，你有点儿觉得吗？

丁：我看不见得吧，像我这样一个人，还有谁会来爱我!

金：天地间的事儿，怪就怪在这些地方，也许正因为你半点儿也不肯在女人面前低头，却偏有那样的女人一定要来爱你，一定要来死死的抓着你，你想，这不是一件很有味儿的事情么!

丁：这有什么味儿呢，像那样无聊的女人啦，依我说，简直是一个妖怪!

金：你不能这样随口骂人!你可知道那妖怪是谁吗？

丁：我怎会知道呢？我也不需要知道!

金：（态度强硬）你站过来!让我告诉你：那个热爱着你的妖怪就是我!你听清楚了没有？就是我!

丁：（吃惊）哦，是你!你为什么要这样呢？

金：像这样的事儿，还会有什么理由好讲的么!反正只要你知道我是很爱你的就得了。

丁：迪鲁瓦不是你的未婚夫吗？我不懂，你为什么要这样子!

金：这有什么关系呢!你的胆儿还是放大一点吧，我的事儿用不着你来替我着急!

丁：我才不替你着急呢!可是我要问你：像你这样，对得起迪鲁瓦吗？

金：（冷笑）哼，这有什么对不起他呢，你以为咱们这个地方也像你们东北那些地方一样么？请你放心，这些事儿本来不稀奇，你用不着大惊小怪！

丁：（懊恼）唉，金花儿！你不能这样！像迪鲁瓦那样纯朴勇敢的人，你不应该丢掉他的，你望着我笑什么？笑什么？你听清楚了没有？迪鲁瓦是好人，你不应该丢掉他！

金：谁说我丢掉他啦！瞧你这股傻劲儿，真会把人气坏了！像你这样的态度，简直是对我的侮辱！

丁：这又得请你原谅！

金：我用不着，我再也不愿意听你这句滥调了！我现在要大胆的问问你：你究竟对我怎么样？你究竟喜欢我吗？还是不喜欢我？

丁：这我可不能回答你。

金：可是我却非要你回答我不可！你快说，你快斩钉截铁的说！

丁：你真要逼着我说么？

金：你快说啦，老实告诉你，你不坦坦白白的对我说，就等于你站在我的面前大胆的辱骂我！

丁：那末就让我大胆的告诉你吧：我是不喜欢你的！

金：（气得发抖）这可是你的真心话。

丁：当然！不过，（停了一下）不过你要是不是蒙古女人的话，那可又当别论了。

金：（怒）怎么？咱们蒙古女人就值不得你欢喜吗？这么说可见你心里还是有偏见了。

丁：不！我丝毫没有偏见，我正因为要消除我们之间的偏见，所以我才不敢爱你！

金：你这话是什么意思？

丁：那还不明白么！要是我爱上了你，一定会引起你们这儿的人的仇恨的，特别是迪鲁瓦，他一定把我恨入了骨髓，也许还会来杀我的，这你总可以明白我的意思了吧！

金：真是一个胆小如鼠的家伙！我都不怕，你还怕什么！仇恨！像这样一点小小的仇恨你都怕，那还能干得出一点惊天动地的事儿么！

丁：啊，金花儿！你不能这样讲，咱们蒙汉之间是再也不能彼此仇恨的了，如果再要仇恨下去，那就只有让鬼子乘机来挑拨起我们蒙汉间的感情，煽动起我们自相残杀自相火并，结果呢，咱们大家也就会要弄得来国亡种灭！

金：我可管不了那么多！你用不着说这些大话来吓我！我只知道，我要爱你，我就硬要爱你！

丁：（折身就走）你硬要爱我吗？对不住得很，那我可不能再在这儿奉陪你了！

金：（急呼）站着！

丁：（只好站着）……

金：（狞笑）哼，瞧你那副可怜的样儿，真好玩儿！你瞧！你想朝什么地方跑？（走上前去，摸他的面孔）你想逃避开我是不是？哼，瞧你真能逃得出我的手掌心么！

丁：（气极）你真是一个可怕的妖怪！（丁世雄愤走）
（迪鲁瓦忽从蒙古包后愤然的奔了出来，直扑到金花儿面前。）

迪：（愤极）贱货！现在我可真要你的命了！
（金花儿挣扎，世雄奔上，被迪鲁瓦掀退。）
（郎桑忽从蒙古包前跑了过来。）

金：（急呼）哥哥！哥哥！

阳翰笙 / 317

郎　桑：（怒叱）迪鲁瓦！住手！

（迪鲁瓦一闻郎桑的叱声，松了手，折身就跑。）

（金花儿随手拾起地下的一块马粪，对准迪鲁瓦掷去。）

（舞台转黑。）

……

（天快黎明了，暗淡无光的星月已经沉落到了天边，马儿羊儿和狗儿在蒙古包侧的山前山后不断的鸣叫着。）

（有一个人影，手里拿着枪，在蒙古包前闪了两下，便向包后奔去了。）

（天渐明，郎桑跟金花儿把丁世雄从蒙古包里送了出来。）

郎：（对丁）你什么时候再来呢？

丁：那可说不定！

郎：我想：你一有空，还是多到咱们这个地方来玩玩，就目前的情形看来，恐怕鬼子又要指使起咱们王爷去打绥远也说不定，要是你知道有什么紧急的事儿发生了，千万得马上来告诉我！

丁：好的好的，我一定来！

（世雄告别走了。）

（迪鲁瓦忽从包后闪出，举枪欲击世雄。）

（金花儿瞧见，连忙奔过去抢夺他的枪，砰然一声，枪口朝天，打了一个空。）

（迪鲁瓦折身就跑，丁世雄摇头叹气。）

郎：（惊骂）迪鲁瓦，你这算什么！你这人真是一条毫不讲理的蠢牛！

（幕落）

## 第二幕

时　间：

一九三七年，七月，——芦沟桥事变之后。

人　物：

金花儿　郎桑　妈妈　迪鲁瓦　济克扬——川岛盛芳

丁世雄　韩金生　柳德三　老郑

景：

舞台偏右是一个蒙古包的纵切面，包内左边是门，右壁悬供一大佛像，中间有一个铁柱撑成的炉灶，灶的四周，围置着许多的驼梯马鞍，灶下燃烧着驼粪，灶上铜锅内正熬煎着奶茶。

是一个蒙古的暗夜，从包外左侧的一角望去，天边是一片深沉的黑暗，远远的还可以看出狞立在那暗色中的山影。

包外：远处传来一阵阵喇嘛念经的声音。

包内：金花儿在炉边熬着奶茶，妈妈很虔诚的跪在佛像前念佛，郎桑坐在那儿的矮桌旁，却显得非常愁苦的样子。

金：（叹气走至包门口望了一望，回身）唉，哥哥！你说怎么办呢！外边的喇嘛念这么大半天的经，咱们的羊儿却还是又有三十几头病倒了啦！

郎：（也叹气）唉，这边山腰里，马儿病倒的却还更多啦！

金：天啦，照这样下去，咱们家里，今儿病倒几十只羊，明儿又病倒十几匹马，恐怕要不到十天半月，咱们这一家人不都全完了么！

郎：是的，牲畜就是咱们蒙古人的性命，要是咱们的马儿牛儿

阳翰笙　/　319

羊儿全都遭瘟死了,那咱们还靠什么来穿,靠什么来吃,又靠什么来用呢!

金：想到这些事儿上来,真叫人心里难过死了!

郎：难过的日子还在后头啦!金花儿!你是知道的,从大前年的大雪灾起,因为咱们家的马儿羊儿饿死了那么多,所以咱们的家境,也就一年不如一年的穷苦了下去,兴蒙公司的畜债年年拖欠下去就越来越多,截到今年为止,已经欠了他们三十匹马儿和四百只羊儿没有还清,至于咱们王爷那儿年年积欠下来的租税,我想,除了跑去叩响头说好话,准备挨板子戴铁链而外,也就简直没有法儿付给,今年的天气很好,水草也好茂盛,马儿羊儿也都长得很肥壮,心里只想今年总可以痛痛快快的还清一点旧债了,那晓得瘟疫一来,咱们的马儿羊儿病的病,死的死,再过些日子,兴蒙公司那些凶神恶煞似的王八蛋一到咱们这儿来逼债,叫我有什么办法来对付他们呢!

金：只好不理睬他们好了,你怕那些王八蛋干什么!

郎：你不理睬他们,他们却得来理睬你啦,谁不知道咱们这儿的兴蒙公司是鬼子开的,连咱们王爷对他们还要礼让三分,他们的阎王债谁可拖欠得了!

金：拖欠不了也得拖!咱们不是有意赖债,谁不知道,咱们是遭了瘟灾,实在没有法儿给。

郎：你的话是不错的,可是那些王八小子那儿还会来跟你讲那么多的道理啦。

金：他们不讲道理,咱们又何必一定要跟他们讲道理呢,一个人到了没有法儿生活下去的时候,有什么事不能干!他们怎样来,咱们就怎样去。如果他们来软法儿,咱们就吃软,如果他们来硬法儿,咱们就吃硬,反正咱们是两手空空，还怕那些王八小子来硬讨硬逼不成！

郎：真正弄到咱们没有法儿的时候，那也只好跟他们硬碰硬了！

金：听说离咱们这儿五十里地的东沟子，瘟灾比咱们这儿还要闹得厉害，真的吗？

郎：真的，那儿比咱们这儿可更要悽惨得多了，据说还不到十天，一共就死去五六百头牛，八九百匹马，三四千只羊，那儿有好多年轻小伙子，因为牲畜全都病死光了，没法儿生活下去了。没有办法，索性就拖着一条枪，跑到灰腾梁投土匪去了！

金：照这样下去，咱们这儿的人，恐怕也只有当土匪的一条路了！

郎：是啦，这几天来真是可怕极了，马儿羊儿一来就是三五十的病死，这么下去，那儿还有活路可走呢！

金：你知道吗，迪鲁瓦家里的牲畜全都快要病死完了，今儿早上我还瞧见他的爸爸坐在几十条死了的羊儿的身边痛哭啦！

郎：可是咱们王爷却还要在这时候来催讨租税，今儿不是还把迪鲁瓦带到王府里问话去了么！我要是在家里的话，也一定被王府来的人把我抓走了。

金：可不是吗，他们还在我们家里吵闹了大半天才走呢！

郎：（愁苦）像这样的日子真是越来越不好过，越来越不能过活下去了。六年前咱们缴给王爷的畜租，还只是每百抽五，这几年来，都只要咱们有一百头羊，却非缴给王府十头不可了，像咱们家里这一点点儿牲畜，债是那么多，租又是这么重，咱们除了缴租还债之外，已经剩不到多少来供自己的吃用了，偏巧今年还要来这么大一次瘟灾，这叫

阳翰笙　/　321

咱们怎么能够生活得下去呢！（浩叹）啊啊，我们真不知要什么时候才有翻身的日子啊！

（包外传来一阵念经的声音。）

（妈妈立起，走近郎桑面前。）

妈　妈：（虔诚的）啊，好孩子！你别要这么难过，像你这样的怨天怨地会有什么好处呢！你瞧佛光已经快要降落到我们的头上来了，我们只要有信心，只要有诚意，只要肯天天起来念经拜佛，那还愁没有翻身的日子么！

金：妈妈！您不是很诚心诚意的信佛的吗，可是咱们的日子为什么还是这样的难过！咱们的牲畜为什么又都遭了瘟疫呢！

妈　妈：那只能怪咱们的信心不真，要是郎桑一生下来，我就送他去出家做喇嘛的话，那还会有什么妖魔鬼怪来危害我们的牲畜啦！

郎：妈妈！迪鲁瓦的哥哥不是一生下来就在做喇嘛么！那末为什么也会有妖魔鬼怪去危害他们的牲畜呢！这可见咱们的牲畜遭瘟，恐怕不见得就会有什么妖魔在作怪。

妈　妈：（发怒）胡说！就是你们这些东西，没有信心，没有诚意，一张嘴就喜欢疑神疑佛胡说八道。你们想：那些魔怪怎么不会扑到咱们的牲畜身上去呢。（包外又传进来一阵念经声）你们听啦，外边的经声念得多么响亮啊！咱们今儿请来这个喇嘛的佛法真是高超极了，那些魔怪只要一听到他口中念出来的经声，马上就会逃得无影无踪的，谁还敢来跟他斗法呢！你们不相信的就待着瞧吧！从明儿早上起，病了的羊儿立刻会跑到草场上去吃草了，倒了的马儿也会立刻跳起来跑路了，到那时候，你们就可知道，这个喇嘛是了不得的一位佛爷了！

金：（温和地）妈妈！你老人家别生气！我们总希望他真是一位了不得的佛爷，来打救我们的灾难啊！

（迪鲁瓦带着满脸的愁容忽自蒙古包外走了进来。）

郎：（惊问）迪鲁瓦，你是什么时候从王爷府里回来的？

迪：回来很久了。

金：那你为什么这时候才到咱们家里来呢？

迪：我爸爸叫我去侍候那个佛爷念经去了。

妈妈：这才真正配说是一个好孩子啦！

郎：王府里轻轻便便的就把你放回来了么？

迪：那儿有那么容易的事啦！

金：那你一定挨了一顿毒打了？

迪：（忧愤）打到没有挨，可是骂却把我骂惨了！他们骂我是无赖，是坏蛋，是无法无天的恶棍，是胆敢抗缴王租的土匪。我不敢多跟他们争辩，只好跪在地下，一连跟他们叩了好几十个头，他们才没有打我！

郎：你为什么不把我们的苦处跟他们说说呢？

迪：说怎么没有说啦，可是他们不听，那可有什么办法呢！你以为咱们王爷府里那些管事的家伙，还是好娘养的么！哼，他们把我骂够了，最后却还是要限我在五天之内，把所有应缴的牲畜，统统缴上去，如果短欠了一头半只，他们说还要打断我的狗腿呢！他妈的，那些王八臭蛋，真不知是他妈的一些什么东西，咱要不是在王爷府里的话，真想跳过去几下就把那几个臭小子捏死了！

妈妈：啊，天啦！你幸喜还没有那么干啦，要是你真把王府里的人捏死了，那岂不犯了十罪不赦的王法了么！

迪：妈妈！一个人逼得没有法儿的时候，可就管不了那么多了！

阳翰笙 / 323

妈　　妈：啊，好孩子！你千万别要存这种不好的念头，一个人存好心总会有好处的。咱们今生今世就算多吃了一点苦头，死了到西天佛祖爷的面前就可以快快活活的过些好日子的，妈妈说的是正正经经的话，你们每个人都得好好儿的记到！

郎：妈妈！您老人家的正经话咱们已经听得够多了，请您别再说下去了好不好！（对迪）迪鲁瓦，我问你，你从王爷那儿回来，还听到什么别的消息没有？

迪：有的，有的，啊，我还忘记了告诉你们啦，王爷府里的人对我说：要咱们这儿的壮丁，都得赶快把马儿养好，把枪儿擦好，在这十天之内，不许随便走动，好好儿的在家里，随时随刻静候着咱们王爷征调入伍的命令！

郎：（吃惊）什么！征调入伍！王爷要征调咱们入伍去干什么！

迪：当然是打仗啰！

金：（一惊）打仗！咱们王爷又要跟谁去打仗？

迪：当然是打中国啰，难道咱们王爷还会去打满洲国不成！

郎：去年在绥远吃了那么大一个败仗，难道还没有把咱们王爷打醒么！

迪：你真太小视咱们王爷了，谁不知道，他常常都在想做咱们蒙古的皇帝，听王府里的人说，鬼子兵又在北京一带跟中国兵开火了，像这样的好机会，他那儿还肯不动，所以这几天来，王府里的人都忙极了，我在那儿就亲眼瞧见，不知从什么地方运到了好几十辆卡车的枪弹，王府门外的粮草库里，也像山一般高的堆满了马草和面粉，成群成队的马儿被拉来了，许许多多的大车也被抓集拢来了，瞧那种光景，真像马上就要跟谁开火的样子，王府里这几天来拼命要催讨咱们的牲畜，恐怕也跟这次打仗的事儿有关系呢!

郎：（焦虑）听你这一说，仗恐怕一定是要打的了，不过，要是咱们王爷真要征调你去打绥远的话，你究竟还是愿意吗？不愿意呢？

金：是啦，这事儿的关系很大，你可真要仔仔细细的想一想啦。

迪：（愤然）我么，哼哼，我可全都仔仔细细的想过了，咱们家的情形你们都是知道的。兴蒙公司的债欠了那么多，王爷那儿的畜租也没有法儿可以缴付，这回的瘟灾一来，咱们家的马儿羊儿也快全都要死尽了，可怜我的爸爸真像死了自己的亲人似的一天到晚都在痛哭流泪，请你们跟我想想：咱们还有什么活路好走呢？我现在已经想定了，要是今儿请来这位佛爷不能把扑在咱们那些牲畜身上的魔怪赶走的话，我的面前可就只摆得有两条路好走：一条路就是上山去干土匪，还有一条路就是只好跟着咱们王爷去打绥远！

金：打绥远！谁叫你起这种念头？绥远都是好去打的么！

迪：我没有活路好走了，也就只好那么干！

金：那你为什么不上山去做土匪呢？你索性去干土匪我倒真愿来给你扛枪杆儿！

迪：（冷笑）好，谢谢你，可是你这么一说，我却偏不要去做土匪，我却偏要跟着咱们王爷去杀尽杀绝那些汉人！你以为我不懂你反对我去打绥远的意思么，告诉你：我懂，我心里很明白，很明白你为什么那样的偏袒汉人！

金：瞎说！你真不知要疑心到什么地方去了，像你这样一个蛮不讲理的人，我简直再也不愿跟你多嘴！

郎：（严肃地）迪鲁瓦！你不能乱怪金花儿，你真的想错了，

阳翰笙 / 325

  汉人跟咱们是弟兄，不是仇敌，平常，虽说他们很有许多对不起咱们的地方，可是咱们却绝对不能把他们当着仇敌来对待！咱们王爷受了鬼子的指使，想去打绥远，咱们为什么也要跟着他去杀自己的兄弟呢！

妈　妈：（听得生气）胡说，郎桑！你又在教唆迪鲁瓦造反了是不是？咱们都是王爷旗下的百姓，你们应该记着：王爷要你们怎么干，你们就得怎么干！要你们去死，你们就不应该活！你们再也不要在我面前多噜苏那些什么打仗不打仗的废话了，大家赶快把心静下来，还是咱们那些病了的马儿羊儿要紧，大家要是还不把信仰佛祖爷的真心诚意拿出来的话，咱们的马儿羊儿一死光，咱们不就全都完了么！

（包外狂风大作。）

（远远的山上有狼在嚎叫。）

金：（惊）妈妈！你听到吗？那边的山上好像有狼在叫唤啦！

（大家都吃了一惊，一齐凝神听着。）

（狼叫的声音续起，接着喇嘛念经的声音一步一步的走近。）

妈　妈：不，好孩子！别要怕！那是济克扬佛爷念经的声音哩，咱们的福份儿真好，总算把他请到了！在咱们蒙古这个地方，谁不知道济克扬佛爷的法力，是比谁都要高强得多的，他出家去做喇嘛已经二十多年了，咱们蒙古这个地方，有那一个庙，那一个山林，他没有走到过！听说去年他还去朝拜过西天呢！你们瞧他的佛相，多庄严，多洁净，真像满身都有佛光围照着他似的，我一瞧着他，真不能不对他下跪了！啊，孩子们！咱们的马儿羊儿都快要好转来了，咱们也快要得救了，大家赶快把信心拿出来，济克扬佛爷快要到咱们家里来了。（念经声在包外大作）你们听啦，外边不就是他念经的声音吗？

（包外狂风大作，狼叫的声音续起。）

（济克扬念着经，很庄严的从包外走了进来。）

（包内的人，除郎桑而外，均齐呼佛爷，对他跪下。）

（济克扬闭目合十，走到佛像前依然念他的经，过了好一会，他的经才算念诵完毕。）

济　扬：（很庄严的）魔怪已经远退了！佛光快要照到你们这儿的大地，在三天之内，你们这儿遭了瘟的马儿羊儿全都可以好了，咱们的佛祖爷虽然长年的静坐在西天的莲台上面，可是他佛心里生出来的慈光却没有一个时候不普照着人世间的众生的，你们赶快朝着西方，诚诚恳恳的对咱们的佛祖爷叩拜吧，没有他的大慈大悲，你们这儿的人可全都要完了！

（妈妈连忙率领着金花儿和迪鲁瓦向西方叩拜，郎桑仍然屹立不动）

妈　妈：（感激零涕，口中喃喃的念着）大慈大悲的佛祖爷啊！

迪　　：（跪走近济）佛爷！咱们真不知要怎样才能感激您的慈悲啊！

济　　：你们都请起来吧！（众人立了起来）你们用不着感激我，你们得感激大慈大悲的佛祖爷，因为只有他那庄严伟大的法力，才能把你们从苦难中打救出来。（忽然面对东方）你们瞧啦，啊，我忘了，你们的俗眼是瞧不出来的，让我来告诉你们，佛光已经照临到那儿东边的山脚下了，你们赶快把那些没有瘟倒的牲畜，赶到那儿去吧，迟了恐怕那些魔怪又要扑到它们身上去了！（惊喜，转对郎桑）啊，佛光来了！郎桑！你这没出息的孩子，还站在这儿干什么！你赶快去啦！

阳翰笙　/　327

迪、金：好，咱们也一块儿去吧！

济：慢着！我还有话得跟你们讲呢！

妈　妈：那就让我跟郎桑一块儿去吧，迪鲁瓦，你就在这儿多侍候侍候佛爷吧，你们家没有瘟倒的牲畜，咱们会跟你赶去的，你放心好了！

（妈妈奔出了包外，郎桑怒视了济克扬一眼，才走出。）

（包外狂风大作。）

济：（注视金花儿）你可知道，今年你们这一带地方，为什么会有这么多的魔怪来危害你们的牲畜吗？

金：（被他望得不好意思）不知道。

济：（转对迪鲁瓦）你呢？你该也知道吧？

迪：我，我也不知道。

济：那是因为咱们这儿的佛威不灵，那些魔怪没有什么怕惧，所以它们才会这样的猖獗啦！

金：这可奇怪了，为什么佛威会忽然不灵起来了呢？

济：是啦，你可知道是为了什么吗？

迪：我，我也不知道。

济：（愤然）那是因为咱们百灵庙的佛地遭受到了可耻的凌辱啦！

金：哦，究竟是怎么一回事呢？

济：这么大的奇耻大辱，难道你们竟会忘了么！去年咱们的百灵庙被中国兵抢去的时候，那么伟大的庙宇是被那些蛮兵打坏了，那么宝贵的佛经也被他们撕毁了，那么神圣的法器是被他们粉碎了，那么庄严的佛相，竟连头手也被他们砍掉了，经堂佛殿，堆满了人尿马粪，到处都是脏的东西，到处都是污秽的物件，像那样清净圣洁的地方，怎么遭得起这样大的污辱捣毁呢！因此，自从去年百灵庙失去以后，咱们的佛地是没有了，从佛地里照射出来的灵光也就因之消灭了，在这样的情形下，那些妖魔鬼怪怎么会不乘机起来危害你们的牲畜呢！

迪：这么说，咱们今年的牲畜遭瘟，也是汉人害的了？

济：那当然啦。

金：我想，也不能全怪汉人吧？

济：（一惊）为什么不怪汉人呢？

金：如果咱们的王爷不去打绥远，那咱们的百灵庙怎么会被别人家打掉啦！

济：（大惊）哦，真料不到，你还有这样的想头，听我告诉你，你这话不配是咱们成吉思汗的子孙所应该说的，你得牢牢的记着：那些汉族的蛮子，是咱们不共戴天的世仇！咱们不去打他，他就会来打咱们的，你听清楚了没有？

金：佛爷！我听是听清楚了，可是我总觉得汉人中也有好人，咱们为什么一定要仇视他们呢？

迪：金花儿，在佛爷的面前，你不应该这样装糊涂！

金：谁要你来管我！

济：（走近金，以手抚其头）呵！瞧你这个孩子，真像是被魔怪迷惑着了似的，快挨近我的身边来，让我把你的灵魂点醒点醒，瞧你的模样儿，倒是很有慧根的，可惜你的凡思太重，因此，你的邪心一起，常常就会误入迷途，金花儿，你是一个聪明的孩子，快把你的信心拿出来吧，从明儿早上起，你跟我到我的大庙里去，诚心诚意的去念念经，拜拜佛，把你那不净的根性洗除洗除，我亦担保你的将来，一定可得到很大的幸福的，你说，你愿意跟我去吗？

金：佛爷！像我这样一个看羊赶马儿弄惯了的人，那儿还会有

阳翰笙 / 329

心思去拜佛念经啦！

济：（对迪）听说你是她的未婚夫，你可愿意她跟我去吗？

迪：她的事儿我可管不了！

济：（转对金）你真不愿意跟我去吗？

金：我不是对佛爷说过了么，我是念不来经，拜不来佛的！

济：好，你不去也罢，可是你得明白，现在该是咱们蒙古人打天下的时候了，你懂么？

金：我可不懂。

济：你呢？

迪：我多少有点儿懂。

济：你们可知道我去年到过西天去朝拜过佛祖爷吗？

金：不大知道。

济：你们瞧我手上这串佛珠都快要捏光了，这就是我出家二十多年的成绩啦，可是一个诚笃的佛门弟子，总会得到佛祖爷的特别慧示的，去年我辛辛苦苦的去到西天，谁也料想不到，佛祖爷竟到我的禅房里来显过灵啦！

迪：（惊异）哦，竟有这样的事儿吗？那可真了不得啦！

金：佛祖爷跟您说过什么没有？

济：（很神秘地）你好好儿的听啦，他很庄严的对我说，现在正是咱们大元帝国当兴的时候了，只要是一个蒙古人，只要是一个成吉思汗的好子孙，就得起来拼，就得起来干，就得起来报仇雪恨，把那些污辱咱们牵地的蛮子杀一个干干净净！

迪：（兴奋）好，真好，只要那些蛮子一落到咱们的手中，瞧他还会有生转去的么！

（马蹄声在包外奔跑，一会，丁世雄惊惊惶惶的忽然跑了进来。）

丁：（四面张望了一下，忙转对金）啊，金花儿，郎桑呢？

金：（替他担心）你找他干什么？

丁：（惶急）我有事儿跟他商量，他到什么地方去了，请快点告诉我！

金：待一会他就回来了，你慌着要找他干什么啦。

丁：我当然有事儿得找他啦，请你快告诉我他究竟在什么地方，我好马上就去找他。

济：（叱问）慢着！我问你：你是从那儿来的？

丁：（望了济一眼）我么，我是从我家里来的。

济：你家在什么地方？

丁：不远，离这儿只有几十里路。

济：天已经都黑了，你还跑到咱们这个地方来干什么？

丁：我来找我的朋友郎桑。

济：你找他干什么？

丁：我想找他谈谈。

济：你想找他谈点什么？你说！

丁：（生气）你这样盘问我干吗！我不是来找你的，我是来找我的朋友郎桑的！请你弄清楚一点！

济：（恶意的笑了一笑）哼，瞧你那个油腔滑调的样儿，就天生是一个蛮婆儿养的。你说你来找郎桑，你骗谁？你想骗过我么！

丁：（反问）那么你说我是来找谁的呢？

济：你找的不是郎桑，你真正要找的却是郎桑的妹子啦！我只消瞧一瞧你那闪着淫光的眼睛，我可早就已经知道你在晚间跑到这儿来的真意了！告诉你！你想骗过别人，你可骗不过我！

丁：胡说！你为什么要这样的乱冤枉人！

阳翰笙 / 331

济：（痛愤）我冤枉你！（逼近丁）我冤枉你！哼哼，要是我戒刀挂在我身上的话，我真恨不得一刀把你这小子抓来宰了！

金：（想替他解释）啊，佛爷！他真是我哥哥的朋友啊！

迪：（气愤）金花儿，你还要不要面孔？过来！不准多嘴！

金：你用不着来管我！

迪：今儿我偏要管管你。

金：你可管我不着！（转对济克扬）啊，佛爷！他确确实实的是我哥哥的朋友，他是常常到咱们这儿来的，他是一个好人，他真是咱们的一个好朋友啊！

济：好朋友！哼，你用不着替他辩白！汉人中还会有跟咱们是好朋友的么！你瞧他那个鬼头鬼脑的样儿，一眼就可以瞧出他是一个天生的淫棍！

丁：你这个可恶的喇嘛，你是这儿的什么人？你为什么这样的侮辱我！

济：（暴怒）哼，我侮辱你！你侮辱了咱们蒙古人你还说我侮辱你！告诉你，你以为咱们蒙古人是好欺侮的么，你以为咱们蒙古的女人是好随随便便的诱惑的么！这几十年来，咱们受你们的气真受够了，你待着瞧吧，总有一天，总有一天，咱们总会把你们这些家伙杀个一干二净的！我是出了家的人，我不好对你动手，可是，我敢相信，咱们有血性有骨气的成吉思汗的子孙，对你这个该死的淫棍，是一定会有人来杀取你这条狗命的，你待着瞧吧！

（包外狂风大作。）

（济克扬含着愤怒，冲了出去。）

迪：（受了济的煽动，愤火中烧，跳过去一手抓着世雄，想拔刀将他杀死）你这该死的东西！现在可该我来取你这条狗命了!

金:(大惊失色,连忙奔过去拖着迪持刀的右手)迪鲁瓦,放手!你这是干什么啦!

(天空中忽有一队飞机,横空飞过,沉重的机声震动了蒙古包壁。)

(郎桑从外面奔跑了进来。)

郎:(大惊,一手将迪拖开)迪鲁瓦!你发疯了么!你听啦,鬼子的飞机又飞去轰炸咱们的绥远去了,咱们蒙汉的青年为什么还要这样自相残杀呢!

迪:(恨犹未息)好!咱今儿就算把你饶了吧,可是咱总有一天还是要把你这条狗命杀死的!你好好儿的把你的脑袋替咱留着!

(迪鲁瓦折身奔跑了出去。)

金:(慰之)啊,世雄,你今儿可真受屈了啊!

丁:(坦然)这算得了什么!咱们为了咱们的救国事业,那怕就牺牲了自己的性命,也是值得的,迪鲁瓦这样的误解我,我想,他终有一天总会明白只有咱们才是他真正的朋友!

郎:究竟是怎么一回事啦?这条蛮牛我真把他恨透了!

丁:说起来话长,咱们还是谈别的吧,你知道吗?鬼子兵已经又大举来侵略咱们中国了,听说咱们的平津已经失陷,现在李守信的匪部跟你们王爷的蒙军,在日本鬼子的指使下,也开始分三路向咱们的绥远和百灵庙进攻了。现在的时局真严重极了,咱们不能眼看着咱们中国人去打中国人,咱们蒙汉两族的兄弟们,去自相残杀,自相火并,所以我才乘夜跑到你们这儿来,想跟你们商量一个对付的办法。

郎:好,你来得真好!咱们蒙古青年中,也有不少明白事理的

阳翰笙 / 333

人，我想，咱们总有办法可以打碎日本鬼子这条灭亡咱们的毒计的。

金：（浩叹）啊，天啦，为什么咱们蒙汉两族的人又要自相残杀起来了啊！

（包外响过来一阵马蹄声。）

**外边有人在说话**：——就是这儿吗？

——是的，就是这儿。

（保安队员柳德三和老郑掀门而进。）

柳：（与世雄招呼）哦，世雄哥！您也在。

丁：德三，你到这儿来干吗？

柳：还不是兴蒙公司派咱们来讨债的。

（韩金生跟着走了进来。）

韩：谁是郎桑？

郎：是我，您有什么事？

韩：咱是兴蒙公司来的，你欠咱们公司的马债，现在限期已经过了很久了，你为什么还不还？

郎：对不住，不是我不还，实在因为咱们的马儿遭了瘟，没有法儿还。

韩：真没有法儿还？

郎：没有，这得请你们公司再宽限一些日子。

韩：还要宽限！真都是他妈的一些狡赖的家伙，你有理到咱们公司里去说，咱可没有那么多的精神来跟你废话！来！把这小子跟我抓走！

（老郑去抓郎桑。）

郎：（挣扎）你为什么这样不讲理？

韩：（一耳光打去）谁不讲理！瞧你妈的这个样儿，真像一个强盗！走！跟我抓起走！

（郎桑被抓走。）

金：（惊呼，奔去拖着郎桑）啊，哥哥！哥哥！你们又不是强盗，你们为什么要抓走他！

（韩同德三、老郑走出。）

金：（哭泣）啊，哥哥！哥哥！

丁：（愤恨）他妈的！这还成一个世界么！咱们要是再不起来，真是休想活下去了。

（幕落）

蒙汉青年联合起来！

选自阳翰笙著：“抗战戏剧丛书”之四《塞上风云（四幕剧）》，华中图书公司，1941年

# 洪 深

| 作者简介 | 该作者简介参见第一卷四幕剧《包得行》。

## 黄白丹青（两幕剧）

（节选）

### 《黄白丹青》序

在去年和前年，我曾经有过一些怀疑：敌人既然可以利用上海的金融市场以套取外汇，为什么我们以及英美还要费事赔钱，维持外汇的汇率？我们的对外贸易和政治的重心既已不在上海，为什么中中交农等国家银行还不撤退，至少撤至香港？另一方面，它们的留守上海，居然给予敌伪这样痛楚的打击，致使后者不顾一切地倒行逆施，炸毁行址，屠杀行员，以图驱走这几个银行！如果这几个国家银行，确在对敌伪从事作战，它们究竟打了几次怎样的仗？战绩如何？——因此，本年八月间，中央银行剧社约我专为他们编写一个剧本的时候，我提请他们供给材料，以答复前面所说的那些问题；以便写成一部从八一三到十二八的上海银行界抗战的戏剧记录。

结果就是这一部《黄白丹青》。在这里我应当致谢诸位告知我事实或借给我文献的中央银行剧社社员和其他友人。我在动笔之先，曾经声明两点：（一）我准备写的是剧本，不是历史；尽管剧本中可以无一人无来历，无一事无根据，而全部形象应当是创造的，不影射任何一人，不指明任何一行；这是上海整个银行界的优美记录；（二）我虽然是受了中央银行剧社之托，并且由他们供给素材，但材料的使用与处置，应由我自定；站在一个写作者的立场上，暴露丑恶，批评过失，与叙述艰苦的奋斗，赞扬英勇的牺牲，同属重要。我很高兴他们同意我这个见解；而我这个剧本，也正是这样写成的。

但是，人生如果是伟大的，它的艺术记录，不应也不会减少它的伟大。《黄白丹青》的素材——上海一般人民的普遍的根深的爱国心；银行从业员的平凡默静的而又坚苦英勇的工作——在众人报道的时候，我是深深的被感动了。倘若写为剧本，展演舞台时，竟不能感动观众至同样深度，无疑是剧作者未曾尽其能事。

民国三十一年十一月十五日
洪深序于四川江安。

# 黄白丹青

## 第一幕　第一场

时　间：

民国二十六年八月十四日晚九时前后。

地　点：

上海公共租界某大旅馆一室。

眼前人物：

叶德仁：三十左右，某国家银行的行员；勇于任事，乐于冒险，交游广泛，微近"好事"的少年——此刻正在打电话向报馆探听战事消息。

祝福祥：将近四十，经营着五个小规模的织造毛巾的棉织厂；喜与银钱业中人往来，目的是为了商业上的便利，——此刻坐在那室中央圆桌子的后面。

江超仑：不到三十，银行行员，和叶德仁是同事，但职位较低，亦不属于同一单位；他性喜诙谐，有时开些一般所意想不到的玩笑。——此刻坐在桌子的右面。

章淑明：二十四五，另一银行的行员；江超仑的爱人；朴素，沉默不多言——此刻坐在床头，就台灯下翻阅几张晚报及号外。

陈宗琪：二十七八，和叶、江在同一国家银行工作；名义为练习生，但举动阔绰，自驾汽车，且有保镖二人——此刻横在室左大躺椅上，无聊的玩弄着香烟盒上的打火机。

袁锦森：三十四五，也是叶、江的同事；满腹不得志，满口牢骚；日久造成一种容态，令人一见生气，决不会引起同事们与上级的愉快或信托的——此刻醉卧在室右近门的大沙发上，微有鼾声。

……

闸北的炮声，不断侵入众人的耳鼓。

……

人们的情绪是紧张兴奋的：深深地高兴，中国能够而且居然和日本打仗了。隐隐地自信，这次战争，中国可以获得胜利的。微微地也关心着个人的前途忧乐——但是这种关心，却被淹没在兴奋的情绪中了！

叶德仁：（站在后壁靠右的电话旁）喂，喂，编辑部么？我找林先生听电话……林忠群，林先生，你们报馆的外勤记者……哦，还没有回来，什么时候……大概就快回来了……回来了费心告诉他，请他打一个电话给我，我姓叶……在银行界做事的，电话号头他知道，……对啦对啦……对啦，我就是叶德仁……哦，你是小管先生，好久不见……林先生今天晚上会回来的？……是到闸北火线上去的，约好了在十点钟之前一定赶回来的？……哎，管先生，有什么特别消息没有？……嗯……嗯
（茶房荣生端了几杯新泡的茶，从右首房门入来——他有五十多岁，在上海已经做了三十几年的茶房——他着实关心战事，听见叶在打电话问消息，便把茶盘放下立在桌后，静静地听。）

叶德仁：（神情更见紧张）嗯……嗯……我们的飞机……大批出动……轰炸……嗯……轰炸日本的军舰……闸北……闸北怎么样？……嗯……我们主动……进入租界……向汇山码

洪深 / 339

头进攻……哦，晚报上都有……哦，哦……还有，什么……逃难……日本人……虹口的日本人……男男女女逃难……这是刚刚发生的事情……外滩马路……呵，是的……好吧，多谢你。（放下听筒）

（在报道消息的时候，室内诸人都聚精会神的听着；此刻大家带着兴奋的心情，面向着叶。）

叶德仁：中国的空军出动，闸北，我们的军队进入租界，这些消息，晚报上都已经有过了。只有一件新鲜事……

祝福祥：什么新鲜事？

叶德仁：虹口的日本人，今天晚上头一回逃难，逃过外白渡桥，男男女女把外滩马路都挤满了，露天坐在那里呢！

祝福祥：真的？

叶德仁：刚才报馆里的编辑，是这样在电话里告诉我的。

江超仑：我们为什么不去看看？（立起）那一位愿意和我一起去？

章淑明：（阻止他）快到断绝交通的时候，你还要出去！

江超仑：我还没有看见过日本人逃难。

章淑明：（不忍之心）逃难总是可怜的，有什么好看。

祝福祥：可怜么！哼！在我看来，这一次日本人才是自作自受，东洋鬼子教我们中国人逃了多少次的难，今天他们自己也逃难了，好得很。

江超仑：（走向章）淑明，唔，章小姐，听见没有？（章置之不理）

祝福祥：真是，日本人欺侮中国，实在太利害了。凡是一个中国人，不管读书的也好，做生意的也好，银行界做事的也好，拉黄包车的也好，听到中国和日本打仗，心里没有不高兴的。中国今天总算抬起头吐口气了！（说得兴奋忘其所以地把一罐三炮台香烟，倒在桌上）你们不信，问茶房荣生。

荣　生：祝先生的话不错，今天那有一个中国人不愿意打东洋人的。

章淑明：那当然是的。

（几声大炮，特别高响。）

（叶德仁走上洋台，朝北张望。）

荣　生：（划燃一支火柴，为祝点烟）几位先生都是在银行界做事的，请问一件事情。

陈宗琪：什么事？

荣　生：昨天十三星期五，今天十四星期六。大小银行从昨天上午起就关上门，说是休假两天。明天十六星期日，后天十七星期一，不知道星期一上午——①

陈宗琪：怎么样？

荣　生：（微有忧虑）银行是不是再会开门？

江超仑：大概会得开门的，我们都在这里等消息。

荣　生：（低头）万一再是接连几天休假的话——许多人等着从银行里取钱用，（情感□□地）钱再取不到，那真不知道怎么好！

陈宗琪：做茶房，居然在银行里也有存款？

江超仑：密司脱陈不知道，他做了几十年的茶房，储下点钱。在闸北开了一个小小的皮箱店——（问荣生）专做皮箱的，是不是——自己当老板，可是每天还是到旅馆里来做茶房，真是了不得！（突然想起）阿，是的，你的闸北的那个店怎么样了？

荣　生：（瞪着他，但是安静地）完了，昨天就没有了！

江超仑：完了！

---

① 此处荣生计算有误。——编者注

荣　生：货物、生财、房子，一起烧掉了。

（众人默然。）

（叶德仁回至室内，极为同情。）

祝福祥：人口呢？

荣　生：家眷，领着两个孩子，还有三位伙计，抢到几件衣服，被盖，几本账簿，几百块钱现款，两个银行存折，已经逃到了法租界。

章淑明：（怜悯地）那么他们怎么办呢？

荣　生：暂时借住在亲戚家里。（绝无怨尤之意）中国和日本打仗，我的店，刚巧在火线上，——这又有什么说的。

（众人又为默然。）

（电话铃响。）

荣　生：（忙去伺应，拿起听筒）喂，喂……是的……是四百三十六号公司房间……何先生？（转身）何先生听电话。

江超仑：哦，何进平，他还没有来，等一下会来的。

荣　生：（对听筒）何先生不在，请等一会再打来……什么……是了……是了。（对众人，一手按住听筒）一位女眷打来的，她要问何先生到底那里去了。

章淑明：这一定是何师母来的电话，让我来和她说。（走去接过听筒）喂，何师母，您好……我呀，我是章淑明……好呀，谢谢您……何先生还没有回来，……他和大家约好，今晚一定要来的……大家都在这里等他，等他来给我们一个确实消息，到底下星期一银行还休假不休假……唔，唔，……这里有什么人？（看一眼屋中）多半是何先生的同事，小江，叶先生，袁先生，密司脱陈，还有一位，也许你不认识的，六合棉织厂的祝经理……噢噢……

（荣生在这时悄悄地退出。）

江超仑：（对祝）女太太们都是这样的脾气。"打坏砂锅问到底"。

章淑明：噢，噢……一点不错，兵荒马乱的时候，……就是，就是，何先生来了，我们准对他说，请他马上回去……什么，炮声愈来愈响！不要紧，那是我们中国的炮……再会。（放下听筒）

祝福祥：真的，何先生怎么还不回来！（看表）已经九点多啦。

陈宗琪：（也看表）九点十分了——哼！

祝福祥：如果星期一各银行继续休假的话！

叶德仁：（至桌旁坐下）怎么，打仗使得你感觉不方便么！

祝福祥：我并没有埋怨的意思，可是银行不开门，取不出现款，没有筹码，叫我们怎么做生意！（低声）不瞒诸位说，我的几个织毛巾的小厂，马上就要付不出货价，付不出工资。

叶德仁：（若有所思）唔。

祝福祥：商业全靠金融，金融不能活动，那里还会有商业！这不是我六合棉织厂一家的事，全上海的商业都要受到影响的。可虑的就是这一点！

陈宗琪：也许这一次的打仗不会打得很久的。

祝福祥：那可难说了！如果这一次的打仗，中国不得到胜利随便罢手，那么种种吃苦牺牲，又何必多此一举！

叶德仁：依我看，到下星期一，银行一定会开门的，尤其是那几家国家银行。

祝福祥：（不解）国家银行？

叶德仁：因为国家银行是银行的银行。国家银行不开门，一般商业银行无法周转；得不到支持，就是开门也是没有办法的。为了安定人心，安定市面，维护工商业，已经有不能不开门的理由——何况还须要维持外汇！

祝福祥：维持外汇？

洪深 / 343

叶德仁：外汇是关系中国在国际上的地位，国际上的信用的！为了维持外汇，我说，我们的国家银行更是非立刻开门不可。

祝福祥：怎么讲呢？

叶德仁：譬如说，中央银行为了维持法币的信用，是在市场上经常的供给外汇的。如果中央银行长期的休假，那么外汇的价格，怎么还能维持得住——

（这时忽然有一漂亮女子，推门走入，——一眼看见陈宗琪径向他走去，到身边坐下——将他嘴里的纸烟，拿过来就吸。）

斐　斐：（作态）你出来一定有不少时候，为什么这么晚才打电话来叫我！

陈宗琪：打电话去叫你也有不少时候，为什么你这么晚才来！

（叶、祝的谈话竟被此女子打岔掉。）

（章淑明看着这女子有点不顺眼。）

江超仑：（对章）你不认识吧，这就是大名鼎鼎的玫瑰伴舞社的大名鼎鼎的伴舞女斐斐李！

斐　斐：小江，你发痴么！

江超仑：我可见得我们的密司脱陈"抗敌不忘跳舞"！

（听见此话的人，都不免□笑。）

陈宗琪：小江，你自己平常不跳舞么！为什么单拿我来做你调戏的对象！

江超仑：我并没有说，我自己不在讥讽的范围之内！

陈宗琪：我是跳舞惯了的——打仗才打了两天，就是改也没有这么快。

斐　斐：一个人每天做的事情，"乍陌生"的不做，怎么能行！舞是每天要跳的，好像饭是每天要吃的。比方说，叫你江先生明天"乍陌生"地不吃饭，你办得到么？

江超仑：有道理，有道理。这真是闻所未闻的外国道理，同外汇一样的值得我们银行的支持的！

章淑明：小江，你暂时停止一下你的幽默，好不好？叶先生他们正谈论一个非常严重的问题。

祝福祥：（对叶）怎么样，你刚才没有讲完。

叶德仁：（想了一想，奋然而起）外国人向来看不起中国。在军事方面，以为中国军队是经不起现代战争的，一打就垮；可是在一二八以后，这种观念，也许稍微有一点改变了！

祝福祥：是的。

叶德仁：在金融方面，也以为中国的金融组织是不配作金融的斗争的！中国的银钱业，没有准备，没有办法，没有组织。战事一起，马上就是休假，停业，破产，恐慌！所以我说，这一次无论有多大痛苦，多大牺牲，——现在还没有呢，假使有的话——（未免生的门答尔地）无论如何，几个国家银行，一定要赶快恢复营业；法币在外汇市场上的价格，一定要永久维持。给外国人看看，在金融方面，中国也不是一打就垮的。

祝福祥：（同意）事实的确是这样的。

叶德仁：我是人微言轻，可是我能想到，别人知识比我高，责任比我大的，恐怕早就想到，早就计划好办法了。我敢断定，国家银行在后天的早晨一定会开门的！

（众人多少被他感动，默然的思考他刚才的一番话。）

（远处又传来炮声。）

祝福祥：（看表）还有差不多半个钟头，就是租界上戒严的时候。不知道十点钟头前老何来得了来不了，（微喟）也不知道他能够带给我们的究竟是什么消息！

（这时候茶房荣生将门打开，走入一位少妇。）

洪深 / 345

荣　　生：何太太来了。

　　　　　（仍将门带上，走出。）

　　　　　（何太太已有四十三四，但看上去不过三十；是一位能干的主妇，全副心思，都放在她丈夫身上——有时未免太过于小心了一点。）

章淑明：（上前招呼——携着她手）何师母，请这边坐。那一位是祝经理——

　　　　　（何向祝点头。）

章淑明：其余的诸位先生，你都认识的。（指沙发）在那边躺着的是袁锦森袁先生，喝酒喝醉了——何师母，时候不早了，为什么还出来？

何太太：道平到底是到那里去的？

章淑明：请坐，坐下再谈。

何太太：我不坐啦，我打听一下，马上要回去的，家里没有人照应。

叶德仁：道平兄是给王襄理约去谈话的。

何太太：那个我知道；他下午四点钟就出门的，说是至迟七八点钟回家，还关照我替他留着晚饭。我等到九点左右还不见他回来，他原说要到这里来转一转的，我打电话来问过一次——呵，叶先生，（忧急地）世界这样不太平，不会有什么意外罢！

叶德仁：不会的——从昨天起，银钱业接连开会，大约对于开门不开门的事要做一个最后的决定。今天下午，几个国家银行，又召集中下级的负责人员谈话，当然是有了决定以后，有话要嘱咐大家。道平兄就是为这个事情到王襄理那里去的，等一回也是为这个事情还要到我们这里来，决不会有意外的。

何太太：（寻思）这是因为打仗才有的公事？

叶德仁：嗯——是的，是的，是的。

何太太：哎，叶先生和诸位先生，我们道平对于这类工作是最不相宜的。

江超仑：最不相宜？

何太太：道平是一个老实人，叫他成年到头的对着桌子记记账，打打算盘，那是可以的□□。他□□□□，做什么秘密的冒险的工作，完全没有那回事。

叶德仁：何师母客气。道平兄是一位谨慎稳重忠实可靠的人；而且今天的工作也并不怎么秘密冒险。

何太太：万一出了什么乱子，固然于道平不好，可是误了银行的公事更不好！

（众人无言。）

何太太：（求告）诸位先生，请向王襄理说明一声，道平只能做些按部就班的事，（颤声）不能让他——

（她的一副至诚，把众人都感动了——半晌。）

章淑明：（轻声）何师母，你还是先回去。十点钟以后，路上不好走。

江超仑：道平兄能不能够在十点钟以前赶到这里，现在还说不定。如果来到太晚，就在这里睡一晚，不必回去啦。我们大家会照应他的。

何太太：谢谢诸位，我走了。

（她向众人点头为礼，匆匆走出。）

江超仑：（半认真地）在打仗的时候，一个人才会感觉到——有一位好太太的必要。

章淑明：（不以为然）你对于什么事情都要幽默的。

（有人叩门。）

洪深 / 347

江超仑：嘿，准是老何，太太刚走——请进来。

（进来的是位精明干练的年轻人。）

江超仑：不是老何，是高硕夫高大老板，真正的银行家到了。

高硕夫：好说好说。

（高硕夫是一家小规模的商业银行的经理——这银行原是由一家钱庄改组的——他还不到四十，精明外露，是个最最"现实"的商人：一贯地将本求利；如果爱国可以有利，他就能够十分爱国——此刻他在室内四面看了一转。）

高硕夫：老何没有来！唔嗯，我刚才叫茶房下来问，还说是已经来了！

江超仑：他们弄错了。那是何太太。

高硕夫：诸位，请到楼上我的房间去坐坐。冰西瓜，冰的黑啤酒，冰的沙打水和威斯开，都摆在桌子上了——请呀。

袁锦森：（从沙发上爬起）那里来的黑啤酒？

陈宗琪：你看，一个□□的人，我们谈什么话，他都听不见；可是一提到酒就醒。

（袁锦森装□看他一眼——欲言又止——进入浴室。）

袁锦森：（在浴室门口）你们不愿意等，先走好了。

（他关上浴室的门。）

祝福祥：硕夫兄，你对于银行休假这件事有什么打算？

高硕夫：（随便地）没有什么打算，我根本不去想这种事情。

叶德仁：不去想这种事情？！

高硕夫：凡是一个人作不了主，想了半天不会想出办法来的事情，我决不去想它——何必白费脑筋。

祝福祥：怎么你说"不会想出办法"？

高硕夫：现在的商业银行——不要说我们由钱庄改组的一家小行，就是那规模很大，资本很雄厚的几家商业银行——在一切种种方面，在业务方面，譬如说票据汇划，都得靠仗国家银行。如果国家银行决定不开门，商家银行就是开了门也是毫无办法的。这个开门不开门的问题，我去想它干什么！

祝福祥：那么在原则上你赞成不赞成下星期一银行复业？

高硕夫：在我们小银行的立场上，复业有好处也有坏处！

祝福祥：好处？

高硕夫：银行可以做生意，便利存户，便利你们工商业。

祝福祥：坏处？

高硕夫：恐怕要发生挤提的风潮——全上海的中外银行，不会有一家，库里存着这样多的头寸，这样多的准备金，够于应付这种因为战事突然爆发，完全意外的局面的。

江超仑：难道想不出一个补救的办法么？

高硕夫：应该想得出，可是我没有去想——我让国家银行的几位负重大责任的先生们伤脑筋去吧！

（袁锦森洗了一把脸，从浴室走出。）

叶德仁：银行复业不是还有维持外汇的作用么？这可以表示——

高硕夫：维持外汇这件事，有好处也有坏处，好处当然是稳定法币在国内外的信用。坏处呢——

叶德仁：有什么坏处？

高硕夫：坏处是日本人也可以套取外汇，从中得利！

叶德仁：日本人套取外汇？

高硕夫：你不看见么，从"七七"到现在，不够一个多月，日本人在华北，拿些什么老头票，军用票，冀东票，套取我们的法币，大量的运到上海来，套取我们的外汇！

叶德仁：唔！

高硕夫：当然，这种事在目前不是由日本人出面的，自有一些不要

洪深 / 349

脸，想发财的中国人替日本人经手。

**章淑明**：这不是件不爱国的事么！

**高硕夫**：绝对不爱国。但是，也绝对可以发财！财这个东西是人人要发的。能够发财而又爱国，那是再好没有了。不然的话，财还是不妨发，可得另外想出一个好的理由，好的说法。那绝对不愿意发财的人，有，真有的，可是好不容易碰到一个两个。

**江超仑**：对于套取外汇这件事，难道我们想不出一个对策么？

**高硕夫**：应该可以想得出的，可是我也让别人去想了。

**叶德仁**：（气愤地以拳击桌）嘿——唔！

**高硕夫**：（抚肩安慰）德仁兄，不要这么烦恼。情形是一天天的变，事情是一件件的处理。人家是怎样出车，我们就怎样跳马！现在那套取外汇的问题，还没有到十分严重；何必人还没有走到河边，先就担忧着摆渡！做人岂不太苦了么！来来来，上楼吃冰西瓜去。

（不由分说，拉他就走。）

**叶德仁**：我心里气闷极了。恨不得跑到火线上，拿起枪刺，打一个冲锋才好！

（随着高走出。）

**斐　斐**：（问陈）你去么？

**陈宗琪**：走呀。

（一同走去。）

（江超仑燃点一支纸烟，喷了两口，慢慢地向门走去——其实有心事。）

**章淑明**：（低呼）小江，小江——

**江超仑**：（立定）唔？

**章淑明**：我们不必上楼去凑热闹啦。

350 \ 四川新文学大系·戏剧编（第二卷）

江超仑：为什么？

章淑明：（有用意地）我有话对你说。（稍停）你先去把门关上。
（江超仑真的去将门关上——回来到她身边。）

章淑明：（凝视着他）小江。

江超仑：唯。

章淑明：这一次中国和日本真的打起来喽。

江超仑：中国不能不抗战。

章淑明：有许多事情，恐怕也不能不改变喽。

江超仑：（未领会）许多事情——改变！

章淑明：譬如说——（努力暗示）生活习惯。

江超仑：（未解）生活习惯！

章淑明：现在租界上晚间十点钟断绝交通，跳舞场不开门，在旅馆里开房间打小牌也不像从前那样好玩了吧……

江超仑：那是的。

章淑明：本来这种生活是不应该的。现在因为打仗，强迫的把这些习惯改掉，你说不是一件好事么？

江超仑：好事是好事。

章淑明：（大胆）以后每天晚上，你打算从那一方面得到一点别种安慰呢？（见无反应）还是多看点书吧，小江。

江超仑：看书，当然——真正无聊的时候，只好在宿舍里和同事们下象棋啦。

章淑明：（微嗔）你这个笨灵魂！
（江超仑望着她一回——转身在室内走踱——时时立定了想，似乎从来没有像此刻那样严肃过。）
（章淑明也不时看望着他。）

江超仑：（毅然走近她身边）淑明，我不是那样笨的。你的意思，我懂得，我非常感激。可是，我也有我的为难。

洪　深　/　351

章淑明：为难！

江超仑：我从前要求你和我结婚，不知要求过多少次数，你总是拒绝我的。当然，你完全是对的，我的小毛病太多了！

章淑明：（感情地）小江。

江超仑：譬如说，这几天因为战事初起，跳舞场不开，要想跳舞也不可能，可是以后如果有机会恐怕免不了还是要去试试的。这就是小江！

章淑明：减少一点就是了。

江超仑：我今天还是银行里的小职员，地位和薪水都谈不到。

章淑明：（温柔地）我也是的——而且我在每天工作的银行，名望还没有你的大呢！

江超仑：如果我现在要求你和我结婚，我知道你会答应我的。可是，我一个月一百多块钱的生活费，怎么能够维持一个家庭！淑明，我不愿意在这种事情上开玩笑。

章淑明：（伸手握住他的手）我也有薪水的。——我们两个人，不能合作着生活么？

江超仑：（感动）淑明，淑明。

章淑明：我们也不必讲究形式。婚礼举行不举行，在我是一点关系没有的——我们几时看好几间房间，你从你银行的宿舍里搬出来，我们两个人搬到一起住就是了。在这种时候，我们也不必麻烦人家，破费人家；我们不发帖子，不收礼，不请酒，在家里随便弄几样菜，把何先生何师母叶先生请来吃一顿便饭，公布一下就行了。

江超仑：淑明，你对我太好了——你为什么这样！

章淑明：我们彼此帮助，使得大家生活得更好一点，因此可以工作得更好一点，在打仗的时候，不是应该的么！

江超仑：淑明，（诚挚地）我不但是爱你而且是感谢你，你使得我增加了不少的自尊心和自信心！

（两人相视无言。）

（忽然江超仑脸上有奇异的表情，缩手起立。）

章淑明：什么，小江？

江超仑：别的没有什么，一向是我把人家来开玩笑的；此刻在炮火声中我和你登出一张结婚广告，"抗敌期间，一切从简"，——唔，人家报复的机会来了。

章淑明：广告不可以不登么？

江超仑：那就是了。

（忽然高兴，拿起两杯茶。）

章淑明：又做什么？

江超仑：我们两个人的喜事，不可不举杯庆贺一下。此地没有酒，清茶也可以替代的。（递一杯给章）来，你我碰杯，（举杯）恭祝章江伉俪，永久幸福！

（两人碰杯后，各自饮了一大口茶。）

江超仑：（再举杯）还有，明年今日，一个又白又胖的大孩子！

（他还想和章碰杯。）

（章却放下杯子，正待对付他。）

（门外骂声忽起。"笑话，真是笑话！"——是陈宗琪的声音。）

（门开，祝福祥正在拉劝他入内。）

祝福祥：算了算了。

陈宗琪：（愤愤）笑话，笑话极了！老是这样钉着我过不去，批评我这个不对，批评我那个不对，不错，我是不行，可是他自己——袁锦森又是什么东西！

（悻悻走入，斐斐跟随后面。）

祝福祥：（关上门）不要说了。老袁这一阵心里不痛快，神经反常，

　　　　　觉得全世界的人都有点对不起他似的，说话容易过火。

陈宗琪：他又有什么神经反常！

祝福祥：你和他在一个银行里同事，还会不知道么！他本来在别的机关上办文书的，名义比现在的好，薪水也多。他谋求国家银行的位置，原是抱着很大的希望。那知道因为种种原因——账做得慢一点，算盘也差一点——才派了一个助理员的职务。所以满肚子都是牢骚！

陈宗琪：那也不应该拿我来做他的出气洞！

　　　　　（霍的房门大开，袁锦森立在门口。）

祝福祥：（对陈）你少说两句吧。

袁锦森：（走入）我们得把事情弄清楚，到底是你不对，还是我不对！

　　　　　（叶德仁叹了一口气，随入。）

袁锦森：你拿着啤酒瓶替大家倒酒——本来没有人叫你倒酒，是你自己要倒的——一屋子里六七个人，你每一个人都给倒酒的，连斐斐的杯子里都倒了酒，独有我的杯子里不倒酒，你这是什么意思！

陈宗琪：没有意思，是我一时的疏忽，用不着这样神经过敏。

袁锦森：这叫做狗眼看人低！

陈宗琪：（跳起）这是什么话！

袁锦森：我今天告诉你，尽管你是大少爷，家里有钱，出出进进自己开着汽车，有时候还带着一两个保镖的，在银行里的职务，本来不过是挂个名义，满不在乎的！可是，你别忘了，你在银行里，到底只是一个练习生，每个月八块钱；我虽然不行，到底还是一个助理员，每个月有四十块钱，比你总强得多，哼！在职位上，我还是你的上司，晓得么！

陈宗琪：我不晓得，我和你，谁也管不着谁的事。你在银行里倒霉，与我无干，我没有派你当助理员。我一晚花两百块钱，花五百块钱，是花我家里的，与旁人无干。一个人要是不安分，一心想着升官发财，干什么不去当土匪当汉奸——

袁锦森：（奔来打陈）岂有此理……

（叶、祝、江三人□□□□。）

（斐斐也把陈拉住）

叶德仁：好了好了，不要吵了！

祝福祥：（同时）都是同事，何必呢！

江超仑：你让他一句吧！

袁锦森：（稍平静——坐下）岂有此理。

（室内一时没有声响。）

江超仑：（过了一会）我请求你们二位听听这个炮声——

（炮声真像是不听见好久了。）

叶德仁：（摇头）你们二位这样说话，都成问题的。

江超仑：当时不留余地，到了明天早上彼此都会后悔，必要抢着拿钱出来请客了。

（此话说得袁、陈二人啼笑皆非。）

（幸得茶房荣生开门。）

荣　生：林先生。

（林忠群——一位非常努力的青年新闻记者，蹲守岗位，不多说话，不多事；爱好文艺，有时也写几首新诗——此刻带着疲劳的神情走入。）

叶德仁：阿，忠群也来了，此事进行得那么样？

林忠群：好得很。

（他想寻一张椅子坐下。）

叶德仁：（赶快搬过一张椅子）你累了，先坐下休息一会。（对茶房）你到楼上高先生房里，把他那个黑啤酒和汽水拿几杯下来。

荣　生：就是。

（他疾忙走去。）

（大家看着林忠群。）

林忠群：战事到此刻为止，好得很。可是听说日本军正在大批的增援，这一次的战事一定会扩大，而且是会持久的。

祝福祥：你刚从火线上回来？

林忠群：火线，最前线，军部不让你去的；事实上，要去也是不可能——可是，我也已经看到不少。

江超仑：闸北的情形怎么样？

林忠群：战争终究是战争，炮火是无情的——许多难民从沪西转进租界里来——走了一天，又饿又累；家是已经烧了毁了；财产差不多是光了；亲人骨肉，死的死了，伤的伤了，走散的是走散了；人心总是一样的：怎么会不悲痛，会不恼怒；口里怎么会不埋怨，会不咒骂——可是，好像人人都知道，是日本人害得他们这样；没有一个人因为自己的痛苦，觉得这次的仗是不应该打的！——中国的老百姓，实在是太爱国了，太好了，太可爱了！

（在他说这一大段话的时候，茶房荣生已经端了几杯黑啤酒进来——高硕夫也跟着进来——都立定了听。）

叶德仁：（递一杯给林）你喝杯啤酒吧。

林忠群：（接过啤酒，一口气饮了大半杯）我如果有一杯冰啤酒喝，我也是能够享受的。可是我不能没有这样一个感想：今天晚上，民国二十六年八月十四日的晚上，在上海，天堂和地狱，同时存在着！天堂是这边，地狱是那边，中间只有一条看不见的线，把他们离隔开；虽然地狱的火光，天堂里是看得见的，地狱里的吼声，天堂里是听得见的。上海租界的天堂，离开地狱这么近，而又这么远！——请听地狱里的吼声！

（这时炮声似乎特别响大。）

叶德仁：炮声，我们听了不过才一天半，倒好像是已经习惯，都不大放在心上了。

江超仑：明知道这些炮是打不到这里来的。

（一位中年人推门入。）

高硕夫：（最先看见）阿，何道翁，你总算来了！

（何道平将近五十；他的特点是"平淡无奇"；一生勤恳，安分守己，而绝无精彩可言。）

何道平：对不起，劳诸位多等！

（林忠群忙起身让他坐。）

叶德仁：怎么这么晚才来？

何道平：我四点多钟到王襄理那里，他又开会去了，一直等到八点多——

祝福祥：怎么样？

何道平：决定复业。

祝福祥：下星期一？

何道平：（点头）后天早晨。

叶德仁：挤提怎么办？

何道平：限制数目——（从袋中取出几张十行纸）有一个《非常时期安定金融办法》，我抄写了一份在这里。

祝福祥：怎么限制？

何道平：（念）"一、自八月十六日起，银行钱庄□种活期存款如须向原存银行钱庄支取者，只能照其存款余额，每星期提取百分之五，但每存户每星期，至多以提取一百五十元为限。"

祝福祥：每星期百分之五，至多一百五十元？

何道平：是的。

高硕夫：（显示他精明——傲然地）这个固然可以防止挤提的风潮，可是一百个钱整批的放进去，五个五个零碎的往外拿，以后谁还肯把钱存进银行钱庄！唔，我们商业银行，从此再休想吸收新的存户了！

何道平：（再念）"二、自八月十六日起，凡以法币支付银行钱庄，续存或开立新户者，得随时照数支取法币，不加限制。"

高硕夫：（爽然）喔，是我冒失了，你那张《安定金融办法》，可以借我看看么？

何道平：可以吧。财政部明天就要正式公布的。

（高取过十行纸细读。）

祝福祥：我们工厂里要发工钱，要付贷款，每星期一百五十元绝对不够——有通融的办法没有？

何道平：有，好像是"发放工资"可以"另行商办"。

祝福祥：交易买卖的货款呢？

何道平：听说还采用那一二八时代用过的同业汇划的办法，是银钱业自己向财政部请求的。

祝福祥：（看一眼高）哦！

高硕夫：（自管看纸）是的——只移动票据，不移动现款——从前使用银洋硬币的时候想出来的办法——也相当想得好。

叶德仁：有了这个安定金融的办法，尽管打仗下去，大概在金融方面，可以没有问题了！

何道平：希望暂时可以没有问题，不过——

叶德仁：不过怎么样？

何道平：这似乎不是一件可以一劳永逸的事。

荣　生：（忽然插嘴）对不起，先生，是不是下星期一银行开门，可以取钱？

何道平：有限制的可以——

荣　生：百分之五，最多一百五十元？

何道平：是的。

荣　生：那就好了！损失是已经损失了，为了打仗，没有什么说的。不过做人总得有条路走！银行休假，有存款就同没有存款一样；要是总不开门，法币去买东西，慢慢的就会没有人要，成为一张废纸，那还得了么！我早说的，你们不会害老百姓的——对不起，先生。

（他收了几只空茶杯走出。）

叶德仁：那个人没有妻儿老小，他也是——（不禁叹息）嗨！

章淑明：（低声）何先生。

何道平：是。

章淑明：刚才何师母来过的。

何道平：喔。

章淑明：请你早点回家。

何道平：今天怎么办呢。刚才我进门的时候，就敲十点钟的。

章淑明：那么你打一个电话回家。

何道平：家里没有电话，要到人家去借，此刻也不行了。

章淑明：阿呀，何师母在家不着急么？

何道平：要着急的。可是怎么办呢！

（众人同情地沉默着。）

叶德仁：（突然）银行里的职务，我要辞掉不干！

众　人：（大愕）不干！

叶德仁：（稍平静）没有什么别的意思，自从一二八到现在，讲起

　　　　　日本侵略中国，我总是赞成抵抗，赞成和日本打仗的。
何道平：我们都是如此的。
叶德仁：现在真的打起仗来了，人家在那里流血牺牲，我仍旧还是坐在银行里，每天对着桌子打算盘，翻账簿，和没有打仗的时候一样！
何道平：唔！
叶德仁：那么我们从前讲的一些慷慨激昂的话，岂不都是骗人么！
众　人：（瞿然）骗人！
叶德仁：我应该到军队里去。
祝福祥：军队里去？
叶德仁：（坚决）是的。在这国家民族生死存亡的关头，记账打算盘还有什么意义！平常我们的话，说的漂亮好听，事到临头，让别人去拼死；良心上怎么说得过去！
　　　　（众人无言半晌。）
何道平：（一半自言）像我这样的人，也可以去当兵么！
林忠群：何先生，您今年四十八岁了吧？服兵役的年龄，已经过去了。
何道平：可是——（为难一会，毅然）就算我不能拿枪打冲锋，军队里总有什么文书记账的工作，我可以做得下来的。
江超仑：如果你们二位都去当兵的话——我也去。
章淑明：小江！
江超仑：（十分严肃地）我真的要去——为什么我是例外。
章淑明：（凄厉地）小江你，你，你——
　　　　（江超仑别转头，不响。）
祝福祥：银行怎么办呢，你们走了之后！
叶德仁：自然会有别的人的！
高硕夫：不会像你们那样熟练，你们那样办事办得好的。

叶德仁：那就管不了许多啰。

江超仑：好吧，我们三个人一同去。

（高、祝默然，不能再参加意见。）

林忠群：何先生，叶、江两位先生，你们三个人还要去当兵，太叫一个青年人感动了！

（大家都转身看着他。）

林忠群：我在这里可以多一句嘴吧？你们三位去当兵，前线上可以增加三支枪！

何道平：三支枪！

林忠群：不过三支枪！这并不是说前线上不需要这三支枪，前线还是需要的，但是——

叶德仁：但是——

林忠群：银行里的工作，不会不受到影响的——我是一个做新闻记者的人，看到的事情多一点。战事不是专在军事一面的；每一个人都是兵，每一件事都是打仗！诸位没有听见刚才茶房的话么？如果中国的银行先垮台，几千万也许几万万，那在老百姓手里的法币都成了废纸，我们在战场上怎么还能打得赢呢！

（众人听了，十分动容。）

林忠群：打仗不一定要拿枪杆的。在今天，记账打算盘也是有它的意义的！奉劝三位先生，谨守着你们的银行岗位，在上海，要替国家民族，打一次银行的胜仗！

（半晌众人无言。）

叶德仁：林先生的话是对的。

（幕徐徐下）

## 第一幕　第二场

**时　　间**：
民国二十六年十二月中旬，一个星期日的上午。

**地　　点**：
何道平宅——公共租界圆明园路。

二楼的前楼，老夫妻的寝室兼"起坐"间——中流家庭的家具与陈设：床前有梳妆台，室中左有方桌，室四周有方凳与靠背椅，壁上有书画与何道平的半身照像镜框——左后有门；门外为楼梯，与那通晒台的过道；对面为亭子间，女儿何仕珍的卧室。

**眼前人物**：

何太太　提着一壶开水，冲茶。

何先生　坐在桌旁椅上；手里拿着当天的报纸，但不在读；两眼望着那坐在藤椅上的一位老妇人。

老妇人　八十左右，但看上去甚□□。

彭小姐　原是做舞女的，此刻穿着家常朴素的衣服，立在老妇人旁边。

何太太：（斟了两杯新冲的茶——先端一杯给彭小姐）吃杯热茶，彭小姐。为什么不请坐！

彭小姐：谢谢，何师母，要坐的。

何太太：（又端一杯给老妇人）好婆，吃茶。

老妇人：谢谢。

（何太太自去灌热水瓶。）

何道平：（考虑一会之后）我始终不相信这些消息是真的。

彭小姐：不是真的！

何道平：谣言，谣言之至。南京这样一个重要地方，那里会这样快就陷落！

（彭小姐不言。）

何道平：如果上海可以守三个月，南京至少可以守一年。

彭小姐：何先生看报上怎么说？

何道平：报纸上只说"雨花台血战中"！那攻陷南京的话，都是日本人故意□放谣言，动摇人心的！

彭小姐：（恢复信心）是的。

何道平：至于说攻下南京之后日本人要抢租界的话，更加靠不住了，租界有外国人的关系；里面驻着有英国兵美国兵，日本人决没有那么大的胆子去得罪英国人美国人的！你想是不是？

彭小姐：（点头）是的。

何道平：告诉你的令亲老太太，尽管放心，还是藏着法币好了，用不着掉换外国银行的钞票。

彭小姐：是，用不着掉换。

何道平：我此刻还是在银行界做事，对于法币，我可以知道清楚——何必给人家上当！

彭小姐：给人上当，何先生不会的。（看老妇人）怎么样，好婆？

（那老妇人毫不表示——只呆呆地望着她。）

（彭小姐无办法。）

（何太太灌毕热水瓶——相着床头一条毡子，自作商量。）

何太太：这东西，要拿上晒台，晾晾去？

（她决定拿上去——顺手提着水壶，在房门外放下，单拿毡子晒台去了。）

老妇人：（坚持到底）何先生，还是要请你替我帮帮忙。

洪 深 / 363

何道平：还是要——

老妇人：我攒了这么许多年，才攒了这么两千块钱的棺材本，要是——

何道平：（屡闻，不耐）是的是的。

老妇人：阿呀，他们说得太怕人啦，马路上的人，烟纸店里的人！要是日本人真的抢了你们银行的话——

何道平：不会的。

老妇人：等到法币真的不好用，再要想换就来不及——你先生在大银行里做事，我这几个钱总有法子想的。

何道平：倒并不是一两千块钱换不掉——

老妇人：往常是法币好。我曾经听着人家的话，把雪白的大洋钱，和外国银行的鹰洋票，都换成法币。不过——

何道平：不过——

老妇人：日本人要冲租界，法币就没有外国银行的钞票好！我还是要请何先生替我把法币都换成外国银行的钞票。

（何道平真至无法可施，只好看着彭小姐。）

彭小姐：对不起何先生，麻烦何先生，我们这位好婆，快上八十岁啦。

何道平：（谢谢）麻烦，没有的。

彭小姐：她一辈子省吃俭用，就攒了这么一点法币，自然是推扳不起的。

何道平：（原是同情她的）那是的。

彭小姐：这几天在外面听到些谣言，就一天到晚担心事，我再也劝好婆不听！

何道平：谣言真可恶！

彭小姐：现在换也好，不换也好，还请何先生想个法子，总要使好婆心里的一块石头放落下来。要不然——

何道平：（摇头）我也想不出好法子。

彭小姐：要不然，好婆要愁苦死啦！

何道平：（望着她——求谅）我今天劝老太太的话，可以说是非常结实，我从来不肯这样讲话的！老太太始终不相信，有什么法子！

彭小姐：（也为难）就是这个不好办。

何道平：你看，尽管上海的谣言这么多，全上海的人，除了你令亲老太太放不下心之外，没有一个，说是不相信法币的！上海今天没有一个人不相信法币的！

（这时候何仕珍从晒台奔下，脸上有一种说不出的严肃——她是道平的女儿；十九岁，高中程度；但理解力甚强，热情，勇敢——手里拿着刚从晒台上收下的围裙和衣服。）

何仕珍：爸，不好了，在晒台上看到一个怪东西。

何道平：（惊讶）什么，怪东西！

何仕珍：一个大汽球。

何道平：大汽球？

何仕珍：上面还有字，"庆贺皇军"什么什么"南京"——有两个字看不清楚。

何道平：（愕然）什么！（低声自问）当然这又是日本人弄的？说不定南京真是……（忧虑）那么南京陷落的话，不完全是谣言了！

何仕珍：爸，你不上去看看？

何道平：要去的。

（仕珍将手里叠着的两条围裙，放在床头——将其余衣服，拿到自己卧室里去。）

何道平：（起立）老太太，我劝你的还是这句话；法币是绝对靠得住的，用不着去换掉！

**老妇人**：唔？

**何道平**：如果你一定要换掉，那也用不着拿到我们银行里去——这里出去不远，在四川路仁记路口，有的是专做兑换生意的小钱庄，随便那一家都有替你换的。

**老妇人**：（睁大二目，注意听着）阿，阿，都肯——

**何道平**：不但可以掉换上海的外国银行的钞票，还可以掉换香港的钞票——

**老妇人**：阿，真的？

**何道平**：差不多是一块钱换一块钱，随便哪一家小钱庄都可以掉换的。

**老妇人**：（喜不自胜——看着彭）那么——我们——看看去——

**彭小姐**：多谢何先生，我们下楼去啦。

**老妇人**：（同时）吵闹你啦，何先生。

**何道平**：没有什么。

（彭小姐扶着老妇人，慢慢下楼去。）

（何道平在梳装桌上拿了另外一副眼镜。）

**何道平**：（到房门口喊）仕珍。

（何仕珍在自己卧室里应："唯！"）

**何道平**：我们到晒台上看看去。

（他先走——仕珍跟着上去。）

（这时何太太从上而走下——看见人都走开，便至楼梯头，轻轻喊。）

**何太太**：（低呼）彭小姐，彭小姐。

（彭小姐在楼下应："唯，何太太。"）

**何太太**：你请上来一趟。

（彭小姐在楼下应："马上就来。"）

（何太太把手里抱着的晒干的衣服，放在床上——从怀中摸出一串钥匙，去开梳装台的靠床的一个抽屉。）

（彭小姐从楼下奔来。）

彭小姐：（问）何太太，什么事？

何太太：我要把这个东西给你。

彭小姐：（感谢的样子）哦！

何太太：（从抽屉里取出一个手巾包，慢慢打开，里面有薄薄一叠五元十元的钞票）彭小姐，你从来没有向我开过口……本来是乡邻，彼此应该帮忙的……可是我们也只是一个空场面，内里枯得很……何先生只给我每月一百二十块钱的家用，吃住，租房子，佣人工钱都在内……（数了几十块钱在手）这样吧。你要用五十块钱，你先拿三十块去。（指包内）我们也存不多啦。

彭小姐：就借三十好啦。（接过钱）谢谢。

何太太：（再慢慢包起）我们总算还好，不缺米，不缺柴！不过男孩子还在大学里读书，再有一年半才毕业，家里还得供给他学费。

彭小姐：（把三十元藏好）是的。

何太太：（将手巾包放入抽屉）女孩子大了，不能不时常添点鞋袜和布衣服……几个钱实在不够用。（关上抽屉，锁好）所以打仗以后不久，娘姨怕听炮声回了乡下，我们就索性不用娘姨啦。什么事都自己做。省一个是一个。

彭小姐：何太太能干，粗粗细细都来得。

何太太：（顺手折叠床上的衣服）那里话，这叫做无可如何……过了年女孩子和林先生结了婚，我们还可以省掉一间房间……想搬一个有电话的地方……兵荒马乱的时候，何先生天天要到银行去，也可以随时通消息。

彭小姐：（帮着折叠衣服）你们要搬走。我要是能够回去的话，我也要回乡下去。

何太太：你也要回乡下去？

彭小姐：不瞒你何太太说，我这种舞女马虎得很；许多古古怪怪的事情，我都做不好！

何太太：（似懂非懂）唔？

彭小姐：从前舞场开着，一个月也不过才赚一百多块钱。现在一停三个多月，一点进款都没有；日子就真不好过。

何太太：（同情）是，不好过。

彭小姐：做舞女，我本来就没有做红，所以以后我也不想再做。

何太太：不做也好。

彭小姐：世界上什么都是假的，生活是真的！等到一个人没有一个钱买米的时候，真是"一钱逼死英雄汉"！（友情地诚恳地）何太太，要是何先生碰到什么好机会，赶紧抓住不要放，千万不要做傻子！什么名望，什么交情，都是中看不中吃的。（江超仑在楼底下喊："道平兄，道平兄！"）

彭小姐：有客人来了。

（她放下衣服，匆忙欲避去。）

何太太：等一等还要请你来帮着包饺子。

彭小姐：要来的，我包得不好。

（她走出去——门口碰到章淑明——本来是相识的。）

彭小姐：（招呼）江太太。

章淑明：阿，彭小姐。

（彭小姐自下楼去。）

（江超仑、叶德仁进来，脱去大衣，放在床上。）

章淑明：何太太，馅子拌好没有，就可以动手包了吧。

何太太：这要调灰面。（对叶、江）道平在晒台上看大汽球，上去这么半天还不下来，我喊他去。

江超仑：好的。

何太太：（严肃）阿，江先生，你打听到什么新的谣言没有？

江超仑：什么，打听……"谣言"！没有。

何太太：你们请坐，江太太，替我倒两杯茶。

（她径向晒台去。）

章淑明：（一面倒茶）谣言，如今真是谣言世界。叶先生，我最近听到一个非常新鲜的谣言，还没有讲给你听。

叶德仁：关于那一方面的？

章淑明：你再也不会想到——关于何先生的！

叶德仁：（讶）关于道平的！

章淑明：人家说他另有高就，银行里的事，想不干！

叶德仁：道平不至于如此吧。

章淑明：（并非恶意）也得等着看了。

（何道平、何仕珍从晒台下来——全是仕珍说话的声音。）

何仕珍：（兴奋地辩解不已）战局这样紧张，社会上有这么许多工作要做，女孩子们！——爸，就是像我这样没有经验的——还是应该出去服务的！多做工作，就可以学会了。这叫做从工作中学习。

（何道平在她说话中间，已和来客一一招呼过。）

何道平：（回答仕珍）都不是容易的事。

何太太：（下楼之前）仕珍你把桌子揩干净，帮着包饺子。

何仕珍：（看一眼桌子）不用揩，桌子蛮干净的。饺子我不包，忠群就会来的，陪我到儿童救济会开会去。

何太太：等林先生来到，你再不包。

何仕珍：就是。

（何太太下楼去。）

洪 深 / 369

（仕珍拿起床上的两条围裙——递一条给章淑明，自系一条。）

何仕珍：（继续先前的话）譬如说，儿童救济会就有许多工作要做，就是缺乏人手，可是好些可以去做工作的人都不去，躲在家里煮饭——包饺子——

何道平：家里的事，也是要人做的。

何仕珍：爸，我最受不了的，是在现在这样紧张危急的时候，我真想怎么样的努力一下，做成几件事——可是一件都做不起来！

何道平：你太"青年"，太性急啦——你问问忠群去。

（仕珍不响走开）

叶德仁：（经过一番考虑）道平兄，我要问你一句话。

何道平：问我一句话？

叶德仁：你是不是有乔迁的意思？

何道平：（不解）乔迁！

叶德仁：已经另外找到了高枝？

何道平：不是这样的。一切都还没有决定。

叶德仁：没有决定！

何道平：一则家里的生活，需要稍为宽裕一点。二则像我这样的人，在银行里也并不十分重要，少我一个人也没有多大关系——我今天约诸位来吃一顿便饭，就是要想请教这一件事。回头我们吃过饭细细的谈。

（林忠群突然在门口出现。）

章淑明：（看见）阿，林先生。

林忠群：（沉痛地严厉地）南京陷落的消息已经证实。

众　人：（不期而然的同时）证实！

林忠群：在南京我们的军队已经奉令退出。

叶德仁：奉令退出！

林忠群：上海的日本人准备今天在南京路举行一次示威大游行。

江超仑：示威大游行。

林忠群：庆贺他们的胜利。

何仕珍：庆贺……他们……胜利？

林忠群：这并不保证，胜利就是他们的！中国决不会屈服，仗还是要打下去的。

（众人沉默的同意这句话。）

何道平：（过了一会）听到什么关于上海的消息没有？

林忠群：没有。

章淑明：上海的左近，一时大概不会再有战事？

林忠群：大规模的军事行动，一时也许不会有。以后要看四乡游击队的活动。

叶德仁：（特别有心）游击队！

林忠群：这也可以给日本人很大的损失，如果继续的干着的话。

何道平：在上海的政府机关怎么办？

林忠群：当然不应该全部撤远的。照"常识"说，有些可以秘密起来。

章淑明：国家银行不能秘密起来的！

林忠群：一般的业务，本来也用不着秘密。

何道平：还是照常进行业务？

林忠群：可是国家银行以后的工作，恐要更加增多。

何道平：工作……增多？

林忠群：作用也要更加宽大。

叶德仁：为什么？

林忠群：那些在上海的政府的秘密机关以及在乡下的游击队，需要大批经费，需要□一种可靠的能够经常接济他们经费的机构——在我看来，国家银行，是义不容辞的。

**江超仑**：那就是说，银行里面，也要有一部分的秘密工作。

**叶德仁**：（心里一动——忽然翻眼瞪着超仑）当然要有的，这又何必多说！

（大家见他这样，稍微觉得有点奇怪。）

**章淑明**：这几天军事的形势到底怎么样？

**林忠群**：军事可以没有问题的。目前最可虑的倒是……

**章淑明**：倒是什么！

**林忠群**：悲观论调和失败主义的抬头！

**何道平**：阿！

**林忠群**：尤其在今天南京陷落之后，意志不坚定的人，一定会把抗战看得太艰难。无形中他的"牺牲为国"的精神，可能变成"个人发展"的热忱了！

（众人对于这句话的印象甚深。）

（彭小姐也系着围裙，捧着一盘馅子，拿着两根擀面杖，从楼下走来。）

**林忠群**：（对仕珍）我们要到威海卫路学校里去开会，该走啦。

**何仕珍**：我换件衣服去。

（何太太捧着一团湿面上来。）

（章淑明便系起围裙。）

**何太太**：（对道平）陈先生、祝先生在楼下。

**何道平**：请他们上来坐。

**何太太**：他们听说这里有许多客人，恐怕谈话不方便，不肯上来。

（何道平为难。）

**江超仑**：（问）那个陈先生、祝先生？

**何道平**：陈宗琪和祝福祥。

**何太太**：（指后面）仕珍马上要和林先生出去，后面亭子间里谈话，好不好？

何道平：好的好的。（自己到楼梯口）陈先生、祝先生请上楼来，后面有地方可以谈话。

（停了一会，听见小陈答应："来啦。"）

（何太太将湿面放在桌上——章淑明、彭小姐开始包饺子。）

何仕珍：（在门口）忠群。

林忠群：（对众人）再见。

何仕珍：爸、妈，我们走啦。

（她和林，等候陈、祝二人上了楼——顺便还招呼一下——同下楼去。）

（祝、陈见室内都是旧识，不能不进来打一转。）

祝福祥：喔唷，德仁兄、超仑兄、江太太，好久不见。早来啦。

江超仑：（点头）好久不见。

陈宗琪：几位熟人都来这里。

叶德仁：（交际话）近来不常出来？

陈宗琪：家里有点事。

祝福祥：（看着道平）怎么样，我们——

何道平：二位请那边坐。

陈宗琪：回头见。

（他与祝要紧到后面和何道平谈话去。）

（室内突然觉得有一种低压的空气。）

（江超仑无聊地帮着包饺子。）

叶德仁：（自言）他们两个人怎么会来的！

江超仑：我也不懂。

叶德仁：小陈不是向银行辞职，已经一个多月了么？

江超仑：那是因为他的父亲有病，要把丰裕和森昌两个字号交给他管；他忙着要做自己店里的生意了。

叶德仁：他们二位的来，是不是会和道平的"乔迁"有点关系？

江超仑：我瞎猜一下，不会完全没有的。

（叶德仁寻思不语。）

章淑明：你们为什么不愿意人家有更好的前途？

江超仑：这是更好的前途么？

章淑明：待遇一定比在银行里高，生活一定比在银行里舒适的。

江超仑：不知道祝和陈两个人怎么会跑在一起的！

彭小姐：（她觉得不能不把她所知道的公之大众）他们两个人现在要合办一个协成贸易公司。

江超仑：协成贸易公司？

彭小姐：专做五金电料。总公司在上海，分公司在香港——他们就是来找何先生去做香港分公司的经理的。

江超仑：（恍然）哦。

彭小姐：他们两位来过几次——有一天何太太和我谈起她说辞了银行去做生意，恐怕人家说闲话。我说，只要钱多，管闲话干什么。做生意的人有的是，难道是做不得的！

章淑明：那么何先生答应了没有？

彭小姐：那倒不知道了。

（何太太这时拿一个小圆匾进来，把包好的饺子放在匾里。）

何太太：你们是在讲道平的事吧。

章淑明：（友谊地）是的。

何太太：也是没有法子……总是这个家，累着他……油盐柴米，东西的价钱在那里高涨……男孩子女孩子，也还需要负担……何先生的年岁，一天一天又在上去；要是有什么一个机会，一种事情，是道平做得来的……同时收入能够宽

　　　　　　裕一点……道平如果再不肯接受，他太对不起他自己，也太对不起我啦！

章淑明：（想不到她是这样一个看法——安慰）何太太，我同情你的主张的。

何太太：而且陈先生还说这种的话，我们是做生意，不是做汉奸！五金电料，也是抗战需要的东西。我们贩运这种东西到后方，也是为抗战服务呀。

　　　　　　（众人相顾无言。）

　　　　　　（楼下好婆高声喊："何太太，何太太，有一位袁先生来看你们。"）

　　　　　　（何太太未及回答——已听到楼梯上有脚步声——和那人说话的声音："是我，我袁锦森！"）

袁锦森：（看见满屋子是人，实出意外）哦，你们今天有事情。

何太太：袁先生，请坐，没有关系——何先生会着另外两个客人，就要来的——袁先生这里吃便饭。

袁锦森：不客气，不客气。

何太太：袁先生不要客气，便饭。

袁锦森：（略顿）就是，就是。

　　　　　　（章、彭继续包饺子。）

　　　　　　（何太太捧着一匾下楼去。）

袁锦森：（对叶、江）二位听到最近的消息么！

江超仑：最近的消息？

袁锦森：这是一个最最可靠，也最最秘密的消息！

章淑明：秘密的消息！

袁锦森：中日的战事快结束啦。

叶德仁：什么？

袁锦森：南京已经陷落，中国准备要和日本讲和。

洪深 / 375

江超仑：没有的话！

袁锦森：是外国人方面传出来的消息。

江超仑：决不会的，这又是日本人造的谣言，也是日本人的梦想！

袁锦森：并非谣言，听说是德国大使陶德曼出面调停的。

叶德仁：德国……调停！

袁锦森：这个消息就是由那些和大使馆方面接近的人，传出来的。

（叶德仁，何太太，章淑明，彭小姐都呆住。）

（江超仑频频摇头。）

叶德仁：可是我不相信？

袁锦森：你还不相信！

叶德仁：在这个时候讲和，事实上等于亡国——中国的政府和人民，一定会抗战到底的。

袁锦森：差不多什么话到我嘴里，真的也会变成假的，你们过两天看好了！

（话不投机，大家便不多说。）

（饺子包毕，章、彭把桌子收拾清楚，把东西都拿下楼。）

（陈宗琪、祝福祥从后房出来，径下楼去。）

（何道平拿着一封信一张庄票，步入前室——用心地放在梳妆桌上，拿本书将它们压牢——一面招呼袁锦森。）

何道平：袁先生，不晓得你来，对不起——有什么事情么？

袁锦森：今天特为来拜访何先生，有件事要奉托。

何道平：好说好说。

袁锦森：今天已经是十二月十几，快到年终考核，加薪改叙的时候。

何道平：是的。

袁锦森：我在行里——好在此地都是行里的同事，什么话不妨明说——我的名义才是一个助理员，每个月只有四十块钱的薪水。

何道平：不错。

袁锦森：我希望在今年年终能够合理的调整一下。

何道平：（同情地）应该调整一下。

袁锦森：我的希望并不大，只希望加二十块钱的薪水，加到每月六十，名义改为办事员。

何道平：（点头）是的是的。

袁锦森：我请求何先生帮忙，替我说句公道话。我知道主管者对于何先生的话，是非常信任的。

何道平：（诚恳）理当效劳！

袁锦森：不是我喜欢牢骚，何先生知道的，我还不是怎样一个完全无能的人；在一家商业公司里，也曾经赚过比较大的薪水，负过比较大的责任。我进了这个银行，我只有一个毛病！

何道平：（微惑）一个毛病？

袁锦森：常言道"朝里无人莫做官"！我在银行里没有一个拉一把，提一把，替我说一句好话的人——我不是行里任何大好老的家人！

何道平：（停了一会）好的，袁先生话，我一定替你说到。

袁锦森：谢谢。

何道平：可是，也不能有百分之百的保证，一定有效——人情，到处都讲一点的；也许还不至于像袁先生所见，银行里完全不讲能力，全靠上面人的提拔和援引！

袁锦森：请看我……我……

何道平：是的，袁先生自己，的确受了委屈，应当有一点，唔，有一个合理的调整。可是请原谅我的耿直——一句有道理的话，平心静气的说，人家也会听的。我们何妨，唔，姑且

洪深 / 377

当作人家是没有偏见，没有私心的呢！

袁锦森：唉！何先生，我以往就是吃了这个亏，那里会没有偏见，没有私心！摆在眼面前的事实太多啦！

何道平：摆在眼面前的事实！

袁锦森：比如说，那位冯炳文，一个初出茅庐的小孩子，讲笔墨，讲账目，那一样比得上我。这是有目共睹的事实，我不能胡说的。可是批薪水的时候，比我多批十块钱。为什么！因为他是行里某一个大好老的学生！

何道平：嗨。

袁锦森：比如说，汪云荪，和我同时进行，资格是一样的。可是，不到半年，调到另一个单位，薪水加了一倍。此公又慢又懒，人人知道他不行的。为什么加薪，因为他是行里某一个大好老的亲戚。

（何道平因他列举事实，无可否认，只得无言。）

袁锦森：比如说，陈宗琪，从前在行里做练习生的时候，汽车进，汽车出，可是行里的事，从来没有好好的办过一天。这样在行里挂个名在外面胡闹的人，有人训裁过他没有！有人训诫过他没有！没有的！为什么！他父亲是一个大财主，和行里某一位大好老是朋友——何先生，世界上没有公道的！到处都是私心，到处都是腐败。（偏激）这样腐败下去，中国非亡国不可！（愈说愈忘其所以）中国不亡，是无天理！

（众人为之骇然。）

（叶德仁愤怒，瞪目相向，有惩责之意——经过短时考虑，恢复友善的态度——行至袁前。）

叶德仁：（严厉地）袁先生，今天你如果是在公众场所说这个话，大家一定会起来对付你，打你的。太不像一个爱国的中国人所应该说的话。

袁锦森：（还要倔强）怎么？

叶德仁：刚才我和江听到，也几乎不能忍耐——可是我们知道，你时常会说些偏激的话，过后你自己也知道不应该说的！

（袁锦森低头）

叶德仁：讲到世事的不公平——世界是这样的世界，那里能够事事令人满意，人人没有私心。你所说的那些情形，并非完全没有，但是也不可以一概而论。

袁锦森：不可以一概而论。

叶德仁：就拿你老兄的事情来说，确是有点委屈，可是老兄是一位文书的人才，在商业公司里一向也是负文书方面的责任，在账目方面，也许不像我们这些人熟练，你老兄也不能不承认吧！

袁锦森：那是我承认的。

叶德仁：那么你老兄在银行里暂时屈居下位，也不能说是完全没有理由了。也许——我不敢说一定——也许冯某人他们的待遇高，升调快，也不是完全没有理由的。

袁锦森：（从未如此想，不禁肃然）喔！

叶德仁：至于真正不公平的现象——比如银行里居然会有小陈这类的事情存在——到底是少数中的少数。全上海的银行，恐怕就只有一个像小陈那样每月只拿八块钱，可是每天坐着汽车进出的练习生。我们简直想不到第二个人！

（袁锦森无言反驳。）

叶德仁：可见得腐败只是偶然的例外，绝对不是普遍的——甚而至于为了说话的痛快，假定它是普遍的话——

袁锦森：假定么！

叶德仁：那也有一定负责的人，惩罚那些真正腐败的人好了，打他骂他都可以，可是不要惩罚全体中国人！

袁锦森：（瞿然）啊！

叶德仁：不要因为我们一个人两个人委屈，就说中国应该怎么样怎么样！

袁锦森：啊！

叶德仁：不要因为我们一个人两个人受到的待遇不公平，就说中国不怎么样，是无天理。这个差不多是汉奸的论调，不是我辈所应该说应该想的！

（袁锦森无地自容。）

叶德仁：腐败的情形，应该彻底消灭的；个人的处境，应该希望改善的。不过我们今天更应该想一想更大更远的事！（热诚地严重地）在今天上海南京我们的军队已经退出的时候，在今天失败的空气非常浓厚的时候，我们银行界的人，自己和妻儿老小，到底还没有怎样挨着冻受着饿，能够少在自己的加薪升级，少在私人的前途福利上打算着想，不忘记我们银行还是在打仗，各人守着各人的岗位，不逃避，不动摇，始终坚持，做一个这次金融抗战中的无名英雄——袁先生，你看这样不比牢骚好么！

（袁锦森在这一时刻是真感动的。）

袁锦森：（歉然）请原谅，刚才我太糊涂啦。

（众人不由都露欣慰之色。）

（章淑明久已回来，旁听了半天，此时也对江超仑频频点头。）

叶德仁：（拍袁肩，真诚的友情）老袁，我晓得你会想得通的——你一向不大喜欢和人家来往，老是一个人吃闷酒，把心境都吃灰色了！以后你何妨时常找我们谈谈。小江最会寻乐趣，我和小江和道平都是蛮要好朋友的。

袁锦森：就是就是。

江超仑：真的，自从旅馆里公司房间取消之后，难得碰见我们的老袁的。

（袁锦森神经地笑了一下。）

叶德仁：（以为已经把袁争取过来，此事可告一段落——故改题目）饺子呢，怎么还不拿上来吃。

章淑明：何太太还要烧几样菜，菜好了再煮饺子。

（忽然袁锦森起立。）

袁锦森：我要走啦。

江超仑：你不是答应了何太太在这里吃饭的么。

袁锦森：（冷薄地）不，我有事，我不吃，我要走了。

（不管众人反应如何，他略一点头，径然走出。）

叶德仁：（爽然）唔……

（众人半晌无语。）

何道平：（不能不说）袁锦森这个人没有志气。

江超仑：道平也说这话。（一面寻思着）哼，这就难怪。道平兄和德仁兄和我，三个人的性格，趣味，生活习惯，都不怎么相同的。银行里的同人看见我们三个还谈得来，感情还不坏，算是相当要好的朋友，都觉得有点岂有此理！现在可以明白——（何、叶二人望着他）

江超仑：我们三个人在要紧的问题上，看法差不多是相同的。（有用意地看一眼何）我们三个人，总不会再散伙吧。

（何道平正待回答——）

（忽听楼梯上有脚步声。）

（何太太与林忠群扶着仕珍上来。）

（仕珍额上流血，拿一块手巾按着，她们扶她在一张椅子上坐下。）

（章淑明忙上前帮着救护。）

何太太：怎么会这样的，怎么会这样的。

林忠群：我们走到南京路，正碰到日本人游行……那种骄横傲慢，把中国人完全当作亡国奴的样子，真教人不能忍受……有几个青年学生年纪很轻，像是中学生，忽然自发的喊起"打倒日本帝国主义"……日本人冲上去……后来给巡捕捉着走，打得满头是血，可是口里还是喊着……巡捕一拳打在脸上，嘴里鼻子里都流血，可是还喊着"打倒日本帝国主义"……我和仕珍，因为南京路过不去本来站在旁边看……忽然仕珍喊起口号来……旁边的老百姓也跟着喊……巡捕过来捉人……我拉着仕珍赶快跑，已经打到一棍子……大概不要紧的，皮肤的轻伤。

（何太太和章淑明已经将仕珍的伤揩净，正在包扎。）

何太太：（带包带讲——埋怨）你这个人，讲也讲不听，胆子越来越大了，再要这样。（一半讲给叶德仁听）今后不准你出去。（回头来）仕珍是傻子，她就是这样傻的！

江超仑：（深深感动）是傻子，傻得很。可是今天中国所需要的，正是这种不顾死活为了国家民族拼命的傻子。好青年，好傻子，真正的中国人！

林忠群：青年人看见南京路上那种情形，不会不愤激的。正义是一切人的岗位，不守住这个岗位，还能成为人么！

叶德仁：我没有别的话说，我们老一辈子的人，感觉得太惭愧啦！

（在大家的静默中，何太太安排筷碟，准备开饭。）

（何道平把小陈交给他的庄票和一封信，看了又看——又把那封信抽出来一读。）

何道平：（安静地走到他太太身边）陈先生提出的条件……非常好的……薪水大，红利多，事情又轻松……他的老太爷写给我的一封信，又说得这么恳切……不接受实在有点可惜……

**何太太**：是的，这样好的机会，不容易碰到的。

**何道平**：可是……我恐怕又要做一回傻子啦！

**何太太**：（呆呆地望着他）什么！

**何道平**：我……（自笑）嘿嘿，我做惯银行界的事……恐怕做生意做不好。

**何太太**：那么……

**何道平**：不接受了。

**何太太**：（停了半晌）好吧……你怎么做怎么好……我知道你，不会存心做坏事的。

**何道平**：可是，收入方面……

**何太太**：我总有法子对付的，不要你管我的闲事。

**何道平**：（拿起那封信和庄票）这一封信，写得好，文笔好得很……（郑重地交给何太太）留着做一个纪念吧，藏在箱子里去。（又把庄票交给林忠群）这三千块钱一张庄票，托了你吧，你晓得森昌字号在那里的，请你替我送还给他……还替我致歉意。

**林忠群**：就是。

**江超仑**：林先生，你不知道吧，道平，德仁和我，三个人的绰号？

**林忠群**：不知道。

**江超仑**：上海银行界"岂有此理"的"三剑客"！

（众人微愕）

**江超仑**：我们三个人永远不会分离的。

（幕徐下）

选自洪深著："抗战文艺丛书"（第五种）《黄白丹青（两幕四场剧）》，建国书店，1942年

# 曹 禺

|作者简介| 曹禺（1910—1996），湖北潜江人，原名万家宝，中国杰出的现代话剧剧作家。其代表作品有《雷雨》《日出》《原野》《北京人》。

## 北京人（三幕剧）

（节选）

**地　点：**

第一幕——中秋节。在北平曾家小花厅里。

第二幕——当夜十一点的光景，曾宅小花厅里。

第三幕——仍在曾宅小花厅。

　　第一景——离第一幕约有一月，某一天的傍晚。

　　第二景——翌日五点钟左右，天尚未亮的时候。

**人　物：**

曾皓——在北平落户的旧世家的老太爷，年六十三。

曾文清——他的长子，三十六。

曾思懿——他的长媳，三十八九。

曾文彩——他的女儿,三十三岁。

江泰——他的女婿,文彩的丈夫,一个老留学生,三十七八。

曾霆——他的孙子,文清与思懿的儿子,十七岁。

曾瑞贞——他的孙媳,霆儿的媳妇,十八岁。

愫方——他的姨侄女,三十上下。

陈奶妈——哺养曾文清的奶妈,年六十上下。

小柱儿——她的孙儿,年十五。

张顺——曾家的仆人。

袁任敢——研究"人类学"的学者,年三十八。

袁圆——他的独女,十六整。

"北京人"——在袁任敢学术察勘队里一个修理卡车的巨人。

寿木商人——甲,乙,丙,丁。

警察

## 第一幕

中秋节,将近正午的光景,在北平曾家旧宅的小花厅里,一切都还是静幽幽的,屋内悄无一人,只听见靠右墙长条案上一条方楞楞的古老苏钟迟缓低郁地迈着他"滴滴搭搭"的衰弱步子,屋外,主人蓄养的白鸽成群地在云霄里盘旋,时而随着秋风吹下一片泠泠的鸽哨响,异常嘹亮悦耳,这银笛一般的天上音乐使久羁在暗屋里的病人也不禁抬起头来望望,后面大花厅一排明净的敞窗里,正有三两朵白云悠然浮过蔚蓝的天空。

这间小花厅是上房大客厅和前后院朝东的厢房交聚的所在,屋内一共有四个出入的门路。屋右一门通大奶奶的卧室,门前悬挂一簇精细无比的翠绿纱帘,屋左一门通入姑奶奶——曾文彩嫁与留过洋江泰先生的——睡房,门前没有挂着什么,门框较小,也比较腌脏，似乎里面的屋子也不甚讲究。小花厅的后墙几乎完全为一排狭长的纸糊的槅扇和壁橱似的小书斋占满。这排纸糊的槅扇，是上房的侧门，占有小花厅后壁三分之二的地位。门槛离地约有一尺，踏上一步石台阶，便迈入门内的大客厅里。天色好，这几扇狭长的纸糊槅扇也完全推开，望见上房的气象果然轩豁宽畅，正是一个曾经盛极一时的大家门第。里面大客厅的门窗都开在右面，向前院的门大敞着，露出庭院中绿荫荫的枣树藤萝和白杨。此时耀目的阳光通过里屋（即大客厅）一列明亮的净窗，洒满了一地，又返射上去，屋内尘影浮沉，如在水中，连暗淡失色的梁柱上的金粉以及天花板上脱落的藻饰也在回照里熠熠发着光彩。相形之下，接近观众眼目的小花厅确有些昏暗。每到"秋老虎"的天气，屋主人便将这大半壁通大客厅的门扇整个掩闭，只容左后壁小书斋内一扇圆月形的纱窗漏进一些光亮，这半暗的小花厅便显得荫凉可喜。屋里老主人平日不十分喜欢离开后院的寝室的，但有时也不免到此地来养息。这小书斋居然也有个名儿，门额上主人用篆书题了"养心斋"三个大字的横匾。其实它只是小花厅的壁橱，占了小花厅后壁不到三分之一的地位，至多可以算作小花厅的耳室。书斋里正面一窗，可以望见后院老槐树的树枝，左面一门（几乎是看不见的）正通后面的庭院和曾老太爷的寝室。这耳室里沿墙是一列书箱，里面装满了线装书籍。窗前有主人心爱的楠木书案，紫檀八仙凳子，案放着笔墨画砚，磁器古董，都是极其古雅而精致。这一代的主人们有时在这里作画吟诗，有时在这里读经清谈，有时在这里卜卜课，无味了就打瞌睡。

讲起来这小花厅原是昔日一个谈机密话的地方。当着曾家家运旺盛的时代，宾客盈门，敬德公，这位起家立业的祖先，创下了一条规矩：体己的亲友们都照例请到此地来坐候，待到他朝中归来，或者请入养心斋来密谈，或者由养心斋绕到后院的签押房里来长叙，以别于在大客厅候事的后生们。那时这已经鬓发斑白的老翁还年青，正是翩翩贵胄，意气轩昂，每日逐花问柳，养雀听歌，过着公子哥儿的太平年月。

如今过了几十年了，这间屋子依然是曾家子孙们聚谈的所在。因为一则家世的光辉和祖宗的遗爱都仿佛集中在这块地方，不肖的子孙纵不能再像往日敬德公那样光大门第，而缅怀已逝的繁华，对于这间笑谈坐息过王公大人的地方，也不免徘徊低首，不忍遽去。再则统管家务的大奶奶（敬德公的孙媳）和她丈夫就住在右边隔壁，吩咐和商量一切自然离不开这个地方。加以这间房屋四通八达，盖得十分讲究。我们现在还看得出栋梁上往日金碧辉煌的痕迹。所以至今虽然家道衰微，以至于连大客厅和西厢房都不得已让租与一个研究人类学的学者，但这一面的房屋再也不肯轻轻送给外人居用。这是曾家最后的一座堡垒。纵然花园的草木早已荒芜，屋内的柱梁亦有些褪色，墙壁的灰砌也大半剥蚀，但即便处处都像这样显出奄奄一息的样子，而主人也要在四面楚歌的环境中勉强挣扎、抵御的。

其实蓦看这间屋子决不露一点寒伧模样。我们说过那沉重的苏钟就装潢得十分堂皇，钟后那扇八角形的玻璃窗也打磨得光亮，（北平老式的房子，屋与屋之间也有玻璃窗）里面深掩着杏色的幔子，——大奶奶的脾气素来不肯让人看见她在房里做些什么——仿佛锁藏着无限的隐秘。钟前横放一架金锦包裹的玉如意，祖宗传下来为子孙下定的东西。两旁摆列着盆景兰草和一对二十年前作为大奶奶陪嫁的宝石红的古瓶。条案前立一张红木方桌，有些旧损，上面铺着紫线毯，开饭时便抬出来当作饭桌。现在放着一大盘冰糖葫芦，有山楂红的，紫葡萄的，生荸荠的，胡桃仁的，山药豆的，黑枣的，梨片的，大红橘子瓣的，那鲜艳的颜色使人看着几乎忍不住流下涎水。靠方桌有两三把椅子，和一只矮凳，擦得都很洁净。左墙边上倚一张半月式的紫檀木桌，放在姑奶奶房门上首。桌上有一盆佛手，几只绿绢包好的鼻烟瓶，两三本古书。当中一只透明的琉璃缸，有金鱼在水藻里悠然游漾。桌前有两三把小沙发，和一个矮几，大约是留学生江泰出的主意，摆的较为别致。这面墙上悬挂一张董其昌的行书条幅，装裱颇古。近养心斋的墙角处，倒悬一张素锦套着的七弦琴，橙黄的丝穗重重地垂下来。后面在养心斋与通大客厅的槅扇之间，空着一块白墙，一幅淡远秀劲的墨竹挂在那儿，这看来似乎装裱得不久。在这幅竹子的右边，立一个五尺高的乌木雕龙灯座，龙嘴衔一个四方的纱灯，灯纱是深蓝色的，画着彩色的花鸟。左边放一个白底蓝花仿明瓷的大口瓷缸，里面斜插了十几轴画。缸边放两张方凳，凳上正搁着一只皮箱，虚掩着箱盖。

屋内静悄悄的，天空有断断续续的鸽哨响。外面长胡同里仿佛有一个人很吃力地缓缓推着北平独有的单轮水车，在磷磷不平石铺的狭道上一直是单调地"孜妞妞，孜妞妞"地呻嘶着。这郁塞的轮轴声，由远而近，又由近而远，中间偶尔夹杂了挑担子的剃头师傅打着"唤头"（一种熟铁做成巨镊似的东西，以一巨钉自镊隙中打出，便发出夻九儿、夻九儿的金属音）如同巨蜂鸣唱一般嗡嗡的声响，间或又有磨刀剪的人吹起烂旧的喇叭"唔吼哈哈"地吼叫，冲破了单调的沉闷。

屋内悄然无人，淡琥珀色的宫瓷盆内蓄养着紫素兰，静静散发着幽香，微风吹来，窗外也送进来桂花甜沁沁的气息。

半晌。

远远自大客厅通前院的门，走进来曾大奶奶和张顺，他们匆匆穿过大花厅，踱入眼前这间屋子。张顺，一个三十上下的北平仆人，恭谨而又有些焦灼地随在后面。

曾思懿（大奶奶的名字），是一个自小便在士大夫家庭熏陶出来的女人。自命知书达礼，精明干练，整天满脸堆着笑容，心里却藏着刀剑，虚伪，自私，多话，从来不知自省。平素以为自己既慷慨又大方，周围的人都是谋害她的狼鼠。嘴头上总嚷着"谦忍为怀"，而心中无时不在打算占人的便宜，处处较量着"不能栽了跟头"。一向是猜忌多疑的，还偏偏误认那是自己感觉的敏锐：任何一段谈话，她都听得出是恶意的攻讦，背后一定含有阴谋，计算。成天战战兢兢，好在自己造想的权诈，诡秘的空气中勾心斗角。言辞间尽性矫揉造作，显露她那种谦和、孝顺、仁爱……种种一个贤良妇人应有的美德，藉此想在曾家亲友中，博得一个贤惠的名声，但这些亲友们没有一个不暗暗憎厌她。狡诈的狐狸时常要露出令人齿冷的尾巴的。她绝不仁孝（她恨极那老而不死的老太爷），还夸口自己是稀见的儿妇；贪财若命，却好说她是第一等慷慨；暗放冷箭简直成了癖性，而偏爱赞美自己的口德；几乎是虐待眼前的子媳，但总在人前叹惜自己待人过于厚道。有人说她阴狠，又有人说她不然，骂她阴狠的，是恨她笑里藏刀，胸怀不知多么偏狭诡秘；看她不然的，是谅她胆小如鼠，怕贼，怕穷，怕死，怕一切的恶人和小小的灾难。因为瞥见墙边一棵弱草，她不知哪里来的怨毒，定要狠狠踩绝了根苗，而遇着了那能螫噬人的蜂蛇就立刻暗避道旁，称赞自己的涵养。总之，她自认是聪明人，能干人，厉害人，有抱负的人；只可惜错嫁在一个衰微的士大夫家，怨艾自己为什么偏偏生成是一个妇道。她身材不高，兔眼睛微微有点斜。宽前额，高鼻梁，厚厚的嘴唇，牙齿向前暴突，两条乌黑的细眉，像刀斩一般地涂得又齐又狠。说话时，极好暗地窥看对方的神色，举止言谈都非常机警。她不到四十岁的模样，身体已经发胖，脸上仿佛有些浮肿。她穿一件浅黄色的碎花旗袍，金绣缎鞋，胁下系着一串亮闪闪的钥匙，手里拿着账单，眉宇间是恼怒的。

张　顺：（赔着笑脸）您瞅怎么办好，大奶奶？
曾思懿：（嘴唇一努）你叫他们在门房里等着去吧。

张：可是他们说这账现在要付——

思：（斜着眼睛）现在没有。

张：他们说，（颇难为情地）他们说——

思：（眉头一皱）说什么？

张：他们说，漆棺材的时候，老太爷挑那个，选这个，非漆上三五十道不可，现在福建漆也漆上了，寿材也抬进来了，（赔笑）跟大奶奶要钱，钱就——

思：（狡黠地笑出声来）你叫他们跟老太爷要去呀，你告诉他们，棺材并不是大奶奶睡的。他们要等不及，请他们把棺材抬走，黑森森的棺材摆在家里，我还嫌闷气呢。

张：（老老实实）我看借给他们点吧，大八月节的，那棺材漆都漆了，大奶奶。

思：（翻了脸）油漆店给了你多少好处，你这么帮着这些要账的混账东西说话。

张：（笑脸，解释）不是，大奶奶，您瞅啊——

（陈奶妈，一位六十多岁的老妇人，由大客厅通前院的门颤巍巍地走进来，她是曾家多年的佣人，大奶奶的丈夫就吃她的乳水哺养大的。四十年前她就进了曾家的门，在曾家全盛的时代，她是死去老太太得力的女仆。她来自田间，心直口快，待曾家的子女有如自己的骨血。最近因自己的儿子屡次接她回乡，她才回家小住，但不久她又念记她主人的子女，时常带些土礼回来探望。这一次又带着自己的孙儿刚刚由乡下来拜节，虽然步伐已经欠稳，头发已经斑白，但面色却白里透红，说话声音也十分响亮，都显出她仍然是很健壮。耳微聋，脸上常浮泛着欢愉的笑容。她的家里如今倒是十分地好过。她心地慈祥，口里唠叨，知悉曾家事最多，有话就说，曾家上上下下都有些惹她不起。她穿着一件月白色的上身，外面套了青织贡呢的坎肩，黑裤子，黑老布鞋。灰白的小髻上斜插一朵小小的红花。）

张：（惊讶）哟，陈奶奶，您来了。

陈：（急急忙忙，探探身算是行了礼）大奶奶，真是的，要节账也有这么要的，做买卖人也许这么要账！（回头，气呼呼地）张顺，你出去让他们滚蛋！我可没见过，大奶奶。（气得还在喘）

思：（打起一脸笑容）您什么时候来的，陈奶奶？

张：（抱歉的口气）怎么啦，陈奶奶？

陈：（指着）你让他们跟我滚蛋！（回头对大奶奶半笑半怒的神色）我真没有见过，可把我气着了。大奶奶，你看看可有堵着门要账的吗？（转身对张顺又怒冲冲地）你告诉他们，这是曾家大公馆。要是老太太在，这么没规没矩！送个名片就把他们押起来。别说这几个大钱，就是整千整万的银子，连我这穷老婆子都经过手，（气愤）真，他们敢堵着门口不让我进来。

思：（听出头绪，一半是玩笑，一半是讨她的欢喜，对着张顺）天啊，哪个敢这么大胆，连我们陈奶妈都不认得？

陈：（笑逐颜开）不是这么说，大奶奶，他们认得我不认得我不关紧，他们不认识这门口，真叫人生气，这门口我刚来的时候，不是个蓝顶子，正三品都进不来。（对张顺）就你爷爷老张才，一年到头单这大小官的门包钱，就够买地，娶媳妇，生儿子，添孙子！（笑指着）冒出了你这个小兔崽子。

张：（遇见了爷爷辈的这般以老卖老的同事，只好顺嘴胡溜，嘻嘻地）是啊是啊，陈奶奶。

曹禺／391

思：坐吧，陈奶妈。

陈：哼，谁认得这一群琉璃球嘎杂子？我来的时候老太爷还在当少爷呢。（一比）大爷才这么点大，那时候——

思：（推她坐，一面劝着）坐下吧，别生气啦，陈奶妈，究竟怎么啦。

陈：哼，一到过八月节——

思：陈奶妈，他们究竟对您老人家怎么啦？

陈：（听不清楚）啊？

张：她耳朵聋，没听见。大奶奶，您别理她，理她没完。

陈：你说什么？

张：（大声）大奶奶问您那要账的究竟怎么欺负您老人家啦？

陈：（听明白，立刻从衣袋取出一些白账单）您瞧，他们拦着门口，就把这些行子塞在我手里，非叫我拿进来不可。

思：（拿在手里）哦，这个！

陈：（敲着手心）您瞧，这些东西哪是个东西呀！

思：（正在翻阅那账单）哼，裱画铺也有了账了。张顺，你告诉大树斋的伙计们，说大爷不在家。

陈：啊，怎么，清少爷！

思：（拿出钱来）叫他先拿二十块钱去。你可少扣人家底子钱！等大爷回来看看这一节字画是不是裱了那么多，再给他算清。

张：可是那裁缝铺的，果子局的，还有那油漆棺材的——

思：（不耐烦）回头说，回头说，等会见了老太爷再说吧。

张：（指左面的门低声）大奶奶，这边姑老爷又闹了一早上啦，说他那屋过道土墙要塌了，问还收拾不收拾？

思：（沉下脸）你跟姑老爷说不是不收拾，是收拾不起。请他老人家将就点住，老太爷正打算着卖房子呢。

张：（不识相）大奶奶，下房也漏雨，昨天晚上——

思：（冷冷地）对不起，我没有钱，一会儿我跟老太爷讲，特为给你盖的洋楼住。

（张正在进退不得，外面有——）

人声：张爷，张爷！

张：来了——

（张由通大花厅的门下。）

思：（转脸亲热非常）您这一路上走累了，没有热着吧？

陈：（失望而又不甘心相信的神气）真格的，大奶奶，我的清少爷不在家——

思：别着急，您的清少爷（指右门）在屋里还没起来，他就要出来给他奶妈拜节呢。

陈：（笑喝喝）大奶奶，你别说笑话了，就说是奶妈，也奴是奴，主是主，哪有叫快四十，都有儿媳妇的老爷给我——

思：（喜欢这样做做）那么，奶妈，让我先给您拜吧！

陈：（慌忙立起，拉住）得，得，折死我了，您大奶奶都是做婆婆的人，哎，哪——（二人略略争让一会，大奶奶自然不想真拜，于是——）

思：（一笑结束）哎，真是的。

陈：（十分高兴）是呀，我刚才听了一愣，心想进城走这么远的路就为的是——

思：（插嘴）看清少爷。

陈：（被人道中来意，愣了一下，不好意思地笑起来）您啊，真机伶！咳，我也是想看您大奶奶，愫小姐，老太爷，姑奶奶，孙少爷，孙少奶奶，您想这一大家子的人，我没看见就走——

思：怎么？

陈：我晚上就回去，我跟我儿媳妇说好的——

思：那怎么成，好容易大老远的从乡下来到北平城里一趟，哪能不住就走？

陈：（又自负又伤感）咳，四十年我都在这所房子里过了！儿子娶媳妇我都没回去。您看，哪儿是我的家呀。大奶奶，我叫我的小孙子给您捎了点乡下玩意儿。

思：真是，陈奶妈，那么客气作什么？

陈：（诚挚地）嘻，一点子东西。（一面走向那大客厅，一面笑着说）要不是我脸皮厚，这点东西早就——（遍找不见）小柱儿，小柱儿！这孩子一眨巴眼又不知疯到哪儿去了。小柱儿！小柱儿！（喊着喊着就走出大客厅到前院子里找去了）

（天上鸽群的竹哨响，恬适而安闲。）

（远远在墙外卖凉货的小贩敲着"冰盏"——那是一对小酒盅似的黄晶晶的铜器，叠在掌中，可互击作响——丁泠有声，清圆而浏亮，那声节是"叮嚓叮嚓，叮叮嚓，嚓嚓叮叮嚓"。操着清脆的北平口音，似乎非常愉快地喊卖着"又解渴，又带凉，又加玫瑰。又加糖！不信您闹〔弄〕碗尝一尝！〔到了此地索性提高嗓门有调有板的唱起来〕酸梅的汤儿来〔读若雷〕哎另一个味的呀！"冰盏又继续簸弄着"叮嚓嚓，叮嚓嚓，嚓嚓叮叮嚓"。）

（此时曾思懿悄悄走到皮箱前，慢慢整理衣服。）

思：（突然向右回头）文清，你起来了没有？

（里面无应声。）

思：文清，你的奶妈来了。

**曾文清在右面屋内的声音**：（空洞乏力）知道了，为什么不请她进来呀？

思：请她进来？一嘴的臭蒜气，到了我们屋子，臭气熏天，你受得了，我可受不了。你今天究竟走不走，出门的衣服我可都给你收拾好了。

声　音：（慢悠悠地）鸽子都飞起来了么？

思：（不理他）我问你究竟想走不想走？

声　音：（入了神似地）今天鸽子飞得真高啊！哨子声音都快听不见了。

思：（向右门走着）喂，你到底心里头打算什么？你究竟——

声　音：（苦恼地拖着长声）我走，我走，我走，我是要走的。

思：（走到卧室门前，掀起门帘，把门推开，仿佛突然在里面看见什么不祥之物，惊叫一声）啊，怎么你又——

（这时大客厅里听见陈奶妈正迈步进来，放声说话，思懿连忙回头谛听，那两扇房门立刻由里面霍地关上。）

（陈奶妈携着小柱儿走进来。小柱儿年约十四五，穿一身乡下孩子过年过节才从箱子里取出来的那套新衣裳。布袜子，布鞋，扎腿，毛蓝土布的长衫，短袖肥领，下摆盖不住膝盖。长衫洗得有些褪了颜色，领后正中有一块小红补钉。衣服早缩了水——有一个地方突然凸成一个包——紧紧箍在身上，显得他圆粗粗地茁壮可爱。进门来，一对圆溜溜的黑眼珠不安地四下乱望，小胸脯挺得高高的，在衣裳下面腾腾跳动着，活像刚从林中跃出来的一只小鹿。光葫芦头，滚圆的脸红得有些发紫，塌鼻子，小翘嘴，一脸憨厚的傻相。眉眼中，偶尔流露一点顽皮神色。他一手拿着一具泥土塑成的"括打嘴"兔儿爷或猪八戒——"括打嘴"兔儿爷是白脸空膛的，活安上唇，中系以线，下面扯着线，嘴唇就刮打刮打的乱捣起来。如果是黑脸红舌头的猪八戒，那手也是活的，扯起线来，那头顶僧帽身披袈裟的猪八戒就会敲着木鱼打着钹,长嘴巴也仿佛念经似的"刮打"乱动,很可笑的。——一手挟着一个老母鸡,提着一个蓄鸽子的长方空竹笼。后面跟随张顺,两手抱着一个大筐子,里面放着母鸡,鸡蛋,白菜,小米,芹菜等等。两个人都汗淋淋地傻站在一旁。)

陈:走,走,走啊!(唠唠叨叨)这孩子,你瞧你这孩子!出了一身汗,哪个叫你喝酸梅汤?立了秋再喝这些冰凉的东西,要闹肚子的。(回头对张顺)张顺,你在旁边也不说着点!由他的性!(指着)你这"括打嘴"是谁给你买的?

小柱儿:(斜眼,看了看张顺)他——张爷。

陈:(回头对张顺一半笑,一半埋怨)你别笑!你买了东西,我也不领你的情。

思:得了,别骂他了。

陈:小柱儿,你还不给大奶奶磕头。把东西放下,放下。

(小柱儿连忙放下空鸽笼,母鸡也搁在张顺抱着的大筐子里。)

思:别磕了,别磕了,老远来的,怪累的。

陈:(看着小柱儿舍不得放下那"括打嘴",一手抢过来)把那"括打嘴"放下,没人抢你的。(顺手又交给张顺。张顺狼狈不堪,抱满了一堆大东西)

思:别磕了,怪麻烦的。

陈:(笑着说)您看这乡下孩子!教了一路上,到了城里都忘了。(上前按着他)磕头,我的小祖宗!

(小柱儿回头望望他的祖母,仿佛发愣,待陈奶妈放开手,他蓦地扑在地上磕了一个头,一骨碌就起来。)

思:(早已拿出一个为着过节赏人的小红纸包)小柱儿,保佑你日后狗头狗脑的,长命百岁!来,拿着,买点点心吃。

（小柱儿傻站着）

陈：嗐，真是的，又叫您花钱。（对孙儿）拿着吧，不要紧的，这也是你奶奶的亲人给的。（小柱儿上前接在手里）谢谢呀，你！（小柱儿翻身又从张顺手里拿下他的"括打嘴"，低头傻笑）这孩子站没站相，坐没坐相，磕头也没磕头相。大奶奶，您坐呀，嗐，路远天热！（拉出一个凳子就坐）我就一路上跟小柱儿跑——

张：（忍不住）陈奶奶，我这儿还抱着呢！

陈：（回头大笑）哼，您瞅我这记性！大奶奶，（把她拉过来，一面说一面在筐里翻）乡下没什么好吃的，我就从地里摘（读若哉）了点韭黄，芹菜，擘兰，（读若辣）黄瓜，青椒，豇豆，这点东西——

思：太多了，太多了。

陈：这还有点子小米，鸡蛋，俩啊老母鸡。

思：您这简直是搬家了，真是的，大老远的带了来，又不能——（回头对张顺）张顺，就拿下去吧。

陈：（对张顺）还有给你带了两个大萝卜。（乱找）

张：（笑着）您别找了，早下了肚了。

（张连忙抱着那大筐由通大客厅的门走出去。）

小柱儿：（秘密地）奶奶。

陈：干什么？

小柱儿：（低声）拿出来不拿出来？

陈：（莫名其妙）什么？

（小柱儿忽然伶俐地望着他的祖母，提了提那鸽笼。）

陈：（突然想起来）哦！（非常着急）哪儿啦？哪儿啦？

小柱儿：（仿佛很抱歉的样子由衣下掏出一只小小的灰鸽子，顶毛高翘，羽色油润润的，周身有几颗紫点。看去异常玲珑，

曹禺 / 397

一望便知是个珍种）这儿！

陈：（捧起那只小鸽，快乐得连声音都有些颤动，对那鸽子）乖，我的亲儿子，你在这儿啦！怪不得我觉得少了点什么。（对大奶奶）您瞧这孩子！原来是一对的，我特意为我的清少爷"学磨"（"访求"的意思）来的。好好放在笼里，半路上他非要都拿出来玩，哗的，就飞了一个。倒是我清少爷运气好，剩下的是个好看的，大奶奶，您摸摸这毛，（硬要塞在大奶奶的手中）这小心还直跳呢！

思：（本能地厌恶鸽子这一类的小生命，向后躲避，强打着笑容）好，好，好。（对左门喊）文清，陈奶妈又给你带鸽子来啦！

陈：（不由得随着喊）清少爷。

**曾文清在屋内的声音**：陈奶妈。

陈：（捧着鸽子，立刻就想到她的清少爷面前献宝）我进门给他看看！（说着就走）

思：（连忙）您别进去。

陈：（一愣）怎么？

思：他，他还没起。

陈：（依然兴高采烈）那怕什么的，我跟清少爷就在床边上谈谈。（又走）

思：别去吧。屋子里怪脏的。

陈：（温爱地）嗜，不要紧的。（又走）

思：（叫）文清，你衣服换好了没有？

**文清在屋内应声**：我正在换呢！

陈：（直爽地笑着）嗜，我这么大年纪还怕你。（走到门前推门）

**文清在内**：（大声）别进来，别进来。

思：（拦住她）就等会吧，他换衣服就怕见人——

陈：（有点失望）好，那就算了吧，脾气做成就改不了啦。（慈爱地）大奶奶，清少爷十六岁还是我给他换小褂裤呢。（把鸽子交给小柱儿）好，放回去吧！（但是又忍不住对着门喊）清少爷，您这一向好啊？

思：（同时拉出一个凳子）坐着说吧。

文清的声音：（亲热地）好，您老人家呢？

陈：（大声）好！（脸上又浮起光彩）我又添了一个孙女。

（这时小柱儿悄悄把鸽子放入笼里。）

文清的声音：恭喜你啊。

陈：（大声）可不是，胖着哪！（说完坐下）

思：他说恭喜您。

陈：嗐，恭什么喜，一个丫头子！

文清的声音：您这次得多住几天。

陈：（伸长颈子，大声）嗯，快满月了。

思：他请你多住几天。

陈：（摇头）不，我就走。

文清的声音：（没听见）啊？

陈：（立起，大声）我就走，清少爷。

文清的声音：干么那么慌啊？

陈：啊？

文清的声音：（大声）干什么那么忙？

陈：（还未听见）什么？

小柱儿：（忍不住憨笑起来）奶奶，您真聋，他问你忙什么？

陈：（喊昏了，迷惘地重复一遍）忙什么？（十分懊恼，半笑道）嗐，这么谈，可别扭死啦。得了，等他出来谈吧。大奶奶，我先到里院看看愫小姐去！

曹禺 / 399

思：也好，一会儿我叫人请您。（由方桌上盘中取下一串山楂红的糖葫芦）小柱儿，你拿串糖葫芦吃。（递给他）

陈：你还不谢谢！（小柱儿傻嘻嘻地接下，就放在嘴里）又吃！又吃！（猛可从他口里抽出来）别吃！看着！（小柱儿馋滴滴地望着手中那串红艳艳的糖葫芦）把那"括打嘴"放下，跟奶奶来！

（小柱儿放下那"括打嘴"，还恋恋不舍，奶奶拉着他的手，由养心斋的小门下。）

思：真讨厌！（把那五颜六色的"括打嘴"放在一边，又提起那鸽笼——）

**文清在屋内的声音**：陈奶妈！

思：出去了。

（曾文清——她的丈夫——由右边卧室门踱出。——他是个在诗人中也难得有的这般清俊飘逸的骨相：瘦长个儿，穿着宽大的袍子，服色淡雅大方，举止，谈话，带着几分懒散模样。然而，这是他的自然本色，一望而知淳厚，聪颖，眉宇间蕴藏着灵气。他面色苍白，宽前额，高颧骨，无色的嘴唇，看来异常敏感。凹下去的眼睛流露出失望的神色，悲哀而沉郁。时常凝视出神，青筋微微在额前凸起。

他生长在北平的书香门第，下棋，赋诗，作画，很自然的在他的生活里占了很多的时间。北平的岁月是悠闲的，春天放风筝，夏夜游北海，秋天逛西山看红叶，冬天早晨在霁雪时的窗下作画。寂寞时徘徊赋诗，心境恬淡时独坐品茗，半生都在空洞的悠忽中度过。

又是从小为母亲所溺爱的，早年结婚，身体孱弱，语音清虚，行动飘然。小地方看去，他绝顶聪明，儿时即有"神童"之誉。但如今三十六岁了,却故我依然,活得却那般无能力,无魂魄,终日像落掉了什么。他风趣不凡,谈吐也好,分明是个温爱可亲的性格。然而他给与人的却是那么一种沉滞的懒散之感,懒于动作,懒于思想,懒于用心,懒于说话,懒于举步,懒于起床,懒于见人,懒于做任何严重费力的事情。种种对生活的厌倦和失望甚至使他懒于宣泄心中的苦痛。懒到他不想感觉自己还有感觉,懒到能使一个有眼的人,看得穿:"这只是一个生命的空壳。"虽然他很温文有礼的,时而神采焕发,清奇飘逸。这是一个士大夫家庭的子弟,染受了过度的腐烂的北平士大夫文化的结果。他一半成了精神上的瘫痪。

他是有他的难言之痛的。

早年婚后的生活是寂寞的,麻痹的,偶尔在寂寞的空谷中遇见了一枝幽兰,心里不期然而有所憬悟,同声同气的灵魂常在静默中相通的,他们了解寂寞正如同宿鸟知晓归去。他们在相对无言的沉默中互相获得了哀惜和慰藉,却又生怕泄露出一丝消息,不忍互通款曲。士大夫家庭原是个可怕的梏枷,他们的生活一直是郁结不舒,如同古井里的水。他们只沉默的接受这难以挽回的不幸,在无聊的岁月中全是黑暗同蛆蜢,想得到一线真正的幸福而不可能。一年年忍哀耐痛的打发着这渺茫无限的寂寞日子,以至于最后他索性自暴自弃,怯弱的沉溺在一种不良的嗜好里来摧毁自己。

如今他已是中年人了,连那枝幽兰也行将凋落,多年瞩望的子息也奉命结婚,自己所身受的苦痛,眼看着十七岁的孩子重蹈覆辙。而且家道衰弱,以往的好年月仿佛完全过去。逐渐逼来的困窘,使这懒散惯了的灵魂,也怵目惊心,屡次决意跳出这窄狭的门槛,离开北平到更广大的人海里与世浮沉,然而从未飞过的老鸟简直失去了勇气再学习飞翔。他怕,他思虑,他莫名其妙地在家里踟蹰。他多年厌恶这个家庭的,如今要分别了,却又意外无力地沉默起来,仿佛突然中了瘫痪。时间的蛀虫,已逐渐啮耗了他的心灵,他隐隐感觉到暗痛,却又寻不出在什么地方。)

(他进了屋还在扣系他的夹绸衫上的纽扣。)

文:(笑颜隐失)她真出去了?你怎么不留她一会儿?

思:(不理他)这是她送给你的鸽子。(递过去)

文:(提起那只鸽笼)可怜,让她老人家走这么远的路。(望着那鸽子,赞赏地)啊,这还是个"凤头"!"短嘴"!(欣喜地)这应该是一对的,怎么——(抬头一副铁青的脸望着他)

思:文清,你又把那灯点起来干什么?

文:(乌云罩住了脸,慢慢把那鸽笼放下)

思:(叨叨地)昨儿个,老头还问我你最近怎么样?那套烟灯,烟家伙扔了没有。我可告诉他早扔了。(尖厉的喉咙)怪事!怪事!苦也吃了,烟也戒了,临走,临走,你难道还想闹场乱子?

文:(长叹,坐下)哎,别管我,你让我就点着灯看看。

思:(轻蔑地)谁要管你?大家住在一起,也就顾的是这点面子,你真要你那好妹夫姑爷说中了,说你再也出不了门,做不得事,只会在家里抽两口烟,喝会子茶,玩玩鸽子,画画画,恍惚了这一辈子!

文:(淡悠悠)管人家怎么说呢,我不就要走了么?

思:你要走,你给我留点面子,别再昏天黑地的。

文:(苦恼地)我不是处处听了你的话么?你还要怎么样?(又

呆呆望着前面）

思：（冷冷地挑剔）请你别做那副可怜相。我不是母夜叉！你别做得叫人以为我多么厉害，仿佛我天天欺负丈夫，我可背不起这个名誉。（走到箱子前面）

文：（无神地凝望那笼里的鸽子）别说了，晚上我就不在家了。

思：（掀开箱盖，回头）你听明白，我可没逼你做事，你别叫人说又是我出的主意，叫你出去。回头外头有什么不舒服，叫亲戚们骂我逼丈夫出门受苦，自己享福，又是大奶奶不贤惠。（唠唠叨叨，一面整理箱中文清出门的衣服）我可在你们家里的气可受够了，哼！有婆婆的时候，受婆婆的气，没有婆婆了，受媳妇的气，老的老，小的小，中间还有你这位——

文：（早已厌倦，只好另外找一个题目截住她的无尽无休的话）咦，这幅墨竹挂起来了。

思：（斜着眼）挂起来了——

文：（走到画前）裱得还不错。

思：（尖酸地）我看画得才好呢！真地多雅致！一个画画，一个题字，真是才子佳人，天生的一对。

文：（气闷）你别无中生有，拿愫小姐开心。

思：（鄙夷地）咦，奇怪，你看你这做贼心虚的劲儿。我说你们怎么啦！愫小姐画张画也值得你这样大惊小怪的，又赋诗，又题字，又亲自送去裱。我告诉你，我不是个小气人。丈夫讨小老婆我一百个赞成。（夸张地）我要是个男人，我就讨个七八个小老婆。男人嚜！不争个酒色财气，争什么？可是有一样，（尖刻地）像愫小姐这样的人——

文：（有点恼怒）你不要这样乱说人家。人家是个没出嫁的姑娘！

曹禺 / 403

思：奇怪，(刁钻古怪地笑起来)你是她的什么？要你这么护着她。

文：(诚挚地)人家无父无母的住在我们家里，你难道一点不怜恤人家！

思：(狡猾地把嘴唇一咧)你怜恤人家，人家可不怜恤你！(指着他说)你不要以为她一句话不说，仿佛厚厚道道，没心没意的。(精明自负)我可看得出这样的女人，(絮絮叨叨)这样女人一肚子坏水，话越少，心眼越多。人家为什么不嫁，陪着你们老太爷？人家不瘸不瞎，能写能画，为什么偏偏要当老姑娘，受活罪，陪着老头？(冷笑)我可不愿拿坏心眼乱猜人，你心里想去吧。

文：(冷冷地望着她)我想不出来。

思：(爆发)你想不出来，那你是个笨蛋！

文：(眉头上涌起寂寞的忧伤)唉，不要太聪明了，(低头踱到养心斋里，在画桌前，仿佛在找什么)

思：(更惹起她的委屈)我聪明？哼，聪明人也不会在你们家里苦待二十年了。我早就该学那些新派的太太们，自己下下馆子，看看戏，把这个家交给儿媳妇管，省得老头一看见我就皱头，像欠了他的阎王债似的。(自诩)哎，我是个富贵脾气丫头命，快四十的人还得上孝顺公公，下侍候媳妇，中间还得看你老人家颜色。(端起一杯参汤)得了，得了，参汤都凉了，你老人家快喝吧。

文：(一直皱着眉头，忍耐地听着，翻着，突然由书桌抽屉里抖出一幅尚未装裱的山水，急得脸通红)你看，你看，这是谁做的事？(果然那幅山水的边缘被什么动物啮成犬牙的形状，正中竟然咬破一个掌大的洞)

思：(放下杯子)怎么？

文：（抖动那幅山水）你看，你看啊！

思：（幸灾乐祸，淡淡地）这别是我们姑老爷干的吧。

文：（回到桌前，又查视那抽屉）这是耗子！这是耗子！（走近思，忍不住挥起那幅画）我早就说过，房子老，耗子多，要买点耗子药，你总是不肯。

思：老爷子，买过了。（嘲弄）现在的耗子跟从前不一样，鬼得多。放了耗子药，它就不吃，专找人心疼的东西祸害。

文：（伤心）这幅画就算完了。

思：（刻薄尖酸）这有什么希奇，叫愫小姐再画一张不结了么？

文：（耐不下，大声）你——（突然想起和她解释也是枉然，一种麻木的失望之感又蠕蠕爬上心头。他默默端详那张已经破碎的山水，木然坐下，低头沉重地）这是我画的。

思：（也有些吃惊，但仍坚持她的冷冷的语调）奇怪，一张画叫几个小耗子咬了，也值得这么着急！家里这所房子，产业，成年叫外来一群大耗子啃得都空了心了，你倒像没事人似的。

文：（长叹一声，把那张画扔在地上，立起来苦笑）哎，有饭大家吃。

思：（悻悻然）有饭大家吃？你祖上留给你多少产业，你夸得下这种口。现在老头在，东西还算一半是你的，等到有一天老头归了天——

（突然由左边屋里发出一种混浊而急躁的骂人声音，口气高傲，骂得十分顺嘴，有那种久于呼奴使婢骂惯了下人的派头。）

左屋内的声音：滚！滚！滚！真是混账王八蛋，一群狗杂种。

思：（对文）你听。

左屋内的声音：（仿佛打开窗，对后院的天井乱喊）张顺，张顺！

曹禺 / 405

　　　　林妈！林妈！

文：（走到大花厅门口，想替他喊叫）张顺，张——

思：（嘴一努，瞪起眼睛，挑衅的样子）叫什么？（文于是默然，思低声）让他叫去，成天打鸡骂狗的，（切齿而笑）哼，这是他给你送行呢！

左屋内的声音：（咻咻然）张顺，八月节，你们都死了，死绝了！

思：（盛气反而使她沉稳起来，狞笑）你听！

左屋内的声音：（拖长）张——顺！

文：（忍不住又进前）张——

思：（拦住他，坚决）别叫！看我们姑老爷要发多大脾气！

（砰朗一声，碗碟摔个粉碎，立刻有女人隐泣的声音。）

（半晌。）

文：（低声）妹妹刚病好，又哭起来了。

思：（轻蔑的冷笑）没本事，就知道欺负老婆。还留学生呢，狗屁！

屋内的声音：（随她的话后）混账王八蛋！

（砰朗一声，又碎了些陶瓷。）

屋内的声音：（吼叫）这一家人都死绝了？

思：（火从心上起，迈步向前）真是太把人不放在眼里了！我们家的东西，不是拿钱买的是怎么？

文：（拦劝，低声）思懿，不要跟他吵。

（张顺慌忙由通大客厅门口上。）

张：（仓皇）是姑老爷叫我？

文：快进去吧！

（张顺忙着跑进左屋里。）

思：（盛怒）"有饭大家吃"，（对文）给这种狼虎吃了，他会感激你吗？什么了不起的人？赚钱舞弊，叫人四下里通缉的，躲在丈人家，就得甩姑老爷的臭架子啦？（指着门）一到过年过节他就要摔点东西纪念纪念。我真不知道——

（曾霆——思懿和文清生的儿子——汗涔涔地由通大客厅的门很兴奋地急步走进来。）

（曾霆，这十七岁的孩子，已经做了两年多的丈夫了。他的妻比他大一岁，在他们还在奶妈的怀抱时，双方的祖父就认为门当户对，替他们缔了婚姻，日后年年祖父祖母眼巴巴地望着重孙，在曾霆入了中学的前二年，一般孩子还在幸福地抛篮球，打雪仗，斗得头破血流的时候，便挑选一个黄道吉日要为他们了却终身大事。于是在沸天震地的锣鼓鞭炮中，这一对小人儿——他十五，她十六——如一双临刑的肥羔羊，昏惑而惊惧地被人笑嘻嘻地推到焰光熊熊的龙凤喜烛之前：一拜再拜三拜……从此就在一间冰冷的新房里同住了两年零七个月。重孙还没有降世，祖老太太就在他们新婚第一个月升了天，而曾霆和他的妻就一直是形同路人，十天半月说不上一句话，喑哑一般的挨着痛苦的日子，活像一对遭人虐待的牲畜。每天晚上他由书房归来，必须在祖父屋里背些《昭明文选》《龙文鞭影》之类的文章，偶尔还要临摹碑帖，对些干涩的聪明对子。打过二更他才无精打采地回到房里，昏灯下望见那为妻的依然沉默地坐着，他也就一言不发地拉开了被沉沉睡去。他原来就是过于早熟的，如今这强勉的成人生活更使他抑郁不伸。这么点的孩儿，便时常出神发愣，默想着往日偷偷读过的那些《西厢》《红楼》这一类文章毕竟都是一团美丽的谎话。事实完全不是如此。

进了学校七个月才使他略微有些异样，同伴们野马似的生活，使他多少恢复他应有的活泼，家人才发现这个文静的小大人原来也有些痴呆的孩子气。这突如其来的天真甚至于浮躁，不但引起家里长辈们的不满，连远房的亲属也大为惊异，因为一向是曾家的婴儿们仿佛生下来就该长满了胡须，迈着四方步的。户外生活逐渐对他是个巨大的诱惑。他开始爱风，爱日光，爱小动物，爱看人爬树打枣，甚至爱独自走到护城河畔放风筝。尤其因为最近家里来了这么一个人类学者的女儿，她居然引动他陪着做起各种顽皮的嬉戏。莫明其妙地他暗暗追随于这个明快爽利，有若男孩的女孩子身后，像在黑夜里跟从一束熊熊的火焰。她和他玩，她喋喋不休地问他不知多少难以回答的有趣的傻话。曾霆心里开始感觉生命中展开了一片新的世界，他的心里忽然奔突起来，有如一个初恋的男子。——事实上他是第一次有这样的经历。——他逐渐忘却他那循规蹈矩的步伐，有时居然被她的活泼激动得和她一同跳跃起来，甚至被她强逼着也羞涩涩地和她比武相扑，简直忘却他已有十七岁的年龄，如他祖父与母亲时常告诫的，是个"有家室之累"的大人了。)

(他生得文弱清秀，一若他的父亲。苍白而瘦削的脸上，深湛的黑眼睛有若一泓澄静的古潭。他穿一身淡色的夹长衫，便鞋，漂白布单裤，眉尖上微微有点汗。)

霆：(突然瞥见他的母亲，止住脚)妈！

文：下学啦？

霆：嗯，爹。

思：(继续她的牢骚)霆儿，你记着，再穷也别学你姑丈，有本事饿死也别吃丈人家的饭。看住在我们家的袁伯伯，到月头给房钱，吃饭给饭钱，再古怪也有人看得起。真是没见过我们这位江姑老爷，屎坑的石头，又臭又硬！

前院一个女孩的声音：（愉快地）曾霆！曾霆！

　　文：你听，谁叫你？

前院女孩声：曾霆，曾霆！

　　霆：（不得已只好当着母亲答应）啊！——

前院女孩声：（笑喊）曾霆，我的衣服脱完了，你来呀！

　　思：（厉声）这是谁？

　　霆：袁伯伯的女儿。

　　思：她叫你干什么？

　　霆：（有些羞涩）她，她要泼水玩。

　　思：（大吃一惊）什么，脱了衣服泼水，一个大姑娘家！

　　霆：（解释地）她，她常这样。

　　思：（申斥里藏着嘲讽）你也陪着她？

　　霆：（恧然）她，她说的。

　　思：（突然严峻）不许去！八月节泼凉水，发疯了！我就不喜欢袁家人这点，无法无天，把个女儿惯得一点人样都没有。

女孩声：（高声）曾——霆！

　　霆：（应声一半）哎！

　　思：（立刻截住）别答理她！

　　霆：（想去告诉她）那么让我（未走一步）——

　　思：（又扯住他）不许走！（对霆）你当你还小吗！十七岁！成了家的人了。你爷爷在你那么大，都养了家了！（突兀）你的媳妇回来了没有？

　　霆：（一直很痛苦地听着她的话，微声）打了电话了。

　　思：她怎么说？

　　霆：（畏缩）不是我打的，我托恽姨打的。

　　思：（怒）你为什么不打，叫你去打，你怎么不打？

曹禺　/　409

女孩声：（几乎同时）曾霆，你藏到哪儿去了？

霆：（昏惑地，不知答复哪面好）愫姨原来就要托她买檀香的。

女孩声：（着急）你再不答应，我可生气了。

思：（看出霆的心又在摇动。霆还没走半步，立刻气愤愤地）别动，愫姨叫她买檀香，叫她买去好了。（固执地）可我叫你自己给瑞贞打电话，你为什么不打？我问你，你为什么总是不听？不听？

霆：（偷偷望一眼，又低头无语）

文：（悠然长叹）他们夫妻俩没话说，就少让他说几句，何必勉强呢？凡事勉强就不好。

女孩声：（高声大叫）曾——霆！

思：（突对那声音来处）讨厌！（转向文）"勉强就不好"，什么事都叫你这么纵容坏了的，我问你，八月节大清早回娘家，这是哪家的规矩？她又不是不知道现在家里景况不好，下人少，连我也不是下厨房帮着张顺做饭。（刻薄地）哼，娘家也没有钱可一小就养成千金小姐的脾气！（对曾霆咻咻然）你告诉她，到哪儿，说哪儿，嫁到我们这读书的世家，我们家里什么都不讲究，就讲究这点臭规矩！

（由通大花厅的门跑进来雄赳赳的袁圆小姐，这个一生致力于"人类学"的学者十分钟爱的独女。她手提一桶冷水，穿着男孩儿的西式短裤，露出小牛一般茁壮的圆腿，气昂昂地来到门槛上张望。她满脸顽皮相，整天在家里翻天覆地，没有一丝儿安闲。时常和男孩儿们一同玩耍嬉戏，简直忘却自己还是个千金的女儿。她现在十六岁了，看起来，有时比这大，有时比这小。论身体的发育，十七八岁的女孩也没有她这般丰满；论她的心理，则如夏午的雨云，阴晴万变。正哭得伤心，转眼就开怀大笑，笑得高兴时忽然面颊上又挂起可笑的泪珠,活脱脱像一个莫明其妙的娃娃。但她一切都来得自然简单,率直爽朗,无论如何顽皮,绝无一丝不快的造作之感。

她幼年丧母,哺养教育都归思想"古怪"的父亲一手包办。"人类学"学者的家教和世代书香的曾家是大不相同的。有时在屋里,当着袁博士正聚精会神地研究原始"北京人"的头骨的时候,在他的圆儿的想象中,小屋子早变成四十万年前民德尔冰期的森林,她持弓挟矢,光腿赤脚,半裸着上身,披起原来铺在地上的虎皮,在地板上扮起日常父亲描述得活灵活现的猿人模样。叫嚣奔腾,一如最可怕的野兽。末了一个飞石几乎投中了学者的头骨,而学者只抬起头来,莞然微笑,神色怡如也。这样的父女当然谈不上知道曾家家教中所宝贵的"人情世故"的。有一天大奶奶瞅见圆儿在郁热的夏天倾盆暴雨下立在院中淋雨,跑去好心好意地告诉她的父亲,不料一会儿这父亲也笑嘻嘻地光着上身拿着手巾和他女儿在急雨里对淋起来。这是一对古怪的鸟儿,在大奶奶的眼里,是不吃寻常的食物。)

(她穿着短袖洋衬衣,胶鞋,短裤。头发短短的,汗淋的脸上红喷喷的。)

圆:(指着曾霆)曾霆,好,闹了归其,你在这儿!(说着就提起那桶水笑嘻嘻地追赶上去,弄得曾霆十分困窘,在母亲面前,简直不知道如何是好)

霆:(大叫)水!水!(不知不觉地躲在父亲后面)

思:(惊吓)凉水浇不得!(拉住她)袁小姐我问你一句话。

圆:(回转身,笑喝喝地)什么?

思:(随嘴乱问)你父亲呢?

曾禺 / 411

圆：（放下水桶，故意沉稳地）在屋里画"北京人"呢。（突然大叫一声猫捉耗子似的把曾霆捉住）你跑？看你跑到哪里！

霆：（笑得狼狈）你，你放掉我。

圆：（兴奋地）走，我们出去算账。

思：（大不高兴）袁小姐！

圆：走！

文：（笑嘻嘻地）袁圆，你要一个东西不？

圆：（突想起来，不觉放掉曾霆）啊，曾伯伯，你欠了我一个大风筝，你说你有，你给我找的。

文：（笑着）秋天放不起风筝的。

圆：（固执）可你答应了我，我要放，我要放！

文：（微笑）我倒是给你找着一个大蜈蚣。

圆：（跳起来）在哪儿？（伸手）给我！

文：（不得已）蜈蚣叫耗子咬了。

圆：（黠巧地）你骗我。

文：有什么法子，耗子饿极了，蜈蚣上的浆糊都叫耗子吃光了。

圆：（顿足）你看你！（眼里要挂小灯笼）

文：（安慰）别哭别哭，还有一个。

圆：（泪光中闪出一丝笑容）嗯，我不相信。

文：霆儿，你到书房（指养心斋）里把那个大金鱼拿过来。

霆：（几乎是跳跃地）我拿去。

思：（吼住他）霆儿，跳什么？

（曾霆又抑压自己的欢欣，大人似的走向书斋。）

圆：（追上去）曾霆！（拉着他的手）快点，你！（把他拉到书斋里，瞥见那只五颜六色上面有些灰尘的风筝，忍不住惊

喜地尖叫一声）啊，这么大！（立刻就要抢过来）

霆：（脸上也浮起异常兴奋的笑容，颤抖地）你别拿，我来！（举起那风筝）

圆：（争执）你别拿，我来！

霆：你毛手毛脚地弄坏了。

圆：（连喊）我来！我来！你爹爹为我糊的。

（二人都在争抢着那金鱼。）

思：（同时）霆儿！

霆：（喘着气喊）不，不！（目不转睛望着她，兴奋而快乐地和袁圆争抢，十个苍白得几乎透明的手指握着那风筝的竹篾，被圆儿粗壮的手腕左右摇甩，几乎按不住那风筝）

圆：（同时不住地叫）我来，我来！

霆：（蓦然大叫一声，放下那风筝，呆望自己流血的手指）

圆：（吃一惊）怎么？

思：（埋怨）你看！（走到他面前申斥）你看出了血了！

文：（望着霆）扎破了？

霆：（握着手指）嗯。

圆：（关怀地）痛不痛？

霆：（惶惑）有一点。

思：（握着霆）快去，上点七釐散。

圆：（满有把握地）不用！（陡然低下头吮吸他手上的伤口）

霆：（吃了一惊）啊！（一阵感激的兴奋在脸上掠过，他忸怩地拒绝母亲的手）妈，不用了，妈——

圆：（唾出一口涎水，愉快地把他的手放开）得，还痛不痛？

霆：（恧然低声）不痛了。

圆：（指着那受伤的手指，仿佛对那手指说话）哼，你再痛我一斧头把你砍下来。

文：（开玩笑）好凶！

圆：（突然由地上提起那桶凉水）

曾霆、思：（同时紧张）啊！

圆：（对霆笑着）饶了你，这一桶水我不泼你了。（推着他）走，我们放风筝去。（霆立刻顺手拿起风筝）再见！曾妈妈。

（圆儿跳跳蹦蹦地推着曾霆出了门，水洒了一地。）

思：霆儿！

文：（解劝地）让他们去吧！

思：你别管！（对外）霆儿！

（霆儿只好又从外面走进来，后随那莫名其妙的袁圆。）

霆：（望着母亲）

思：（端起那碗参汤）把这碗参场喝了它，你爹不喝了。

圆：（圆眼一睁，惊讶地羡慕）参汤！

霆：我不喝！

思：（厉声）喝掉！

霆：（拿起就喝了一口，立刻吐出）真的，坏了。

思：胡说！（自己拿过来尝了一口，果然觉得口味不对，放下）哼！

（这时袁圆顽皮地向霆招手，又轻悄悄颠着脚步推着霆的背走出。霆迈出门槛，袁圆只差一步——）

思：（忽然）袁小姐！

圆：（吃一惊）啊！（回头）

思：你过来！

圆：（走过来）干什么？

思：（满脸笑容）今天我们家里，请你同你父亲一同过来过节，你对他说过了么？

圆：（白眼）请我们吃中饭？

思：（异常讨好的神色）啊，特为请你这位顶好看的袁小姐。

圆：（愣头愣脑）你胡扯！你们请的爸爸跟愫小姐，我知道。

思：哪个说的？

圆：（自负）江姑老爷跟我都说了。

思：（和颜悦色）那么你想要新妈妈不？

圆：我没妈妈，我也不要。

思：（劝导地）有妈好，你喜欢愫小姐做你的妈妈不？

圆：（莫名其妙）我？

**前院子里曾霆的声音**：袁圆，快来，有风了！

圆：（冷不防递给思一个纸包）给你！

思：（吃了一惊）什么？

圆：爸爸给你的房租钱！

（袁圆由通大客厅门跑下。）

思：（鄙恶）这种孩子，真是没家教！

文：（不安地）你，你跟江泰闹的什么把戏？你们要把愫方怎么样？

思：（翻翻眼）怎么样？人家要嫁人，人家不能当一辈子老姑娘，侍候你们老太爷一辈子。

文：她没有说，你们怎么知道她要嫁人？

思：（嘴角又咧下来）看不出来，还猜不出来！我前生没做好事，今生可要积积德，我可不想坑人家一辈子。

文：嫁人当然好，不过嫁给这种整天就懂研究死人脑袋壳的袁博士——

思：她嫁谁有你的什么？你关的什么心？（恶毒地）你老人家是想当陪房丫头一块嫁过去，好成天给人家端砚台拿纸啊，还是给人家铺床叠被，到了晚上当姨老爷啊？

曹禺 / 415

文：（气愤）你是人是鬼，你这样背后欺负人家？

思：（也怒）你放屁！我问"你"是人是鬼，用着你这样偏向着人家！

文：她是个老姑娘，住在我们家里侍候爹这么些年——

思：（索性说出来）我就恨一个老姑娘死拖活赖住在我们家里，成天画图写字，陪老太爷，仿佛她一个人顶聪明。

文：唉，反正我要走了，只要爹爹肯，你们——

思：他不肯也得肯，一则家里没有钱，连大客厅都租给外人，再也养不住闲亲戚，再则（斜眼望着他，刻薄地）人家自己要嫁人，你不愿意她嫁呀——

文：（忍无可忍，急躁）谁说我不愿意她嫁？谁说我不愿意她嫁？谁说不愿意她嫁？

思：（一眼瞥见愫小姐由养心斋的小门走进来，恰如猫弄老鼠一般地先诡笑起来）别跟我吵，我的老爷，人家愫小姐来了！

（愫方这个名字是不足以表现进来这位苍白女子的性格的。她也就有三十岁上下的模样，出身在江南的名门世家，父亲也是个名士。名士风流，身后非常萧条；后来寡母弃世，自己的姨母派人接来，从此就遵守母亲的遗嘱，长住在北平曾家，再没有回过江南。曾老太太在时，婉顺的愫小姐是她的爱宠；这个刚强的老妇人死后，愫方又成了她姨父曾老太爷的拐杖。他走到哪里，她必需随到哪里。在老太爷日渐衰颓的暮年里，愫方是他眼前必不可少的慰藉，而愫方的将来，则渺茫如天际的白云，在悠忽的岁月中，很少人为她恳切地想了一想。

见过她的人第一个印象便是她的"哀静"。苍白的脸上宛若一片明静的秋水，里面莹然可见清深藻丽的河床，她的心灵是深深埋着丰富的宝藏的。在心地坦白人的眼前，那丰富的宝藏也坦白无余地流露出来，从不加一点修饰。她时常幽郁地望着天，诗画驱不走眼底的沉滞。像整日笼罩在一片迷离离秋雾里，谁也猜不出她心底压抑着多少苦痛的愿望与哀思。她是异常的缄默。

伶仃孤独，多年寄居在亲戚家中的生活养成她一种惊人的耐性，她低着眉头听着许多刺耳的话。只有在偶尔和文清的诗画往还中，她似乎不自知地淡淡泄出一点抑郁的情感。她充分了解这个整日在沉溺中生活着的中年人。她哀怜他甚于哀怜自己。她温厚而慷慨，时常忘却自己的幸福和健康，抚爱着和她同样不幸的人们。然而她并不懦弱，她的固执在她的无尽的耐性中时常倔强地表露出来。)

(她的服饰十分淡雅。她穿一身深蓝毛哔叽织着淡灰斑点的旧旗袍，宽大适体。她人瘦小，圆脸，大眼睛，蓦看怯怯的，十分动人矜惜。她已过三十，依然保持昔日闺秀的幽丽，说话声音，温婉动听，但多半在无言的微笑中静聆旁人的话语。)

思：(对着愫小姐，满脸的笑容) 你看，愫妹妹，你看他多么厉害，临走临走，都要恶凶凶地对我发一顿脾气。(又是那一套言不由衷的鬼话) 不知道的，都看我这样子像是有点厉害，在家里不知道怎么恶呢！知道的，都明白，我是个受气包：我天天受他(指文)的气，受老爷子的气，受我们姑奶奶姑老爷的气，(可怜的委屈样) 连儿子媳妇的气我都受啊！(亲热地) 真是，这一家子就是愫妹妹你，心地厚道，一个人待我好，待我——

愫：(莫名其妙谛听这潮涌似的话，恬静地微笑着)

文：(忍不住，插进嘴去) 爹起来了？

曹禺 / 417

（思才停止嘴。屋里顿时安静下来。）

愫：（安详地）姨父早起来了。（望见地上那张破碎的山水，弯身拾起）这不是表哥画的那张画？

思：（又叨叨起来）是呀，就因为这张画叫耗子咬了，他老人家跟我闹了一早上啦。

愫：（衷心的喜意）不要紧，我拿进去给表哥补补。

文：（谦笑）算了吧，值不得。

思：（似笑非笑对文眄视一下）不，叫愫妹妹补吧。（对愫）你们两位一向是一唱一和的，临走了，也该留点纪念。

愫：（听出她的语气，不知放下好，不放下好，嗫嚅）那我，我——

文：（过来解围）还是请愫妹妹动动手补补吧，怪可惜的。

思：（眼一翻）真是怪可惜的。（自叹）我呀，我一直就想着也有愫妹妹这双巧手，针线好，字画好。说句笑话，（不自然地笑起来）有时想着想着，我真恨不得拿起一把菜刀，（微笑的眼光里突然闪出可怕的恶毒）把你这两只巧手（狠重）斫下来给我按上。

愫：（惊恐）啊！（不觉缩进去那双苍白的手腕）

文：你这叫什么笑话？

思：（得意大笑）我可是个粗枝大叶，有嘴无心的人。（拿起愫小姐的手，轻轻抚弄着）愫妹妹，你可别介意啊，我心直口快，学不出一点文绉绉的秀气样子。我常跟文清说（邪睨着文清）我要是个男人，我就不要像我这样的老婆，（更亲昵地）愫妹妹你说是不是？你说我——

（正当着愫方惶惑无主，不知如何答复的时候，曾瑞贞——大奶奶的儿媳妇——提着一大包檀香木和炷香由通大客厅的门慌慌走进来。）

（曾瑞贞只有十八岁，却面容已经看得有些苍老，使人不相信她是不到二十的年青女子。她无时不在极度的压抑中生活。生成一种好强的心性。反抗的根苗虽然藏在心里，在生人前口上决不泄露一丝痕迹。眼神中望得出抑郁，不满，怨恨。嘴角总绷得紧紧的，不见一丝女人的柔媚。她不肯涂红抹粉，也不愿穿鲜艳的衣裳，虽然屡次她的婆婆这样吩咐她，当她未如她的意时，为着这件事詈骂她。

当她无端遭她婆婆狺狺然辱骂时，她只是冷冷地对看着。她并不惧怕，仿佛是故意地对她漠然。她决不在她所厌恶的人的面前哭泣，示出自己的怯弱，虽然她心里是忧苦的。在孤寂的空房中，她念起这日后漫漫的岁月，有时痛不欲生，几要自杀，既又愤怒地想定：这幽灵似的门庭必须步出，一个女人，该谋寻自己的生路。

当她还在十六岁的时候——想起来，仿佛隔现在是几十年——她进了中学只有二年，就胡里胡涂地被人送进了这个精神上的樊笼。在这个书香门第里，她仿佛在短短一个夜晚从少女的天真的懵懂中赶出来，蓦然变成了一个充满了忧虑的成年妇人。她这样快地饱尝到做人的艰苦和忧郁的沉默，使她以往的朋友们惊叹一个少女怎会变得这样突然。她的小丈夫和她谈不上话来。她又不屑于学习那谄媚阿谀的妾妇之道来换取婆婆的欢心。她勉强做着曾家孙媳妇应守的繁褥的礼节。她心里知道长久生活在这环境中是不可能的。

在布满愁云一般的家庭里，只有愫姨是她的朋友。她间或在她面前默默流着眼泪，她也同情怜惜着愫姨嘤嘤隐泣时发自衷心的哀痛。但她和愫姨是两个时代的妇女。她怀抱着希望，她逐渐看出她的将来不在这狭小的世界里，而愫姨的思想情感却跳不出曾家的圈栏。她好读书。书籍使她认识现在的世界，也帮她获得几个热心为她介绍书籍以及帮助她认识其他方面的诚恳朋友。这一方面的生活她只偶尔讲与愫姨听，曾家其他的人是完全不知道的。）

（这些天她的面色不好，为着突如其来的一种身体上的变化，她的心里激荡着可怕的矛盾。她寝馈不安，为着一个未来的小小的生命，更深切地感到自己懵懵懂懂在这个家庭是怎样不幸，更想不明白为什么嫁与这个小人，目前又将糊糊涂涂为这个小人添了一个更小的生命。为着这个不可解决的疑难，她时常出门，她日夜愁思要想出一个解决的方法。）

（她进门有些犹疑。她晓得她穿的颜色暗淡的衣服先使婆婆看着不快。）

瑞：妈，爹！

思：（嘲弄地）居然打电话把您请回来啦。我正在跟愫姨说，想叫辆汽车催请吧。

瑞：我，我身上有点不舒服。

思：（刁钻古怪地尖声笑道）难道这儿不是家？我就不能侍候您少奶奶啦。

愫：（替瑞贞说话）表嫂，她是有点不舒服。

思：（勉强的问）好了没有？

瑞：（低声）好了。

思：（狠狠地看了她一眼）请吧，我怕你！快敬祖宗去吧。

瑞：嗯。（就转身向养心斋走）

思：（满面笑容对愫）我这个人就是心软，顶不会当婆婆了。一看——（突然转身对瑞）喂，瑞贞，你怎么连你爹都不叫一声就走了。

瑞：叫过了。

思：（嫌她顶撞，顿时沉下脸对文）你听见了？（不容文答声，立刻转对瑞）我没听见。

瑞：（冷冷望着她，转身对文）爹爹！

文：（不忍）快走，快走吧！

思：（对瑞）愫姨呢？

瑞：（机械地）愫姨。

思：（对愫又似谦和又似示威地阴笑）你看我们这位少奶奶简直是一点规矩也不懂。（转对瑞，非常慈祥的样子）你还不谢谢愫姨，愫姨疼你，刚才电话是愫姨打的。

瑞：谢谢愫姨。

思：你知道霆儿从学校回来了么？

瑞：知道。

思：你看见他跟袁小姐放风筝了么？

瑞：（低声）看见了。

思：（对愫指着瑞）您瞅，有这种傻人不？知道了，也看见了。（忽然转对瑞）那你为什么不赶紧回来看（读阴平，"守"着的意思）着他。（自以为聪明的告诫）别糊涂，他是你的男人，你的夫，你的一辈子靠山。

文：（寂寞地）小孩子们，一块玩玩，你总是大惊小怪地说这些话。

思：（故意）谁大惊小怪，你就会替这种女人说偏心话。（不自主地往愫方身上一瞟）这种女人看见就知道想勾引男人，心里顶下作啦。瑞贞，你收拾好神桌，赶快叫霆儿穿马褂敬祖宗，少跟那个疯小姐混。

（瑞又提起那一大包檀香木和炷香。）

思：回来，哪个叫你买这些檀香木？

瑞：（不语）

愫：（低声）表嫂——

思：（佯未听见，仍对瑞）你发财啦，谁叫你买这么一大堆废东西？哪个那么讨厌，多事？

愫：（镇静地）是我，表嫂。

（静默。）

（瑞由养心斋小门下。）

思：（沉闷中凑出来）哎，真是的，你看我这个人，可不是心直口快，有口无心。莽如张飞，心里一点事都存不住。（似乎是抱歉）哎，我要早知道是愫妹吩咐的——

愫：（沉静）姨，姨父说买来为晚上自己念经用的。

文：爹前几天就说要人买了。

思：（顺嘴人情）我们这位老太爷，就是脾气怪，难伺候。早对我吩咐下来，不早就买啦。（又亲热地）哎，愫妹妹，你不知道，文清跟我多么感激你。这家里要没有你，老太爷不知道要对我这做儿媳妇的发多少脾气啦。（非常关心的口气，低声）昨天晚上是老太爷又不舒服了吧？

愫：（微颔首）嗯。

思：（对文，得意地）你看，可不是！（对愫）我就听老爷子屋里"喀儿喀儿"直咳嗽。我就跟文清说："可怜，老爷子大概又在气喘呢！"（满脸忧虑的神气）我一听就翻来覆去睡不着，我直推着文清说："你听，大半夜了，愫妹妹还下厨房拿水，给爹灌汤婆子呢。真是的——"

文：爹爹犯什么病？

愫：（无力地）腿痛，要人捶，他说心里头气闷。

思：（口快）那一定是——

文：（怨艾地）于是他老人家就叫你捶了一晚上？

愫：（悲哀的微笑）捶捶，姨父就多睡一会。

思：（惊讶）啊，怪不得一早上我看见愫妹还在捶呢。

文：（深沉的同情）那么，你到现在还没有睡？

思：（翘起舌头）通宵不睡觉怎么成！（疼惜的样子）哎，你怎么不叫我来替呀。真是的，快回屋睡一会。（推着愫）你体子又单薄，哪经得住熬夜。（一肚子的关怀的心肠）哎，这是怎么说的。走，我的好妹妹，睡一会，回头真病了，我真要急死了。

愫：（哀婉地）不用，我睡不着。

思：文清，你看真是再没有比愫妹再孝心的人了。我就爱愫妹这样的脾气，（对着愫方夸赞）不说话，待人好，心地厚道，总是和和气气，不言不语的。（忽转对文）文清，我要是男的，我就娶愫妹这样的人，一辈子都是福气。

文：（解救）愫妹，你不是给爹拿参汤的么？

愫：哦，哦，是的。

思：你早说呀，我早就预备好了。（端起那碗参汤）

文：刚才霆儿不是说这碗参汤——

思：你少听他胡扯。咳，还是我热热拿去吧！（笑嘻嘻）这才叫作"丑媳妇也得见公婆"呢！再丑再不爱看，也是没法子啦。（走了两步，回头）哦，厨房那两碗菜是不是你做给文清在路上吃的？

愫：啊——嗯——！

思：（尖刻）文清，你看你多福气，愫妹待你多好啊！临走临走，愫妹一夜没睡，还赶着做两碗菜给你吃，你还不谢谢！

（思笑着由养心斋小门走下。）

（静默，窗外天空断断续续地传来愉快的鸽哨声。）

文：（感愧的眼光，满眼含着泪，低声）憬方，我，我——

憬：（低头不语）

文：（望望地也低下头，嗫嚅）陈奶妈来，来看我们来了。

憬：（忍着自己的哀痛）她，她在前院。

（思蓦然又从书斋的小门匆忙探出身来。）

思：（满面笑容，招手）文清，陈奶妈在外面找你呢。你快走了，还不跟她老人家说两句话？来呀，文清！

（憬方望着文清，毫无生气地随着思懿由书斋小门下。）

（冷冷的鸽哨响。）

（磷磷石道上独轮水车，单调的轮轴声。）

（远处算命瞎子悠缓的铜钲声。）

（一两句遥远市街上的"酸梅的汤儿来……"）

（憬伫立发痴，蓦然坐在一张孤零零的矮凳上嘤嘤隐泣起来。）

（微风吹来，响动着墙上挂的画。）

**外面圆儿的声音**：（放着风筝，拍手喊）飞呀，飞呀，向上飞呀！

（陈奶妈带着小柱儿由大花厅通前院的门走进来。小柱儿目不转睛地回头望着半空中的纸鸢，阳光迎面射着一张通红的圆脸。）

陈：憬小姐！

小柱儿：（情不自禁，拍手）奶奶，金鱼上天了，金鱼上天了！（指着窗外的天空惋惜大叫）哎呀，金鱼又从天上摔下来了。金鱼——

陈：（望见憬方独自在哭，回首低声）别嚷嚷，你出去看去吧！

（小柱儿喜出望外，三脚两步走出去。陈奶妈悄悄走到憬方面前。）

陈：（缓缓地）憬小姐，你怎么啦？

愫：（低头）我，我——（又低声抽咽）

（半晌。）

陈：（叹了一口气，怜惜地把手放在她微微在抽动着的肩上）愫小姐，别哭了，我走了大半年了，怎么我回来您还是在哭呀？

愫：（抬头）我真是想大哭一场，奶妈，这样活着，是干什么呀！（扑在桌上哭起来）

陈：（低下头，眼泪几乎也流下来）别哭了，我的愫小姐，去年我就劝你多少次了，（沉痛地）嫁了吧，还是嫁人好。就是给人填房都好。（一面擦着自己的泪水，一面强笑着）我可说话没轻没重的，一个大姑娘在姨父家混一辈子成怎么回事啊。（愫又隐泣起来）好歹嫁了吧，我的愫小姐，人家的家总不是自己的家呀！（愫哭出声来，陈低声秘密地）那位袁先生我刚才到前院偷偷相了一下，人倒是——

愫：（抽咽）奶妈，你，你别说这个。

陈：（温慈地）是，八字都拿去合了么？

愫：（恳求她不要再说下去）奶妈。

陈：（摇头）我们这位大奶奶是不容人的。我看，清少爷，可怜，天天受她的气，我一想起来，心里真是总说不出的心疼啊。（忧伤地）哎，世上真是没有如意的事啊，你看，你跟清少爷，你们这一对——

（瑞贞由养心斋小门匆匆地上。）

瑞：愫姨，爷爷叫你。

愫：哦！（忙立起身擦擦眼睛，就低首向书斋走）

瑞：爷爷在前面厢房里，（愫又低头转身向通大客厅的门走，瑞看出她在哭，就随在后面，低声）愫姨，你，——（愫依然低头向前走）

曹禺／425

（后院大奶奶在喊——）

**后院大奶奶声**：瑞贞！

  瑞：（停步应声）哎！

**后院大奶奶声**：（尖厉）你又跑到哪儿去了，瑞贞？

  瑞：在这儿！（依然随着愫后面走）

  愫：（在大客厅门槛上停步）你去吧！

  瑞：不。（愫又走，二人走进大客厅内，愫先由通前院的门走出去）

（大奶奶由养心斋小门上。）

  思：瑞贞，你——（瞥见陈奶妈）啊，陈奶妈，（满脸笑容，指着后院）快去吧，你的清少爷正到处找你呢！

  陈：（喜不自禁）清少爷？哪儿？

  思：院子里。

（陈又非常高兴地颤巍巍地由书斋走下。瑞从通大客厅的门悄悄走上来。）

  瑞：妈。

  思：（狠狠盯看她）你耳朵聋了！（四下一望）我叫你喊的人呢！

  瑞：我，我——

  思：（厉声）滚！死人！（瑞低首由她面前走过，切齿）看你那死样子，（顿足）你怎么不死啊！

（瑞默默由书斋小门下。）

  思：（同时走到大客厅喊）霆儿，霆儿！

（霆由大客厅通前院的门上。）

  霆：（一脸汗）妈。

  思：（责备，冷冷地）妈叫你，知道么？

  霆：（歉笑）知道。

思：（气消了一半）快穿好袍子马褂，给祖先上供去！（霆立刻转身向书斋走，思一手拉住他，异常和蔼地）孩子，以后你别跟那个袁小姐玩，野姑娘，没规没矩的。（一半鼓励，一半泄愤的样子）你要是嫌瑞贞不好，你中学毕了业，我给你再娶一个。好好念书，为你妈妈争气，将来——

（霆正听得不耐烦时，张顺由左边姑老爷的卧室走出，霆乘机由书斋小门溜下。）

左面卧室内：（门开时）混蛋！滚！滚！（砰地门随着关上）

思：什么事，张顺？

张：（也气呼呼地）大奶奶，张顺想跟您请长假。

思：又怎么啦？

张：（指手画脚）我侍候不了这位姑老爷，一天百事不做，专找着我们当下人的祖宗八代地乱卷。（"骂"的意思）

思：（愤愤）他是条疯狗，跟他一般见识干什么？

张：（盛气难息）不，您另找人吧！我每天搏账不必说——

（突然又由隔壁传来一声"混账——"。一个女人喊着说："你别去！别去！"男人暴叫："撒开手，我要见她！"）

思：（仿佛感到什么，立刻低声）张顺，这边来说，让他去喊去。

（张随着大奶奶由书斋内小门走出。）

（同时几乎一阵闯进来的是扭持着的姑老爷和姑太太。江泰登时甩开手，曾文彩目瞪口张地望着他。他手握着一束钞票，气呼呼地乱指。）

（姑老爷江泰是个专攻"化学"的老留学生，到了北平，就纵情欢乐，尽量享受北平舒适的生活，几乎和北平土生的公子哥儿的神气，毫无二致。他有三十七岁，神色带着几分潦倒模样，人看来是很精明的，却仿佛走到社会里就比不过与他同样聪明的朋友们。以是他时时刻刻想占些小便宜,而总不断地在大处吃了人的亏。他心地并不算奸恶,回国后,颇想大大发展一下。他不知为什么抛弃本行,洋洋自喜地做了官。做了几次官都不十分得意,在最后一任里,他拉下很大的亏空,并且据说有侵吞公款的嫌疑,非常不名誉地下了任。他没剩多少钱,就和太太寄居在丈人家里,成天牢骚满腹,喝了两杯酒就在丈人家里使气。人愈穷,气愈盛,指桌骂人,摔碟子摔碗是常有的事。但他也不是没有可爱的地方,他很直率,肯说老实话,有时也很公平,固然他常欺蔑他的病妻,在太太偶尔高兴,开始发两句和他不同的议论的时候,他总是轻蔑地对她说:"你懂得什么?"他还有一件长处,北平的饭馆、戏园,各种游乐的场所他几乎处处知道门路。而且他最讲究吃,他是个有名的饕餮,精于品味食物的美恶,举凡一切烹调秘方,他都讲得头头是道,说得有声有色,简直像一篇袁子才的小品散文。他也好吹嘘,总爱夸显过去他若何的阔绰豪放,怎样得到朋友们的崇拜和称赞,有时说得使人难以置信。

通常他是无时无刻不在谈着发财的门径的。但多半是纸上谈兵的淡话,只图口头上快意,决不想到实行,只有一次,他说要办实业,想开一个一本万利的肥皂厂,就在曾家的破花窖里砌炉举火,克日动工,熬开一大锅黄澄澄的浓汤,但制成时,一块块胰子软几几的像牛油,原来他的化学教科书不好,那节肥皂的制造方法,没有写明白,于是那些锅儿灶儿就一直扔在破花窖里,再没有人提。

经过这一次失败后,有一阵他绝口不谈发财。但不久躲在房里又忍不住和他的妻轻轻叹息说:"总有一天我能发明一种像万金油似的药，那我就——"于是连续地又有许多发财的梦，但始终都是梦。看相批命也不甚灵，命中该交财运的年头，事实都不如此。最近他才忽然想起一个巨大的计划，他要经商，他劝他丈人拿钱到上海做出口生意，并且如果一时手下不便，可以先卖了房子，作为营利的资本。但他的岳父照例以为不可。却又怕他的"姑老爷"的脾气发作，就对他唯唯否否，弄得他十分不快。）

（他身材不高，宽前额，丰满的鼻翼，一副宽大的厚嘴唇，唇上微微有些黑髭，很漂亮的。他眼神有些浮动，和他举止说话一样。）

（他穿一套棕色西服，货料和剪裁都好，领带拖在前面。一绺头发在顶上翘起来，通身上下都不整齐。）

（他的夫人曾文彩有三十四岁，十年前是一位有名娇滴滴的蜡美人，温厚娴静，婚后数年颇得他丈夫的宠爱。后来一直卧病，容颜顿改，人也憔悴瘦弱，脸色比曾家一般人还要苍白，几乎一点也看不出昔日的风韵。她非常懦弱，任何事她都拿不定主意。在旧书房里读了几年书，她简直是崇拜她的丈夫，总是百依百顺地听她丈夫的吩咐，甘心受着她丈夫最近数年的轻蔑和欺凌。病久了，她进门有些颤抖，唇惨白失色，头发微乱，她穿一件半旧蓝灰色羽纱旗袍，青缎鞋也有些破旧。）

彩：（哀求他）你这样去，成什么样子？

江：（睁圆了眼）给他钱，什么样子？住房，给房钱，吃饭，给饭钱。

彩：（怯弱地）你不要这么嚷，弄得底下人听见笑话。

江：（愤慨）这有什么可笑话！给完了钱，我们就搬家。（举起那钞票乱甩，怒喊）我叫你给他钱，你为什么不去？（拔

曹禺 / 429

步就走）我自己去交给你父亲！

彩：（死命拉住他，颤抖像一只将死的蝴蝶）江泰，你给我留点面子，这是我的娘家！

（思懿偷偷由书斋小门冒出头窃听。）

江：（唾了一口涎水）娘家，我看还不及住旅馆有情分呢。（指着后院）老头死了，你要是拿他一个大钱，我立刻就跟你离婚。

彩：（哀诉地）你从哪儿听的这些闲话？哪个告诉你说嫂嫂嫌我们住在此地？又是谁说你想着你岳父的钱哪？

江：（傲慢地）奇怪，我贪这几个钱？（愤怒）你们家里的人一个个都是混蛋，小人，没见过钱的，第一你那个大嫂！

彩：（低声，怯惧地）你喊什么？她说不定就在隔壁！

江：（痛快淋漓）我喊，我就是给她听，看她怎么样？看她敢怎么样？我要打死她，我要一枪打死她！

（大奶奶先真要挺身而出，听见这么可怕的恐吓，又悄悄退回去。）

彩：（叹息）再怎么说也是亲戚。

江：什么亲戚？（牢骚满腹）亲戚是狗屁！我有钱，我得意的时候，认识我。没有钱，下了台，你看他们那副鬼脸子！（愈想愈恨）混账！借我钱，买田产的时候，你问问他们记得不记得？我叫他们累得丢了官，下了台，你问问他们知道不知道？昨天我就跟老头通融三千块钱，你看老头——

彩：（连忙回头）我跟爹说！

江：（怒冲冲）你不要去！你少给我丢脸！你以为你父亲吃斋念佛就有人心？伤天害理，自己的棺材抬在家里，漆都漆好了，偏把人家老姑娘坑在家里，不许嫁人！

彩：（弱声弱气）你不要这样胡说！

江：哼，（凶横地）我问你，他怕死不怕死？

彩：（枯笑）老人家哪个不怕死？

江：那么，他既然知道他要死了，为什么屡次有人给愫小姐提婚，他总是东不是西不是挑剔，反对？

彩：（忠厚地）那也是为她好。

江：（睁圆眼睛）你胡扯！自私！自私！就是自私！一句话，眼不见为净！我立刻走！我立刻就滚蛋，滚他妈的蛋！

（霆由书斋小门上。）

霆：姑姑，姑丈，爷爷请你们二位敬祖去。

江：我不去。

彩：霆儿，你别听他的，我们就去。

霆：妈说等着姑姑跟姑丈点蜡呢。

江：我不去，我江家的祖宗还没有祭呢。

彩：（哀恳地）走，把衣服换了，穿上袍子马褂！

（愫方由书斋小门上。她手里拿着一包婴儿的衣服。）

愫：（找着）瑞贞呢？

彩：不在这儿。

愫：表姐夫还不去，姨父都在祖先堂屋等着呢！

彩：（几乎是乞怜）看我的分上，你去一趟吧！

江：（翻翻眼）你告诉他，我没有工夫侍候。

（江头也不回，由大客厅通前院的门下。）

彩：（追在后面）江泰，你别走，你听我说。

（彩追下。）

（霆欲由大客厅走出去。）

愫：（哀恳地）霆儿，你别走。

霆：愫姨。

愫：你——（欲说又止）

霆：什么？

愫：（终于）你为什么不跟瑞贞好呢？

霆：（不语）

愫：（沉重）你们是夫妻呀。

霆：（痛苦地）您别提这句话吧。

愫：譬，譬如她是你的妹妹，你忍心成天——

霆：（哀恳地）愫姨！

（他们觉得有人来，回头看见瑞贞低着头仿佛忍着极端的痛苦，匆匆由书斋小门走进。）

瑞：（抬头，突然望见霆）哦，你，你在这儿。

愫：（立刻）你们谈谈吧。（急向大客厅那面走）

（前院袁圆在叫——）

**圆的喊声**：快来呀，曾霆！

（霆原来与瑞相对无语，听见喊声，立刻抢在愫方的前面，疾步走进大客厅。）

愫：霆儿，你——

（霆不回顾，忙由大客厅通前院的门走出。愫回过头，脸上罩满哀伤，慢慢向瑞贞走来。）

瑞：愫姨！（扑在愫的怀里哭泣起来）

愫：（低声抚慰）不要哭，瑞贞。

瑞：（忍不住地抽咽）我，我不，我不。

愫：（拉着她）我看你回屋躺一躺去吧。

瑞：（摇头）不，他母亲还叫我侍候开饭呢！

愫：（不安地探问着）你怎么一早就出去了？

瑞：我有，有点事。

愫：（摸着她的脸，哀怜地）我看你睡一会吧，你的眼通红的。

瑞：（惨凄）不，那他母亲更要以为我是装病了。

愫：（同情地）你还吐么？

瑞：还好。

愫：（无意地）瑞贞，还是让我，我替你说了吧。

瑞：（坚决）不，不。

愫：那么先告诉霆儿吧。

瑞：（抑郁）他懂什么？他是个孩子。

愫：（劝解）可为什么不说呢？

瑞：（摇头）愫姨，你不明白。

愫：（不了解）为什么呢？（欣悦之色）这又不是什么怕人晓得的事。

瑞：（痛苦地望着愫方）愫姨，我要是能像你一样，一辈子不结婚多好啊。

愫：（哀静地凝视）你怎么说些小孩子话？

瑞：（痛心）愫姨，我们是小孩子啊，到了年底我十八，曾霆才十七呀。我同他糊糊涂涂叫人送到一处。我们不认识，我们没有情感，我们在房里连话都没有说的。过了两年了。（痛苦地）可现在，现在又要——

愫：（淳厚地）那你的爷爷才喜欢呢。

瑞：是呀，愫姨！我就是问为什么呀？为什么爷爷要抱重孙子，就要拉上我们这两个可怜虫再生些小可怜虫呢？

愫：（安慰）人家说有了小孩就好了，有了小孩夫妻的感情就会好了的。

瑞：（沉重地摇着头）不，愫姨，我不相信，我们不会好的。（肯定）即使曾霆又待我好，我在这样的家庭也活不下去的。（憎恶地）我真是从心里怕看见这些长辈们的脸哪，（拉着愫的手）愫姨，如果这家里再没有你，我老早就死了。

愫：（感动地）不要这么说话。你还小，生了孩子大家就高兴了。

瑞：（哀愁）愫姨，怎么会高兴？杜家的账到现在没法子还，爷爷都说要卖房子——

愫：（低头）嗯。

瑞：多一个就多一个负担，曾霆连中学都还没毕业。

愫：（慈爱地笑着）不要像个大人似的想下去了。活着吃苦不为着小孩子们，还有什么呢？毛毛生下来，我来替你喂。我来帮你，不要怕，真到了没路可走的时候，我母亲还留下一点钱，我们还可用在小孩子身上的。

瑞：（十分感动）愫姨，你，你的心真是——

愫：（高兴得流眼泪）那么，瑞贞，我一会儿替你说了吧，我替你告诉，先告诉表嫂，她想着要抱孙孙，就不会待你那样了。

瑞：（连忙）不，不，你不懂，我就不愿意告诉我这位婆婆。不，不，你千万谁也不要告诉。（激动地）愫姨，只有你，只有你——啊，愫姨，我心里乱慌慌的，昨天晚上我梦见我的母亲又活起来了，我还在家里当女孩子，（痛苦地）哦，愫姨，我要是永远不嫁人，永远不长大多好啊，多好啊！（又抽咽起来）

愫：（抚慰）不要哭，不要再流眼泪了。我给你看一点东西吧！（打开那个包，露出美丽的小婴儿绒线衣服）瑞贞，你看能用么？

瑞：（望着那件玲珑的小衣服，说不出话来）啊？

愫：喜欢么？

瑞：（颤抖着）怎么你连这个都预备好了？（虽然有些羞涩，但也忍不住欣欣笑起来）还，还早的很呢。

愫：做着玩玩，我也是学着做。

瑞：（一件一件地翻弄，欣喜地）好看，好看，真好看。（陡然放下衣服）可愫姨，你没有钱，你为什么花这么许多钱，为，为着——

愫：（哀矜地）为着我爱你，瑞贞，你不生气吧。我们都是无父无母，看人家眼色过日子的人。

瑞：（低下头，紧紧握住愫的手）愫姨。（泪泫然流下来）

愫：（哀婉地）你现在快做母亲了，要成大人了，为什么想不要孩子呢？有了孩子，他就会慢慢待你好的。（手帕轻轻擦着瑞贞眼睫下面的泪水）顺着他一点，他还是个小孩呢！（摇头，哀伤地）唉，你们两个都是小孩，十七八岁的人，懂得什么哟。（慢慢握紧瑞的手，诚挚地）瑞贞，昨天晚上你对我讲的话，那是万万做不得的。

瑞：（低声）为什么要这个小东西呢？（凝视）他是不喜欢我的。

愫：（恳切地）瑞贞，他再怎么不喜欢你，孩子是没有罪过的，岁数大了，心思就变了，有个小孩，家里再怎么不好，心里也就踏实多了。（凝望着她）你真想听你那个女朋友的话到什么地方去么？（悲哀地）哎，哪里又真是我们的家呀？

瑞：（愤慨）我不要家，我不要这个家。

愫：（立刻按住她的手，摇头）不，你小，你不明白没有家的女人是怎么过的，（泫然）那心里头老是非常地寂寞的。（不能自己）我自小就——（突然又抑制止住自己的愁苦，急转，哀痛地）瑞贞，你听我的话，你决不要做那样的事，万不要打掉那孩子。

瑞：嗯。

愫：你刚才是又找那个坏医生去了？

瑞：（不语）

曹禺 / 435

（后院文清喊——）

文清声：瑞贞！

愫：你要对我说实话。

瑞：（望她）嗯。

文清声：瑞贞！

愫：那你以后再也不要去。

瑞：（哀痛地）嗯。

愫：（沉挚）你说定了？

（正当瑞贞微微颔首的时候，文清低首由书斋小门上。）

文：（扬头突见愫方）哦，你在这儿！（对瑞）瑞贞，你给我拿马褂来。

瑞：是，爹！

（瑞贞进了文清的卧室。）

（半晌，二人相对无语。）

文：（长叹一声）愫方，我要走了，以后，你，你一个人——

（蓦然由大客厅通前院的门兴高采烈地跑进来袁圆。）

圆：（连喊）曾伯伯，曾伯伯！

文：（转身笑着）什么？

圆：小柱儿说他奶奶送给你一对顶好看的鸽子。

文：（指那笼子里的鸽子）在那里。

圆：（提起来）咦，怎么就剩下一个啦？

文：（哀痛）那个在半路上飞了。

圆：（赞美地指着笼里的鸽子，天真地）这个有名字不？

文：（缓缓点头）有。

圆：（恳切地）叫什么？

文：（沉静地）它，它叫"孤独"。

圆：真好看！（撒娇似地哀求着）曾伯伯，你送给我？

文：好。

圆：（大喜）谢谢你！你真是个好伯伯！（提着鸽笼跳起就跑）小柱儿！小柱儿！

（袁圆一路喊着由大客厅通前院的门走出去。）

（静默。天空鸽哨声。）

文：（费力地）谢谢你送给我的画。

愫：（低头不语）

文：（慢慢由身上取出一张淡雅的信笺）昨天晚上我作了几首小东西，（有些羞怯地递到她的面前）在，在这里。

愫：（接在手中）

文：（温厚地）回头看吧。

愫：（望着他）一会儿，我不能送行了。

（思懿突由书斋小门上。）

思：（惊讶）哟，你们在这儿。（对愫）老爷子叫你呢。

愫：（仍然很大方地拿着那张纸）哦。（立刻走向书斋）

思：（瞥见她手上的诗笺，忽然眼珠一转）啊呀，地上还有一张纸！

愫：（不觉得回头）啊？

文：（惴惴然）哪儿？（忙在地上寻望）

思：（尖刻笑）哦，就一张！（望着愫）原来在手上呢！

**外面曾老太爷的声音**：（苍老地）愫方哪！

愫：唉！

（愫由书斋小门下。）

思：（脸沉下来）你们又在我背后闹些什么把戏！

文：（惶然）怎么——没有。

思：你刚才给她什么？

文：（推诿）没有什么。

曹禺 / 437

思：（厉声）你放屁，你瞒不了我！你说，她手里拿的是什么？你说——

文：我——

（瑞贞由右边卧室拿着马褂走出来。）

瑞：爹，马褂！（文接下）

思：（对瑞恶烦）快去吧，你的愫姨等着你。

（瑞由书斋小门下。）

（文默默穿马褂。）

思：（叨叨）我一辈子是大方人，吃大方的亏。我不管你们在我背后闹些什么，（百般忍顺的模样）反正这家里早已不成一个家。"树倒猢狲散"，房子一卖，你带你的儿子媳妇一齐去过（"生活"的意思）也好，或者带你的宝贝愫妹妹过也好，我一个人到城外尼姑庵一进，带发修行，四大皆空。（怕他不信）你别以为我在跟你说白话，我早已看好了尼姑庵，都跟老尼姑说好了。

文：（明知她说的是一套恐吓的假话，然而也忍不住气闷，颤抖地）你这是何苦？你这是何苦？

思：（诉苦）我也算替你们曾家生儿养女，辛苦了一场，我上上下下对得起你们曾家的人！过了八月节，这八月节，我把这家交给姑奶奶，明天我就进庙。（向卧室走）

（张顺由大客厅通前院的门急进。）

张：（急促）大奶奶，那漆棺材的要账的伙计——

思：叫他们找老太爷！

张：（狠狠）可他们非请大奶奶——

思：（眼一翻）跟他们说大奶奶死了，刚断了气！

（思进了卧室。）

文：（望着卧室的门）

（张叹了一口气由大客厅通前院门下。）

文：思懿！（推卧室门）开门！开门！你在干什么？

思：（气愤的口气）我在上吊！

文：（敲门）你开门！开门！你心里在想着什么？你说呀，你打算——（回头一望，低声）爹来了！

（果然是由书斋小门，瑞贞，愫方和陈奶妈簇拥着曾皓走进来。）

（曾皓，至多看来不过六十五，鬓发斑白，身体虚弱，肿胀的黄脸上，微微有几根稀落惨灰的短须。一对昏瞢而无精神的眼睛，时常流着泪水，只在偶尔振起精神谈话时才约莫寻得出曾家人通有的清秀之气。他吝啬，自私，非常怕死，整天进吃补药，相信一切益寿延年的偏方。过去一直在家里享用祖上的遗产，过了几十年的舒适日子。偶尔出门做官，补过几次缺，都不久挂冠引退，重回到北平关门纳福。老境坎坷，现在才逐渐感到困苦，子女们尤其使他失望，家中的房产，也所剩无几，自己又无什么治生的本领，所以心中百般懊恼。他非常注意浮面上的繁文缛礼，以为这是士大夫门第的必不可少的家教，往往故意夸张他在家里当家长的威严，但心中颇怕他的长媳。他晓得大奶奶尽管外表上对他作"奉承"文章，心里不知打些什么算盘。他也厌恶他的女婿的嚣张横肆，一年到头，总听见他在吵，在出主意，在高谈阔论种种营利的勾当。曾老太爷一直不说他有钱的，但现在也不敢说没有钱。他的家几乎完全操在大奶奶的手心里，哭穷固然可以应付女婿，但真要是穷得露了骨，他想得到大奶奶的颜色是很难看的，虽然到现在为止，大奶奶还不敢对自己的公公当面有若何轻视的表示。然而他很怕，担心有一天子女就会因为他没有留下多少财产，做出一种可怕的颜色给他看。

自然，这也许是他神经过敏，但他确实感到贫穷，对他，一个士大夫家庭中家长的地位都成了莫大的威胁。他有时几乎不相信诗书礼仪对他的子女究竟抱了多大的教化和影响。他想最稳妥的方法是"容忍"，然而"容忍"久了也使他气郁，所以终不免时而唠唠叨叨，牢骚一发，便不能自止，但多半时间他愿装痴扮聋，隐忍不讲。他的需要倒也简单，除了漆寿木，吃补药两点他不让步外，其余他尽量使自己不成为子孙的赘疣。他躲在屋内，写字读佛，不见无欲，既省钱，也省力。却有时事情常闹到头上来，那么他就把多年忍住的脾气发作一下，但也与年壮气盛时大不相同，连发作的神情都很萎缩，他埋怨一切，他仿佛有一肚子的委屈要控诉，咒骂着子女们的不孝无能，叹惜着家庭不昌，毁谤着邻居们的粗野无礼，间或免不了这没落的士大夫家庭的教养，趣味种种，他惟一留下来的一点骄傲也行将消散。

他的自私常是不自觉的。譬如他对愫方，总以自己在护养着一个无告的孤女。事实上愫方哀怜他，沉默地庇护他，多少忧烦的事隐瞒着他，为他遮蔽大大小小无数次的风雨。当他有时觉出她的心有些摇动时，他便猝然张皇得不能自主，几乎是下意识地故意慌乱而过分地显露老人失倚的种种衰弱和苦痛，期想更深地撼动她的情感，成为他永远的奴隶。他无时无刻不在想着自己，怜悯着自己，这使他除了自己的不幸外，看不清其他周围的人也在痛苦。

（他穿一件古铜色的长袍，肥大宽适。上套着一件愫方为他缝制的轻软的马褂——他是异常地怕冷的——都没有系领扣，下面穿着洋式翻口绒鞋，灰缎带扎着腿。他手里拿着一串精细的念珠。）

（憨方和瑞贞扶掖着他，旁边陈奶妈捧着盖碗。）

皓：（闭着眼睛听什么，连连点着头）嗯，嗯。

文：（不安地）爹。

皓：（陷在沉思里，似乎没有听见）

陈：（边说边笑，大家暂停住步子，听她的话，她很兴奋地对憨）我一算可不是有十五年了？（对皓）这副棺材漆了十五年！（惊美地）哎，这可漆了有多少道漆呀？

皓：（快慰）已经一百多道了。（被他们扶掖向长几那边走）

陈：（赞叹）怪不得那漆看着有（手一比）两三寸厚呢！（放下盖碗）

（思由卧室走出，满面和顺的笑容，仿佛忘记刚才那一件事。）

思：爹来了。（赶上扶着皓）这边坐吧，爹，舒服点！（把皓又扶到沙发那边，忙对瑞贞）少奶奶，把躺椅搬正！（扶皓坐下，思对文）你还不把靠垫拿过来。

文：哦！（到书斋内取靠垫，瑞也跟着拿）

皓：（闭目，摸弄着佛珠）慢慢漆吧！再漆上四五年也就勉强可以睡了。

（瑞贞由书斋内拿来椅垫。）

思：（指着，和蔼地）掖在背后，少奶奶。（仿佛看瑞贞掖得不好，弯下腰）嗜，我来吧。（对瑞）你去拿床毛毯，给爹盖上。

皓：（睁眼）不用了。（又闭目养神）

思：（更谦顺）您现在觉着好一点了吧。

皓：还好。

文：（走上前）爹。

曹禺 / 441

皓：（微领首）嗯，（几乎是故意惊讶地）哦，你还没有走？

思：（望文一眼，对皓）文清一会儿就要上车了。

皓：（对文）你给祖先磕了头没有？

文：没有。

皓：（不高兴）去，去，快去，拜完祖先再说。（咳嗽）

文：是，爹。（向书斋小门走）

陈：（又得着一个机会和文清谈话）嘻，清少爷，我再陪陪你。（文与陈同由书斋小门下。）

皓：愫方，你出去把我的痰罐拿过来。

（愫刚转身举步向书斋走——）

思：（立刻笑着说）别再劳累愫妹妹啦！我屋里有。瑞贞，你给爷拿去。（把盖碗茶捧给皓）爹，您喝茶吧！

（瑞贞进思懿的卧室。）

皓：（用茶嗽口，愫拿过一个痰桶，皓吐入）口苦的很！（又瞌眼）

愫：您还晕么？

皓：（望望她，又闭上眼，一半自语地）头昏口苦，这是肝阴不足啊！所以痰多气闷！（枯手慢推摩自己的胸口）

思：（殷勤）我看给爹请个西医看看吧。

皓：（睁开眼，烦恶）哪个说的？

思：要不叫张顺请罗太医来！

皓：（启目，摇头）不，罗太医好用唐朝的古方，那种金石虎狼之药，我的年纪，体质——（不愿说下去，叹口气，闭眼轻咳）

（瑞由思懿的卧室上，把小痰罐递与皓，皓又一口黏痰吐进去，把痰桶拿在手中。）

思：隔壁杜家又派一个账房来要那五万块钱啦。

皓：哦！

思：还有今年这一年漆寿木的钱——

皓：（烦躁）钱，钱！牛马，牛马，做一辈子的牛马，连病中还要操心，当牛马。

（思也沉下脸。半晌。）

愫：（安慰地）今年那寿木倒是漆得挺好的。

皓：（不肯使大奶奶太难看，点头，微露喜色）嗯嗯，等吧，等到明年春天再漆上两道川漆，再设法把杜家这笔账还清楚，我这就算做完了。（不觉叹一口气，望着瑞贞）那么运气好，明年里头我再能看见重孙——

思：（打起欢喜的笑容）是啊，刚才给祖先磕头，我还叫瑞贞心里念叨着：求祖宗保佑她早点有喜，好给爷爷抱重孙呢。

皓：（浮肿的面孔泛着欢喜的皱纹）瑞贞，你心里说了没有？

瑞：（低头）

思：（推她，尖声）爷爷问你心里说了没有？

瑞：（背转）

愫：（劝慰）瑞贞！

瑞：（回头）说了，爷爷。

皓：（满意地笑）说了就好。

外面曾文彩声：江泰，江泰！

思：（咕噜着）你瞅这孩子，你哭什么？

（由大客厅通前院的门拉拉扯扯地走进来文彩和江泰。）

彩：（央求）江泰！江泰！（拉他走进）

江：（说着走着，气愤愤地）好，我来，我来！你别拉着我！

（大家都回头望他们，他们走到近前。）

思：怎么啦？

曹禺 / 443

彩：爹！（回头低声对江）就这样跪着磕吧，别换衣服啦。

思：（故意笑着说出来）姑老爷给爹拜节哟！

皓：（探身，手势要人扶起，以为他要磕头）哎，不用了，不用了，拜什么节哟！

（江泰狠狠盯了思懿一眼，在皓已经欠起半身的时候，似拜不拜地懒懒鞠了个半躬，自己就先坐下。）

江：（候皓坐定，四面望一望，立刻）好，我有一句话，（指着）我屋旁边那土墙要塌了，你们想收拾不收拾？——

彩：（低声，急促地）你又怎么了？

江：（对彩）你别管！（转对思和皓）你们收拾不收拾？不收拾我就卷铺盖滚蛋。

皓：（莫明其妙）怎么？

思：（软里透硬）不是这么说，姑老爷，我没有敢说不收拾，不过我听说爹要卖房子，做买卖，所以——

皓：（挺身不悦）卖房子？

思：卖给隔壁杜家。

皓：（微怒）哪个说的？这是哪个人说的？

思：（眼向江泰一瞟，冷笑）谁知道谁说的？

江：（冒然）我说的！（望着皓，轻蔑的神色）我也不知道哪个说话不算话的人对我说的。

皓：（在自己家里，当着自己的儿媳受这样抢白，实在有些忍不住）江泰，你这不是对长辈说话的样子。

江：好，那么我走。（拔步就走）

彩：（低声，几乎要哭出来）江泰，你还不坐下？

懔：（央求地）表姐夫！

（江被他们暗暗拉着，不甘愿地又坐下。）

（半晌。沉静中文清由书斋小门悄悄走进来，站在一旁。）

皓：（望了文一眼，颤抖）好，我说过，我说过，我是为我这些不肖的子孙才说的。现在家里景况不好，没有一个人能赚钱，（望文愤愤地）大儿子第一个就不中用！隔壁那个暴发户杜家天天逼我们的债，他们硬要买我们的房子，难道我们就听他们再给一两万块钱，乖乖把房子送给他们么？（越说越气）这种开纱厂的暴发户，仗势欺人，什么东西都以为可以拿钱买，他连我这漆了十五年的寿木都托人要拿钱来买，（气得发抖）这种人真是一点书都没有读过。难道我自己要睡的棺材都要卖给他？（望彩）文彩，你说？（对文清）文清，你这个做长子的人也讲讲？（文低头）你们这做儿子的——

（由书斋小门走进来陈奶妈。）

陈：（高兴地）清少爷！（看见大奶奶对她指着皓摆手，吓得没有说出来，就偷偷从通大客厅的门走出去）

皓：这房子是先人的产业，一草一木都是祖上敬德公惨淡经营留下的心血，我们食于斯，居于斯，自小到大都是倚赖祖宗留下来这点福气，吃住不生问题。（拍着那沙发的扶手）你们纵然不知道爱惜，难道我忍心肯把房子卖给这种暴发户，卖给这种——

江：（把手一举）我声明，不要把我算在里面，你们房子卖不卖，我从来没有想过。

皓：（愣一愣继续愤慨地）这种开纱厂的暴发户，这种连人家棺木都想买的东西，这种——

（突然从隔壁邻院袭来震耳的鞭炮声。）

皓：（惊吓）这是什么？（几乎要起来，仿佛神经受不住这刺激）这是什么？什么？什么？

愫：（鞭炮响声里，用力喊出）不要紧，这是放鞭！

曹禺 / 445

皓：（掩盖自己的耳朵，紧张地）关上门，关上门！

（文与瑞赶紧跑去关上通大客厅的门扇，鞭炮声略远，但不断爆响，半天才歇。）

彩：（在爆竹声中倒吸一口长气）谁家放这么长的爆竹？

江：（冷笑）哼！就是那暴发户的杜家放的。

皓：（抬头）看看这暴发户！过一回八月节都要闹得像嫁女儿——

（陈奶妈由通大客厅的门上。）

陈：（拍手笑）愫小姐，这一家子可有趣！女儿管爹叫"老猴"，爹管女儿叫"小猴"，屋里还坐着一个像猩猩似的野东西，老猴画画，小猴直要爬到老猴头上翻筋斗，（笑着前翻后仰）屋里闹得要翻了天——

皓：（莫明其妙）谁？

陈：还不是袁先生跟那位袁小姐，我看袁先生人脾气怪好的，直傻喝喝地笑——

思：陈奶妈，你到厨房看看去，赶快摆桌子开饭，今天老太爷正为着愫小姐请袁先生呢。

陈：哦，哦，好，好！

（陈奶妈十分欢喜地由通大客厅走下。）

思：（提出正事）媳妇听说袁先生不几天就要走了，不知道愫妹妹的婚事爹觉得——

皓：（摇头，轻蔑地）这个人，我看——（江泰早猜中他的心思，异常不满地由鼻孔"哼"了一声，皓回头望他一眼，气愤地立刻对那正要走开的愫方）好，愫方，你先别走。趁你在这儿，我们大家谈谈。

愫：我要给姨父煎药去。

江：（善意地嘲讽）咳，我的愫小姐，这药您还没有煎够？（迭连快说）坐下，坐下，坐下，坐下。

（愫又勉强坐下。）

皓：愫方，你觉得怎么样？

愫：（低头不语）

皓：愫，你自己觉得怎么样？不要想到我，你应该替你自己想，我这个当姨父的，恐怕也照料不了你几天了，不过照我看，袁先生这个人哪——

思：（连忙）是呀，愫妹妹，你要多想想，不要屡次辜负姨父的好意。以后真是耽误了自己——

皓：（也抢着说）思懿，你让她自己想想。这是她一辈子的事情，答应不答应都在她自己，（假笑）我们最好只做个参谋。愫方，你自己说，你以为如何？

江：（忍不住）这有什么问题？袁先生并不是个可怕的怪物！他是研究人类学的学者，第一人好，第二有学问，第三有进款，这，这自然是——

皓：（带着那种"稍安毋躁"的神色）不，不，你让她自己考虑。（转对愫，焦急地）愫方，你要知道，我就有你这么一个姨侄女，我一直把你当我的亲女儿一样看，不肯嫁的女儿，我不是也一样养么？——

思：（抢说）就是啊！我的愫妹妹，嫁不了的女儿也不是——

文：（再也忍不下去，只好拔起脚就向书斋走——）

思：（斜睨着文）咦，走什么？走什么？

（文不顾，由书斋小门下。）

皓：文清，怎么？

思：（冷笑）大概他也是想给爹煎药呢！（回头对愫又万分亲热地）愫妹妹，你放心，大家提这件事也是为着你想。你就在曾家住一辈子，谁也不能说半句闲话。（阴毒地）嫁不

曹禺 / 447

出去的女儿不也是一样得养么？何况愫妹妹你父母不在，家里原底就没有一个亲人——

皓：（当然听出她话里的根苗，不等她说完——）好了，好了，大奶奶请你不要说这么一大堆好心话吧。（思的脸突然罩上一层霜，皓转对愫）那么愫方，你自己有个决定不？

思：（着急，对愫）你说呀！

彩：（听了半天，一直都在点头，突然也和蔼地）说吧，愫妹妹，我看——

江：（猝然，对自己的妻）你少说话！

（彩默然，愫默默立起，低头向通大客厅的门走。）

皓：愫方，你说话呀，小姐。你也说说你的意思呀。

愫：（摇头）我，我没有意思。

（愫由通大客厅的门下。）

皓：唉，这种事怎么能没有意见呢？

江：（耐不下）你们要我说话不？

皓：怎么？

江：要我说，我就说。不要我说，我就走。

皓：好，你说呀，你当然说说你的意见。

江：（痛痛快快）那我就请你们不要再跟愫方为难，愫方心里怎么回事，难道你们看不出来？为什么要你一句我一句欺负一个孤苦伶仃的老小姐？为什么——

思：欺负？

彩：江泰。

江：（盛怒）我就是说你们欺负她，她这些年侍候你们老的，少的，活的，死的，老太爷，老太太，少奶奶，小少爷，一直都是她一个人管。她现在已经快过三十，为什么还拉着她，不放她，这是干什么？

448 \ 四川新文学大系·戏剧编（第二卷）

皓：你——

彩：江泰！

江：难道还要她陪着一同进棺材，把她烧成灰供祖宗？拿出点良心来！我说一个人要有点良心！我走了，这儿有封信，（把信硬塞在皓的膝上）你们拿去看吧！

彩：江泰！

（江气呼呼地由通大客厅的门下。）

皓：（满腹不快）这，这说的是什么？我，我从来没听过这种野话！（同时颤抖地拆开信，露出来钞票和简短的信纸）

（皓看信时，张顺拿着碗筷悄悄走进来。瑞贞也走来帮他把方桌静静抬出，默默摆碗筷和凳子。）

皓：（匆促地读完那短信，气得脸发了青）这是什么意思？（举着那钞票）他要拿这几个房租钱给我！（对思）思懿，这是怎么回事？

思：（冷笑）我不知道他老人家又犯了些什么神经病？

彩：（早已立起，看着那信，惶惑不安，哀诉着）爹，您千万别他的意，他心里不快活，他这几年——

皓：（愤然）江泰，我不说他，就说女婿是半子吧，他也是外姓人。（对彩）你是我的女儿，你当然知道我们曾家人的脾气都是读书第一，从来没有谈过钱的话。好，你们愿意住在此地就住下去，不愿意住也随意，也无须乎拿什么房钱，饭钱，给父亲看——

彩：（抽咽）爹，您就当错生了我这女儿，您就当——

皓：（气得颤巍巍）呃，呃，在我们曾家甩这种阔女婿架子！

彩：（早忍不下，哇地哭起来）哦，妈，你为什么丢下我死了，我的妈呀！

思：姑奶奶！

（文彩哭着跑进自己的卧室。）

皓：（长叹一声）一群冤孽！说都说不得的。开饭，张顺，请袁先生来。

（张顺由通大客厅门下。）

（文由书斋小门上。）

文：爹！

皓：要走了么？

文：一点钟就上车。

皓：你的烟戒了？

文：（低头）戒了。

皓：确实戒了？

文：（赧然）确实戒了。

皓：纸烟呢？

文：（低头）也不抽了。

皓：（望着他的黄黄的手指）又说瞎话！（训责地）你看，你的手指头叫纸烟熏成什么样子？（摇头叹息）你，你这样子怎么能见人做事！

文：（不觉看看手指）回，回头洗。

皓：霆儿呢？

思：（连忙跑到通大客厅门前喊）霆儿！你爷爷叫你。

皓：他在干什么？

文：大概陪袁小姐放风筝呢。

皓：放风筝？为什么放着《昭明文选》不读，放什么风筝？

文：霆儿！

（霆慌慌张张由通大客厅的门跑上。）

皓：（厉容）跑什么，哪里学来这些野相？

霆：（又止步）爷爷，袁伯伯正在画"北京人"，说就来。

450 \ 四川新文学大系·戏剧编（第二卷）

皓：哦，（对瑞）把酒筛好。

霆：袁伯伯说，还想带一位客人来吃饭。

皓：当然好，你告诉他，就一点家常菜，不嫌弃，就请过来。

霆：哦！（立刻就走，走了一半又转身，顾虑地）不过，爷爷，他是"北京人"。

皓：北京人不更好。（对文又申斥地）你看，你管的什么儿子，到现在这孩子理路还是毫不清楚。

霆：（踌躇）袁伯伯说要他换换衣服？

皓：（烦恶）换什么衣服，你就请过来吧。你父亲一点钟就要上车的。

（霆由通大客厅的门下。）

皓：奇怪，愫方上哪里去了？

思：大概为着袁先生做菜呢。

皓：哦。

（霆在门外大客厅内大喊。）

霆的声音：我爷爷在屋里！我爷爷在屋里！

圆的声音：你跑，你跑！

（砰地通大客厅的门扇大开，霆一边喊着一边跑进来，圆儿满头水淋淋的，提着一个空桶，手里拿着一串点着了的鞭炮。小柱儿也随在后面，一手拿着一根燃着的香，一手抱着那只鸽子。）

霆：（跑着）爷爷，她，她——

圆：（笑喊）你跑！你跑！看你朝哪里跑……

（待霆几乎躲在皓坐的沙发背后，她把鞭炮扔在他们身下，就听着一声"噼拍"乱响，霆和皓都吓得大叫起来。圆大笑，小柱儿站在门口也哈哈不止。）

皓：你这，这女孩子怎么回事？

曹禺 / 451

圆：曾爷爷！

皓：你怎么这样子胡闹？

圆：（撒娇）你看，曾爷爷，（把湿淋淋的头发伸给他看，指霆）他先泼我这一桶水！

外面男人声音：（带着笑）小猴子，你到哪儿去了？

圆：（顽皮地）老猴儿，我在这儿呢。

（圆儿笑着，跳着，由通大客厅的门走出去，小柱儿连忙也跟出去。）

皓：（对思）你看，这种家教怎么配得上愫方？（转身对霆）刚才是你泼了她一桶水？

霆：（怯惧地）她，她叫我泼她的。

皓：跪下！

思：我看，爷爷——

皓：跪下！（霆只得直挺挺跪下）也叫袁家人看看我们曾家的家教。

（圆儿拉着她的"老猴儿"人类学者袁任敢兴高采烈地走进来。）

（"老猴儿"实在并不老，看去只有四十岁模样，不过老早就秃了顶，头顶油光光的只有几根毛，横梳过去，表示曾经还有过头发。他身材不高，可是红光满面，胸挺腰圆，穿着一身旧黄马裤，泥污的黑马靴，配上一件散领棕色衬衣，活像一个修理汽车的工人。但是他有一副幽默而聪明的眼睛，眼里时常闪出一种嘲讽的目光，偶尔也泄露着学者们常有的那种凝神入化的神思。嘴角常在微笑，仿佛他不止是研究人类的祖先，同时也嘲笑着人类何以又变得这般堕落。他有一副大耳轮，宽大的前额，衬上一对大耳朵，陷塌的狮子鼻，有时看来像一个小丑。

关于他个人的事，揣测很多，有的人说他结过婚，有的说他根本没有，圆儿只是个私生女。问起来他总一律神秘地微笑。他一生的生活是研究"北京人"的头骨，组织学术察勘队到西藏、蒙古掘化石，其余时间拿来和自己的女儿嬉皮笑脸没命地傻玩。似乎这个女儿也是从化石里蹦出来的。看他的样子，真不像懂得什么叫做男女的情感的事情。）

圆：（一路上谈）爹，小柱儿就给我拿来一根香，我就把鞭点上，爹，我就追，我就照他的腿上——

袁：（点头，笑着听着）嗯，嗯，哦——（望见曾皓已经立起来欢迎他）曾老伯，真是谢谢，今天我们又来吃你来了。

皓：过节，随便吃一点。（让坐）请袁先生上坐，上坐，上坐。

圆：（望见了霆儿突然矮了一截，大喊）爹，你看，你看，他跪着呢！

皓：别管他，请坐吧！

袁：（望着霆儿，大惊）怎么？

皓：我这小孙儿年幼无知，说是在令媛头上泼了一桶水——

袁：（歉笑）哎呀，起来吧，起来吧，那桶水是我递给他泼的——

皓：（惊愕）你？——

思：（忍不住）起来吧，霆儿，谢谢袁老伯！

霆：（立刻站起）谢谢袁老伯。

袁：（对霆）对不起，对不起，下次你来泼我！

皓：袁先生的客人呢？

圆：（惊呼）爹，"北京人"还在屋里呢！

袁：（粗豪地）我以为他已经来了。

（圆儿说完，撒"鸭子"就跑出去。）

曹禺 / 453

皓：（十分客气）啊，快请进来。（立起走向通大客厅的门）

袁：您叫我们的时候，我正在画，我原来要他换好了衣服来的，可（指霆）他说您——

皓：（又客气地）我就说吃便饭，换什么衣服，真是太客气了。

袁：是啊，所以我就没有——

（圆儿由通大客厅的门——这门已关上的——跳出来。）

圆：（仿佛通报贵宾，大喊）"北京人"到！

（大家都莫明其妙地站起探望。）

皓：啊。（对着门，满脸笑容）请，请，（话犹未了——）

（蓦然门开，如一个巨灵自天而降，陡地出现了这个"猩猩似的野东西"。）

（他约莫有七尺多高，熊腰虎背，大半裸身，披着半个兽皮，浑身上下毛茸茸的。两眼炯炯发光，嵌在深陷的眼眶内，塌鼻子，大嘴，下巴伸出去有如人猿，头发也似人猿一样，低低压在黑而浓的粗眉上。深褐色的皮肤下，筋肉一粒一粒凸出有如棕色的枣栗。他的巨大的手掌似乎轻轻一扭便可握断了任何敌人的脖颈。他整个是力量，野得可怕的力量，充沛丰满的生命和人类日后无穷的希望，都似在这个人身内藏蓄着。）

（曾家的人——除了瑞贞——都有些惊吓。）

皓：（没想到，几乎吓昏了）啊！（退后）

袁：（忙走上前介绍）这是曾老太爷。

（"北京人"点头。）

皓：这位是——

袁：（笑着）这是我的伙伴，最近就要跟我们一块到蒙古去的。

（"北京人"走到台中，森森然望着皓和皓的子孙们。）

圆：（同时，指着）曾爷爷，他是人类的祖先。曾爷爷，你的祖先就是这样！

袁：（笑着）别胡扯，圆儿！（对皓）曾老伯，您不要生气！四十万年前的北京人倒是这样：要杀就杀，要打就打，喝鲜血，吃生肉，不像现在的北京人这么文明。

皓：（惊惧）怎么这是北京人？

袁：（有力地）真正的北京人！（忽然笑起来）哦，曾老伯，您不要闹糊涂了。这是假扮的，请来给我们研究队画的。他原来是我们队里一个顶好的机器工匠，因为他的体格头骨有点像顶早的北京人——

皓：（清醒了一点）哦，哦，哦，那么请坐吧！（硬着头皮对"北京人"）请坐吧。

袁：对不起，他是个哑巴，不会说话。（这时大家均按序入坐，低声）他脾气有点暴躁，说打人就打人，还是不理他好。

皓：（毛骨悚然）哦，哦，（忙对瑞贞、霆儿）瑞贞，你们这边点坐，这边点坐！

（"北京人"了无笑容地端坐在上首，面对观众。）

（张顺端进来一碗热菜，搁好即下。）

皓：（举杯）今天一则因为过节，二则也因为大小儿要离开家，一直没跟袁先生领教，也就乘这个机会跟袁先生多叙叙，来，请，请。（望"北京人"）呃，令友——

袁：多谢！

（"北京人"望一望，一饮而尽，大家惊讶。）

袁：我听说曾大先生非常懂得喝茶的道理——

（外面争吵声。）

皓：瑞贞，你看看，这是谁？吵什么？

圆：（对瑞）我替你看看去！

（思对文耳语，文站起执酒壶，思懿随后向皓身边走来。

曹禺／455

圆早放下筷子由通大客厅的门跑下。)

思：（持杯）媳妇给爹敬酒。

皓：（仍坐）不用了。

思：（恭顺的样子）文清跟爹辞行啦。

文：（低声）爹，跟您辞行。

（文跪下三叩首，瑞贞和霆儿都立起。"北京人"与袁任敢瞪眼，互相望望。外面在他们一个端坐一个跪叩的时候，又讥诮地怒骂起来。）

**外面三四个人诮骂声：**（你一句，我一句）你们给钱不给钱。大八月节，钱等了一大清早上了。这么大门口也不是白盖的。有钱还再欠账，没有钱，你欠的什么账，别丢人！……

皓：这是什么？

思：隔壁人家吵嘴吧？

皓：（安下心，对袁等）请，请哪。（"北京人"又独自喝下一盅，皓对霆与瑞，和蔼地）你们也该给你们父亲送行哪！（于是——）

（瑞、霆复立起来，执酒壶，到文面前，斟酒。）

思：（非常精明练达的样子，教他们说）说"爹一路平安"。

瑞、霆：（同时呆板地）爹一路平安。

思：说"以后请您老人家常写家信"。

瑞、霆：（同时呆滞地）以后请您老人家常写家信。

思：（又教他们）"儿子儿媳妇不能时常侍候你老人家了。"

瑞、霆：（又言不由衷地）儿子儿媳妇不能时常侍候你老人家了。

（说完了就要回坐。）

思：（连忙）磕头啊，傻孩子！（很得意地望望袁任敢）

（霆与瑞双双跪下三叩首。文立起，"北京人"与袁瞪眼对望着，呼地又喝了一盅酒，袁为他斟满，他又喝空。沉静的磕头中，外面又开始咒骂。——）

外面咒骂声：（还是你一嘴我一嘴，逐渐凶横）你们过的什么节？有钱过节，没有钱跟我们这小买卖人打什么哈哈。五月节的账到现在还没有还清，现在还一个"文"儿（"钱"的意思）不给。不到一千块钱就这么为难哪。

张顺的声音：（一面劝着）你们别在这儿嚷嚷！走！走！老太爷在这儿……

外面咒骂声：（讥讽地）老太爷就凶了，这摆的什么阔气！没有钱，还不跟我们一样，破落户！（一直吵下去，不断——）

（袁任敢也回头谛听。）

皓：这究竟是什么？

思：别是隔壁的——

（外面争吵声中，愫忙由通大客厅的门疾步进来。）

皓：是谁？

愫：（喘息着，闪烁其词）没有谁。

思：（奸笑）袁先生，我介绍一下，这是愫小姐！（袁立起，思又转对愫）袁先生！

（由通大客厅的门陈奶妈围着一个旧围裙，端一大盘菜急急慌慌走进来，后随着小柱儿，一手抱着鸽子，一手拉着祖母的衣裙。）

陈：（边说边走，烦躁地）别拉着，小柱儿，讨厌，别拉着我！（把菜放在桌上，几乎烫熟了手，连甩手）好烫！

（陈与小柱儿同由大客厅下。）

愫：（低声）表嫂！

思：（举箸）袁先生，这碗菜是愫小姐——（愫拉她的衣裙，思回头对愫）啊？

皓：（举箸）请！请！

曹禺 / 457

慭：（同时惶惑）漆，漆棺材的——他，他们——

（门蓦地大开，那一群矮胖凶恶的小商人甲乙丙丁挤进来。张顺还在抵挡，圆儿也夹在后面。）

张：不成，不成，屋里有客！

甲乙丙丁：（同时闯进来，凶横的野狗似地乱吠）你别管，我们要钱！不是要命！——老太爷——大奶奶！——老太爷，你有钱就拿出来。——没有钱——

皓：下去！混账！

思：（同时厉声）回头说，滚出去！

（文彩也从卧室里跑出来惊望。）

甲乙丙丁：（逼上前来混杂地）我们为什么滚？——欠钱还账，没钱就别造这个孽，——我们是小买卖人！——五月节的账都还没清。——别甩臭架子，——还钱，还钱！（皓气得发了呆，思冷笑，曾家的人都瘫了一般，甲乙吼叫更逼近）别不言语，别装傻！（甲喊）你有钱漆棺材！（乙喊）没有钱漆什么棺材！（丙喊）我们家也有父有母，死了情愿拿芦席一卷！（甲喊，指着曾家的人）也不肯这么坐着挺尸！

（袁与"北京人"一直望着他们，这时——）

袁：（大吼一声）出去！

甲：（吓住）怎么？

袁：（笑）我给你钱！

甲乙丙丁：（固执）我们找（指皓）——

（"北京人"慢慢立起，一个巨无霸似的人猿，森然怒视，狺狺然沉重地向外挥手。）

甲乙丙丁：（倒吸一口气）好，给钱就得！给钱就得！（仓皇退出。）

（"北京人"笨重地跨着巨步，跟着出去，圆也出去，袁随在后面。）

霆：（焦急）袁伯伯！

袁：（点头微笑，摇摇手，颇有把握的样子）

（袁走出。）

皓：怎么，怎么回事？

（突然听见外面一掌打在肉堆上的声音，接着一句惊愕的"你怎么打人！"接着东西摔破，一片乱糟糟叫喊咒骂，挨打呼痛的嚣声。）

（屋里人吓成一团。）

皓：关门！关门！

（思赶紧跑去关门。）

圆的声音：（仿佛在观战，狂喊助威）好，再一拳，再一拳！打得好！向后边搂！脚，脚踢！对，捶！再一捶！对呀！咳，咬，用劲，再一拳！（最后胜利地大叫）好啊！（然后安静下来）

霆：（忍不住走到门口，想开门外看）

思：（低声，紧张地）别出去，你要找死啊？

（大家都屏息静听。袁任敢头发微乱，捋起袖管，满面浮着笑容，走进来。）

袁：（慢慢地把袖管又捋下来）

（"北京人"更蛮野可怖，脸上流着鲜血，跨着巨步，若无其事然地走进来。后面袁圆满面崇拜的神色，跟着这个可怕的英雄。）

皓：（低声）都，都走了？

袁：打跑了！

圆：（突然站在椅上，把"北京人"的巨臂举起来）我们的"北京人"打的！

曹禺 / 459

("北京人"转过头,第一次温和地露出狞笑。大家竦然望着他。曾皓痴坐如同得了瘫痪。)

思:(突然打破这沉闷,快意地笑着)快吃吧。(对袁)这两碗菜是(指着)愫小姐下厨房特为袁先生做的!(不觉对文笑了一下)

　　(大家又开始入坐。)

(闭幕)

选自曹禺:"曹禺戏剧集六"《北京人(三幕剧)》,盛京书店,1942年